L'illusion

MAXIME CHATTAM

L'illusion

roman

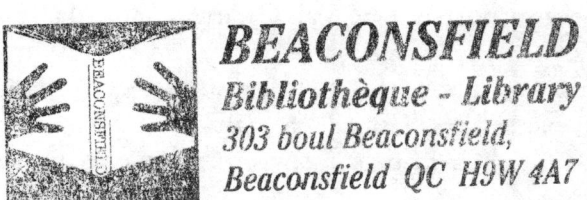

ALBIN MICHEL

Lire, comme écrire, nécessite de quitter le monde réel. Quoi de mieux que de s'entourer d'un cocon de musique pour se faciliter la tâche ?

Voici les principaux albums qui m'ont accompagné pendant la conception de cette histoire :

Bates Motel par Chris Bacon,

Doctor Sleep par The Newton Brothers,

Basic Instinct par Jerry Goldsmith,

Dark par Ben Frost.

Playlist incontournable à Val Quarios, faites-la tourner dans vos oreilles.

Et si vous souhaitez achever la lecture de ce roman comme je l'ai écrit, à partir du chapitre 75 : album *Doctor Sleep*, piste 36 (« We Go On ») en boucle jusqu'aux dernières lignes...

Bon courage.

© Éditions Albin Michel, 2020

*À ma femme, Faustine,
qui m'a permis de faire la distinction
entre l'illusion et le bonheur.*

« Le grand mensonge de l'immortalité personnelle détruit toute raison, toute nature de l'instinct – tout ce qui, dans les instincts, est bienfaisant, favorise la vie, garantit l'avenir, désormais suscite la méfiance. Vivre de telle manière que vivre n'ait plus de sens, voilà désormais qui devient le *sens* de la vie. »

« J'appelle dépravé tout animal, toute espèce, tout individu qui perd ses instincts, qui choisit, qui préfère ce qui lui fait mal. »

L'Antéchrist,
Friedrich Nietzsche.

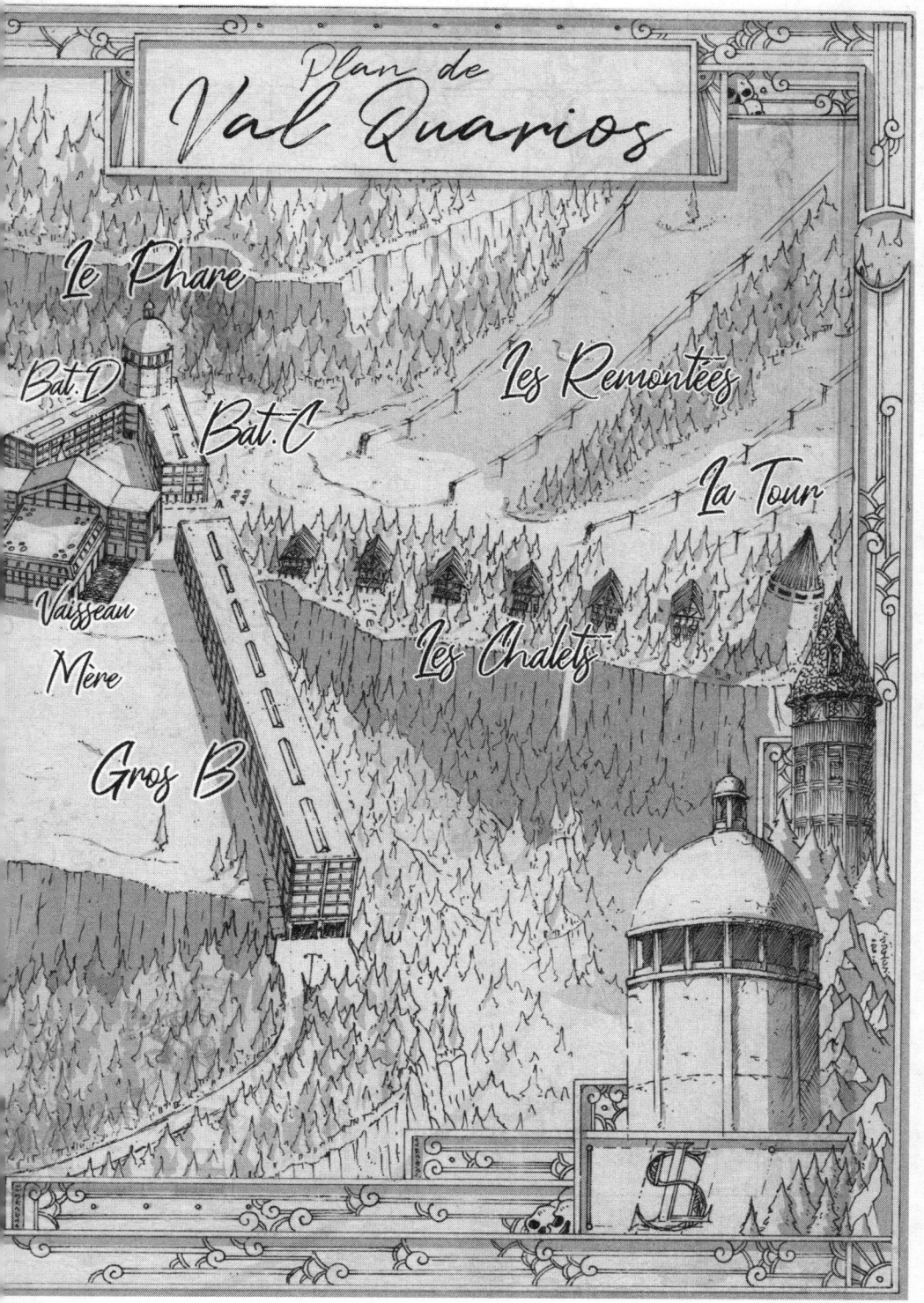

Prologue

La salle sentait la cire fraîche et le bois des décors ; le velours des sièges ayant capturé autant de fragrances qu'ils avaient accueilli de visiteurs, les projecteurs en chauffaient les émanations, les amplifiant, jusqu'à en révéler les touches les plus subtiles : bouquet de poudre à maquillage, lotions des costumes, et tout ce que l'arrière-scène pouvait dégager comme odeurs quasi imperceptibles. Alchimie capiteuse des parfums de théâtre qui conditionnait déjà le public impatient de voir le rideau se lever.

L'audience frissonnait et piaffait, partageant le sentiment un peu excitant d'être parmi les élus, les favorisés qui avaient mérité leur place ce soir. Car Lucien Strafa se produisait sans annonce, sans réclame dans les journaux ou même à la radio, il délivrait sa performance sans une affiche, il avait fallu être attentif, connaître quelqu'un qui en avait entendu parler, le bouche-à-oreille suffisait à faire salle comble, il n'était pas une soirée qui ne se jouait à guichets fermés.

Ainsi en allait-il de la réputation du plus grand des magiciens jamais montés sur une scène. Il se murmurait même que son succès dépassait de loin les frontières françaises, à New York ou Las Vegas, Tokyo et même en URSS semblait-il malgré les tensions diplomatiques.

Les lampes s'éteignirent d'un coup, les cigarettes furent écrasées au sol et le rideau s'effaça dans un silence de mort.

Lucien Strafa se tenait au centre de la scène, immense dans son costume noir, le dos tourné à son public, les bras tendus vers le plafond, poings serrés.

Il fallut plus de dix secondes pour que la salle réalise, dans un même souffle de stupéfaction, que le magicien flottait au-dessus du parquet, vingt centimètres au moins d'air pur séparaient ses semelles des lattes dans un équilibre parfaitement maîtrisé.

Et dans les faisceaux de lumière où dansait la fumée, aucun câble n'était visible.

Puis Strafa ouvrit les poings, dans un geste presque colérique, et tous les projecteurs explosèrent, arrosant la scène de débris de verre en même temps qu'un cri collectif de stupeur trahissait l'unanimité de la surprise.

L'instant d'après, Strafa retouchait terre et baissait lentement les bras. Les mèches de lanternes à huile s'embrasèrent simultanément, elles se succédaient jusqu'à dresser un mur derrière le magicien, remplissant tout le fond, et pour chacune un miroir carré amplifiait leur éclat, créant en quelques secondes une vaste fenêtre palpitante aux éclats d'ambre et d'argent.

L'image de Lucien Strafa s'y démultipliait presque à l'infini.

Le vrai, lui, se retourna pour faire face à ses spectateurs du soir.

Il était jeune, pas encore trente ans, toison d'ébène plaquée en arrière, joues creuses et menton saillant. Mais son charisme, le magnétisme de ses pupilles brillantes, était sans rapport avec son âge. Celles et ceux qui espéraient croiser son regard baissaient le leur lorsqu'il revenait dans leur direction. Il y avait une forme de démence maîtrisée dans la manière qu'il avait d'écarquiller ses yeux, de les agrandir, billes rondes et fiévreuses, et une détermination acérée lorsqu'il vous fixait plus de quelques secondes. Un sentiment de malaise se diffusait, comme si sa folie pouvait être contagieuse, et les premiers rangs poussèrent un soupir de soulagement lorsqu'il recula enfin pour toiser la cavité obscure qu'il avait devant lui.

Son bras gauche se leva au ralenti dans une étrange composition, bientôt suivi du droit, ils semblaient flotter dans un liquide invisible ; puis les jambes de Strafa firent de même et il se souleva, porté par un flot que personne ne pouvait distinguer, il grimpa de plus d'un demi-mètre de haut, là encore dans une forme de lévitation qui, cette fois, rappelait un corps dérivant dans une rivière spectrale.

L'assistance retenait son souffle, ébahie.

Les lampes à huile se mirent à briller de plus en plus fort, jusqu'à ce que les miroirs réfléchissent un mur aveuglant, digne du soleil en plein après-midi d'été, laissant Strafa flotter dans ce bouillon d'or, forme insaisissable, et jusqu'à ce que tous dans la salle soient obligés de se protéger d'un bras, d'un chapeau ou d'un foulard dressé devant le visage.

Les lampes revinrent à leur éclairage naturel brusquement, la foule encore toute saisie par cet embrasement.

Strafa n'était plus là. Nulle part.

Des voix montèrent près des portes de sortie, dans le dos des spectateurs, et chacun se retourna pour apercevoir Lucien Strafa qui descendait la travée centrale d'un pas léger, sûr de lui.

Il rendait aux plus proches un regard étourdissant et lorsqu'il s'avançait vers une dame ou un homme, ceux-là déglutissaient et leur souffle s'accélérait. Strafa cherchait quelqu'un.

Les mains des spectateurs assis non loin de l'allée commençaient à se lever pour couvrir les bouches et les nez.

Et l'odeur se répandait rapidement.

Acide. Pénétrante.

Le magicien déversait dans son sillage l'odeur du soufre.

Il s'immobilisa devant une femme se tenant bien droite, semblant le défier d'oser la surprendre. Strafa la toisa, ses commissures de lèvres remontèrent en un rictus cruel. Dans la pénombre, le blanc et le noir de ses yeux semblaient se mêler étrangement.

Il se pencha vers la femme et dévoila ses dents avec une telle ardeur qu'il parut sur le point de la dévorer. Des flammes jaillirent sur sa langue et l'assemblée recula de peur. Strafa émit un gloussement satisfait et retourna sur scène dans le bruissement d'une salle qui s'inquiétait. L'homme n'avait pas volé sa répu-

tation. Unique. Affolant. Inégalable. Le monde était scindé en deux : ceux qui avaient vu Lucien Strafa les éblouir de ses mystères, et les autres. De nouveau au centre de son promontoire, le magicien prit le temps que le silence revienne. La tension était palpable. De quoi était-il encore capable ? Comment faisait-il ? Et surtout : jusqu'où irait-il ?

Une fois toute l'attention retrouvée, il croisa ses doigts sur son ventre et baissa la tête. En pleine concentration. Une longue minute d'attente en craignant le pire, hommes et femmes se serraient un peu plus les uns contre les autres, fascinés malgré tout.

Puis Strafa releva lentement le menton, très lentement, paupières fermées. Le sol se mit à trembler, suivit un grondement sourd, un ronflement provenant de loin dans les entrailles de la terre, et qui remontait. Plusieurs personnes poussèrent un cri. Les globes des verres de lampe sur les côtés tintaient, le bord du rideau s'agitait frénétiquement, les strapontins grinçaient, les chapeaux tombaient au sol et le grondement qui s'élevait des abysses se rapprochait toujours plus ; ça ne pouvait pas être un métro, c'était bien plus gros, plus sonore et plus angoissant. L'impression collective qu'une masse immense allait faire ployer le théâtre, rompre ses fondations et tous les engloutir.

Strafa ouvrit les yeux, déploya ses bras, et dans un claquement de doigts le rugissement grave se dissipa aussi sec tandis que les lampes à huile s'illuminaient vivement et que le rideau tombait pour clore cette première démonstration.

Ainsi naquit la légende de Lucien Strafa. Le plus grand magicien qui se soit produit devant des mortels.

Aux premiers rangs, les gens saignaient du nez, l'air hagards, presque terrifiés.

Ce n'était que le début du spectacle.

1.

« On dit que l'amour dure trois ans, que c'est bien assez pour faire le tour complet de l'autre. Toi et moi, ça fait plus de sept ans maintenant, et je n'en peux plus d'être ton satellite. »

Cette phrase le hantait.

Elle résonnait sans fin, à chaque affiche qu'il apercevait avec une femme dessus, à chaque regard échangé avec une passante, dès qu'une chanson de sa playlist le renvoyait à leur vie passée. C'était une phrase qui n'avait presque pas de sens dans la réalité, digne d'une série télé ou d'un roman à la rigueur. Hugo suspectait d'ailleurs son esprit gavé de clichés et de raccourcis d'être capable d'en pondre une similaire si lui-même avait écrit sur le thème de la séparation, mais cela faisait plusieurs mois qu'il n'écrivait plus rien.

Pourtant c'était exactement ce qu'elle lui avait dit le jour fatidique. Il se souvenait de chaque intonation, de la moindre respiration. À vrai dire, il n'y en avait eu qu'une de respiration, celle de Lucie. Lui était en suspension. Le souffle coupé, comme si inspirer allait rendre cet instant réel, mais que s'il parvenait à ne plus vivre tout à fait, alors ça n'aurait pas lieu, les mots demeureraient des formes éthérées sans impact sur son monde.

Il avait fini par remplir ses poumons.

Ce qui l'avait vidé de sens.

Depuis, il ne savait plus rien. Pas même si ses fonctions essentielles s'accomplissaient pleinement, il traversait l'existence, il n'était que de passage, partout, y compris en lui-même.

Trois mois pour vider l'appartement commun, le rendre, se déchirer sur un tableau acheté ensemble, pour une plante verte. Pas pour le chat. Hugo le lui avait laissé. Il ne se sentait plus apte à aimer, pas même un chat, et cette pauvre bête méritait mieux.

Trois mois de descente sans jamais parvenir à toucher le fond, Hugo ne s'était jamais su si profond, et en d'autres circonstances il aurait pu en faire une fierté. Il recelait en lui une telle quantité de vide, d'abysses, que même Nietzsche en aurait été admiratif, de la contemplation à l'infini. Mais était-ce vraiment un triomphe ? Tout le monde connaît les plus hauts sommets de la planète, qui peut citer ses fosses les plus lointaines ? Il n'y a aucune gloire dans l'obscurité. Seulement les ténèbres et le froid. L'apparat de la mort. Hugo se sentait rempli de mort.

Ce furent les trois mois les plus difficiles jamais affrontés. Pour un bilan catastrophique.

Sept ans de relation résumés en quelques reproches cruellement macérés. Lucie ne voulait plus être sa béquille émotionnelle, plus graviter autour de lui et de ses ambitions sans cesse avortées, elle aspirait à pénétrer une autre atmosphère pour s'y épanouir. La sienne, il n'avait jamais laissé Lucie y entrer, la tenant à l'écart de ce qu'il était véritablement, refus d'un engagement total. Elle n'avait pas tort sur ce point. Il avait usé de son attraction pour la garder toute proche, sans l'autoriser à se poser, à semer, à germer ensemble. Et à présent que Lucie l'avait sondé en large et en travers, elle savait que c'était probablement mieux ainsi. L'atmosphère d'Hugo était toxique.

Venant de quelqu'un que l'on aime, avec qui on a tant partagé pendant sept ans, c'était presser le bouton rouge de l'arme nucléaire.

Lucie était partie laissant un champ de ruines, et trois mois plus tard la radioactivité de ses mots infestait encore tout son être.

Hugo avait été un égoïste vaniteux, ne doutant pas de son charme pour garder sa conquête, convaincu qu'être suffisait à l'avoir, sans faire, sans donner. Autocentré sur son accomplissement, du moins ses tentatives.

Il était seul désormais.

Avec un constat terrible de surcroît. Il n'avait rien où investir son chagrin. À trente-quatre ans, sa carrière de comédien n'avait toujours pas décollé, pas plus que celle de romancier. Il n'était que des mots que personne n'entend ou ne lit. Ses petits boulots alimentaires ne seraient d'aucun secours, ne lui renvoyant sans cesse que ses échecs. Ses amis, il les avait perdus au fil du temps. D'abord ceux d'enfance en quittant sa Normandie avec des rêves de grandeur, juste après le lycée, puis ceux auxquels il s'était attaché ici, dans la capitale ; des connaissances de passage, des « collègues », des ratés, des concurrents, des talentueux qui oubliaient, il en avait connu beaucoup. Gardé peu. Avec le recul, il admettait en avoir perdu, les meilleurs, par sa propre faute, en n'en prenant pas soin. Lucie avait raison. Il faisait de chacun ses satellites, sans droit d'approche, les laissant sur orbite, jamais aucune autorisation de se poser. Par ricochet, entrechocs et par le jeu d'autres attractions cosmiques, la plupart s'étaient éloignés. Il n'en restait qu'une poignée, du même acabit que lui, à peine capables de s'observer à distance, sans vraiment se parcourir, seulement en se devinant.

Se faire larguer à l'âge où l'on érige normalement sur les fondations de son couple lui faisait mal. Mais reconnaître à quel point il était devenu un « sale con » l'avait terrassé. Il n'était pas mauvais, ça n'avait jamais été l'intention, pas plus que de se positionner au centre de l'univers ; ça s'était fait sournoisement, à force de petits oublis, de facilités, nourri insidieusement par le quotidien d'un travail sur soi, où *sa* personne était le centre de l'attention. Il avait perdu de vue l'essentiel, l'autre. C'était cet aspect-là des révélations fracassantes qui le détruisait le plus lorsqu'il y pensait. Réaliser qu'il se dégoûtait lui-même.

Alors, il avait tout plaqué. Absolument tout. Sauf un sac de marin en toile qui contenait ses derniers liens avec le monde concret.

Hugo avait trouvé l'annonce sur Internet, via un forum de discussion sur la musique, le genre de sites qu'il arpentait longuement la nuit, dans le seul but de brûler les heures d'une manière ou d'une autre. Un forumeur à qui il confiait être à la dérive professionnellement l'avait renvoyé vers une petite annonce qu'il avait vue passer sur un site quelconque de news. Elle était au sein d'un article sur les jobs originaux pour l'été. Une station de ski cherchait un homme à tout faire pour aider à l'entretien estival. « Lieu isolé, peu de contacts avec l'extérieur », précisait le texte. C'était ce qui avait poussé Hugo à soumettre sa candidature.

Une réponse dès le lendemain lui demandant davantage de précisions avait fait naître une émotion en lui et cela lui fut étrange. Il pouvait encore en éprouver. Il se sentait... *curieux*. C'était un bon début ça, la curiosité, un embryon de désir, et Hugo passa la soirée assis sur le lit de la chambre d'hôtel qu'il louait à Montreuil à ressasser ce goût pour quelque chose qui renaissait lentement. Et de la motivation survint en même temps que de l'impatience. C'était agréable. Ils l'appelèrent au bout de quarante-huit heures. Il mentit sans aucune gêne sur ses qualifications. Hugo était débrouillard, un peu bricoleur, il saurait bien faire fonctionner une tronçonneuse ou grimper dans un arbre comme on le lui demanda. Deux autres entretiens téléphoniques, dont un entier sur son état mental, pour jauger sa capacité à tenir cinq mois là-haut en tout petit comité, et pour une fois son expérience de comédien fut utile : il eut le poste. Départ sous une quinzaine, max.

Ce fut la première fois qu'il décocha un sourire depuis plus de quatre-vingt-dix jours. Son esprit ne se souvenait plus comment on faisait, mais son visage, lui, en fut si ravi qu'il l'accentua largement.

Plusieurs nuits d'un sommeil lourd, comme si son inconscient était enfin rassuré par cette promesse. L'attente, longue, où il n'arrivait pas à lire, incapable de s'occuper autrement qu'en épuisant son corps grâce au sport, s'abrutissant devant des programmes insipides de la télévision. Il n'avait même plus accès à Netflix, c'était le compte de son ex, et la dernière chose dont il avait besoin c'était de voir surgir son prénom sur le menu d'accueil.

La date du départ lui fut communiquée en fin de semaine. Plus que quelques jours. Il était prêt.

Il ne dormit presque pas la veille. S'interrogeant sur ce qui l'attendait, l'impact que cet exil aurait sur sa reconstruction.

Traverser le hall de la gare de Lyon, tôt le matin, lui provoqua une bouffée un peu enivrante, presque une pointe de panique. De l'excitation. Mais elle retomba aussitôt. Éprouver une émotion positive pendant plusieurs minutes était au-delà de ses capacités. Il s'en inquiéta, un peu, à peine ; même l'appréhension était trop complexe pour lui. Cela reviendrait-il ? Certainement. Il lui fallait du temps.

De la distance peut-être.

Lorsque le TGV quitta Paris, Hugo observa attentivement les ombres, nombreuses, qui s'aggloméraient à la sortie du souterrain. Il eut l'impression qu'une bonne partie était les siennes.

Hugo rouvrit les yeux lorsque les freins du TGV se mirent à gémir à l'approche de Valence. Sur le quai, l'air était plus frais qu'à Paris. Plus savoureux aussi. *Plus vrai*, songea-t-il avant d'établir que c'était lui qui changeait. Il s'ouvrait. Il s'ancrait dans la terre, ses émotions bourgeonnaient. *T'emballe pas, ce soir tu vas te retrouver dans un onze mètres carrés sans fenêtre à la peinture chassieuse et tu vas vite retourner à la déprime en te demandant ce que tu fous là !*

Mais cela ne l'arrêta pas, et il souriait, un peu niais, amusé : même lorsqu'il n'écrivait pas, il fallait qu'il emploie des mots précieux. *Chassieux ? Sérieusement ?* Si c'était là tout ce qui le perturbait en lui, il était sur la bonne voie.

Sa correspondance l'embarqua plus profondément dans les Alpes, au pied de ces colosses majestueux qui semblaient vouloir se dissimuler sous d'interminables draps gris, bruns ou verts – parfois percés d'un genou ou d'un coude saillant –, qu'ils remontaient presque jusqu'aux sommets, visages anguleux perdus dans des barbes d'une sagesse immaculée et des chevelures de brume. L'âge du monde s'érigeait tout autour de lui, l'homme se sentait si petit en ces terres, rappel à l'humilité, tout ce dont il avait besoin.

Hugo s'interrogeait sur ce qui l'attendait une fois là-haut, parmi d'autres hommes, confinés ensemble pour cinq mois. La montagne, l'été, lui paraissait bien moins menaçante que celle de l'hiver. Avec une vue pareille, presque un camp de repos. Au téléphone, ils avaient été enthousiastes à l'idée de le rencontrer, et avaient promis de lui envoyer quelqu'un pour le récupérer à la descente du train. À quoi ressemblaient ces volontaires pour l'ermitage ?

Le train serpentait précautionneusement sur les flancs, s'immisçant d'une vallée à l'autre par des tunnels étroits et humides, desservant des gares de plus en plus petites tandis que les camaïeux de la végétation prenaient des nuances plus subtiles à mesure qu'on s'éloignait complètement de toute forme de civilisation et de pollution. Hugo était impressionné par le paysage, les éperons qui surgissaient d'une pente comme si un quelconque géant avait percé de part en part la montagne de la pointe de sa lance minérale ; les crêtes acérées en équilibre entre deux sommets tout là-haut, battues par des vents qu'on devinait glacials et impitoyables malgré le bleu d'azur qui les surplombait. Partout, des masses insensées, façonnées par une force dont la puissance n'avait d'égale que la patience. Les lacs qu'il croisait ressemblaient à des larmes emprisonnées par des rides du temps, et heureusement les taches noires des oiseaux ou parfois d'un mammifère errant au loin apportaient un semblant de vie dans ce défilement géologique dont la lenteur, à l'échelle humaine, était proche de la mort.

Le train s'immobilisa devant une modeste gare aux volets vert pâle. Montdauphin-Guillestre. Il était arrivé, après avoir traversé une partie des Alpes ; il sortit sur le marchepied de la rame et releva la tête. Au centre d'une vaste cuvette, la petite bourgade qu'il devinait à peine par ses toits s'étirait sous une falaise dominée par un fort qu'Hugo attribua à Vauban. *Au moins, en cas d'invasion extraterrestre on pourra venir se réfugier ici*, se moqua-t-il.

Il était le seul à descendre à cet arrêt, mais une femme attendait dans l'ombrage de la gare.

Elle dansait d'impatience ou de gêne, transférant son équilibre d'une jambe à l'autre. Son visage pivota dans la direction d'Hugo.

Il posa le pied sur le quai en la fixant et juste par un regard, la vie se déversa à nouveau en lui.

2.

Cette femme est d'une liberté totale, elle n'est figée nulle part. Insaisissable, comprit Hugo dès qu'il la vit. Il aimait dresser le portrait de celles et ceux qu'il croisait comme s'il était dans un roman. En l'occurrence c'était celui d'une Ophélie moderne, flottant non dans un linceul d'eau mais bien dans l'air de la vie dont elle rayonnait, notamment par le pétillement sensible de ses yeux. Ses iris brûlaient d'une fièvre séditieuse, déployant une palette de bruns semblable à un arc-en-ciel automnal, taillés dans de l'œil-de-tigre, d'un marron profond au noisette le plus clair. Sa chevelure flamboyante, intolérante à la norme, ni blonde ni châtaine, quelque part ailleurs, refusait de ployer dans la brise, menait sa propre bataille. Hugo avisa l'expression tendre se dévoilant petit à petit sur ses lèvres claires, le soupçon de fossettes n'osant sourdre tout à fait, et il aima tout de suite cette manière qu'elle eut de pencher un peu la tête sur le côté en l'apercevant ; elle irradiait une complexité fascinante, une essence romantique dans une enveloppe sauvage. *Je vais un peu loin là, je m'emballe*, se corrigea Hugo en remontant son sac de marin sur son épaule. Il s'approcha et leva la main.

– Hugo ? demanda-t-elle avec une voix un peu cassée.

Cohérente jusqu'au bout.

Ils échangèrent une poignée de main ferme. Elle avait un début de trentaine, l'allure d'une fille élevée au grand air, la silhouette infatigable de la montagnarde. *Le teint aussi*, remarqua-t-il.

– Bienvenue, je suis Lily. Votre chauffeur. C'est tout ce que vous apportez ? s'étonna-t-elle. D'habitude les nouveaux venus débarquent avec trois ou quatre valises !

Elle émit un rire doux et bref qui plut à Hugo par sa sincérité. Rien ne semblait mentir en elle. Pas la moindre particule de faux. C'était en tout cas ce qu'il percevait, ce qu'il avait envie de croire.

Il haussa les épaules.

– Je voyage léger.

Il s'agaça contre lui-même, il allait devoir soigner ses propres répliques.

– Du coup on aura de la place, dit Lily, lui enjoignant de la suivre en direction du parking devant la gare. Vous n'êtes pas malade en voiture ? Parce qu'on a pas mal de route, et c'est sacrément tortueux, je suis désolée, c'est un long trajet pour vous.

– Pas de problème. On en a pour combien de temps ?

– L'été c'est facile, à peu près trois heures pour remonter.

– Ils ne m'ont pas menti pendant l'entretien d'embauche, c'est vraiment le bout du monde.

– Vous voyez Mars ? Juste avant, il y a nous.

– Vous connaissez bien ?

Elle acquiesça, sa chevelure avec elle.

– Je suis monitrice de ski.

Elle s'arrêta devant une Jeep Wrangler dont elle ouvrit le hayon pour permettre à Hugo d'y jeter ses affaires, avant de prendre place à bord où elle noua sa toison avec un élastique qui traînait sur la console.

Sa conduite était sportive, ne s'embarrassant pas d'hésitations.

– Première expérience à la montagne l'été ?

– Ça se voit tant que ça ?

Lily pouffa gentiment.

– C'est écrit en gros sur votre front.

— Moi qui espérais faire illusion au moins une semaine...
— Pas de stress, Hugo, je peux vous appeler Hugo ?
— Même me tutoyer en fait, je préfère.
— Ça va bien se passer. La plupart des saisonniers sont déjà arrivés, c'est une bonne équipe cette année, je le sens. Tu vas voir, globalement personne n'est chiant là-haut, suffit de faire ta part du boulot et tu seras apprécié. Tu vas surtout bosser avec le vieux Max, c'est un faux râleur, il a juste besoin de se plaindre pour exister, mais pas méchant. Changement de vie ?
— Pourquoi tu dis ça ?
— La plupart des gars dans ton genre, lorsqu'ils débarquent pour un été, ce sont soit des cadres qui pètent un plomb après dix ans d'entreprise, en quête de sens, tout ça... soit des marginaux.
— Pas de troisième option : juste un type qui prend le premier job venu pour se faire un peu de fric ?
— On ne va pas s'enfermer en pleine montagne pendant presque six mois juste pour ça et, soyons honnêtes, la paye n'est pas terrible, tu aurais pu trouver mieux. Non, on accepte de venir pour fuir ou par rébellion. T'as pas franchement le profil de l'excentrique. Tes mains sont douces, t'es un intello qui veut changer de vie, au moins provisoirement.

Hugo fit la moue, admiratif.
— On se connaît depuis cinq minutes. Je me sens à poil.
— Juste l'habitude des candidats à l'exil, ils ne sont pas foule.
— T'as fait toute ta vie là-haut ?
— À Val Quarios ? Non, grand diable, non ! C'est minuscule pour y vivre. J'y suis prof de ski depuis trois ans. J'étais aux Arcs juste avant, pas le même genre de station.

Lily aimait bien l'accélérateur, nettement moins la pédale de frein, nota Hugo en s'accrochant à la poignée de sa portière dans une courbe un peu rapide, ne sachant s'il devait avoir peur.

Il se concentra sur leur conversation :
— C'est pas bizarre de passer de tout à...

— Rien ? Question de motivation, affirma-t-elle. J'en avais marre de la foule, de faire dans la quantité. Besoin de me retrouver avec moi-même. Il y a eu... une opportunité de tout changer, je l'ai saisie.

Soupçonnant une faille, comme un écho dans l'intonation qu'il reconnaissait parfaitement, et s'avisant que Lily n'arborait aucune alliance, il osa :

— Une rupture amoureuse ou une relation qui a mal tourné ?

Elle lui jeta un coup d'œil. Cette fois c'était son tour d'être surprise.

— On peut dire ça comme ça.

— On peut dire comment sinon ?

Silence. Hugo s'en voulut de jouer à ce jeu, il n'en avait pas les armes en ce moment, empathie et culot n'étaient pas tout à fait ce qui le caractérisait depuis trois mois.

Il allait s'excuser lorsque Lily répondit :

— On peut dire perte de temps, trahison, et gros connard. Genre très gros.

— Je suis désolé. Ça ne me regarde pas.

Nouveau coup d'œil de la jeune femme. Rapide. Pourtant Hugo devina de la douceur. Une bienveillance qui lui fit un bien fou.

— T'inquiète. On va passer cinq mois les uns sur les autres, on connaîtra toutes nos histoires à la con, autant mettre les pieds dans le plat tout de suite. Et puis franchement, c'est ce qui m'est arrivé de mieux depuis longtemps. Je veux dire : débarquer ici, au calme, retrouver l'essentiel.

— C'est pas trop dur de vivre à l'année sur place ?

— Il est temps de te briefer sur Val Quarios. Je ne sais pas si tu as fait tes devoirs avant de venir, mais c'est pas tout à fait le grand complexe très branché...

Hugo réalisa qu'il ne s'était même pas intéressé à sa destination, trop rassuré par l'idée d'être embarqué et pris en charge, loin du monde. Lily poursuivit :

— C'est une toute petite station familiale, comme tu peux le constater, rien que pour s'en approcher c'est un périple qui se mérite, et l'accès est souvent ralenti par la neige, bref pas très commercial. En revanche, le domaine skiable, s'il est modeste, est varié, et l'ambiance bon enfant, jamais foule sur les pistes, beaucoup d'habitués qui se connaissent à force, en pleine saison c'est un petit paradis secret.

— J'ai cru comprendre que l'été on serait presque seuls, c'est vrai ?

— Val Quarios est haute, donc on a la chance de pouvoir profiter de la neige jusqu'en avril. Ensuite, on ferme jusqu'en octobre. C'est le point noir : la station est née du boum des sports d'hiver dans les années 70 comme des tonnes d'autres à cette époque, par contre elle n'a jamais pris le tournant des activités estivales dans les années 90, lorsque c'était à nouveau la période des investissements pour élargir l'offre, ici rien n'a été entrepris. Et pas grand-chose depuis, il faut bien l'avouer. Infrastructures vieillissantes, on pourrait même croire à une volonté d'anti-modernité. La clientèle commence à ne plus venir, et si rien n'est fait dans cette station, je ne donne pas cher de sa peau dans un avenir proche. Donc oui, nous serons totalement seuls pendant ces prochains mois. Pas de touristes. Et pas le genre d'endroit où on vient se perdre par hasard. Ne t'attends pas à beaucoup de visites.

Avisant qu'elle pouvait passer si elle fonçait, Lily grilla une priorité à droite et Hugo s'enfonça dans son siège.

— Une fois que tu sais ça, et si tu es plutôt d'une nature simple, tu peux être bien là-haut. Même dans cette période. Surtout même. Calme, contemplation, les collègues ont bon esprit, enfin lorsqu'on ne se plante pas dans le recrutement.

— À part toi, il n'y a que des saisonniers comme moi ?

— Une grosse partie. Nous sommes très peu à y loger à l'année. Faut le vouloir, gloussa-t-elle. C'est un petit paradis, sauf si tu es accro aux centres commerciaux et aux rencontres permanentes, là, tu risques de dépérir.

– Je suis plutôt du genre planète isolée dans une galaxie qui m'échappe.

Hugo devina que Lily le toisait encore. Il préféra ne pas la fixer en retour, qu'au moins un des deux se concentre sur la route.

Il vit les dernières maisons disparaître après un rond-point et la Jeep ronronna pour partir à l'assaut d'une montée à travers une forêt, première d'une longue série. Il n'eut plus envie de discuter, juste d'admirer pour éviter d'être malade, et surtout laisser à Lily toutes ses facultés de concentration pour conduire, à grande vitesse manifestement. Le dénivelé l'aspira rapidement, il admira les cimes de conifères en contrebas, et la répétition des lacets qui les entraînaient toujours plus haut le plongea dans une torpeur agréable. À côté, Lily écoutait la musique, un vieux groupe de rock, Ten Years After, précisa-t-elle après lui avoir demandé si ça ne le gênait pas.

Elle n'avait pas exagéré : c'était une véritable étape de rallye. Accélération après chaque épingle, longue ascension, puis à nouveau épingle dans l'autre sens, et ainsi de suite. Lily maîtrisait son sujet, même si Hugo ne pouvait s'empêcher de la trouver trop au centre de la chaussée, craignant qu'elle n'ait pas le temps de se rabattre s'ils croisaient un véhicule à la sortie des angles morts qui se multipliaient avec les coudes et les sapins.

Comme si elle lisait dans ses pensées, elle le rassura :
– C'est l'unique moyen de monter à Val Quarios, et la seule destination de cette langue vicieuse, donc je peux t'affirmer qu'il n'y aura personne en face.

« *Langue vicieuse* »... *Moi je pourrais parler comme ça.*

Il l'appréciait de plus en plus.

Ils prenaient de l'altitude. La ville par laquelle il était arrivé n'était plus qu'un panache de formes géométriques et de couleurs voilées, puis, lorsqu'ils franchirent un col, elle s'effaça totalement. À la place, une succession de gorges vertigineuses qu'ils dominaient fébrilement sur la fine bande d'asphalte, et d'escarpements massifs au bas desquels Hugo se sentait bien trop fragile.

Ils glissaient d'une montagne à une autre sans jamais cesser de monter. Pays de clairs-obscurs où le soleil tombait rarement directement, territoire des ombres distendues, Hugo se demanda s'ils parviendraient un jour au sommet. Ils gagnèrent enfin un plateau avant de traverser une forêt d'arbres immenses, cônes d'aiguilles au sous-bois d'une densité impénétrable. Préserver cette tranchée sur laquelle ils circulaient devait être en soi un travail perpétuel et harassant. Hugo distinguait la mousse qui maculait les rebords et commençait à recouvrir le bitume, les branches provocatrices dressant un treillis au-dessus de la Jeep. Il avait l'impression d'être scruté par ces sapins altiers, qu'on l'observait du dehors... Dès qu'ils quittèrent cette terre pour retrouver une pente sur laquelle ils sinuèrent une fois encore, Hugo se trouva idiot d'avoir pu imaginer une chose pareille. *Une forêt n'épie personne. Une forêt n'est pas une personne.*

Lily enchaînait les albums, tirant des CD de la boîte à gants – ce qui, à chaque fois, perturbait Hugo sans qu'il sache bien si c'était à cause de la main de Lily frôlant ses genoux ou parce qu'elle n'avait plus les yeux sur sa trajectoire. Funkadelic. Greta Van Fleet. The Raconteurs. Manifestement elle avait une affinité particulière pour le rock et la guitare. Hugo était plutôt musique calme, mais ça ne lui écorchait pas non plus les oreilles.

La vallée tout en bas devenait floue, pas la moindre trace de l'homme en vue. Nulle part. Rien que ces golems minéraux aux profils de titans, habillés par le temps de parures végétales informes.

Ils franchirent un passage entre deux éperons, et juste après un virage sec l'angle d'un bâtiment apparut enfin. Hugo se redressa sur son siège. Il n'était pas sûr de n'avoir pas un peu somnolé sur la fin.

– C'est vrai que ça se mérite, lâcha-t-il en s'étirant.
– Si tout se passe bien, tu n'auras plus à refaire la route avant cinq mois, rassure-toi.

D'un coup de volant brusque, la Jeep fit une embardée pour entrer sur un petit chemin de service avant de s'arrêter sur un espace de gravillons aménagé sur un promontoire. De là, ils pouvaient admirer la station, juste en face, après le pli de montagne derrière lequel se dérobait la route. Barres de quatre étages recouvertes de bardage en bois brun qui se succédaient pour former un V inversé, hall principal au centre, hissant ses larges baies desquelles le paysage devait être à couper le souffle, plusieurs tours semblables à des clochers, et sur la droite une série de chalets à terrasses au pied des remontées mécaniques.

– Ton nouveau chez-toi, déclara Lily en se hissant sur le capot pour s'y asseoir.

Saisi par le spectacle, Hugo contemplait l'interminable pente qui défilait sous la station. Il se sentit lentement aspiré par le vide... Il préféra revenir à sa destination. Ce qui constituait les pistes l'hiver n'était à présent qu'un canyon herbu qui se déployait vers les hauteurs, jalonné sur toute sa longueur de pylônes gris. Les télésièges étaient invisibles, probablement déjà tous rangés dans les hangars.

Un rapace poussa son cri strident quelque part au-dessus d'eux. Partout où il posait le regard, Hugo voyait des sapins, des roches saillantes et des abrupts. *Je suis venu ici pour fuir mes propres failles et je me retrouve encerclé par des abysses.*

L'air était vivifiant. Le spectacle de la nature également. À bien y réfléchir, c'était un lieu parfait pour le travail qu'il avait à faire sur lui-même. *Je ne suis pas venu les fuir, justement, mais les combler. Et ça commence par ne plus avoir peur de m'y plonger...*

Hugo se rapprocha du bord du promontoire. De minuscules pierres s'effritèrent et dévalèrent dans la pente, vers la forêt en bas. L'impression d'être attiré par le vide recommença. Hugo posa la moitié d'un pied au-dessus de l'abîme, prêt à basculer. S'il se jetait en avant, il volerait. Pas longtemps, mais assez pour se remplir de cette euphorique sensation de pouvoir sur soi, de liberté. *Et ta boîte crânienne viendra se fracasser contre ce gros rocher-là, elle éclatera dans un son creux et humide atroce, et il ne restera de toi qu'un homme sans visage, du sang et de la matière cérébrale répandus sur tous les troncs autour.* Il recula pour remplir ses poumons. Il se sentait vivre. Totalement.

– Cinq mois, répéta-t-il doucement. Ça me va.

Il devinait le regard de Lily sur sa nuque.

– Tu ne te sens pas claustro ? demanda-t-elle.

– Non, les dimensions sont parfaites.

La station n'était effectivement pas grande, mais ainsi vide de toute présence évidente, l'endroit ne paraissait pas non plus minuscule. Les conifères encadraient tout Val Quarios en dehors des quelques falaises qui se dressaient essentiellement sur le flanc gauche. Hugo y remarqua la présence d'un chalet, ou plutôt d'un manoir compte tenu de sa taille et de la tour qui le flanquait. Il avait des airs d'église scandinave dont Hugo avait oublié le nom exact.

– C'est quoi la propriété là-bas, un peu à l'écart ? George Clooney a son domaine privé ?

Lily redescendit du capot et retourna derrière le volant.

– Allez, ils vont nous attendre.

En allant la rejoindre, Hugo sentit un léger malaise.

– J'ai dit ce qu'il ne fallait pas ?

Lily secoua la tête et démarra. Tout en surveillant sa marche arrière, elle précisa :

– C'est ton premier jour, restons sur de bonnes impressions. En arrivant, ne mentionne pas le manoir aux autres.

Et ils parcoururent le dernier kilomètre vers Val Quarios en silence.

3.

La bouche obscure du garage d'un immeuble en bois avala la Jeep et ils remontèrent tout le parking souterrain à pleine vitesse – Hugo cramponné à son siège –, avant de quasiment piler devant les portes coupe-feu tout au fond. Hugo déplia sa carcasse engourdie par ce périple. Les néons dressaient une longue ligne vers le rectangle ensoleillé de la sortie, piste d'atterrissage renversée. Hugo se sentit, l'espace d'un instant, comme prisonnier dans ce bunker de béton gris et froid, tassé par la distance vers la lumière. Quelques rares voitures occupaient les places autour d'eux et c'était tout, laissant l'essentiel du parking désert. L'endroit devait être glauque à la tombée de la nuit, songea Hugo. *C'est bien le moment de penser à un truc pareil !* Un autre coup d'œil pour l'interminable rangée de piliers massifs, la rampe de lampes tristes, et il ne put qu'admettre que cette pensée était fondée : le lieu était sinistre. Trop vide. *C'est ce qui m'attend pour les cinq prochains mois alors je ferai bien de m'y habituer rapidement.*

Réalisant que Lily s'était chargée de lui sortir son sac du coffre, il l'en débarrassa et lui emboîta le pas vers les portes métalliques. Elle ignora l'ascenseur et s'engagea dans l'escalier.

– De manière générale, nous n'utilisons pas beaucoup les ascenseurs, précisa-t-elle. Imagine qu'il tombe en panne, avec l'isolement tu n'as pas envie de devoir passer deux jours enfermé à attendre l'arrivée du technicien.

– Ah, OK.

– En pleine saison, nous avons un gars spécialement formé à ça, pour éviter tout problème, mais pour le reste de l'année, ça ne vaut pas le coup.

Hugo ne put s'empêcher de se demander si c'était déjà arrivé. Une expérience douloureuse, claustrophobique, se savoir contraint non seulement dans un espace minuscule, mais en suspension dans le vide, seulement retenu par un câble, le tout au milieu d'une station isolée dans les confins de la montagne.

– Je te confirme, approuva-t-il, c'est bien, les marches, c'est bon pour la ligne.

Hugo suivit Lily jusqu'au rez-de-chaussée de ce qui était une des deux barres constituant les appartements de Val Quarios. Ils débouchèrent sur le hall, devant un comptoir d'accueil sans personne, et dès qu'il tourna la tête Hugo se sentit happé par les dimensions et l'architecture étourdissante du bâtiment. Sur près de deux cents mètres de long, l'intérieur de la barre déroulait sa perspective, surélevée par les quatre étages en mezzanine qui s'enroulaient au-dessus du hall, lui conférant un air de prison ou d'hôtel vaguement rétrofuturiste, Hugo ne savait pas bien. Toutes les portes des appartements s'affichaient aux quatre balcons qui s'étiraient sans fin et des puits de lumière perçaient le plafond, tout en haut, pour ne pas transformer cette longue enfilade en un hangar aveugle. La décoration était encore ancrée dans les années 80, voire 70, avec une moquette élimée à motifs orange, de fausses plantes vertes disséminées un peu partout pour apporter quelques touches de respiration, des luminaires vintage éteints et des canapés engoncés dans des coques de plastique aux formes arrondies.

Un silence religieux pesait sur l'ensemble.

– Bienvenue dans le Gros B.

– Le Gros B ?

Leurs voix résonnèrent dans le vaste hall.

— Oui, c'est son nom. En face tu as le A, qu'on appelle le Vioc, c'était le premier à être construit et... disons que ça se voit. Ils ont tous des noms, tu vas voir. C'est plus facile au quotidien et surtout ça rend l'endroit plus vivant, personnifié.

Lily l'entraîna vers la sortie, deux larges portes vitrées dans une armature de sapin, et Hugo put enfin respirer et découvrir pleinement la station.

À sa droite se déroulait une immense bande d'herbe luxuriante, jalonnée par les structures des remontées mécaniques d'un côté et une série de chalets en partie dissimulés entre les arbres. Tout au bout, une sorte de donjon moderne fermait l'horizon, ses épaules couvertes par la cape de la forêt qui encerclait Val Quarios.

— Là-bas c'est la Tour. Normalement salle de spectacle, cinéma et discothèque au sous-sol. Mais, tu t'en doutes, en ce moment c'est inactif. Viens, je vais te montrer ce qui nous intéresse.

Devant eux, Hugo observa un complexe en V dominé par une coupole elle-même soutenue par des lourds piliers. Il devinait une structure étrange abritée derrière les piliers.

— C'est une énorme cloche dans le clocher là-haut ?

— Non, ça c'est le délire du type qui a fait construire Val Quarios. Un carillon à vent. Je crois que c'est le plus gros du monde ou un truc dans le genre. Pas certaine que ce soit homologué mais c'est ce qui se raconte par ici.

— Il fonctionne ?

— Vu le poids, faut qu'il y ait de bonnes rafales pour le faire bouger. Cela dit, à cette altitude, ça ne manque pas. Tu l'entendras, t'inquiète. Peut-être trop. Surtout que ta chambre n'est pas loin en dessous. Viens.

Lily le fit pénétrer dans ce qu'elle nomma « le C ». Ils remontèrent l'immeuble par un autre couloir dans le même style vieillot et un peu criard ; longèrent un restaurant savoyard avec sa décoration rustique, bois et peaux de mouton, qui semblait fermé depuis longtemps déjà ; des portes conduisaient à des bureaux ou des salles de réunion condamnées pour l'été, des espaces détente dont les jouets pour enfants ou les chaises zen étaient recouverts de bâches ; de larges escaliers desservaient les étages... Il y avait de quoi se perdre.

– J'aurai un plan ? demanda Hugo mi-figue, mi-raisin.

– Au début tu vas te paumer, c'est obligé, mais tu verras qu'on finit par vite s'y retrouver. Suis les corridors centraux pour commencer, ils sont le cœur des installations.

Ce qui impressionnait le plus Hugo, réalisa-t-il, c'était le calme. Pas de voix, pas de voitures, aucune pollution sonore. Rien que le feulement de leurs pas sur la moquette et le frottement de leurs jeans ou des manches de leurs vestes. Dans un espace si grand, avec une telle hauteur de plafond, des galeries de plusieurs dizaines de mètres qui se profilaient de part et d'autre, c'était un peu intimidant.

En passant devant une épicerie bien approvisionnée, mais plongée dans la pénombre, Lily ajouta :

– Elle est ouverte tous les matins, sauf le dimanche, si tu as besoin de quelque chose, c'est ici que ça se passe. Simone t'ouvrira un compte.

– Nous sommes combien en tout ?

– Les autres sont tous arrivés au fur et à mesure, depuis une semaine, tu es le dernier il me semble. En tout ça doit faire... une douzaine environ.

– Je suis nul pour me souvenir des noms, va falloir que je me fasse un mémo.

– Je te rassure, je n'ai toujours pas imprimé comment s'appelait la fille qui est arrivée avant-hier. Mais ça va venir. L'isolement, ça crée des liens.

Ils parvinrent au cœur du V, devina Hugo, quelque part sous la coupole, et entrèrent dans un grand réfectoire garni de tables, chaises et étagères dans le style « indus ». Lily écarta les bras :

– Voici la cantine. C'est ici qu'on prend la plupart de nos repas. Tu peux te faire ta tambouille dans ta chambre bien sûr, mais sache qu'il y a toujours un peu de monde ici au moment de manger, et la cuisine se fait à tour de rôle. Les réserves, chambres froides et frigos sont pleins, donc fais gaffe sinon tu vas prendre dix kilos pendant ton séjour.

Un mouvement attira l'attention d'Hugo et il remarqua un homme avachi dans un des canapés face aux baies vitrées qui donnaient sur une longue prairie fleurie. L'homme se redressa, un ordinateur portable dans les mains. Il n'avait pas trente ans, un collier de barbe rousse mal entretenue, des lunettes et un t-shirt deux fois trop grand malgré son embonpoint très prononcé. Le t-shirt arborait un crâne en feu en train de chanter, logo d'un obscur groupe de metal scandinave.

— Ah, salut Lily.

— Hugo, je te présente Axel.

— Exhell ! corrigea aussitôt le garçon en s'approchant. E-X comme une ex, et *hell* comme l'enfer en anglais !

Il était au moins aussi grand qu'il était large et tendit une main potelée vers Hugo.

— Pardon, Exhell, j'oubliais, fit Lily en levant les yeux au ciel.

— C'est comme Excel, le tableur, mais en diabolique, jugea-t-il nécessaire d'insister. C'est mon nom virtuel.

Sa poigne était bien plus ferme que son attitude ne le laissait supposer.

— C'est notre responsable informatique.

— Je n'avais pas l'impression que la station était très équipée dans ce domaine, avoua Hugo.

— Faut quand même un minimum pour faire tourner ce bordel, répliqua Exhell. Je gère le site aussi, pour les réservations. Sans moi, ici, il n'y a plus rien.

Lily soupira et tira Hugo en arrière.

— Il est là depuis un mois et il fanfaronne déjà… ironisa-t-elle. Je vais te montrer ton appart.

— Sympa de t'avoir rencontré, ajouta Exhell, on va avoir l'occase de discuter. J'espère que t'es branché jeux ? !

Lily ne laissa pas à Hugo le temps de répondre et le poussa en dehors de la salle. Derrière une autre de ces innombrables doubles portes battantes en bois, ils s'engagèrent dans un escalier jusqu'au deuxième étage, puis le long d'un couloir à la moquette bariolée, lui aussi s'étirant vers l'infini.

– C'est *Shining*, ici, lâcha Hugo.

– Je pense que c'est exactement ce que dit chaque nouvelle personne lorsqu'elle arrive. En même temps, dès que tu as une ambiance un peu bizarre dans un hôtel, c'est la référence… On y est presque. Tu as le C-212. C'est un deux-pièces standard. Confortable.

– Tout le monde loge dans cet immeuble ?

– La plupart, répartis sur les deux étages du C et du D en face pour qu'on se sente un peu plus tranquille. Ton voisin le plus proche est de l'autre côté du couloir, tout au fond, donc tu peux mettre la musique fort le soir sans faire chier qui que ce soit.

Hugo ne savait pas bien si cela le rassurait ou l'angoissait.

– Toi, tu es où ?

– Moi, faut me trouver pour le savoir, gloussa-t-elle.

Lily sortit une clé de sa poche et lui ouvrit la porte de ce qui serait sa tanière pour les prochains mois. Grande pièce centrale avec cuisine américaine, et une chambre à côté, dans la tradition des locations de montagne. Ameublement un peu ancien, cadres avec paysages alpins sans intérêt, mais globalement ce n'était pas mal.

– Tu pourras y mettre ta touche perso, bien entendu, précisa Lily. Par contre si tu me sors des posters de foot ou de musique électro, je brûle ta piaule.

Elle ponctua sa tirade d'un rire aigu, bref, mais agréable, et Hugo se demanda depuis combien de temps il n'avait pas entendu un rire aussi chaleureux.

– Si j'avais eu quinze ans dans les années 90, peut-être que j'aurais fait ça, répondit-il en s'approchant de la fenêtre qui occupait tout un mur. Mais là…

Il pouvait voir la branche opposée du V, de l'autre côté de la prairie. Puis, un peu sur sa gauche, un immeuble recouvert de bardeaux lui aussi, et au-delà, le vide formidable de la vallée, avec le versant en face, presque flou dans le lointain.

– Je te laisse prendre tes marques. Il y a une réunion ce soir à 19 heures, avant le dîner, ce sera dans le salon suspendu du vaisseau-mère... T'inquiète, je viendrai te chercher. Retrouve-moi à moins le quart à la cantine.

La porte claqua et tous ces noms, toutes ces perspectives époustouflantes se mélangèrent dans l'esprit d'Hugo. Il ne savait plus bien où il était. *J'ai besoin d'une douche bien chaude.*

Il ne parvenait pas à se détacher du spectacle naturel que lui offrait sa fenêtre. Avait-il bien fait d'accepter ce job ? Ce n'était pas le genre d'emploi qu'on pouvait quitter sur un coup de tête pour rentrer chez soi le soir même. Il avait foncé, cherchant n'importe quel moyen de fuir son quotidien, et à présent qu'il réalisait pleinement ce que cela impliquait, il se sentait un peu perdu. La vie qui était revenue en lui à mesure qu'il s'éloignait de Paris, et surtout lorsqu'il avait vu Lily, fuyait à nouveau hors de son âme. Elle lui avait fait du bien, cette fille. Justement parce qu'elle, elle irradiait de vitalité. Elle en pétillait, ça débordait de son regard, de sa façon de sourire facilement, et même dans l'attaque de ses phrases lorsqu'elle ouvrait la bouche.

– Pas dans sa façon de conduire ! lâcha-t-il tout haut. Là, on dirait qu'elle veut mourir ! La vache...

Il n'était pas mécontent à l'idée de ne plus avoir à monter à ses côtés pour au moins plusieurs semaines.

Hugo consulta son téléphone, par réflexe, il ne s'attendait pas à avoir de messages, il n'en avait plus beaucoup à force de se replier sur lui-même, plus personne n'insistait.

Aucun réseau.

Dans un bled aussi reculé, fallait-il s'en étonner ? Tout de même, il devait forcément y avoir une antenne quelque part, une station de ski ne pouvait pas, au XXIe siècle, se passer de téléphone portable. Vis-à-vis de la clientèle c'était impensable. Le problème venait peut-être de son téléphone, songea Hugo. Il vérifia le Wifi, sans plus de succès. Pourtant Exhell travaillait sur son ordinateur portable, donc il devait obligatoirement y avoir une borne pas loin. *J'irai voir à la cantine...*

En repensant à l'informaticien, Hugo se demanda s'ils étaient tous dans ce genre. Si c'était le cas, ils n'allaient pas s'ennuyer...

De petits pas coururent juste au-dessus de lui, au plafond, et Hugo fit un bond en arrière sous l'effet de la surprise. *Des rats ?*

Ça commençait bien.

Vingt semaines. Prolongeables d'encore quatre semaines si nécessaire. Voilà ce qu'il avait signé. Il ne pouvait repartir avant, il se l'interdisait. Il ne pouvait se permettre un échec de plus. C'était un défi entre lui et lui-même. Aller au bout. Et puis, qui sait, peut-être allait-il vivre un moment extraordinaire de sa vie ? Si certains revenaient d'une année sur l'autre, c'était bien la preuve que ça pouvait être une bonne expérience. *Et Lily ! Elle vit ici, elle, donc ce n'est forcément pas l'enfer...*

Hugo attrapa son sac. Il était temps de vider tout ce qu'il était et d'investir cet endroit. C'était son nouveau chez-lui.

4.

La nuit était tombée à la vitesse des emmerdes.

C'était une des expressions préférées d'Hugo, considérant que les emmerdes vous tombaient dessus plus vite que la lumière, et a fortiori bien plus rapidement que le bonheur, il l'employait à tout bout de champ.

Le jour s'évaporait en un claquement de doigts, en altitude. Il en avait entendu parler mais pensait que c'était surtout une formule. Pourtant, il n'avait rien vu venir, le temps de vider ses affaires dans la penderie et la commode, de filer sous la douche – qu'il avait fait durer certes un bon moment, savourant le jet chaud qui dénouait les lourdeurs causées par l'interminable trajet – et quand il en sortit, il faisait noir à l'extérieur. Et pas qu'un peu. Une encre pure, pas même diluée par une flaque de lune ou au moins les éclats timides d'étoiles, non, rien de tout cela, rien qu'une obscurité profonde délimitée par le plafond de nuages épais. Sa fenêtre réfléchissait à présent bien plus l'intérieur qu'elle ne dévoilait l'extérieur. C'était un truc qu'Hugo avait toujours trouvé curieux ça, le principe des fenêtres qui, à mesure que le soleil s'éclipsait, refusaient de dévoiler les ténèbres pour s'intéresser à ce qu'elles pouvaient renvoyer. La transparence se muant en miroir. Y avait-il des choses, là-dehors, dans le monde, qu'il était préférable de ne pas contempler ? Que les principes mêmes de la physique choisissaient d'occulter pour renvoyer les hommes à leurs propres lumières ? Une métaphore du conscient qui devait s'éveiller tandis que les ombres sourdaient de leur antre ?

Trop d'interprétations… finissait toujours par conclure Hugo.

Ici le jour s'affadissait rapidement à cause du relief. Les hautes cimes engloutissaient le soleil tandis que les éperons et les vallées propageaient leurs ombres dans la foulée. Voilà tout.

Hugo déambulait dans son nouveau chez-lui, une serviette enroulée autour de la taille le temps de sécher, et apprivoisait les placards de la cuisine lorsqu'il remarqua l'odeur pour la première fois. Il ne savait pas si elle était là depuis le début et qu'il la notait enfin, ou si elle venait seulement d'apparaître. Humide et… décomposée. *Le moisi. Ça pue le moisi.* Il ouvrit aussitôt le frigidaire devant lui, s'attendant à y trouver les restes alimentaires putrides du précédent locataire mais il était vide et même très propre. Le ménage avait été fait avant son arrivée, tout était impeccable, il l'avait déjà constaté. Le nez en l'air, Hugo se mit en tête de remonter la piste de l'odeur. Il inspectait chaque surface, le plan de travail à côté de l'évier, le bar qui séparait l'espace cuisine du salon, puis la table ronde ou même les coussins du canapé en L qui fermait l'angle opposé. Rien.

C'est dans l'air.

Soudain un détail dans le mur l'interpella et le fit se rapprocher lentement. Un coin de lé du papier peint rebiquait. L'odeur y était plus forte. À présent teintée d'une pourriture organique. Acide, elle piquait les muqueuses, si grasse également qu'elle semblait recouvrir l'œsophage d'une pellicule fétide. Hugo se couvrit le nez avec l'intérieur du coude et se pencha vers le petit triangle tordu. En dessous, la paroi suintait d'une couche marron et poisseuse. *Qu'est-ce que c'est que ce truc ?* Après les rats dans le grenier, le Placo était complètement pourri ? De sa main libre, il tira sur le lé. Le papier peint se décollait sans peine, et chaque centimètre révélait encore le même marron légèrement mouillé, alors que l'air empestait de plus en plus. Puis une goutte se mit à couler, sombre. Et la couleur qui se dévoila ensuite vira progressivement vers le carmin. Le lé entier s'arracha avec le même son qu'un pansement sur une plaie, et Hugo écarquilla les yeux de stupeur.

Tout était rouge. Rouge sang. Des coulées suintèrent de la cloison à nu.

Brusquement, le mur commença à *pulser*. À l'image d'un organe qui réagit à une agression, faisant comprendre à Hugo qu'il venait d'arracher la peau de cette chair désormais à vif qui frémissait en cadence. Le sang descendait de toute la surface exposée et, pendant un instant, Hugo crut même percevoir le battement lancinant d'un cœur qui s'accélérait et dont chaque martèlement provoquait davantage encore de saignements.

Il respirait fort, les tempes moites.

Son propre cœur se mit à l'unisson de celui de l'hôtel, et il vacilla. Il voulut crier, mais en fut incapable. La pièce entière bascula et Hugo s'effondra...

5.

D'un bond, il se redressa dans son lit, en apnée, sans bien se rappeler qui il était. Il ne reconnut pas son environnement, incapable de savoir s'il était en sécurité, de distinguer ce qui était vrai et la part du cauchemar, avant que son esprit reconnecte avec la mémoire. *Val Quarios. La station. L'appartement.*

La chambre dans la pénombre.

Hugo souffla longuement avant de s'asseoir sur le bord du matelas. Il s'était assoupi après la douche. La luminosité avait décliné dans sa chambre. *Merde, le rendez-vous !*

Son téléphone indiquait 18 h 32. Il avait encore le temps.

Il s'accorda un moment afin de digérer les dernières sensations désagréables de son mauvais rêve. Il s'y était cru. Plus vrai que nature. Il avait encore l'impression d'avoir cette odeur horrible dans le fond de la gorge. *C'est que ça me travaille, ma présence ici, ce que je me cache, ce que je ne veux pas voir...* Hugo n'était pas du genre à donner une importance considérable à ce qui se passait pendant son sommeil, mais tout de même, c'était trop évident pour qu'il l'ignore. *Tant mieux. Ça bouge en moi.* Et il en avait besoin.

Il avala un grand verre d'eau fraîche pour se débarrasser une bonne fois pour toutes de cette sensation de pourriture, et s'habilla sans savoir s'il faisait froid le soir. Ils étaient en altitude, il opta pour la polaire par-dessus son sweat design de Parisien, bien trop léger pour la montagne. En passant dans le salon, il vérifia le papier peint. Son cœur marqua un temps lorsqu'il aperçut le coin de lé corné. D'un pas incertain, il s'approcha. Surface blanche en dessous, impeccable sinon un peu de colle séchée.

Hugo poussa un profond soupir.

– Si je croise des jumelles en robe bleue, je me barre, dit-il tout haut sur un ton badin.

Le son de sa voix lui fit du bien. *Je suis là depuis deux heures et je deviens déjà parano. Ça promet...*

Il attrapa sa clé et sortit dans le couloir. Il y faisait tout noir. À tâtons, il chercha un interrupteur, et les appliques s'illuminèrent dans le désordre. La ligne de fuite dessinée par la succession de portes, de lumières et la bande orange du sol lui donna presque le vertige. *Allez, on se reprend, tu ne vas pas faire ton sensible, c'est juste des corridors puis des corridors et encore des corridors.*

Hugo marchait, toujours dans le même silence étrange, et en arrivant aux ascenseurs il faillit presser le bouton d'appel, avant de se reprendre. Il fit « non-non-non » avec son index. *Mauvaise idée.* Et s'engagea plutôt dans le large escalier en face. Ce n'était pas difficile, il s'en souvenait. Deux étages plus bas, à gauche, puis tout droit jusqu'à la double porte et il serait dans le réfectoire. *La cantine.* Ça au moins, il le maîtrisait.

Mais là où il s'attendait à tomber sur la fameuse double porte, il parvint à un battant métallique barré « Interdit au public – Personnel seulement » qu'il ne reconnut pas. *Merde. J'étais pourtant sûr que...* Était-il descendu un étage trop bas ? Il revint sur ses pas jusqu'à trouver une fenêtre. Il était bien au rez-de-chaussée, la prairie entre les bâtiments C et D s'étendait juste là pour ce qu'il pouvait en discerner dans la nuit qui, au contraire de son cauchemar, bénéficiait du regard bienveillant d'une lune volontaire. *Bon. Alors c'était à droite peut-être ?*

Remontant sa propre trace, il explora deux autres coursives, passa le nez dans ce qui devait être normalement un studio photo, puis il avisa une salle d'attente donnant sur un cabinet médical, tous fermés pour l'été, avant de se planter au milieu du passage, les mains sur les hanches. *Je ne suis quand même pas idiot, bordel ! C'est forcément par-là !* Quel embranchement anodin avait-il manqué ? Une porte oubliée dans un coude ? Il se sentait ridicule. « *Suis les axes centraux* », *a conseillé Lily.* Hugo regarda autour de lui. *Je suis dans un corridor central ! Mais il ne débouche pas sur cette foutue double porte...*

Hugo n'était pas du genre à se perdre facilement dans Paris, il ne passait pas deux plombes à se repérer lorsqu'il sortait du métro, reconnaissait le nord du sud, et avait globalement un bon sens de l'orientation.

– Besoin d'aide ? fit une voix familière derrière lui.

Lily se tenait dans l'encadrement d'un vantail à demi ouvert.

– Je suis désolé, j'étais à peu près certain de pouvoir m'y retrouver et puis...

– On en est tous passés par là, le rassura-t-elle avec un signe de main pour qu'il la rejoigne. Viens, ils ne vont pas tarder.

Lorsqu'ils parvinrent à la sortie du C, Hugo eut le sentiment qu'il avait pourtant pris la bonne direction, fait les bons choix, et il ne comprenait pas où il s'était trompé.

– T'inquiète, répondit sa guide lorsqu'il lui en fit part, demain, lorsqu'il fera jour, je te remontrerai le chemin, tu verras que tu as dû louper une étape.

Au centre de la station s'élevait celui qu'on appelait le vaisseau-mère, expliqua Lily. Vus du ciel, les bâtiments principaux devaient ressembler à un A. Ils étaient à présent dans la barre horizontale du A. Un monstre de bois et de verre posé face à la vallée, comme pour la dominer, qui rassemblait l'accueil de Val Quarios, les bureaux de la direction, ainsi que l'espace de location de matériel et surtout ses installations sportives et de détente.

– À trois semaines près, tu aurais pu aller te faire masser dans l'espace zen en bas, ajouta Lily, là tu devras te contenter de la salle de sport et de la piscine. Même si tu n'es pas un grand nageur, je te conseille d'aller y faire un tour quand tu le pourras...

Hugo n'eut pas le temps de demander pourquoi, qu'ils pénétraient dans une longue salle au parquet immaculé, érigée dans un prolongement du vaisseau-mère, tendue vers la vallée ; elle rassemblait canapés et fauteuils confortables au milieu de plantes, et était bordée par deux cheminées face à face dont l'une crachait de réconfortantes flammes. Une demi-douzaine de personnes s'amassaient au centre, près de l'âtre, certaines debout, et discutaient tranquillement. La mélopée de leurs voix réchauffa Hugo plus encore que le feu. *Trop de silence dans cet endroit !*

– Ah, voilà le dernier ! s'exclama un homme maigre d'une soixantaine d'années, aux cheveux gris et lunettes fines. Tu dois être Hugo ? Sois le bienvenu.

Lily présenta Hugo et ils le saluèrent d'une même voix. Sur le sofa parallèle à la cheminée, il y avait deux filles d'environ vingt-cinq ans qu'il repéra aussitôt, plutôt jolies, voire très jolies même. L'une était blonde, sûre d'elle, à la limite de la suffisance, un mug à la main, l'autre métisse, plus effacée mais au regard d'une douceur aussi rassurante que son décolleté était enivrant. Hugo s'obligea à ne surtout pas les fixer et pivota. Il reconnut le géant roux, Exhell, avachi dans une bergère, puis s'intéressa à deux hommes qui jouaient aux dames non loin sans lever les yeux sur lui. Fin de quarantaine pour l'un, mal rasé et un peu bedonnant, probablement cinquante-cinq ou soixante ans pour l'autre au physique passe-partout. Les deux derniers présents dans l'assemblée étaient un jeune homme qui n'avait pas trente ans, cheveux trop longs, gros pull en laine et mains enfouies dans un jeans usé jusqu'à la trame, qui le fixait froidement, et un homme du double de l'âge de son voisin, un peu éteint, chauve, cou épais surmonté d'une grosse chaîne argentée, avec des tatouages rudimentaires sur les avant-bras et qu'Hugo estima être soit un ancien marin, soit un ancien taulard. Celui qui semblait être le doyen, avec ses lunettes, tendit la main à Hugo pour se présenter :

— Je suis Philippe DePrigent, on s'est parlé au téléphone.

— Ah, oui, vous êtes le directeur, se souvint Hugo en inclinant la tête.

— Pardon de t'avoir tutoyé directement, c'est un peu la norme ici et j'attends que tu fasses de même. Voici la fine équipe ! Tous ne sont pas présents ce soir, mais les nouveaux sont là.

Les deux joueurs de dames haussèrent les épaules en même temps.

— Oui, à l'exception d'Armand et Paulo qui sont nos saisonniers réguliers, corrigea DePrigent amusé. Paulo est notre plombier et son complice a la double casquette d'électricien-chauffagiste.

Le directeur avait une voix de stentor qui avait déjà impressionné Hugo lors de leurs entretiens, il ne s'était pas attendu du tout à un physique aussi fragile, et à cet air de père de bonne famille, avenant et prompt au sourire complice.

— Ces charmantes jeunes femmes sont Alice, responsable du matériel, qui va hélas nous quitter... quand déjà ?

— Semaine prochaine, fit l'intéressée d'une voix fluette qui contrastait avec son attitude presque hautaine.

— Nous en serons fort tristes, et j'espère te revoir en octobre. À côté, poursuivit le directeur, voici Jina qui est arrivée avant-hier, elle est aussi vierge que toi ! Vous pourrez faire vos armes ensemble.

DePrigent ne sembla pas du tout remarquer le double sens de sa phrase qui fit glousser les deux joueurs de dames, et il enchaîna :

— Jina est décoratrice, elle sera là principalement pour réparer les dégâts de la saison. Ludovic et ses charmants pulls devant nous, là, est mécanicien. Aux remontées notamment, mais tu le verras un peu partout. C'est une qualité obligatoire ici l'été :

être polyvalent. Ah, et je n'oublie pas Merlin qui est notre homme d'entretien mais qui lui aussi prêtera main-forte partout où ce sera utile.

Le tatoué opina, une lueur s'allumant dans son regard jusque-là absent. DePrigent conclut :

— Enfin, Axel là-bas, dont on ne sait jamais bien s'il dort ou s'il écoute, et qui est l'informaticien de la montagne.

L'adepte de metal suédois murmura « Exhell » du bout des lèvres, exaspéré.

— En parlant de ça, il y a le Wifi quelque part ? demanda Hugo.

— À la cantine, précisa Exhell, je te filerai le mot de passe.

— Et le réseau téléphonique, il faut être chez un opérateur en particulier ? Le mien ne semble pas capter.

À ces mots, Hugo saisit un peu de gêne parmi ses nouveaux collègues, à moins que ça ne fût de l'exaspération...

— Il va falloir t'en passer, annonça Lily qui s'était assise sur l'accoudoir d'un des canapés.

— Vous ne captez aucun réseau ? s'étonna Hugo. Dans une station de ski ?

— En pleine saison, si, l'antenne relais est branchée, mais une fois qu'il n'y a plus de touristes, on la débranche.

Hugo n'en revenait pas. Il ignorait même qu'on pouvait choisir de couper le signal d'une zone à loisir. Le directeur posa un index sur sa propre tempe :

— Ça peut te paraître exagéré, mais tu verras que pour ta tête, à la longue, c'est bien mieux. Pas d'ondes parasites, rien de malsain qui te traverse, et puis ça évite qu'on soit tous collés le nez sur nos petits écrans. Le numérique dévore une trop grosse partie de notre personnalité, il cannibalise l'âme humaine et la remplace, l'air de rien, par une normalisation de nos personnalités alors qu'il nous donne l'illusion d'une singularité qui n'est que vaine.

Devinant qu'il y avait là un vrai sujet, Hugo préféra ne pas se mettre mal avec tout le monde et n'insista pas, surtout lorsqu'il vit Exhell hausser les sourcils et lui adresser un clin d'œil complice. Au moins, s'il était tombé sur une secte de militants anti-progrès, il savait qu'il aurait un allié.

— Je t'en prie assieds-toi, reprit le directeur, sauf si tu veux un café ou un thé, il y a une machine derrière, sur la table, que Merlin a la gentillesse de nous remplir quotidiennement.

Hugo estima que l'attention était focalisée sur lui depuis trop longtemps, il fit « non » de la main et s'installa sur le premier fauteuil disponible, laissant DePrigent poursuivre son exposé :

— Axel, toi qui es là depuis un mois, n'hésite pas à intervenir si tu penses que j'oublie quelque chose qui pourrait servir à nos nouveaux. Ludovic et Merlin nous ont rejoints cette semaine, et enfin Jina et Hugo, pour vous c'est le grand bain, rassurez-vous, tout va très bien se passer. Le travail est plaisant, et le cadre enchanteur. Il y a bien pire pour gagner sa vie ! La routine est simple : chaque week-end les équipes font le point sur la situation et ajustent le planning qui sera glissé sous la porte de votre chambre. Le soir, il peut y avoir des modifications, mais ça se discute au jour le jour. Bon, vous le constaterez, ici tout le monde se croise, on bavarde, c'est assez informel, on se donne des coups de main, et il est possible que vous passiez d'une tâche à l'autre à la volée, rien n'est gravé dans le marbre.

Lily s'était éloignée et revint en portant un plateau garni d'amuse-gueules surgelés qui sortaient à peine du four.

— La maison ne refuse aucun sacrifice pour vous souhaiter la bienvenue, plaisanta-t-elle en tendant le plateau vers Jina et Alice, puis Hugo.

Hésitant, ce dernier se décida à lever la main pour interpeller DePrigent :

— Justement, j'aurais aimé savoir ce que j'allais faire exactement, pendant les entretiens vous m'avez parlé de bricolage, jardinage...

— Tu fais partie de notre « équipe caméléon », répondit le directeur, c'est ainsi qu'on vous appelle. Parce que votre job c'est de vous adapter. Réparations, coupes forestières, peinture, pose de gaines et ainsi de suite. Le vieux Max est le Caméléon en Chef.

À ces mots, Paulo et Armand pouffèrent sans pour autant lever les yeux de leur partie de dames.

– S'il entend ça, se moqua Armand, Max va s'étouffer avec son mégot !

– Le chef caméléon, répéta Paulo, hilare.

DePrigent secoua la tête de dépit :

– N'écoute pas ces deux clowns-là, même s'il est possible que tu leur files un coup de main lorsque nécessaire. Tu seras donc sous les ordres du vieux Max. Parfois il t'enverra avec JC, notre jardinier, et si Jina, par exemple, a besoin d'aide pour fixer une tringle ou arracher je ne sais quoi, tu seras dans le secteur, bref, je le disais : polyvalence.

Hugo avisa à nouveau la jeune métisse. L'idée d'être enfermé avec elle dans une chambre à retaper n'était pas tout à fait ce à quoi il s'était attendu lorsqu'il avait accepté ce boulot, mais ça n'était pas pour lui déplaire. Puis il repensa au décor qu'il avait aperçu en fin de journée dans cet étrange silence et se demanda si ça ne serait pas au contraire un peu glauque. *Tous les deux isolés dans une de ces barres, si elle me perçoit comme un satyre qui la reluque, ça va pas le faire du tout.* Il devait mettre des barrières. Ne surtout pas la regarder comme une jolie fille, plutôt une collègue, et seulement une collègue. Il sortait d'une relation catastrophique, il s'était fait démonter sentimentalement et dans son amour-propre, il n'avait pas besoin de passer par la case « pervers » pour améliorer son cas. Il venait justement ici pour se reconstruire.

Hugo détourna le regard et se concentra sur le discours de DePrigent qui expliquait le fonctionnement général de la station, les repas, les services, les horaires et les jours de congé. Avec le vieux Max et JC qui avaient été évoqués, Simone la dame qui tenait l'épicerie le matin, et la secrétaire du directeur, que celui-ci mentionna à plusieurs reprises, Hugo compta quatorze personnes. Ce n'était pas si mal, finalement. Il s'était attendu à pire. Il y avait de la variété en générations, en profils... Assez pour espérer se faire des amis. Cinq mois entre ces murs, ça ne pouvait pas être qu'une retraite personnelle, il fallait qu'il s'ouvre aux autres, qu'il s'enrichisse de leurs différences. *Que je prouve à cette conne qu'elle a tort, je ne suis pas un monstre d'égoïsme autocentré qui...*

Hugo serra machinalement les dents. Il s'était juré d'être vrai avec lui-même, de cesser la facilité. Si Lucie avait raison, il ne devait pas l'oublier. Il s'était lentement replié sur sa petite personne, et il ne fallait pas que ça recommence. Le simple réflexe de lui en vouloir prouvait qu'il avait encore du chemin à parcourir. *Peut-être que je vais pouvoir au moins en profiter pour me remettre à écrire ?* Il n'en était pas sûr, là aussi il avait beaucoup perdu en assurance, en motivation, et pour le coup ça n'était pas la faute de Lucie, pas totalement la sienne non plus à vrai dire. Son premier roman avait été un four total, moins de trois cents exemplaires vendus, aucun éditeur en poche n'avait voulu lui donner une seconde chance, ce qui avait eu pour conséquence d'annihiler toute ambition chez Hugo. À quoi bon écrire si c'est dans une langue que personne ne veut pratiquer avec vous ? Ce n'était pas tout à fait vrai, il l'avait réalisé peu après, lorsque le *désir* d'écrire l'avait envahi à nouveau. Pour le plaisir, pour soi. Se raconter une histoire, se satisfaire de ses choix, et éprouver une joie simple rien qu'à voir sortir un concept qui, par l'alchimie de l'écriture, se transforme en encre, là sous ses yeux... Mieux qu'un tour de magie. C'était l'inspiration qui lui manquait. *Oui, peut-être que je pourrais écrire un peu ici, si cet endroit me refile des idées...*

Il observa autour de lui, ces gens, la pièce... Ils l'appelaient « l'aquarium », entendit-il, à cause de toutes les baies vitrées qui donnaient sur la vallée. Pour l'heure ce n'étaient que des murs noirs et froids réfléchissant leurs silhouettes évanescentes, comme s'ils étaient tous des spectres. *Il va aussi falloir que j'arrête de considérer cet hôtel comme un endroit hanté !* À sa décharge, estima-t-il, il y avait de quoi se faire des mauvais trips. *J'espère qu'avec le temps, je vais tout voir d'un œil plus positif.* Il croisa les bras sur sa poitrine, un peu anxieux. *Avec la lumière du jour, les habitudes, la convivialité...* Hugo regardait les visages plutôt bienveillants qui l'entouraient, il n'y avait pas de raison, tout allait bien se passer. L'absence des « habitués » à cette soirée de bienvenue témoignait du peu de cas qu'ils faisaient des nouveaux et Hugo se mit à craindre une guerre entre « locaux » et saisonniers. *Arrête d'envisager les scénarios les plus pourris.*

DePrigent soliloquait avec enthousiasme, Hugo avait décroché depuis un moment déjà... *Le mec dirige, la femme sert les petits-fours, tout ça est tellement XXe siècle.* Sur quoi, il bondit sur ses pieds et prit le plateau des mains de Lily qu'il invita à se rasseoir. Au regard qu'elle lui jeta, il ne fut pas certain qu'elle trouvait cela si galant, mais s'en moqua. DePrigent émit un rire sec.

– Voilà au moins un garçon qui sait ce qu'il veut.

Lorsque la réunion s'acheva, Armand et Paulo demeurèrent dans l'aquarium bien que leur partie fût terminée, et comme ils ne se parlaient pas vraiment, Hugo se demanda ce qu'ils faisaient sinon juste prolonger l'instant pour ne pas être seuls... Tous les autres quittèrent la longue salle et prirent congé sur le seuil. Deux groupes se formèrent : ceux qui restaient dans le vaisseau-mère, dont DePrigent et Lily, et les autres, qui logeaient ailleurs. Au dernier moment, Lily se tapa la tempe pour signifier qu'elle avait oublié :

– Je te raccompagne, annonça-t-elle à Hugo.

– Pas la peine, je vais trouver.

– Tu vas te perdre !

Elle secoua la tête avec énergie et fonça vers l'escalier, ne lui laissant pas le choix :

– Tu veux dormir dans un des couloirs en plein courant d'air ? C'est ta première nuit, je suis ta chaperonne.

Dès qu'ils sortirent, Hugo fut saisi par la fraîcheur, un froid pénétrant qui le fit frissonner et l'obligea à remonter la fermeture de sa polaire jusque sous son menton.
— Ah, oui, quand même ! souffla-t-il.
— Tu es à la montagne, tu t'attendais à quoi ?

Il allait répondre que c'était le mois de mai, lorsqu'il aperçut une lueur au-dessus de Lily, au loin. Arrimé à la pente, partiellement masqué par les silhouettes de hauts sapins, le manoir qu'il avait remarqué plus tôt dans la journée était donc habité. Hugo se souvenait du malaise qui avait suivi sa question à son sujet et il hésita.

La curiosité l'emporta :
— Pourquoi tu m'as demandé de ne pas parler de cet endroit tout à l'heure ?

Lily ne vérifia pas du regard, elle savait très bien de quoi il s'agissait.
— Ça rend tout le monde nerveux.
— Un chalet ?

Elle haussa les épaules et pressa le pas en direction du bâtiment C.
— Qui y est installé ? insista Hugo. Un des nôtres ?

À ces mots Lily esquissa un sourire en tirant sur la porte pour le laisser passer.
— Ça y est ? Tu fais déjà partie de la famille ? C'est cool.

Lily dut deviner qu'elle ne se débarrasserait pas si facilement du sujet, et sa bonne humeur s'effaça.
— C'est le manoir du propriétaire, expliqua-t-elle en l'invitant à entrer dans l'immeuble.
— C'est pas DePrigent ?
— Non, lui c'est le directeur, il fait tourner les affaires. Là-haut, c'est le propriétaire de Val Quarios. Mais tu n'auras pas affaire à lui. En fait, tu ne le croiseras pas pendant ton séjour.
— Il ne sort jamais ? Genre... cloîtré chez lui ?

Lily insista d'un mouvement du menton pour qu'il entre. Hugo fixa la lueur sur les hauteurs. Au moins une fenêtre brillait. Cela suffit à faire naître en lui mille interrogations. Puis il y eut une altération dans l'intensité de la lumière, une ombre illisible à cause de la distance. Quelqu'un venait de se poster dans l'encadrement. Et lui rendait son regard.

6.

Le vieux Max ressemblait aux montagnes qui l'entouraient, comme s'il en avait pris modèle à force d'y vivre. Les éléments et le temps avaient creusé son visage de sillons et de plis bordés d'une végétation éparse de poils courts. Deux vallons de part et d'autre soulignaient le pic de son nez pointu et une couche blanche coiffait son sommet plat. Pour toute fantaisie, le vieux Max ne s'accordait qu'une moustache fournie qui lui couvrait une large partie de la bouche.

Il n'était pas si vieux que ça, estima Hugo en le rencontrant à la sortie du C, une soixantaine d'années, guère plus. Et sa poigne était plus vigoureuse que celle de la majorité des jeunes qu'Hugo avait rencontrés dans sa vie. Une main calleuse, puissante, allongée par des doigts épais et interminables.

Hugo savourait l'air pur et déjà tiédi par le soleil, sans rapport avec celui de la veille. L'amplitude thermique était surprenante.

– Ton petit déj te tient bien au corps ? demanda Max. Parce qu'on va commencer fort. Moi j'ai pas besoin de toi aujourd'hui, je finis mes bricoles. Par contre JC t'attend, viens. Mais d'abord, le matos.

Il l'entraîna sur le flanc du vaisseau-mère où ils passèrent par une porte de service donnant directement sur le sous-sol. Là, dans un couloir de parpaings gris éclairé par des lampes sous grille dignes des caves les plus sordides, ils investirent une pièce remplie d'équipement sur des racks métalliques. Max lui tendit une large ceinture prolongée de pochettes, de passants et de glissières dans lesquels le moustachu engagea toutes sortes d'outils, mousquetons et ustensiles dont la plupart étaient étrangers à Hugo. *Si le jour 1 je ne suis pas fichu de savoir quoi faire ils vont me foutre dehors illico...*

– Tu t'es déjà servi d'une tronçonneuse ? demanda son aîné en attrapant un de ces engins longs comme ses jambes.

– Euh... il y a longtemps, mentit Hugo.

Max la lui tendit. Elle n'était pas si lourde. Max s'empara d'un bidon d'essence de cinq litres et ils ressortirent pour filer du côté des remontées mécaniques, où ils entreprirent de longer le bâtiment C vers les falaises boisées qui dominaient la station. Hugo n'en manquait pas une miette, les poteaux d'acier plantés dans la terre, leurs câbles tels des fils d'argent luisant sous le ciel bleu, le vert éclatant de l'herbe là où l'hiver avait étalé ses pistes, les chalets en contrebas, puis la tour tout au fond. Il avait envie de tout visiter, d'errer dans son nouveau chez-lui. Son pressentiment n'était pas mauvais, avec la lumière du jour, il voyait tout d'un regard nouveau, rassurant. Pourtant une petite pointe d'angoisse le taraudait. Et s'il n'était pas à la hauteur ? S'ils le viraient avant la fin de la semaine ?

La pente s'affirmait de plus en plus, et Hugo soufflait. Il était assez sportif, pour son métier de comédien, il s'imposait une discipline régulière de jogging et de musculation, pourtant il peinait à suivre la cadence de Max. *Dans quelques semaines mon corps sera habitué à l'altitude, ça ira mieux.*

– Allez gamin, tombe pas la foulée ! lâcha Max en accélérant, comme pour le provoquer.

Ils poursuivirent en laissant l'orée de la forêt de conifères sur leur gauche pour remonter plus haut et ainsi atteindre le plateau qui surplombait la station, et là seulement ils pénétrèrent dans la sapinière. Hugo était en eau. Il ne détecta aucun chemin, pas de sillon, rien pour se repérer, ce qui n'empêchait pas le vieux Max de filer tout droit comme s'il savait exactement où ils allaient, il évitait les branches basses, franchissait les buissons, ou écartait les tiges gênantes. Et puis sans prévenir, ils arrivèrent au bord du monde.

Le sol disparaissait devant eux en même temps que le sous-bois, et à la place, ils dominaient tout le paysage vertigineux, prêts à s'envoler. Hugo fit instinctivement un pas en arrière. La falaise s'étendait à moins d'un mètre cinquante devant lui, et juste en dessous Val Quarios déployait ses lignes de fuite caractéristiques, avant que la montagne elle-même ne plonge vers les racines ombragées de la vallée.

– JC, voilà ton nouveau copain ! présenta Max.

Un brun à la tête ronde affublé de la même ceinture qu'Hugo se tenait devant un sapin penché vers le vide. Il pivota vers eux. Sa carrure était celle d'un homme taillé par l'effort et le grand air. Aucune expression ne perturbait son visage mal rasé et dont la profonde fossette au menton attirait le regard. Sourcils larges, regard franc, nota Hugo. La quarantaine sportive. En voyant Hugo, ses traits se froissèrent :

– Max, tu ne lui as pas filé de chaussures de sécurité !

L'intéressé posa son énorme main sur l'épaule d'Hugo :

– Comme ça il fera attention ! Allez, bonne journée.

Et il tourna les talons sans plus de formalités.

Les présentations furent rapides, JC expliqua à son nouvel assistant qu'ils devaient abattre les arbres trop proches du bord ou qui menaçaient de tomber à terme. L'idée était de contrôler les chutes plutôt que de les subir, surtout en cas de tempête, régulières et violentes l'été. Cette fois Hugo ne chercha pas à lui mentir lorsqu'il l'interrogea sur sa maîtrise de la tronçonneuse, il devinait l'enfant du pays à sa franchise, son accent doux, et ne se sentait pas l'aplomb pour le baratiner. JC prit le temps de tout lui expliquer en détail, coupe avec chaîne de traction ou de poussée, ébranchage, coins et leviers d'abattage, position à tenir, et lui fit une démonstration d'une agilité remarquable avant de le guider pour sa première taille. Hugo fut impressionné par le bruit de la machine, la férocité des attaques de la chaîne sur le bois qu'elle dévorait avec une avidité vociférante, tout ce qu'il avait à faire était d'appuyer contre l'écorce et un sillon de mort tranchait l'arbre à sa base en projetant ses éclats et sa poudre blanche. La tronçonneuse lui faisait peur, il s'imaginait qu'il dérape ou qu'il perde le contrôle et qu'elle lui sectionne le pied d'un coup, ou encore qu'elle s'enfonce hurlante dans sa cuisse, aspergeant de son sang un JC médusé. C'était si facile. Une perte d'attention, un mauvais réflexe, ou encore s'il dérapait, se prenait dans un filet de rhizomes... Hugo envisageait d'abominables accidents, il ne parvenait pas à s'en empêcher, surtout lorsqu'il faisait rugir la bête avant de lui faire mordre le bois tendre.

En milieu de matinée, il se sentait opérationnel. Et déjà exténué par cet exercice auquel il n'était pas le moins du monde habitué. Une envie pressante lui fit poser son équipement et s'éloigner dans le sous-bois.

Une main l'agrippa tout d'un coup par l'épaule.

– Pas par-là, fit JC d'un air sévère. De l'autre côté.

– Ah. OK.

En faisant demi-tour, Hugo scruta la végétation à la recherche d'indices expliquant l'avertissement. Il n'y remarqua aucun détail exceptionnel sinon une densité importante de la forêt.

– Il y a un problème ? demanda-t-il.

JC le raccompagnait, concentré pour ne pas mettre les pieds n'importe où. Il finit par lâcher :

– C'est un coin dangereux. Des trous de marmotte partout planqués sous le feuillage, tu risques de te fouler une cheville, et c'est glissant, avec la falaise qui surgit sans prévenir, si tu ne sais pas exactement où elle est, la chute est mortelle.

– Vu sous cet angle...

Hugo se soulagea ailleurs et reprit le travail, attentif à chacun de ses gestes. Peu à peu, il se laissa bercer par la répétition, se faisait peur tout seul avec sa tronçonneuse qu'il manœuvrait maintenant comme un jouet. La moindre approximation, perte d'attention ou excès de confiance et ça pouvait être fatal. Là encore, il envisageait mille possibilités pour que ça dégénère, des visions toutes plus barbares les unes que les autres.

JC lui cria dessus, tout proche, et Hugo pivota d'un coup, tout à ses pensées.

La tronçonneuse suivit le mouvement dans un nuage d'essence et la chaîne découpa l'abdomen du quadra, libérant ses viscères qui se déversèrent entre les deux hommes dans un flot spongieux.

Hugo cligna des yeux et du revers de la main essuya les copeaux de bois de ses lunettes de protection. Il n'y avait pas plus de sang que de boyaux devant lui. Il fallait qu'il arrête avec ses délires. Il vérifia une fois encore ses coupes, la direction de la chute, son coin bien positionné, et s'assura que JC était à l'écart, affairé sur son propre sapin. Lorsque son arbre tomba dans la falaise, il l'entendit craquer à chaque choc, se briser les branches et enfin s'écraser contre les roches saillantes. Hugo s'en sentit presque coupable. *Désolé mon vieux, c'est le job qui me l'ordonne.*

En bas, la station demeurait impassible, à peine le panache d'une chaudière ou d'une cheminée qui crachait sa fumée par intermittence. Une forme se déplaçait en bas des remontées, en direction de la tour ronde. Était-ce Lily ? Chevelure imposante tirant sur le blond, démarche assurée, ça lui ressemblait bien. Où était le reste de l'équipe ? Quelque part dans les deux immenses barres qui s'élançaient vers la vallée ? Celle à sa droite, le Vioc comme l'avait surnommée Lily, lui parut différente de sa jumelle sans qu'il parvienne à bien définir ce qui les séparait...

– Petite pause ? fit JC en arrivant derrière lui.

Il n'avait pas fait un bruit et Hugo sursauta presque.

– Oui... je... j'ai fait tomber le gros là, comme tu m'as montré.

– Parfait. Tu te débrouilles bien. La plupart des gens flippent avec une tronçonneuse entre les mains, surtout une pétoire grosse comme la tienne.

Hugo eut envie de lui raconter les images qui lui étaient venues mais s'abstint.

– C'est moi ou ils ne sont pas exactement pareils, les deux bâtiments en bas ?

– Le Vioc est en rénovation. Il n'est plus exploitable. C'est une coquille vide. Ça fait un an que les travaux auraient dû démarrer, mais on prend du retard. Il n'a pas pu être utilisé pour la saison, t'imagines le manque à gagner ? Je sais pas ce qu'ils foutent...

Maintenant qu'il y prêtait attention, en effet, Hugo trouva que la barre manquait d'éclat, les fenêtres ternes, quelques rouleaux de gaines entassées près d'une entrée et une benne à ordures remplie de déchets trônait non loin.

– C'est DePrigent qui gère ? demanda-t-il.

– Je suppose. Ils ont pas le budget pour lancer la rénovation complète, c'est ce qui se murmure. T'en fais pas, les salaires tombent, hein, si c'est ce qui te tracasse. Le premier de chaque mois, avec la régularité d'une pendule, précisa JC en proposant sa gourde à son nouveau collègue.

– Merci, demain je penserai à en prendre une, avec les chaussures de sécurité.

Il engloutit une longue gorgée avant d'éponger la transpiration sur son front.

– Tu es du coin ? questionna le Parisien.

– Ça se voit ?

– Ça s'entend.

– Né dans la vallée. Tout ce que tu contemples, c'est mon fief.

– Tu bosses ici depuis toujours ?

JC approuva lentement tout en admirant les contreforts opposés.

– Cette station, pour les locaux, c'est une aubaine, dit-il. C'était mon premier emploi, je ne suis jamais parti.

– L'hiver aussi ?

– Bien sûr. Avec tous les touristes, ça n'arrête pas. Je m'occupe des pistes, et des dameuses avec d'autres gars. Un peu un rêve de gosse.

Sentant que la discussion prenait un bon tournant, Hugo désigna le manoir sur sa droite, dont on distinguait la tour par-dessus la cime de la forêt.
— Tu le connais ?
— Le propriétaire ? Oui, bien sûr, c'est lui qui m'a engagé quand j'avais dix-sept ans.
Aucune expression fermée ni aucun changement de ton, nota Hugo. Évoquer le propriétaire ne semblait pas rendre tout le monde aussi nerveux que l'affirmait Lily.
— Il est sympa ?
Cette fois JC hésita à répondre. Il se mordilla la lèvre, son regard allant vers le manoir.
— Avant on le voyait souvent, il descendait à la station, mais c'est plus le cas.
— Il ne sort jamais ?
Nouvelle hésitation.
— Non.
— Il fait comment pour ses courses ?
— Quelqu'un lui monte tout ce dont il a besoin, et voilà.
— C'est un vieux bonhomme ?
— Maintenant, je suppose, oui.
— Il y a une raison à cet isolement ? C'est bizarre...
Le regard de JC descendit sur sa tronçonneuse. Il haussa les épaules. Hugo tenta la franchise :
— Lily m'a conseillé de ne pas évoquer sa présence, elle dit que ça rend les gens nerveux.
JC fit la moue, l'air songeur.
— Je sais pas si ça rend nerveux, finit-il par répondre, c'est juste que... Tout lui appartient, il a tout créé, et maintenant on ne le voit plus, et la station a besoin d'investissements plus que jamais, tout tombe en ruine, mais il ne fait rien. La rénovation du Vioc est un bon exemple, on ne pouvait plus attendre, DePrigent a donné le feu vert, et puis finalement les crédits n'arrivent pas.

JC porta un regard chargé sur Val Quarios, entre amour et haine.

— L'avenir de la station est menacé ? demanda Hugo.

— Si son propriétaire ne fait rien, probablement.

— Pourquoi il fait ça ? Il n'a plus de fric ?

JC se tourna vers lui, puis il scruta la forêt autour d'eux avant de désigner la souche d'un arbre qu'ils venaient d'abattre. Le bois était vermoulu, et le bûcheron pointa du bout de sa tronçonneuse des filaments de moisissure qui s'étiraient au sol, en direction des autres conifères.

— Parfois, il y a des sapins qui pourrissent sur pied, et qui, avant de s'éteindre, cherchent à propager leur mal aux autres. Je crois que, d'une certaine manière, il y a des êtres humains qui font ça aussi, peut-être que ça les rassure d'emporter le maximum de monde avec eux. Pour rendre la mort moins effrayante.

Hugo se pencha un peu au-dessus du vide pour mieux distinguer le manoir.

Il pouvait deviner l'amertume de ces gens pour qui Val Quarios était non seulement la source de leurs revenus, mais également leur base depuis des années. Se sentir abandonné ainsi, ne rien pouvoir faire, vivre dans l'incertitude d'un avenir compromis... Hugo comprenait mieux pourquoi Lily lui avait demandé d'éviter le sujet. Il n'y avait rien de mystérieux, rien de glauque, juste une source d'angoisse.

— C'est qui au juste ce proprio ? Il ressemble à quoi ?

JC le toisa un instant puis releva sa tronçonneuse.

— Assez causé, on perd le rythme. Décapite-moi celui-ci devant toi.

La machine de JC démarra dans un rugissement mécanique des plus menaçants, clôturant la discussion.

7.

La lame trancha dans la tête.

Le bulbe ainsi éventré, Hugo s'empara d'une gousse d'ail qu'il débita en minuscules morceaux pendant que l'eau de ses pâtes bouillonnait.

Dans la précipitation de son premier jour, il n'avait pas eu le temps de passer à l'épicerie le matin, et Lily lui avait gentiment confectionné un panier avec le minimum de survie alimentaire pour son dîner.

Une première journée dont il ne savait pas encore comment il parviendrait à la terminer tant l'idée de remonter dans les étages pour atteindre sa chambre lui paraissait insurmontable. Il avait mal partout. Les jointures des doigts où il craignait l'apparition d'ampoules. Les épaules lourdes, les bras ankylosés, les fesses et les cuisses congestionnées, et le pire provenait du dos. Il n'imaginait pas dans quel état il serait demain, au réveil.

Ce qui ne l'empêchait pas de soigner ses papilles et son estomac. Il avait toujours été gourmet, « préoccupé par son assiette », disait-il. Trop feignant pour se confectionner de bons petits plats quotidiennement, il savait cependant que c'était une méthode infaillible pour focaliser ses pensées folles, et se faire du bien. L'idée même de s'accorder du temps pour s'occuper de lui était réconfortante, c'était la moitié du job accompli. Fatigue ou pas, ce soir, et pour la première fois depuis longtemps, il était aux fourneaux.

La cuisine attenante à la cantine était immense. Industrielle. De l'inox partout, flamboyant sous l'éclairage agressif. Hugo n'en occupait qu'un tout petit espace, et se sentait tout seul dans cet océan de cuisinières, plans de travail rutilants, hottes béantes ou placards alignés militairement. Là encore, constante de Val Quarios, le silence implacable amplifiait le moindre son de couteau claquant sur la planche, l'ébullition dans la casserole ou chaque raclement de gorge d'Hugo, qui se répéta qu'il allait s'y habituer. *Le brouhaha parisien me sera insupportable lorsque je vais rentrer cet automne !* Il n'en était pas sûr, mais cela ne faisait pas de mal d'essayer de s'en convaincre.

Une porte s'ouvrit à l'autre bout de la pièce et Hugo reconnut Alice, la blonde presque hautaine, qui fila droit vers le premier frigidaire pour s'emparer d'un Tupperware et ressortir sans un signe. Il ignorait si elle ne l'avait même pas remarqué ou si elle l'avait fait exprès.

Il n'avait croisé personne dans la cantine ce soir, ce n'était peut-être pas leur heure, ou bien chacun préférait prendre son dîner dans sa chambre. Hugo, lui, avait trop la flemme de remonter maintenant, il aspirait à s'asseoir, et ne plus bouger, probablement pour les dix ou quinze prochaines années, avant d'envisager d'escalader la moindre marche.

Il termina de préparer son repas – linguine avec filet d'huile d'olive, ail et chiffonnade de bresaola qu'il arrosa d'un zeste de citron – et l'emporta dans le réfectoire mitoyen. Alice était installée au centre, des écouteurs sur les oreilles. *Allez, j'ose...*

Il lui demanda d'un signe de la main s'il pouvait se joindre à elle, ce qu'Alice l'invita à faire en retirant ses AirPods.

– Je ne veux pas t'interrom...

– C'est un podcast, je peux le mettre quand je veux.

– J'avoue ne pas avoir le réflexe d'en écouter. Faudrait que je m'y mette.

Alice acquiesça vivement.

– Avec les mois qui t'attendent ici, oui t'as intérêt !

Elle retourna à sa salade de quinoa qu'elle mangeait à même le Tupperware.

– J'ai vu que le frigo est plein de tes boîtes, c'est astucieux, il faudra que je pense à faire pareil, dit Hugo histoire de bavarder.

– C'est une habitude que j'ai prise en arrivant ici, comme c'était la course certains jours, j'ai décidé de me préparer tous les repas de la semaine le dimanche. Tu y passes un moment mais ensuite tu es tranquille.

– Malin. Il n'y a personne d'habitude pour le dîner ?

– Ça dépend, parfois tu croiseras quelqu'un, ou plusieurs, parfois tout le monde dîne chez soi, il n'y a pas de règle. Enfin, c'est comme ça depuis que la station s'est vidée.

– C'était comment ? Je veux dire : l'hiver dans cet endroit.

– Sympa.

Devant le peu d'enthousiasme qu'elle manifestait, Hugo s'étonna :

– C'est tout ? Dis-le-moi si c'est la mort, que je me tire tant que je suis encore en période d'essai ! dit-il sur un ton faussement paniqué.

– Non, non, c'est chouette, pas de prise de tête. Mais je suis contente que ça s'arrête. Je suis vannée. Je suis là depuis octobre. La saison a été chargée, et même si ça fait un bon mois que c'est redevenu calme, je suis contente de changer d'air.

– Après sept mois, je peux imaginer.

– C'est juste qu'au bout d'un moment tu tournes en rond. Surtout maintenant que c'est vide. Et puis ils ont supprimé Internet à peu près partout, j'aurais pas pris le boulot s'il n'y avait pas eu de connexion de toute la saison.

– Oui, ça va être chaud pour moi.

– Ils ont coupé l'antenne le mois dernier, avec le départ des derniers touristes. Plus de réseau ou presque, et un pauvre Wifi de merde ici ou dans l'aquarium, ça craint. Je sais pas pourquoi ils font ça. Enfin si, une histoire de coût j'ai entendu, et

DePrigent qui se félicite qu'on ne se pollue plus le crâne avec le numérique... tu parles !

— Et... euh... tu as été payée, il n'y a pas eu de problème ?

Alice le gratifia d'un air un peu moqueur.

— Jamais eu le moindre retard. J'attends juste mon solde de tout compte et mercredi prochain je rentre chez moi.

— C'est où chez toi ?

— Amiens.

— Pas très montagneux.

— Mes parents avaient un bon comité d'entreprise, on partait tous les ans skier dans les Alpes alors je ne suis pas non plus en terre inconnue.

— Vous veniez à Val Quarios ?

— Non, dans les Alpes moins sauvages, plus au nord. J'ai toujours été attirée par ce genre de paysages.

— C'est cool, tu peux remercier tes vieux.

— Ils sont morts.

Hugo s'arrêta de manger, la fourchette dans les airs entre son assiette et sa bouche.

— Oh merde, pardon. C'est tout moi ça...

— C'est bon, t'inquiète, j'en parle facilement. L'avantage d'avoir un psy depuis que je suis ado. Mon père a eu un accident de moto et ma mère l'a suivi en se bouffant la santé d'un cancer de l'estomac.

— Je suis désolé.

— J'ai digéré depuis.

Hugo releva la métaphore en se demandant si elle était volontaire ou pas. Cette Alice lui plaisait bien finalement. Il l'avait trouvée un peu suffisante hier soir, mais il avait l'impression que c'était surtout une battante. De près, elle était moins jolie que ce qu'il avait pensé, une peau abîmée par des cicatrices d'acné, un nez un peu empâté, toutefois elle respirait une malice séduisante et avait beaucoup de charme lorsqu'elle souriait.

Et tu crois que tu es bien, toi, lorsqu'on te détaille de près ? Avec tes grains de beauté sur la tronche, ta canine de traviole, et

ton sourcil coupé en deux depuis que tu es tombé sur une pierre, gamin ? Hugo éprouvait toujours un peu de culpabilité à dresser des portraits lorsqu'ils s'avéraient cruels ou peu flatteurs.
– Et toi, tu as de la famille ? s'enquit-elle.
– Une mère à Caen que je ne vois jamais. On n'est pas très proches.
– Brouillés ?
– Non, pas vraiment. J'ai juste grandi dans un foyer où on ne se disait pas grand-chose, disons que je continue sur la même ligne maintenant que je suis parti.
– Et ton père ?
– Je l'ai pas connu. Un militaire, il s'est barré avant que je marche.
Alice reposa sa fourchette et recula dans son siège.
– Dis donc, ils sont joyeux nos antécédents !
Ils en rirent ensemble.
– J'imagine que si tu as une famille aimante tu ne vas pas t'isoler plusieurs mois en haut d'une montagne, souligna Hugo.
– Encore, moi j'ai choisi la bonne période, il y avait du monde, c'était vivant. Toi, par contre… c'est limite masochiste. J'espère que tu as une vie intérieure riche !
Hugo ricana, avant de l'interroger :
– Ils sont comment les autres ?
Alice prit une longue inspiration pour réfléchir à ce qu'elle allait dire.
– Je ne les ai pas côtoyés autant que ça, pour être honnête. C'était intense cet hiver, on n'a pas arrêté. Clairement, il y a un sous-effectif. Tout le monde se concentrait sur ses tâches, on se croisait… Le directeur est cool, sauf lorsqu'il est stressé. Après… Le moustachu avec lequel tu vas bosser, il ne disait jamais rien, alors je ne sais pas quoi en penser. JC est très premier degré, évite les vannes, il ne les pige pas. Les autres je ne les connais pas, ils viennent d'arriver, comme toi.
– La secrétaire de DePrigent ? Simone à l'épicerie ?
Alice haussa les épaules.

— Rien à dire, on n'a pas eu de relation en fait. Juste un « bonjour » ou « merci ». Aimables, gentilles, voilà.

— Et Lily ? J'ai l'impression que c'est une fonceuse, directe et rassurante.

Alice se mit à jouer avec l'encolure de son pull.

— Et bonasse, n'est-ce pas ? fit-elle avec un rictus provocateur.

Hugo fut désemparé, il ne s'y était pas attendu. Alice éclata de rire :

— Je te charrie. Mais si c'est ce que tu veux savoir, je crois qu'elle est célibataire.

— Non... je ne demandais pas pour ça, balbutia-t-il. Juste savoir qui je vais avoir avec moi pendant tout ce temps, c'est tout.

Alice pointa son index vers lui :

— C'est sûr que vous allez vivre en vase clos, moi j'aurais détesté ça, je sais pas comment tu fais.

Leurs voix résonnaient dans la cantine. Hugo repoussa son assiette à son tour. Dehors, la nuit était tombée. *À la vitesse des emmerdes.*

— Je ne me suis pas trop posé la question, pour être franc.

Hugo pouvait sentir le regard de la jeune femme sur lui. Il décida de le soutenir. *Beaucoup de charme.*

Pourquoi était-il venu au juste ? Pour draguer tout ce qui bougeait ? Ça ne lui ressemblait pas. Encore moins le *lui* actuel. Lily l'avait saisi à peine avait-il posé le pied sur le quai, avec le mérite de le réveiller, de décongeler ses sens endoloris par la claque qu'il s'était prise près de trois mois et demi plus tôt. Hier soir il s'était imaginé dans une chambre avec Jina et voilà que c'était au tour d'Alice maintenant ? Toutes les trois étaient jolies, c'était un fait. Et alors ? Il sortait d'une rupture violente, destructrice, il venait se *réfugier* au bout du monde, et son premier réflexe était d'entrer en séduction ? Il se trouvait pitoyable. *Humain. Je suis un homme, mes instincts se réveillent, c'est bon signe après ce que j'ai traversé, non ? Regarder, penser n'est pas faire.*

– Tu dois être claqué après ta première journée ? demanda-t-elle sans qu'il sache bien comment interpréter cette remarque.

Se faisait-il des films ? Était-ce un constat poli et logique, sans aucun sous-entendu ? *Arrête de tout interpréter comme si tu étais irrésistible !*

La rupture avait décidément fait des dégâts sur son estime de soi. Manquait-il aussi de maturité ? Était-ce pour ça qu'il devait lutter autant pour se remettre de s'être fait plaquer ? Qu'il était perdu dans ses émotions, ses désirs, sa confiance ? Était-il normal, à trente-quatre piges, d'autant douter ?

Le chagrin d'amour, la blessure narcissique qui l'avait accompagné, Hugo ne pensait pas être capable de les encaisser plus sereinement un jour, même à cinquante ou soixante ans. *L'amour est ce sentiment primal, base de tout. Face à lui, nous ne sommes que des enfants, non ?*

– Pire que ça, s'entendit-il répliquer.

– Tu devrais aller nager. La piscine est dingue.

– Tu es la deuxième à me le dire en vingt-quatre heures.

– C'était mon kiff, profiter de la piscine le soir, une fois fermée aux clients. Lorsque j'étais démontée, que ça me tirait jusqu'au bout des orteils, j'allais me faire quarante minutes de nage et je dormais comme un bébé. Ça va me manquer.

Lorsqu'elle se leva pour aller laver sa vaisselle dans la cuisine, Hugo se garda bien de la détailler. Un réflexe de mâle le poussait à contempler ses courbes, mais sa petite voix intérieure, fragile, lui murmurait que ça n'était pas correct. Pas respectueux. Il eut l'impression d'être un peu couillon ainsi torturé tel un adolescent qu'il n'était pourtant plus depuis longtemps.

Après les mots dévastateurs de Lucie, il s'était éteint. Sa libido avait fondu telle une glace en plein soleil. Encore dans son emballage plastique. C'était l'image qu'il en avait. Un jus multicolore de ses désirs, comme un arc-en-ciel dissout ; ça avait été beau, désormais c'était une soupe sans intérêt.

Mais depuis qu'il était sorti de ce TGV, son corps se réveillait, imprégnant son cerveau d'automatismes qu'il avait crus disparus pour de bon.

C'était dommage qu'Alice reparte, ils auraient pu s'entendre. Devenir amis, peut-être amants ? *Non, je ne crois pas.* Cinq mois sans la moindre relation physique et sentimentale, ce serait long, mais n'était-ce pas le chemin de son purgatoire, nécessaire à sa reconstruction ? Il préféra ne pas s'embarquer dans cette direction et une fois son rangement effectué, repartit dans l'aile C en se concentrant sur le trajet, la dernière chose qu'il voulait était se perdre à nouveau et devoir hurler jusqu'à ce que quelqu'un vienne à son secours. *Bon, faut pas déconner non plus, c'est pas un labyrinthe...*

Il y avait un coude et deux portes à double battant donnant sur deux couloirs qui se ressemblaient, c'était l'erreur qu'il avait commise la veille en confondant celui qui était le principal et son jumeau plus sournois. *Son double maléfique*, s'amusa-t-il. Cette fois il ne se fit pas avoir et prit le bon virage avant de parvenir au pied du grand escalier. La tentation des ascenseurs le titilla. *Déconne pas, Lily t'a dit qu'ils ne les utilisent pas hors saison.* Il y en avait deux. *Un bon, un mauvais. Est-ce que je suis joueur ?*

Hugo secoua la tête et attrapa la rambarde de l'escalier en grimaçant.

– Pas ce soir, dit-il tout haut.

Au deuxième étage, il prit sur sa droite et remonta le corridor, passa le décrochement qui donnait sur une salle vide, probablement de quoi organiser des événements pendant l'hiver, et parvint à sa chambre.

Il fouillait dans sa poche à la recherche de la clé lorsqu'il eut l'impression de ne plus être seul. C'était irrationnel, et il se sentit bête, pourtant le duvet sur sa nuque se hérissa brusquement. Il jeta un coup d'œil de part et d'autre : la moquette désuète, les appliques illuminées et la perspective de portes. Ce long défilé monotone, visuellement fatigant. Personne. Rien que des jeux d'ombre et de lumière. *C'est juste un micro-courant d'air, on se détend.*

Hugo réalisa qu'il ne se souvenait pas si d'autres chambres du couloir étaient occupées. Probablement pas. Ou plus loin, après le coude. À moins que ça ne soit à l'étage inférieur ? Il revoyait Lily lui expliquant qu'il pouvait mettre la musique à fond ou quelque chose dans ce genre... Et qui ? Qui pouvait être son voisin le plus proche ?

La minuterie allait s'arrêter d'un instant à l'autre, le plonger dans le noir, sans un bruit, à peine sa propre respiration, un peu inquiète. *C'est bon, arrête.*

Le plafond grinça légèrement et il leva le menton trop rapidement pour se convaincre qu'il était détendu. Il n'y avait rien.

– Si ça se confirme qu'il y a des rats, chuchota-t-il, je demande à changer de bâtiment.

Il trouva enfin sa clé et entra chez lui avant de refermer.

Après une courte hésitation, il verrouilla à double tour.

Dans le couloir, les ampoules s'éteignirent en désordre dans le silence.

Puis le vent siffla entre les vieux murs, qu'il fit craquer comme la cage thoracique d'un dormeur trop longtemps assoupi, et qui se réveille enfin en s'étirant.

8.

Dante en avait oublié un. Le dixième cercle des enfers.
Celui des courbatures.
Hugo y avait pénétré dès son réveil. Si profondes qu'elles enchaînaient son âme avec elles, avec une telle ardeur qu'il voulait bien croire que ce serait pour l'éternité.

Il s'était traîné jusqu'à l'épicerie pour faire ses courses, et par la même occasion y rencontrer Simone – là-dessus Alice n'avait pas omis grand-chose, « bonjour-merci-et-au-revoir », sinon son physique un peu fruste, tête enfoncée dans les épaules, regard dur mais fuyant, joues marquées par la couperose. Un jus d'orange avalé debout, un pain au lait dans la poche et son pique-nique du midi dans le sac à dos, Hugo s'était empressé de retourner jusque dans la cave du vaisseau-mère récupérer son matériel. Il commençait à se débrouiller et en éprouvait une certaine fierté.

Pour son deuxième jour, JC l'avait déjà responsabilisé en lui laissant son autonomie. Il devait retourner sur le plateau forestier et marquer à la bombe tous les arbres qu'il estimait nécessaire de supprimer : fragilité évidente, morts, en train de pourrir, sur le point de tomber… JC validerait l'abattage ensuite avant qu'ils ne passent à l'action.

Pour s'épargner un aller-retour éreintant entre là-haut et le local, Hugo décida de tout monter en une fois et, la tronçonneuse sur l'épaule, il partit à l'assaut de la pente. Tandis qu'il s'efforçait de ne pas mollir dans son ascension, il aperçut une forme à califourchon sur le sommet d'un pylône des remontées mécaniques. Il n'était pas catégorique mais il supposa qu'il s'agissait de Ludovic. Le jeune s'employait, avec une dextérité certaine, à tirer sur la structure avec une barre, jusqu'à déloger le câble de sa roue. Il n'y avait déjà plus une perche, plus un siège et bientôt plus leur câble sur les remontées. *Quel boulot de dingue... Chaque printemps tout retirer, puis tout contrôler avant de réinstaller l'ensemble à l'automne.*

Ludovic finit par le voir à son tour et le fixa longuement, jusqu'à ce qu'Hugo bifurque vers le plateau. Le Parisien ignorait s'il lui parlait ou simplement vérifiait ce qu'il faisait, avec la distance les visages étaient flous, les sons inaudibles, mais il trouva cela un peu gênant, avant d'oublier en pénétrant entre les conifères.

Hugo n'avait pas le sens de l'orientation du vieux Max dans cette nasse de résineux et il préféra aborder par le talus qui s'érigeait progressivement en escarpement de plus en plus haut et vertical. L'apprenti bûcheron enjambait les obstacles, contournait les plus volumineux, et prenait ses distances avec le bord de la falaise croissante. Il retrouva ainsi la zone qu'ils avaient déjà nettoyée la veille, où il déposa son matériel, ceinture comprise, ne conservant que la bombe de peinture.

JC lui avait indiqué de poursuivre le travail en suivant le bord en direction de la station, rien de très compliqué. En dessous, le clocher, qu'ils appelaient le Phare, dressait sa coupole dans le soleil de mai, sanctuaire de choucas perchés en brochettes et guettant la moindre opportunité de faire un bon repas. Une étroite guérite à colonnade couronnait le dôme à son pinacle, à l'instar d'un poste d'observation céleste. Elle pointait presque à la hauteur d'Hugo. La vue devait y être spectaculaire, peu masquée par la perspective des barres, plongeante sur la vallée... *Il faudra que je demande si c'est accessible.*

Hugo se surprenait à ne pas avoir le vertige. Il n'était pas immédiatement à l'aise à l'approche du vide, toutefois il s'adaptait vite. Avec l'habitude, il serait capable de grimper sur un des pylônes lui aussi, ou de se promener sur le toit des immeubles si on le lui demandait.

Il marchait perdu dans ses réflexions lorsqu'il se rendit compte qu'il était allé un peu loin, le Phare était à présent dans son dos. Instinctivement, il releva le nez et *le* chercha.

Noyé parmi la frondaison, le manoir était trahi par sa tour en rondins. Un éclat de lumière bleue teintée de vert ainsi que d'une pointe de rose scintillait dans les étages. *Une rosace ? Comme une église ?*

Cet endroit l'intriguait. Tout autant que son occupant. Quel genre d'homme était-ce ? s'interrogea Hugo. Un millionnaire des années 70 qui décide d'investir dans une station de ski et se fait bâtir sa propriété pour dominer ses terres. *Un peu mégalo.* Le type n'avait plus un rond d'après ce qu'il avait compris. Victime des crises financières ? *Déjà à l'époque il n'a pas mis le pognon pour adapter la station à la saison estivale, la faire tourner toute l'année.* Son revers de fortune n'était donc pas récent. Était-il malade pour ne plus vouloir descendre ?

Hugo nota une différence avec les jours précédents : les fenêtres n'étaient pas visibles. *Il a fermé tous ses volets. Il s'est tiré.* Il les abandonnait. Depuis quand un capitaine quittait-il le navire avant l'équipage ? *Tout doux, on n'est pas en train de sombrer...*

En fait, Hugo n'en savait rien et espérait voir sa paye sur son compte le premier du mois prochain.

En se tournant pour rebrousser chemin, il se demanda s'il n'était pas dans la zone que JC lui avait dit d'éviter. La végétation était dense, plus qu'ailleurs, des fourrés massifs, garnis de baies et d'épines, un sol irrégulier, moussu, et des branches basses. C'était bien possible. Tout ce qu'il avait à faire, c'était revenir sur ses pas, longer le dénivelé en prenant garde à ne pas trébucher, il n'avait aucune raison de craindre quoi que ce soit.

La rapidité avec laquelle JC l'avait arrêté la veille lui revenait en mémoire. Il avait senti plus qu'une mise en garde. *Ça le dérangeait.* Non, c'était un peu plus urgent encore... *De la peur ?* Peut-être pas si fort, entre les deux, estima-t-il.

Un nouveau coup d'œil lui révéla des lianes grises qui pendaient mollement ainsi qu'un nombre important de conifères penchés, s'entremêlant par leurs branchages confus. Hugo commençait à différencier les essences, JC le lui apprenait. Épicéas, mélèzes, pins des Alpes, ça rentrait et le jeune homme en éprouva de la fierté. Ce n'était pas grand-chose, toutefois il prenait tout ce qui pouvait redorer son image de soi.

Il hésita à aller inspecter le secteur pour marquer les troncs les plus problématiques. *Excès de zèle. Il m'a dit de ne pas m'aventurer par là.*

Quelque chose bougea lentement dans son champ de vision et Hugo le repéra aussitôt. Une sorte de guirlande... Plus son regard s'attardait dessus, plus il était convaincu que ça n'était pas naturel. *C'est façonné par la main de l'homme. Une ficelle et... des têtes de poupées ?* Il n'avait aucune certitude, pourtant un frisson le secoua. *C'est quoi ce truc ?*

Hugo s'enfonça dans le sous-bois, jusqu'à se rapprocher de l'objet qui se dandinait à peine dans la brise. C'était bien une cordelette nouée à une branche. Mais il s'était trompé pour les têtes de poupées.

À la place, des crânes d'animaux s'arrimaient tous les vingt centimètres pour former un sordide collier de « perles ». Qui avait pu faire une chose aussi grotesque ?

Les fils de la cordelette se désagrégeaient, crasseux, et les crânes s'étaient grisés avec le temps. Hugo compta trois volatiles et probablement celui d'un écureuil au centre. Ce n'était pas récent. Peut-être vieux de plusieurs années. *Ou carrément plusieurs décennies* ? Il n'en savait rien, il n'était pas archéologue mais n'aurait pas été surpris si cela avait été posé avant même sa naissance. *Il y avait un tordu dans le coin.*

Sa première pensée fut pour JC. C'était sa région, il l'avait affirmé, et le plateau était son bureau. Hugo n'eut alors plus du tout envie de parcourir la sapinière à ses côtés, une tronçonneuse dans les mains...

C'est lui qui m'a prévenu de ne pas entrer, mais il... il n'était pas rassuré.

L'expression sur le visage de son collègue n'était pas celle d'un dégénéré qui veut garder son secret. Au contraire.

Hugo avala sa salive bruyamment et il se trouva un peu ridicule de se sentir ainsi perturbé, juste pour une vieille babiole. *Je suis seul au milieu d'une forêt paumée dans le trou du cul du monde, personne hormis JC ne sait où je suis et il n'y a pas un son...* À cette idée, Hugo se raidit. C'était tout à fait vrai. Là également, le silence était surprenant. Moins étouffant que dans les bâtiments, un bruit de fond naturel l'entourait, cependant, il n'entendait pas d'oiseaux distinctement, pas de bruissement de feuilles et encore moins de voix lointaines, pas la moindre présence humaine dans son horizon sonore.

C'est alors qu'il vit l'autre.

Plus longue, accrochée plus en hauteur, et décorée avec davantage d'ossements. La guirlande se trouvait à une dizaine de mètres vers l'intérieur. Après une fausse hésitation, Hugo se rapprocha, prenant garde à ce qu'avait dit JC : éviter les trous des terriers traîtres pour ses chevilles, bien qu'il n'en découvrît aucun. Il y avait des rochers moussus de toutes tailles et les arbres avaient poussé autour, parfois en partie dessus, leurs maillages de racines tressant une chevelure impressionnante sur leurs hôtes. *À moins que ça ne soit une prison...*

La cordelette était tout aussi usée que la précédente, et cette fois de petits os couleur de cendre étaient emmaillotés pour fabriquer un long gris-gris funèbre.

Il faisait beaucoup plus sombre ici, à peine quelques traits mordorés fendaient la pénombre en lames où dansaient les particules en suspension. Hugo dut accoutumer sa vision à son environnement.

Les parfums de la nature se révélèrent plus forts. Humus amplifié par l'humidité, écorce fumée, sève grasse, presque sucrée... Et autre chose en arrière-plan, plus organique, songea Hugo. Pas loin d'être agressif pour les narines. Au moins désagréable. *Rappelle-toi qu'avant d'être parisien, tu es normand. Tu connais la campagne et...* Tout ça c'était des conneries et il le savait très bien. Il avait grandi en plein Caen avant d'atterrir dans la capitale. Il ne s'y connaissait pas plus en odeurs animales qu'en grec ancien et n'avait aucune prédisposition à se sentir familier en pleine forêt.

Encore moins avec ces horreurs autour de moi.

Les paquets d'os minuscules ressemblaient à des étoiles ou des soleils fossilisés dans la mort. Il en toucha un. Froid. Poli par le temps.

La brise se réveilla, faisant frémir toute la végétation, et un son creux retentit sur son passage avant de se démultiplier. *Poc, poc, poc, poc, poc...* Des formes concaves et vides s'entrechoquaient, se répondaient, jusqu'à ce qu'Hugo fût pris d'un doute terrible et se mît à pivoter sur lui-même, aux aguets.

Il y en avait partout.

Des guirlandes macabres. Et tous les crânes se cognaient pour produire cette mélopée sourde. Des dizaines d'animaux morts. Leurs squelettes entravés pour sonner une inquiétante cacophonie.

Lui souhaitant la bienvenue.

Hugo recula sans regarder et manqua tomber à la renverse à cause d'une racine en forme de main griffue. Il se retint à l'une de ces guirlandes.

D'un jaune immaculé.

Même les restes des rongeurs noués dedans brillaient d'un blanc sans équivoque.

Celle-ci était toute fraîche.

Confectionnée depuis à peine quelques jours.

Peut-être même quelques heures.

9.

La cantine résonnait des éclats de rire d'une demi-douzaine de personnes.

Hugo croyait dîner seul, au lieu de quoi il trouva Lily, les deux inséparables Paulo et Armand, Merlin le tatoué, Jina, Exhell dans un coin, qui participait aux discussions sans quitter son ordinateur portable, et même, plus surprenant : le vieux Max dont la moustache dansait lorsqu'il mâchait sa viande.

La place étant libre à côté de Lily, Hugo se glissa à sa droite. En constatant qu'il grimaçait à cause des courbatures, Lily demanda :

— Tu tiens le coup ?

Il acquiesça.

— C'est le métier qui rentre, releva Max.

— Dis donc, l'interpella Paulo, c'est pas avec toi qu'il doit bosser normalement ?

— Je laisse JC le former, expliqua le moustachu, comme ça il sera bien prêt lorsque je le récupérerai.

Lily chipa un morceau de pain sur le plateau d'Hugo.

— C'est Simone qui le fait, le matin avant d'ouvrir l'épicerie. Plutôt pas mal, non ? Bonne journée ?

— Ça va.

Il n'avait pas très envie d'entrer dans le détail de sa matinée surtout. Sa découverte sur le plateau l'avait secoué pendant un moment. Au point qu'il avait à peine touché à son pique-nique. JC lui avait demandé si tout allait bien, et Hugo avait prétexté un coup de fatigue, il n'était pas habitué aux travaux au grand air. Ce qui n'était pas totalement un mensonge. Même s'il doutait finalement que le jardinier soit l'auteur des guirlandes d'animaux morts, il ne parvenait pas à lui faire confiance. Pas encore. Il avait besoin de temps pour s'ouvrir, pour encaisser. Car Hugo était incapable de définir la gravité de ce qu'il avait vu. C'était idiot, et cela le perturbait presque autant : ne pas savoir situer cela sur une échelle morale, ne pas savoir si cela relevait du fantasme puéril et risible ou d'un acte pervers et révélateur d'une dangerosité potentielle. Après tout, des artistes étaient adulés pour fabriquer des œuvres avec des déchets organiques du même acabit. Qu'est-ce qui faisait la différence entre un esprit créatif lugubre et celui d'un malade inquiétant ?

Une question le hantait depuis le matin : l'auteur de ces sculptures récupérait-il les os d'animaux déjà morts ou les tuait-il lui-même ? Cela faisait toute la différence.

– Je me suis baladé sur le plateau, précisa-t-il en observant la réaction de Lily.

– J'ai entendu le chant de vos tronçonneuses tout l'après-midi. Je ne peux jamais m'empêcher de penser que c'est dommage pour ces pauvres arbres qui n'ont rien demandé.

Aucune expression singulière : si elle connaissait l'existence de ces guirlandes, soit elle cachait bien son jeu, soit elle considérait que ça n'avait aucune importance.

– La plupart sont morts ou malades, précisa-t-il, on ne fait que rendre service à la sapinière, pour l'aider à respirer et éviter qu'un jour il y en ait un qui tombe et rebondisse sur la falaise jusqu'à la station, là on contrôle leur chute.

– T'as raison, Max, s'esclaffa Paulo, JC l'a bien formé !

Il y avait de la moquerie mais pas de méchanceté dans le ton, nota Hugo qui préféra ne pas répondre. La porte des cuisines s'ouvrit sur Alice, qui vint se poster juste en face de lui.

– Salut. Bon app', dit-elle.

Elle mit la tête dans un de ses Tupperware pour engloutir sa salade de concombre et autres légumes.

– Et toi, tu fais quoi de tes journées ? demanda-t-il à Lily.

– En ce moment j'accompagne Jina pour faire le tour du Gros B et de tout ce qu'il faut reprendre en déco.

– Et il y a de quoi faire ! confirma l'intéressée. Presque chaque chambre est à revoir.

– Max, fit Lily en s'accoudant sur l'épaule de son voisin, tu vas nous le prêter pendant l'été, j'espère !

Arpenter les mezzanines interminables du Gros B pour poser des vis, coudre, clouer ou lasurer en compagnie de Lily et Jina ne déplairait pas à Hugo. C'était plus excitant que de risquer de s'arracher une main en débitant des grumes au milieu d'une forêt souillée par la démence de l'un d'entre eux.

Il avait passé sa journée à chercher qui pouvait être l'auteur de ces choses, au point de, parfois, perdre sa concentration et de mal se positionner ou de prendre des risques pour sa sécurité avec la tronçonneuse, ce qui lui donnait des sueurs froides lorsqu'il réalisait ce qui aurait pu se produire.

Son constat était simple : compte tenu de l'ancienneté de certaines installations qui avaient passé plus d'un hiver là, ça ne pouvait pas être un des nouveaux, excluant de facto Alice, Jina, Ludovic, Exhell et Merlin. Lily vivait sur place à l'année depuis seulement trois ans, ça n'allait pas avec ce qu'il avait examiné. Il n'avait pas rayé les noms de Paulo et d'Armand car, à ce qu'il avait compris, il s'agissait de saisonniers réguliers et ils pouvaient très bien revenir depuis des années. Certaines cordelettes s'effilaient de partout, sales, rongées par les décennies, et les ossements étaient ternis par les saisons. Paulo avait probablement la soixantaine, donc ça collait. Armand tournait autour des quarante-cinq avait-il jaugé, donc devait venir depuis au moins un quart de siècle. Plausible.

Quant à DePrigent et Simone, Hugo ne les imaginait pas une seconde grimper jusqu'au plateau, traverser la nature sauvage pour s'adonner à pareil hobby ; ni le profil, ni l'âge.

JC lui avait fait une sacrée impression pour l'inciter à ne pas aller dans cette zone : il en avait peur, c'était évident. Donc pas lui non plus.

Restait le vieux Max.

Hugo l'étudia. Il mastiquait comme certains roulent du cul, avec sa moustache virevoltante. Au milieu de ses rides, son regard étroit se perdait dans les gouffres de ses orbites. *Impossible de lire dans ses yeux.* Un air de fouine. *Lui ? Sérieusement ?* Hugo avait du mal à le croire.

Alors Paulo ou Armand.

Il y en avait un qu'il oubliait.

S'il est trop vieux ou handicapé pour descendre de son chalet, pourquoi et comment irait-il gambader dans le bois ? Et pourquoi aurait-il fait ça ?

C'était là-dessus qu'Hugo achoppait. Y avait-il une raison derrière ces créations ? Un message occulte, une intention ? Ou était-ce juste un fantasme malsain ?

Une ombre le recouvrit tandis qu'Exhell se penchait pour lui déposer un papier sur la table.

– Le code du Wifi, ça peut servir. Tu ne le recevras qu'ici. C'est le même pour celui de l'aquarium.

– Merci. Et pour le réseau téléphonique, il n'y a rien ?

Lily pointa son pouce vers un des murs :

– Tu as la Tour, tout au fond, tu sais, la construction ronde avec un toit pointu au bout des chalets.

– Je vois très bien. La discothèque, salle de spectacle...

– Parfois on capte un peu là-bas, mais t'attends pas à des miracles si le temps n'est pas parfaitement dégagé.

— Et ça dépend de ton opérateur, précisa Alice. Tu as emporté des bouquins ? Parce que le soir dans la chambre tu n'auras un peu que ça à faire.
— J'ai mon ordi, j'aimerais me remettre à écrire.
— Un roman ?
— Oui, si l'inspiration vient.
— Vu le décor, ce sera un Stéphane King alors ! plaisanta Paulo.
— Stephen King, corrigea aussitôt Armand. Inculte ! C'est un Américain.
— Je sais très bien qui c'est, j'en ai lu, figure-toi.
— Tu sais lire, toi ?

Paulo agita son couteau en guise de menace, ce qui n'eut pour effet que de renforcer les gloussements de son vis-à-vis. Le rire creusait des fosses abyssales dans le faciès de Max qui n'en manquait pas une miette.

Ces trois-là n'avaient rien d'illuminés chassant les animaux pour les dépecer et les exposer sur une ficelle, songea Hugo.
— Tu en as déjà terminé un ? questionna Alice.
— Publié même.
— Ah ouais ? Canon. Quel genre ?
— Sauf qu'à ce niveau de ventes c'était surtout du gâchis de papier. Je dois avoir un truc karmique avec les arbres tués pour rien, maintenant que j'y pense. C'était un roman de littérature blanche.
— Parce que dans les livres il y a aussi de la ségrégation ?
— Pardon ?
— La littérature noire, ça existe ?
— Oui, c'est le polar, les thrillers...
— Par les temps qui courent, c'est assez vieux jeu.

Hugo, ne sachant que répondre, se contenta de retourner à son assiette, mais Alice revint à la charge :
— Tu racontes ta vie dedans ?
— Pas la mienne mais celle d'un type que j'invente pour raconter une partie fantasmée de ma vie.

– Il y a du cul ?

Alice était crue et en plus le toisait avec un regard pétillant qui déstabilisa Hugo.

– Euh... oui. Un peu.

– Je trouve que tu peux juger d'un auteur rien qu'à sa manière de décrire les scènes de cul, insista Alice. S'il est bon, original, s'il a un style particulier ou s'il est juste chiant à mourir, tu le captes tout de suite.

– Je n'avais jamais vu les choses ainsi, avoua Hugo. J'y penserai la prochaine fois, à tout donner pendant la scène d'amour.

Armand ne put s'empêcher de rebondir avec quelques remarques graveleuses. Hugo attendit que ça se calme pour demander :

– Les autres viennent ici pour les repas parfois ? Le directeur ?

– Non, il reste avec Adèle, l'informa Lily.

Regards entendus entre les convives, Hugo fut alors pris d'un doute :

– Ils sont... ensemble ?

Max approuva d'un signe.

– Mari et femme.

– OK, bon à savoir, enregistra Hugo. Il y a d'autres couples ? Mis à part Paulo et Armand bien sûr...

– Oh le gros malin ! fusa des lèvres de l'électricien, le plus jeune des deux.

Paulo riait :

– Il a pas mis longtemps à entrer dans le bain, le nouveau.

– Rien que des célibataires endurcis et fiers de l'être, finit par répondre Lily. Enfin, que je sache.

– Et vous ne faites jamais de grandes bouffes avec tout le monde ?

Lily fouilla dans sa mémoire pour ne pas dire de bêtise et Max fit « non » de la tête.

– DePrigent préfère des « petits cocktails » occasionnels, comme il appelle ça, dans le style de celui de ton arrivée, répondit la monitrice de ski.

Il y avait clairement un fossé entre le personnel administratif et les autres, constata Hugo. Vivre en petit comité exigeait un minimum d'adresse sociale et il était bon de connaître les accointances pour ne brouiller personne. Il se promit de faire attention.

Il termina son dîner avant de se préparer un long déca. Une habitude qu'il avait pour se caler l'estomac le soir lorsqu'il voulait éviter de se goinfrer. Sa ligne impeccable était au prix de tout un tas d'astuces dans ce genre. Tasse dans la main, il retraversa tout le C pour aller se poser sur un banc en direction des remontées. Le col relevé, il sirotait son café en admirant les étoiles plus pures encore dans ce ciel que dans celui de sa Normandie natale. La machine à remonter le temps qu'espéraient tant les hommes existait depuis toujours, juste là, au-dessus d'eux. Il suffisait de choisir sur quel astre poser le regard et sa lumière nous renvoyait plusieurs années, parfois des siècles en arrière. Hugo avait entendu dire que la plus proche était à deux années-lumière de la Terre. Cela signifiait que ce qu'il voyait en l'observant, c'était ce qu'elle avait irradié deux ans plus tôt et qui avait mis tout ce temps pour traverser le vide sidéral et les atteindre. Pas une n'était en direct. Rien que du playback cosmique. Et le différé était parfois astronomique...

Depuis le premier pas de l'homme sur sa planète, ce qu'il contemple est faux. Une vaste manipulation cosmique dont nous sommes les victimes. Était-ce l'incipit de son nouveau roman ? Un texte sur les faux-semblants ? Peut-être... Il fallait laisser dériver son esprit longuement parfois pour qu'une piste intéressante émerge. *Et il y aurait de quoi remplir des bibliothèques avec le cimetière des idées avortées !*

Il jeta un coup d'œil machinalement en direction du manoir dans la montagne et son visage se froissa en y apercevant de la lumière.

Tu n'es donc pas vraiment parti, capitaine abandonnant le navire ?

Un soupir résigné provenant de quelqu'un dans son dos le fit se retourner.

Lily posa ses mains sur le dossier du banc.

– Lucien Strafa, dit-elle tout bas. Celui qui vit là-haut, c'est Lucien Strafa et j'imagine que tu sais très bien de qui il s'agit, pas vrai ?

10.

Hugo n'avait aucune idée de qui était Lucien Strafa. Pas le moindre embryon de souvenir, rien qui soit niché dans un repli de son cortex, et devant l'évidence affichée par Lily il se trouva stupide, hésitant à avouer son inculture.

– Je devrais ? fit-il enfin.

Lily ne le jugea pas ou n'en laissa rien transparaître.

– Houdini, ça te parle ?

– Le magicien, il y a un siècle ?

Ouf, celui-là au moins il l'avait.

– Houdini a révolutionné la prestidigitation, et a longtemps été considéré comme le plus grand. Jusqu'à Strafa.

– Ça ne me dit rien, désolé.

Lily vint s'installer à côté de lui, sur le banc.

– Toi et moi n'étions pas nés, mais son nom est devenu un mythe. C'était dans les années 70, son heure de gloire. Ses salles étaient pleines sur le bouche-à-oreille le jour même de la mise en vente des tickets, et je te parle d'une époque sans Internet, où il fallait se tenir au courant, se déplacer... Il a tourné à travers l'Europe, puis le monde entier. Las Vegas lui a proposé des ponts d'or pour qu'il y reste, des montagnes de fric qu'il a refusées.

Hugo désigna la station de sa tasse encore tiède :

— Il aurait peut-être dû accepter.

— L'argent ne l'a jamais motivé, à ce que j'ai lu, il aurait pu être richissime s'il l'avait voulu, au-delà de l'entendement.

— Laisse-moi deviner : il faisait ça pour « l'amour de l'art » ? ironisa Hugo en surjouant les guillemets.

Lily demeura silencieuse un instant.

— Je crois qu'il y a de ça. Lorsqu'un Houdini impressionnait son auditoire avec une mise en scène moderne et des tours utilisant les toutes dernières technologies de son époque, Strafa stupéfiait le sien avec des prouesses incompréhensibles. Tout le monde, la presse, ses concurrents et même le monde scientifique, s'est penché sur le cas Strafa, sans parvenir à l'expliquer.

— Attends, tu veux dire que ça n'était pas de la prestidigitation, mais de la *vraie* magie ? se moqua Hugo qui se sentait d'humeur badine.

Toute cette histoire le décevait à vrai dire. Il s'était imaginé apprendre que le propriétaire était un étranger dont personne ne connaissait le nom, ou un type sans âge, né depuis trop longtemps pour que ce soit possible... Au lieu de quoi on lui servait de l'artiste mystique. Ça n'était pas à la hauteur de ses espoirs.

— Libre à toi d'en rire, tu voulais savoir qui il est, je voulais juste satisfaire ta curiosité.

Comprenant qu'il la vexait en tournant sa confidence en dérision, Hugo se reprit :

— Pardon, je t'écoute.

Nouveau temps mort. Hugo insista, concerné cette fois :

— Il est devenu célèbre grâce à son ingéniosité donc.

— C'est plus que cela. Quarante ans après, on ne sait toujours pas comment il faisait.

— N'est-ce pas ça la force d'un prestidigitateur ? De garder ses secrets pour lui ?

— Sauf que les autres, dans le métier, finissent par comprendre, reproduire, parfois améliorer. Là, ça n'a jamais été possible. Encore aujourd'hui, il est une référence absolue, un mystère, presque un tabou.

– À ce point ?

Lily haussa les épaules.

– Ce qu'il accomplissait sur scène effrayait les gens qui ne parvenaient pas à accepter que ce soit possible. Il a bâti sa réputation là-dessus, une de ses affiches proclamait en grosses lettres « Le spectacle de l'impossible qui vous tirera des hurlements de stupeur ». Très désuet, je te l'accorde, mais c'était sa marque de fabrique. L'affiche est dans un des bureaux de l'administration, je crois que c'est DePrigent qui l'a héritée de Strafa lui-même, il y a des années.

Hugo observait la jeune femme qui parlait avec passion.

– Il te fascine, non ?

Elle acquiesça sans honte.

– Au début je m'en foutais un peu quand on me l'a dit comme si c'était *la* révélation de l'année. Puis j'ai jeté un œil sur Internet. Et ça m'a subjuguée, c'est vrai. C'était une légende. Ça l'est encore même. Ses tours étaient d'un spectaculaire inouï.

Dans la pénombre, Hugo pouvait toutefois deviner que les prunelles de son interlocutrice brillaient.

– Tu aurais aimé le voir ?

– Sur scène ? J'aurais donné n'importe quoi, oui. Il n'existe aucune vidéo, aucun enregistrement sonore, rien. Strafa était vigilant là-dessus. Son expérience se vivait, face à lui, et tant pis pour les autres. J'ai lu pas mal d'articles. Des témoignages, des fans qui ont raconté une partie de ce qu'ils ont vu... Tous sidérés. Lui-même donnait très peu d'interviews, mais en fouillant on tombe sur des pépites. Tiens, par exemple, il n'y a pas eu une seule représentation sans malaise. Chaque soir, une ou plusieurs personnes étaient évacuées. Systématiquement. Ça te donne l'ampleur du phénomène auquel elles devaient assister.

– Je dois être ignare, je n'en avais jamais entendu parler.

Lily lui tapota la cuisse, ce qui le fit déglutir bêtement.

– Non, ce n'est pas si surprenant, son nom est un mythe, mais son succès a énormément perturbé de monde, encore de nos jours.

– Ils sont jaloux…

– Peut-être. Il a suscité beaucoup de méfiance. Lorsque tu lis les commentaires des prestidigitateurs modernes à son sujet, tous évitent le sujet ou sont mal à l'aise. Il a même été rayé des livres d'histoire de la magie récemment, parce qu'il dérange.

Hugo commençait à se prendre au jeu :

– Parce qu'ils ne parviennent pas à se hisser à son niveau ? C'est lamentable.

– Parce qu'il fait peur, lâcha Lily.

Elle marqua une pause et tous deux regardèrent le manoir éclairé sur la colline.

– Il y a des rumeurs à son sujet, ajouta-t-elle. On dit que ça n'était pas de la prestidigitation. Qu'il était allé plus loin. Trop loin.

– Comment ça ? On en revient à la magie ? Genre, la « vraie » ?

Lily éclata de rire. Un rire cristallin, profond, presque enfantin.

– Quoi ? fit Hugo.

– Tu verrais la tronche que tu tires !

– Tu te fous de moi avec cette histoire, c'est ça ?

Lily prit le temps de se remettre, et la voix encore chargée de joie elle dit :

– Un coup tu te moques, et la minute d'après tu as la chair de poule tellement tu y crois !

Hugo émit un souffle sec, de dépit.

– C'est malin, tiens…

– Oh, ça va, décoince-toi, un peu d'autodérision ne fait pas de mal.

Hugo était piqué au vif d'avoir été berné si facilement.

– Elle a fini par me plaire ton histoire, c'est tout…

– Ce que je viens de te raconter est vrai, ajouta Lily en reprenant son sérieux. Je te le jure.

– Mouais…

– Je déconne pas, c'est véridique. Tu pourras vérifier.

Hugo ne savait plus s'il pouvait lui faire confiance ou si elle cherchait à l'embobiner à nouveau, il préféra ne rien dire.

– Pardon, s'excusa-t-elle avec sincérité, je ne voulais pas te blesser.

Il se sentait aussi susceptible qu'un petit garçon et en éprouva de la honte.

– Bon, alors, tu t'es payé ma tête jusqu'à quel moment ?

Elle fit « non » avec son visage, dans la pénombre.

– Je te l'ai dit : tout est vrai. Jusqu'à sa disparition.

– Strafa s'est évaporé sur scène maintenant ? répliqua Hugo avec scepticisme.

– Non, il a terminé sa dernière tournée, puis a annoncé qu'il se retirait du monde, qu'on ne le reverrait plus jamais. Sans donner d'explication, un communiqué de presse, et le lendemain plus personne ne savait où il était, ni pourquoi il plaquait tout. C'était terminé.

Hugo demeurait dubitatif. Il avait à présent du mal à croire à ce récit tordu d'un prestidigitateur de génie terrifiant les foules et qui renonce au succès pour venir se cacher le restant de ses jours au fin fond des Alpes.

– Pourquoi une station de ski ? demanda-t-il pour tester Lily. S'il avait voulu la tranquillité, il aurait choisi un chalet isolé, loin de tout.

Lily pivota vers le manoir dans la forêt au-dessus de Val Quarios, seulement trahi par ses lumières.

– N'est-ce pas ce qu'il a fait ? Le domaine autour est à lui, un business qui l'a probablement fait vivre pendant tout ce temps, sans qu'il ait besoin de s'en charger personnellement. Là-haut tout le monde lui fout la paix. Les touristes qui viennent depuis des années n'ont pas la moindre idée de qui est l'homme dans le manoir et ils s'en moquent, tant qu'ils peuvent skier pour pas cher, dans un cadre familial et pas bondé. Strafa a la paix, et tout ça finance sa vie de reclus.

Pas si bien, songea Hugo en repensant aux travaux du Vioc qui étaient suspendus faute de budget. Si Strafa avait mis toute sa fortune dans l'achat de cet endroit, et qu'il avait refusé les partenariats, les rachats ou associations pour disposer des fonds nécessaires à moderniser Val Quarios, c'était pour conserver son anonymat.

Soudain une autre idée germa dans son esprit...

— Si la station n'a jamais été aménagée pour accueillir du monde l'été, ce n'est pas uniquement une question de fric, pas vrai ? C'est ce qu'*il* veut.

Lily ouvrit les mains vers le ciel un bref instant, en signe d'interrogation :

— C'est ce que les anciens affirment, ou pensent en tout cas. La saison d'hiver suffit à payer les factures, et Strafa n'a jamais eu la moindre ambition pour Val Quarios, sinon de lui suffire à vivre.

Il y avait une pointe d'amertume dans sa voix, décela Hugo.

— Vous lui en voulez ?

— J'imagine que nous n'en avons pas le droit.

— En agissant ainsi il ne pense qu'à lui. L'avenir de ce lieu, il s'en fiche, il ne prépare rien, et comme c'est un vieux monsieur... Le jour où il meurt, que va devenir Val Quarios ?

Lily opina du chef.

— Tu as tout résumé.

— Sale égoïste.

Lily se retourna vers lui :

— Il n'a jamais rien promis à personne, à ce que je sais. Tout ça n'est là que pour lui permettre de vivre. Nos jobs, ces baraques, rien n'est censé lui survivre.

— C'est ce qu'il veut ? Après moi le déluge ?

— En tout cas il se comporte ainsi. Et c'est pire à présent...

Hugo guettait la forme à peine perceptible du manoir dans la nuit. Toujours ces lueurs émanant des baies vitrées centrales, ce qu'il supposa être le salon, probablement aussi immense qu'un hall d'immeuble. Et ce mouvement irrégulier à l'intérieur, laissant deviner une présence.

Hugo hésitait à évoquer sa découverte macabre sur le plateau avec Lily. Ça l'aurait soulagé, comme si partager ce secret pouvait en atténuer l'étrangeté. Mais il se retint. Ça ne venait pas.

Il avait besoin de se sentir davantage en confiance avec la jeune femme. Il préféra rester sur le sujet qui les occupait :
— Strafa n'a jamais expliqué pourquoi il a quitté la scène, à l'époque ?
— Non. Pas plus que les raisons qui le poussent à ne même plus descendre ici. Strafa est un homme de mystères.
— Ça fait combien de temps que vous ne l'avez plus revu ?
— Moi je ne l'ai croisé qu'une seule fois en trois ans, l'année de mon arrivée.
— Il est comment ?
Lily réfléchit pour choisir ses mots.
— Comme si tu mettais un projecteur moderne et puissant dans un très vieux phare. C'est une coquille usée, pourtant il y a quelque chose d'impressionnant en lui, ça déborde par son regard. Je n'oublierai jamais ses yeux. Ils sont entrés en moi et… (Elle hésita.) D'une certaine manière, je crois qu'ils n'en ressortiront jamais.
Elle tapota sa tempe de son index.
— Un souvenir très fort, ajouta-t-elle.
Après un instant, Lily posa sa main sur l'avant-bras de son camarade.
— C'est un secret de Polichinelle, mais j'apprécierais si tu pouvais ne pas dire aux autres que tu sais.
— Tout le monde est au courant pour Strafa ?
— Pas les nouveaux bien sûr, et pour Armand et Paulo, j'avoue ne pas le savoir, ils viennent tous les étés ou presque depuis longtemps, il est possible qu'un soir de beuverie, le vieux Max ait lâché quelques trucs… Mais concernant DePrigent et Adèle sa secrétaire, ou Simone, cette station est tout pour eux, ils y sont depuis longtemps, et Strafa est un sujet sensible.
— Ils l'aiment ?
Là encore, Lily prit le temps de bien peser sa réponse :
— Comme un couple usé, ils s'aiment plus qu'ils se détestent, mais les deux sentiments cohabitent probablement. Les choses changent depuis un moment, même eux n'ont plus vraiment de

droit de visite. Je crois que ça fait une dizaine d'années qu'il se replie de plus en plus. Aujourd'hui c'est devenu un fantôme.

Hugo avisa les étoiles qui les surplombaient, puis la silhouette du manoir. Ils étaient entourés de lumières provenant du passé. Rien n'était donc vrai, immédiat. Il aperçut à nouveau la forme floue dans le manoir, entourée de son halo vibrant.

– Un fantôme qui nous observe, dit-il d'une voix qui manquait étrangement d'assurance.

11.

Le dimanche était une journée de repos pour tous. Hugo avait l'impression d'être en congé à peine arrivé, ce qui, pour son corps, s'avéra salvateur. Il ignorait s'il aurait été capable de se hisser jusque sur le plateau, et de lever cette maudite tronçonneuse une fois de plus sans que son organisme ne cède ou qu'une partie au moins ne se décide à le fuir, tout simplement. Une mutinerie musculaire, rien que ça.

Et puis il y avait l'appréhension. De retourner là-haut, en sachant ce que la forêt cachait en son sein. Il commençait à digérer le côté sordide, moins l'idée que l'auteur de ces guirlandes d'os puisse être parmi eux.

Les courbatures étaient pires le second jour. Hugo avait entendu dire que les courbatures avaient un lien avec l'acide lactique – sans être tout à fait catégorique là-dessus – mais lorsqu'il s'était extirpé de son lit, il aurait parié sa paye du mois que quelque chose s'était déréglé chez lui, et que c'était de l'acide sulfurique, et non lactique, qui rongeait son intérieur.

Pour la première fois, il prit son petit déjeuner dans son appartement, qu'il remplit de l'odeur du café. Il se posta sur le canapé d'angle pour bénéficier de la vue qui donnait sur l'esplanade herbeuse entre les bâtiments C et D. Plus bas, un morceau du vaisseau-mère lui dissimulait la plongée sur la vallée. Mais la montagne de l'autre côté se hérissait, lointaine, presque insaisissable, faite de prairies d'émeraude et de forêts moutonneuses transpercées par endroits de pitons ou saillies gris et brun comme si certaines créatures titanesques emprisonnées dans son ventre tentaient d'en sortir à l'échelle du temps géologique, frappant jusqu'à déformer leur prison de bosses irrégulières.

Tout ce spectacle captivant n'était pourtant pas ce qui titillait le jeune homme. À travers la fumée de son mug, Hugo pouvait *le* deviner, au-dessus du D, plus haut dans le dévers, cerné par deux étroites falaises.

L'antre de Lucien Strafa.

L'histoire racontée par Lily l'avait hanté une large partie de la nuit. Plus il y repensait, et plus elle lui paraissait grotesque, au moins exagérée.

À minuit, incapable de s'endormir à cause des courbatures, il avait failli se relever pour effectuer ses propres recherches sur son ordinateur, mais l'idée de traverser les couloirs pour se connecter à Internet dans la cantine avait eu raison de sa curiosité.

Admirer le manoir en plein jour, sans signe de vie, ne faisait qu'ajouter à ses interrogations. Strafa vivait-il complètement seul là-haut ? Aucune aide ?

Un détail dans ce qu'il parvenait à peine à voir le fit se pencher jusqu'à toucher le carreau du bout de son nez. Il n'en était pas certain mais...

De la buée brouilla la vue.

Hugo s'empara de son téléphone et utilisa l'appareil photo pour zoomer au maximum sur le manoir. Rondins de bois pour le fondre dans l'environnement, mais architecture digne d'une villa de star. *Combien de pièces ?* Trop pour un seul homme.

Hugo vérifia et acquiesça pour lui-même. Il avait bien vu. *Les volets sont à nouveau fermés. Et tu n'es pas parti, je ne me ferai plus avoir. Tu vis la nuit ?*

De mieux en mieux...

Hugo s'interrogeait sur le lien possible entre l'homme mystique, perché sur sa colline, et les guirlandes sur le plateau.

Était-ce sa création ? Dans quel but ? Ou un « hommage » ? Ce qui renvoyait toujours à la même question : qui en était l'auteur ?

Il n'y couperait pas, Hugo le savait, il lui fallait effectuer ses recherches.

En se relevant, il avait si mal aux épaules et aux fesses qu'il opta pour s'occuper de sa carcasse et fila prendre les affaires dont il avait besoin. Il les enfourna dans un sac à dos et sortit.

Il manqua se perdre, une fois de plus, et pesta contre l'architecture piégeuse qu'il ne comprenait pas. Il *n'aurait* pas dû douter de son chemin, il l'avait bien assez fait pour savoir comment rallier la sortie principale depuis sa chambre, et pourtant il fallait toujours qu'un obstacle se dresse devant lui. Un coude inattendu, un angle qu'il ne reconnaissait pas, un choix entre deux portes dont il ne se souvenait pas… Rien n'était facile. Comme si cet édifice complotait contre lui, ou que chaque trajet devait se mériter, l'immeuble jouant avec ses hôtes. Un simple couloir central aurait été l'évidence même, une ligne droite entre A et B, et on n'en parlait plus. Pourtant il avait fallu que cet axe soit corrompu par des chicanes et déviations asymétriques toutes plus sournoises les unes que les autres afin de desservir la bête dans sa largeur et sa profusion de pièces, de galeries latérales, d'escaliers de trois marches ou parfois de larges puits ouvrant sur toute la hauteur et les étages associés. L'architecte était un grand malade, Hugo en était convaincu. Un pervers qui, enfant, devait adorer regarder la malheureuse fourmi qu'il jetait dans un labyrinthe fabriqué avec du carton et que, bien sûr, il n'avait en réalité pas pris la peine de munir d'une sortie. Le type avait seulement reproduit ses travaux tordus à l'échelle des adultes, sans oublier d'être grassement payé pour ça, en plus.

Heureusement, s'orienter dans le vaisseau-mère parut plus simple à Hugo qui passa par le gigantesque hall surplombé par la mezzanine qui ouvrait sur l'aquarium, mais au lieu de gravir les marches de l'escalier massif, il les descendit. Des plaques en laiton jouaient au Petit Poucet en direction du spa, et Hugo n'eut bientôt plus qu'à remonter la piste pour gagner les vestiaires, où il put se changer. Ici le bourdonnement distant d'une ventilation s'accompagnait du ronflement mécanique des installations d'eau et de chauffage, ce qui avait pour mérite de rompre avec le silence total du reste de la station. Hugo trouvait ce bruit de fond rassurant.

Il pénétra dans la salle de la piscine et en eut le souffle coupé.

L'essentiel de la structure consistait en un verre épais et parfaitement transparent, offrant une vision magistrale sur le panorama alpin. L'extrémité même du bassin donnait contre une de ces baies et permettait au plongeur de voir ou d'être vu de l'extérieur, même une fois immergé tout au fond.

Hugo jeta sa serviette sur une chaise en plastique et entra progressivement dans l'eau qui n'était pas très chaude. Son corps rechigna sur les premières brasses, avant de s'abandonner au massage de l'eau et à l'effort tout relatif.

En parvenant au bout de la piscine, Hugo posa ses mains contre le verre et enfonça son visage dans l'eau tiède jusqu'à ne laisser que son regard à la surface, retenant sa respiration. Le paysage l'hypnotisait. *Comme il a dû le faire avec tous ceux qui sont passés par là avant moi.* Hugo inventa une terre qui se nourrissait des émotions. Avec un endroit pareil, cette terre s'offrait un buffet à volonté ; suffisait juste de ramener un flot continu de nageurs.

Pas sûr de pouvoir tenir la distance sur cette idée pour en faire un roman. Dommage...

Hugo remonta à hauteur de narines, pour respirer.

Il comprenait maintenant pourquoi Lily et Alice lui avaient conseillé de venir. Une autre pensée s'associa à celle-ci : barboter là avec l'une des deux lui aurait bien plu. Un soupçon d'excitation remonta le long de son échine, aussitôt pollué par un nuage de culpabilité.

Elles sont jolies, pourquoi est-ce que je devrais m'interdire de le penser, et donc d'envisager qu'elles puissent me plaire ?

Parce qu'il sortait d'une rupture ? Que celle-ci l'avait vidé, remis en question jusque dans ses fondamentaux ? C'était vrai. *Mais c'était il y a trois mois. Plus même... Bientôt quatre.* Il s'arrangeait avec les chiffres, gagnant au moins deux semaines, ce qui, dans un bref sursaut d'honnêteté intellectuelle, lui fit s'avouer qu'il se cherchait des excuses. La situation était très simple en réalité : ses instincts se réveillaient, son esprit avait partiellement encaissé, en tout cas assez pour laisser cette part-là de lui s'exprimer à nouveau. Il crevait d'envie de sentir un corps contre le sien, de le posséder, de s'y abandonner, de recevoir, offrir, sentir... À ces mots, un peu de doute, une nuance d'appréhension, s'immisça. Il n'était peut-être pas prêt en fait. La chaleur physique, la proximité, la jouissance, oui, mais l'acte en lui-même exigeait un minimum d'assurance. L'avait-il retrouvée ? Il n'avait pas fait l'amour à une autre femme que Lucie depuis... sept ans. *Huit en fait, et je ne me souviens même plus du prénom de celle qui l'a précédée.* Une cigarette penchée depuis le bord d'une bouche, sur le point de tomber, remonta dans un flash évanescent. *Bérénice.* Elle avait un goût de pêche sur les lèvres le soir de leur drague, ça l'avait marqué. Une fille d'un soir. *Espoir.* Vite retombé. Il se remémorait parfaitement son dégoût le lendemain matin. Son odeur qui le dérangeait, son corps qu'il trouvait laiteux, l'aréole large de ses seins qui l'indisposait. *La clope du réveil qu'elle tenait mollement dans sa bouche sans jamais me regarder.* Un autre homme aujourd'hui devait aimer cette femme pour ces mêmes raisons. Mais pas lui. Il ne savait pas pourquoi. Ils ne s'étaient jamais revus.

Il termina ses longueurs, jusqu'à se sentir délié en profondeur, et retourna à son appartement, cette fois sans se perdre, où il prit sa douche brûlante.

En début d'après-midi, et après avoir partagé son repas en compagnie d'une moitié de l'équipe, il retourna au vaisseau-mère, dans les hauteurs cette fois, pour s'installer dans l'aquarium, ce long salon cosy dans lequel se rassemblaient des clients en quête d'un endroit chaleureux pour discuter ou lire durant les mois d'hiver. Sauf qu'en cette période Hugo eut le sentiment d'être un gamin de cinq ans dans la chemise de son père obèse. Ses pas résonnèrent sur le parquet, annonçant son arrivée jusqu'au tapis épais.

Une flambée crépitait dans l'une des deux cheminées, bien qu'il n'y ait personne d'autre que lui. Après plusieurs coups d'œil en direction des différents canapés et recoins, et sans y apercevoir la moindre présence, Hugo haussa les épaules et vint se vautrer dans une méridienne garnie de coussins, non loin du feu. La vue était à peu de chose près la même que celle de la piscine – juste en dessous –, donc enivrante, et il dut s'en arracher pour finalement ouvrir son ordinateur portable. Le débit du Wifi était loin d'être celui de la fibre, mais pour ce qu'il voulait en faire, ce serait bien assez. Il fit craquer ses doigts et se lança.

À nous deux, Lucien Strafa.

12.

Hugo tapa « Lucien Strafa » dans Google et le nombre de résultats l'impressionna. Lily ne s'était pas fichue de lui, non seulement l'homme existait bien mais il était plus célèbre que bien des starlettes de pacotille du virtuel contemporain. Il avait même sa fiche Wikipédia, saint Graal de reconnaissance numérique. Avant de lire, Hugo voulait voir. D'un clic sur « images », il constata qu'il n'y avait pas grand-chose en revanche de ce côté. Une quinzaine de photos qui revenaient en boucle, la plupart prises à la volée, sans l'assentiment du premier concerné, dans une rue, un théâtre, ou sur le perron d'une maison dans laquelle il se précipitait. Anciennes, avec parfois ce flou brossé du mouvement propre à la pellicule.

Strafa y avait la trentaine, brun, joues creusées, sourcils saillants sous un front large. Et comme l'avait mentionné Lily, son regard avait de quoi pénétrer la mémoire. Noir. Intense. Sur de rares clichés où il fixait l'objectif, ses pupilles *entraient* dans l'appareil, elles s'imprimaient volontairement sur le film, le genre de regard qui ne se laissait pas saisir, mais qui s'imposait. À en transpercer celui qui le contemplait en retour. Ce n'était pas un rapport de force, c'était un rapport de soumission évidente. Dès lors que vous le croisiez, vous le subissiez, se dit Hugo non sans un début d'admiration.

Les décors n'étaient jamais les mêmes, pas plus que les rares individus capturés au passage avec Strafa par la pellicule. Sauf sur deux photos. Hugo reconnut le même homme en arrière-plan, dans le sillage de Strafa. Jeune. Moins de trente ans, mince, regard fuyant. Un physique passe-partout qu'Hugo ne revit nulle part ailleurs. *Son agent.*

Tous les clichés montraient un Strafa dans la même tranche d'âge, sauf un, tiré de *France-Soir* dans un article intitulé « D'où vient l'envoûteur Lucien Strafa ? », qui était parvenu à se procurer une représentation du prestidigitateur plus jeune. Sur celle-ci, il n'avait pas trente ans, davantage de cheveux de jais sur les tempes notamment, un air un peu moins sévère, mais déjà ce bouillonnant magnétisme.

Il a le regard d'un fou qui sait ce qu'il fait.

Hugo décida d'entamer ses recherches par ce papier. *France-Soir* n'en savait, au final, pas beaucoup. Né en France, sans que l'on parvienne à identifier plus précisément où, fils unique, Strafa avait grandi dans une famille modeste d'immigrés italiens. Son nom restait inconnu jusqu'au mois d'avril 1970 où sa première représentation à l'Eldorado, dans le Xe arrondissement de Paris, avait déclenché immédiatement l'engouement. Avant, difficile de retracer son parcours sinon qu'il s'était produit dans de petites salles, des témoins affirmant l'avoir déjà vu sur une scène, sans grand souvenir, un « magicien » parmi d'autres.

Hugo se mit à faire défiler tous les liens proposés par Google et picora selon ce qui l'attirait.

Autour de lui, le bois de l'aquarium craquait par intermittence, comme si le bâtiment s'étirait.

Petit à petit se dessina le portrait de l'homme. On le suspectait d'avoir fait disparaître toute trace de son passé, en particulier de ses apparitions publiques avant avril 1970. Ensuite, sa vie n'était que tournées triomphales, gros titres racoleurs, et enthousiasmes inquiets. Beaucoup lui reprochaient un goût trop prononcé pour le macabre, pour la provocation funèbre, et des tours « trop spectaculaires pour divertir », expliquant qu'il fallait l'interdire aux « femmes sensibles et ne surtout pas apprendre son nom aux enfants », le tout dans un style patriarcal typique de l'époque. Mais derrière ces manchettes, Hugo devina le doute, parfois le malaise. Les journalistes qui parvenaient à assister à une représentation évoquaient un moment hors du temps, d'un « onirisme progressivement étouffant », où le rêve cédait au cauchemar avant la fin. L'un considérait qu'il avait été drogué pour que sa « mémoire s'imprègne d'impossibles magies », comme toute l'assistance, et qu'il fallait faire interdire Lucien Strafa au motif qu'il bernait les sens en séduisant les organismes contre leur gré.

Hugo débusqua, sur le blog obscur d'un fan du magicien qui colligeait les articles et récits originaux à son propos, le récit quasi romanesque d'un début de spectacle de Strafa, il donnait le ton. On pouvait croire à une fiction tant cela semblait étrange, improbable. À le lire, les gens saignaient du nez d'émotion. Et le récit s'achevait par : « Ce n'était que le début du spectacle. » Tout un programme !

Des très rares entretiens qu'il accordait, on n'apprenait finalement rien. Strafa répondait à côté, volontairement, il orientait dans les directions qui l'amusaient. Métaphysique. Existence d'une « poche parallèle » où s'agrégeaient les esprits des morts dont il puisait parfois l'énergie pour ses tours. Strafa modelait son image, pointu, pointilleux, précieux, profond. Même son phrasé avait quelque chose de suranné et délicat tel que retranscrit. Mais il ne s'ouvrait jamais personnellement. De lui, intimement, il ne disait rien.

La « rumeur » émergeait au milieu des années 70, alors que Strafa était déjà une vedette internationale qui tournait de pays en pays. Après que des comités scientifiques regroupant des experts de plusieurs disciplines s'étaient rassemblés à l'initiative du *Parisien libéré* et d'Europe n° 1 pour étudier les récits de ses tours les plus improbables, pour conclure qu'ils étaient inexplicables en l'état de leurs connaissances actuelles. Un politicien (apparemment affilié à la droite chrétienne) affirma que la seule explication possible était que Strafa avait vendu son âme au diable en échange de son succès. Si l'affirmation aurait fait rire en d'autres temps, la plupart de ceux qui la reprirent avaient vu Strafa sur scène, et n'avaient absolument plus envie de rire. Juste de comprendre. D'être *rassurés*.

La rumeur bruissait, d'abord dans Paris : Strafa avait du sang sur les mains. Du sang d'innocentes bien entendu. « Et il a signé son pacte avec leur cœur encore fumant ! » pouvait-on entendre dans certains salons traditionalistes. Aller le voir, c'était cautionner cette abomination. Payer son ticket, c'était payer son aller simple pour l'Enfer. La cabale, orchestrée principalement par la presse chrétienne et les politiciens de cette tendance, monta tout au long de 1975 et l'année suivante gagna toute la France quand le magicien rentra d'Amérique. Lucien Strafa ne donnait déjà plus d'interviews à ce moment-là de sa vie, et refusa de répondre à la polémique. Au lieu de quoi, il annonça avant Noël qu'il lançait son tout nouveau spectacle intitulé, non sans provocation : « Collecteur d'âmes ».

Les salles furent combles, la tournée complète le jour même de mise en vente des billets, comme pour toutes les précédentes, et Lucien Strafa parcourut, une fois encore, le monde jusqu'en février 1978 où il donna son ultime représentation, là où tout avait commencé, à l'Eldorado. D'après les heureux chanceux présents ce soir-là, lorsqu'il termina son dernier tour il s'adressa à son auditoire pour lui dire qu'il le remerciait d'avoir rendu sa vie si douce, qu'il s'était gorgé de son effroi, et qu'à présent la magie devait s'interrompre. Sur ces mots, il fixa longuement son public, au point que certaines personnes se sentirent mal, puis lâcha un sourire cruel, claqua des doigts et... disparut. La lumière se ralluma, la scène était vide, et c'en était terminé de Lucien Strafa. On ne le revit plus.

Plus jamais.

Un journaliste zélé compta que c'était la six cent soixante-sixième représentation du magicien. Il l'avait écrit plusieurs fois, sous toutes ses formes : 6 6 6. Chiffre du diable.

Le moins que l'on pouvait dire, c'était que Strafa avait le souci du détail, et le sens du show. La légende déjà bien implantée, le mythe était né.

Hugo releva la tête de son ordinateur, la nuque lourde. Il venait d'y passer plusieurs heures, totalement absorbé. Comment avait-il pu ignorer une histoire pareille ?

En même temps, si l'homme avait été très populaire pendant son règne, sa retraite subite, bien qu'ayant déclenché maintes interrogations, l'avait éloigné de l'attention à une époque où Internet n'existait pas, et seul le travail d'archivage avait permis d'en conserver une trace. La génération de ses parents devait le connaître, comme lui avait eu David Copperfield pour référence. Mais ça n'était pas tout à fait suffisant comme explication, estimait Hugo.

Il y a eu une volonté délibérée de l'effacer.

Ça ne faisait pas de doute. Impossible d'oblitérer un succès pareil ; toutefois, avec une volonté politique ferme, l'aide de quelques patrons de presse conservateurs indisposés par ce que Strafa représentait, il était possible de faire en sorte que son nom perde de sa splendeur. Juste en ne l'évoquant plus du tout. Ce n'était pas un mensonge, encore moins un complot à grande échelle, rien qu'une simple volonté de ne plus en parler. Sujet clos. Merci, au suivant.

Strafa avait autant abasourdi ses spectateurs qu'il les avait perturbés, remettant en cause leurs certitudes, et beaucoup d'entre eux *voulaient* l'oublier pour ne plus se poser ces étranges questions sur lui, sur ce qu'il avait fait devant eux, ce que cela *pouvait* impliquer des lois physiques du monde qu'ils pensaient connaître.

Peut-être un peu extrapolé tout ça, se corrigea Hugo. Néanmoins, il sentait qu'il touchait du doigt quelque chose qui n'était pas si loin de la vérité.

Lucien Strafa n'était dans aucun livre d'histoire, aucun récit d'exploits, à peine présent dans certaines mémoires. Il y avait bien eu des tentatives pour le retrouver à la fin des années 70, même celui qu'Hugo prenait pour son agent sur les photos – il se révéla bien être son *imprésario* – affirmait ne rien savoir, aussi désemparé que les journalistes ou le public. Val Quarios était encore un secret bien gardé, et Hugo supposait que lorsque certaines langues avaient fini par se délier, des décennies plus tard, Strafa n'intéressait plus personne. Était-ce toujours un secret sa présence ici ? Peut-être. Un *petit* secret. Du genre que l'on peut partager entre initiés, comme l'avait fait Lily avec lui.

Sauf que tu es là depuis trois jours... tu parles d'un initié !

Avait-elle la langue trop bien pendue ? Ce n'était pas le genre. Hugo allait passer quasiment six mois sur place, Lily savait que la question viendrait et que tôt ou tard il faudrait expliquer ce manoir isolé, le propriétaire absent, elle avait seulement pris de l'avance sur la confiance. *Et ce n'est pas à cause de mon sex-appeal, j'en suis bien conscient.*

Donc non, ce n'était plus un secret. Seulement un fait dont tout le monde extérieur se foutait.

Hugo imagina la manchette : « Le vieux propriétaire d'une station de ski reculée et sur le point de fermer était un grand magicien... il y a quarante ans ! »

Bon pour *Le Nouveau Détective*. *Ici-Paris* à la rigueur.

Mais ça n'était pas tout à fait exact. Pas un grand magicien, non.

D'après ce qu'il en avait lu, cela ne faisait aucun doute : Lucien Strafa avait été *le* plus grand. De tous et de tous les temps. Et de très loin.

Hugo se leva de la méridienne, grogna en tirant sur ses membres perclus de courbatures et s'approcha d'une des longues baies vitrées qui encadraient l'aquarium.

Le manoir apparut, au-delà du Vioc, agrippé sur son promontoire, cerné de conifères sur toute la hauteur du raidillon. Hugo réalisa qu'il était visible de partout sur la station. Était-ce une volonté ? Pour mieux contempler son domaine... *Ou nous rappeler qu'il est là, à nous regarder.*

Hugo fut alors pris d'une furieuse envie d'y monter. Qu'avait-il à craindre ? Au pire, qu'on ne lui réponde pas ? *Ou qu'il me vire sur-le-champ.*

D'autant que personne ne lui avait dit de ne pas s'y rendre.

Le ciel était d'un bleu encourageant, à peine quelques rapaces qui planaient pour toute surveillance.

Hugo n'était pas convaincu. L'envie oui, mais une petite voix lui murmurait que ça n'était pas une bonne idée. Il se sentait comme dans un album de Tintin lorsqu'un petit Milou angelot et un Milou diabolique s'affrontaient de chaque côté du chien pour l'influencer.

Les volets sont fermés. Il dort.

Juste un tour. Pour voir.

L'antre de Lucien Strafa, le plus grand magicien de tous les temps. *Illusionniste. C'est comme ça que les journalistes l'appelaient en général.*

Ça ou « suppôt de Satan ».

Hugo se dirigeait déjà vers l'escalier.

13.

Le C avait une dent contre lui.
Hugo ne voyait pas d'autre explication pour interpréter son incapacité à y retrouver son chemin deux fois de suite. *C comme Cancer. Connerie. Chieur.* Cul-de-sac.
Merde !
Il s'y reprit à trois fois pour parvenir au deuxième étage et enfin pouvoir déposer son ordinateur dans sa chambre.

Une fois dehors, il hésita à foncer au plus rapide mais s'en abstint au dernier moment. Cela impliquait une longue traversée de la prairie à l'est, donc à découvert, en plein après-midi, et la dernière chose dont il avait besoin, c'était de se mettre à dos la moitié du personnel pour avoir osé déranger le maître des lieux. Le sujet était sensible, Lily le lui avait bien fait comprendre, il ne voulait pas d'ennuis, juste satisfaire une curiosité qu'il estimait légitime.

Je ne dérange personne, rien qu'un coup d'œil, et s'il est là, visible, éventuellement un bonjour pour tâter le terrain. C'était humain, et même plutôt poli, se disait-il.

Non, la seule solution consistait à entrer dans le Vioc, en descendre la colonne vertébrale, trouver un accès vers son fondement, et en ressortir par le garage. De là il pourrait couper à travers bois le long de la pente, jusqu'au manoir, et sans être visible de quiconque.

Pas même de lui, s'il guette.

Hugo pouvait bien se cacher derrière le prétexte foireux de la politesse, lui-même n'y croyait guère...

La porte principale du Vioc n'était pas fermée à clé. C'était une des règles exposées par Lily le premier jour : ici, on ne fermait rien sans une bonne raison, car il n'y avait qu'eux, donc pas de voleurs.

Le hall était gris, la tanière d'une araignée géante. Des bâches sales, vaguement diaphanes, pendaient d'un peu partout, semblables à de la toile prête à capturer l'imprudent visiteur. Aucune moquette vieillotte, pas de mobilier des années 70, ni comptoir à l'accueil. Tout avait été démonté. Une partie des travaux préparés, mais rien de fait, encore moins de terminé. Des saignées dans certains murs laissaient pendre des goulottes et tuyaux en PVC comme des veines tranchées, vides. Les lampes dans les plafonds avaient été retirées, leurs fils tordus sourdaient comme autant de nerfs optiques après en avoir arraché le globe oculaire. Il n'y avait donc pas d'éclairage, sinon celui des puits de lumière qui se déversait sur trois étages par l'interminable mezzanine qui s'étendait sur toute la longueur du monstre. Ce n'était pas l'idéal, mais en cette fin d'après-midi, Hugo y voyait assez clair pour s'y repérer. *C'est au sous-sol que ça va être chaud !* Il n'avait pas son téléphone pour le dépanner, ne captant nulle part, il avait pris l'habitude de le laisser chez lui. Tant pis, il se débrouillerait.

Hugo enjamba plusieurs rouleaux de ce qu'il supposait être des tapis – qui devaient à peine tenir dans la remorque d'un trente-trois tonnes – et pénétra dans la « cour centrale ». Aucun doute, comme il en avait eu l'impression en découvrant le Gros B, l'endroit ressemblait à une prison, avec ses alignements de balcons et de portes donnant toutes sur le patio ; ne manquaient que les filets antisuicide et les judas. Au moins ici il ne pouvait pas se perdre, c'était tout droit, il n'y avait que cette option.

D'autres bâches grises émettaient un son caverneux en se soulevant nonchalamment dans un courant d'air qu'Hugo ne sentait même pas. À espace régulier, un appartement était ouvert, mais son accès était protégé par l'une de ces banes paresseusement translucides. Lorsqu'il en dépassait un, Hugo jetait un coup d'œil, et ne pouvait s'empêcher de se demander comment il réagirait s'il distinguait une silhouette derrière, rien qu'une ombre en contre-jour. *Ça dépend si elle se déplace à la zombie ou si c'est un des nôtres...*

Pourquoi avait-il des idées pareilles ? Toujours aller plus loin que la réalité, combler les manques, anticiper le pire, l'horreur de préférence... *Si mon cerveau n'avait pas cette déviance, je ne pourrais pas écrire. C'est de ce genre de projections tordues que naissent les romans. Sinon, ça n'est que le monde tel que nous le connaissons, insipide, sans surprise, d'une banalité normalement suicidaire.*

Au moins il était positif...

Une bâche claqua plus sèchement que les autres et il sursauta. *Putain, c'est juste une saloperie pour les travaux, relax !* Plus facile à dire...

Des dizaines d'échos similaires résonnèrent depuis les mezzanines.

Hugo commençait à douter de son entreprise lorsqu'il parvint à l'extrémité du Vioc, face à de hautes fenêtres ouvrant une fois encore sur la vallée. D'autres ascenseurs – qu'il ignora – bordés d'escaliers desservaient les différents niveaux, et il s'y engagea. La lumière du jour s'affadissait après plusieurs marches. Chaque pas le plongeait davantage dans l'obscurité. La dernière portion serait dans les ténèbres. Hugo s'en voulait de ne pas avoir pensé à prendre son téléphone, juste pour ce passage. Il ralentit avant de poser le bout des doigts sur le mur pour se guider. *Tu es un grand garçon, c'est ridicule, de quoi as-tu peur ?*

Il était incapable d'expliquer son appréhension. C'était viscéral. Était-ce le sentiment qu'éprouvait un insecte à l'approche du trou où se blottissent les grosses araignées velues ? Ignorant tout de ces prédateurs implacables qui l'attendent sans un mouvement, juste quelques pas de plus, allez, approche, encore un peu, juste un peu, ce qu'il faut pour que je n'aie aucune chance de te manquer, que mes chélicères se plantent dans ta chitine, qu'elles te transpercent pour y déverser mon poison, jusqu'à ce que tes entrailles se mettent à fondre, et que j'aspire, délicieusement, ton jus, tandis que tu convulses, encore vivant, pleinement conscient de moi, énorme, *qui te mange.*

Toujours cette imagination maladive qui se débridait dans les pires instants.

Hugo n'avançait presque plus. Il n'avait pas encore pénétré dans la zone sans la moindre particule de lumière, elle était plus bas, peut-être cinq ou six marches.

Il posa le pied sur la suivante. Sa salive lui parut plus consistante, difficile à avaler. *T'es idiot ou quoi ? À trente-quatre ans ? Tu as peur du noir ?*

Ce n'était pas vraiment ça.

Il y avait quelque chose qui ne lui plaisait pas dans cette torpeur indiscernable.

Quelque chose qui n'allait pas dans cet endroit. *Quelque chose qui ne va pas en moi, oui !*

Il se força à s'enfoncer plus loin. Une marche de plus. Il faisait un peu plus frais. Et humide.

La nourrice du romancier coulait à bon débit à présent. Elle lui murmurait que l'araignée était là, toute proche, en train de déployer ses pattes décharnées, ouvrant ses chélicères, une pointe de venin liquéfiant à l'extrémité, n'attendant plus qu'un pas ou deux pour jaillir de son antre et l'entraîner vers une mort lente et abominable. *Te manger.*

Hugo souffla, fatigué par ses propres délires. Mais il n'avançait plus. *Je suis complètement con.*

Il avait peur. Une peur dont il avait honte, puérile. S'il renonçait, il se sentirait humilié. *Tout ça pour ça ?* C'était irrationnel.

« *Approche. Allez, un dernier minuscule petit effort. Fais-le. Pour toi. Pour te prouver que tu en es capable... Pour ne pas finir sur un échec... UN DE PLUS. Viens.* »

Hugo tendit le pied, prêt à le descendre. « *Oui, voilà... allez... pose-le... Fais-le. Juste celui-là, après c'est bon...* » Il doutait. Le substrat enfantin sur lequel il s'était bâti le tiraillait avec une énergie folle. *Je ne vais tout de même pas renoncer parce que j'ai...*

— La pétoche, dit-il du bout des lèvres.

Parler dans ce lieu vide lui donna l'impression de crever une bulle, d'allumer une torche sur sa position exacte, de l'indiquer aux ténèbres ; et son imagination lui fit deviner toutes les créatures immondes qui se précipitaient depuis les ombres du bâtiment pour venir dans sa direction. Affamées.

Et si ça n'était pas mon imagination mais un sixième sens ? C'était grotesque. Ri-di-cu-le. Pourtant, son pied demeurait en suspens. Pas encore descendu sur la marche suivante.

« *Aaaaaaaaaaaaaaaaaaaallez! Viens je te dis ! Fais-le ! Pour t... pour moi. J'ai* faim ! »

Toute son existence, Hugo avait eu l'habitude d'aller de l'avant. Prendre une décision, s'y tenir, ne pas tergiverser éternellement. Parfois avec une impulsivité qui l'avait desservi, d'autres fois à son avantage. Normalement, il n'hésitait pas. Quelque chose devenait impatient plus bas, dans le sous-sol aveugle. *C'est ta putain de nourrice du romancier, rien d'autre.*

Pourtant, dès qu'il recula, le soulagement l'envahit, un sentiment libérateur. Aussitôt suivi par un autre beaucoup plus angoissant : une boule qui grossissait en lui à toute vitesse, et dont il pressentait que l'explosion allait le renverser. De la *panique*. Elle montait de tout au fond, de ses réflexes de gosse. *Non, pas exactement...* De ses instincts.

Parce qu'il renonçait. Parce que l'araignée dans son trou allait le sentir, et que c'était le moment ou jamais pour elle de bondir pour le happer, avant qu'il ne lui échappe, elle allait se projeter, deux énormes pattes dans son dos pour lui barrer la route, son abdomen immonde dressé au-dessus, le reste formant une cage, avant qu'elle ne s'abatte pour... *Te manger.*

Hugo enjamba deux marches, puis encore deux, harponna la rambarde pour s'extraire et il regagna le rez-de-chaussée plus vite qu'une peur d'enfant le fait pleurer. Il se retourna pour aviser l'escalier et ses profondeurs obscures.

Aucune ombre n'y bougeait. *Imagination de merde !*

De la frustration. Voilà ce qui bouillonnait au pied des marches. De la colère aussi. *Et une fringale de tous les diables !*

Hugo voulait sortir. Retrouver le soleil sur sa peau, chasser ces pensées parasites qui coulaient d'il ne savait où... Y avait-il un réservoir quelque part dans son cortex, puisant dans les abysses les plus sinistres de son développement, et qu'il avait oublié de vider en grandissant ? Un accès immédiat sur toute la fange du monde qu'il avait amassée, mixée et mélangée avec toutes les formes du conditionnel pour mieux lui donner du corps. Pareil réservoir devait comporter un écriteau en lettres rouges : « Attention, horreurs liquides, prêtes à se déverser, ne jamais renverser ». Si c'était le cas, il le soupçonnait de fuir. Depuis longtemps, et de polluer sa vie avec sa matière noire. *Depuis toujours.*

14.

Adèle Morisse occupait un petit bureau aménagé au dernier étage du vaisseau-mère et dont la minuscule fenêtre ressemblait davantage à un hublot, l'obligeant à allumer sa lampe dès son arrivée, le matin, même lorsqu'il faisait grand beau. Elle l'avait décoré au fil des ans avec les dessins que les enfants des visiteurs hivernaux lui offraient (rarement, ses fonctions de secrétaire ne la mettaient que très peu à leur contact) et ceux qu'elle récupérait, abandonnés sur une table de jeux, dans l'un des restaurants ou dans les chambres. À force, c'était devenu un rituel pour le personnel, tout le monde savait qu'Adèle voulait les dessins des enfants et les lui mettait de côté. Il y avait un aspect fascinant dans ces dessins, avant même leur esthétisme direct, sans fioritures – le monde tel que le voyaient les enfants, sans fard ni hypocrisie. Leur destination même. Étaient-ils perdus ? Oubliés ? Laissés volontairement ? Jetés ? Adèle pouvait les regarder pendant une heure, un à un, en s'interrogeant sur chacun, cherchant une réponse dans ce qu'elle y voyait : un bonhomme de neige aux bras trop grands, au sourire presque carnassier ; une famille dont chaque membre avait droit à ses couleurs bariolées, sauf le papa, tout petit, dessiné en noir uniquement ; ces skieurs fonçant à toute vitesse au-dessus du vide ; ou même la représentation de Val Quarios à la hauteur d'une fillette de sept ou huit ans – toujours très vraie, d'une certaine manière.

Adèle les collectionnait, ils formaient plusieurs piles rangées dans trois placards en face de l'entrée de son espace de travail, et son grand plaisir consistait à s'offrir le temps, au moins à chaque changement de saison, de piocher dedans pour choisir lesquels accrocher à son mur, et lesquels ranger. Elle était en plein tri de fin de printemps – cette année elle prenait de l'avance – lorsque Hugo frappa à la porte.

– Bonjour, dit-il, j'avais un mot sous ma porte ce matin, me disant de passer vous voir en fin de journée.

– Ah, vous êtes Hugo, oui, entrez, venez, asseyez-vous. Enchantée, je suis Adèle, la secrétaire de Philippe.

Elle avait un physique rassurant, ressemblant à s'y méprendre à la mère de la famille Fisher dans la série *Six Feet Under*. Même visage allongé, doux, regard bleu tendre, et auréole de cheveux tirant sur le blond vénitien.

– Je voulais vous voir pour signer le contrat, il serait temps, nous n'avons rien fait dans l'ordre avec vous.

Hugo s'installa en face d'elle, impressionné par la kyrielle de dessins naïfs et bariolés qui servaient de papier peint.

– D'habitude, poursuivit Adèle, nous sommes un peu plus formels, mais je ne sais pas ce qui s'est passé, Philippe aurait dû vous les donner à votre arrivée et... Ah, décidément, je ne les retrouve pas.

Elle se leva avec dynamisme, véritable pile, et fouilla le secrétaire sur le côté.

– Vous vous faites votre place, Hugo ? (Elle se retourna promptement vers lui.) Vous permettez que je vous appelle Hugo, n'est-ce pas ? Vous pensez que vous allez vous plaire parmi nous ?

– Il faudrait être difficile pour se plaindre.

– Oh, vous savez, ça ne convient pas à tout le monde. L'isolement, la promiscuité...

– Une station de ski pour une quinzaine de personnes, c'est pas ce que j'appelle de la promiscuité, releva le jeune homme.
– Très juste. À la longue, vous savez, on s'habitue à tout. Ça ne me paraît plus si grand...
Elle ouvrait les tiroirs pour les sonder à la vitesse d'une experte en la matière.
– Vous êtes ici depuis longtemps ? osa-t-il.
– Assez pour oublier le compte.
L'œil d'Hugo s'alluma d'une lueur intriguée.
– Dans un endroit comme celui-ci, il doit s'en passer des histoires, vous devez avoir un paquet d'anecdotes à raconter.
Adèle s'interrompit dans ses recherches pour relever la tête et réfléchir.
– Probablement... sauf que je suis une conteuse exécrable. Philippe est bien meilleur orateur que je ne le suis. Où diable sont ces contrats ? Je les ai vus hier !
Illuminée par la mémoire, elle claqua des doigts et fonça vers la porte opposée qu'elle ouvrit pour dévoiler un autre bureau, plus spacieux. Assurément celui du directeur. Adèle souleva une pile de paperasse entreposée sur un coin de meuble, s'humecta le pouce et entreprit de faire défiler les pages.
– À tous les coups il les a mélangés avec ses dossiers en cours. C'est pour ça qu'il les a oubliés jeudi soir.
Hugo la remarqua aussitôt, dans son cadre ancien : une affiche de Lucien Strafa. Dans le plus pur style des illusionnistes du début du XXe siècle, avec ses couleurs passées, entièrement dessinée. Strafa était représenté en costume noir, en contre-plongée pour lui donner un air plus impressionnant, une main ouverte vers l'observateur, son regard pénétrant comme souligné par du mascara. Même l'accroche en faisait trop : « Le spectacle de l'impossible qui vous tirera des hurlements de stupeur ».
– Les voilà ! triompha Adèle en agitant une liasse.
Hugo profita de cette ouverture pour désigner l'affiche :
– Très belle.
– Oh, ça ? Vous connaissez ?

– Qui ne connaît pas Strafa ?
Adèle ne dissimula pas son étonnement.
– À votre âge ? Je croyais que tout le monde l'avait oublié...
– Il reste une légende.
Adèle ne masquait pas bien son embarras.
– Oui... Eh bien, parlez-en à Philippe à l'occasion, il connaît bien le sujet. Alors, normalement je dois vous inciter à tout lire dans le détail, mais bon, vu qu'ils auraient dû être signés avant que vous ne commenciez, il vaudrait mieux ne pas trop traîner...

Elle posa devant lui les trois exemplaires tapés à l'ordinateur et y ajouta un stylo avant de demander :

– Vous préférez les emporter dans votre chambre pour les consulter ? Dans ce cas il faudrait me les rapporter vite, que nous soyons à jour...

– Non, ça ira.

Hugo parafa chaque page sans prendre le temps de décrypter le charabia juridique, sinon de vérifier le paragraphe concernant le salaire. Tout lui parut conforme et il apposa sa signature à la fin.

– Parfait, s'exclama Adèle, vous êtes officiellement des nôtres. J'en suis ravie. Vous n'avez besoin de rien ?

– Non, Lily m'a déjà fait visiter le gros des installations et même offert un panier de bienvenue pour me laisser le temps de faire mes courses.

– Ah, c'est notre perle. J'en voudrais bien plusieurs comme elle. Vous faites ce que vous voulez ici mais vous ne me l'abîmez pas, c'est compris ?

Hugo trouva cette remarque étrange, presque déplacée. Parce qu'il était un mec il allait forcément jouer les bourreaux des cœurs ? *Si elle savait l'état du mien pour commencer...*

– Soyez rassurée de ce côté-là, il n'y a rien à craindre.

Il récupéra son exemplaire du contrat et se rapprocha de la sortie. Adèle, elle, était intarissable :

– Cette fille apporte une telle joie de vivre, c'est un délice. Je crois que nous avons une bonne équipe cette année, je ne dis pas ça pour vous jeter des fleurs, mais Axel, le garçon de l'informatique, est adorable, la Jina m'a fait une très bonne impression, et maintenant vous...

Elle se pencha pour lui faire une confidence :

– Vous savez comment on vous a surnommé avant votre arrivée ? « L'acteur ». À cause de votre physique. Et de votre CV.

Hugo prit une profonde inspiration. Il ne l'avait pas vue venir celle-là.

– Je crois que je préfère encore être appelé « caméléon ».

– Ne dites pas ça au vieux Max, il va faire une syncope ! L'acteur, ça vous va bien, je trouve. C'est une idée de Lily justement.

– Lily était là pour mon recrutement ?

Adèle se rendit compte qu'elle en avait trop dit et grimaça.

– Ne lui répétez pas que je vous l'ai raconté, d'accord ? Oui, avant de sélectionner quelqu'un pour partager notre quotidien pendant cinq mois, il nous arrive de demander leur avis aux autres... C'est un peu normal, non ? Ils sont aussi concernés, voire plus.

Hugo posa son index sur ses lèvres en signe de silence. Il n'était pas choqué par le procédé. À vrai dire il s'en moquait totalement. Toute cette conversation l'ennuyait. Il n'avait qu'une idée en tête : glaner des informations sur Strafa, et Adèle se montrait peu prolixe sur le sujet. Soudain il eut envie de tenter une autre approche :

– L'autre jour, dans la forêt je suis tombé sur des squelettes d'animaux. Il y en avait un sacré paquet, on aurait dit un cimetière à ciel ouvert...

Il préférait arranger son récit.

– Quelle horreur !

– Je me demandais si ça pouvait être l'œuvre d'un saisonnier ou...

– Jouer avec des cadavres de bêtes ? Ne manquerait plus que ça ! Non. Même mortes, ces pauvres créatures ont le droit à un minimum de respect. Personne ici ne se comporterait de la sorte. En revanche les renards... Philippe affirme que les loups arrivent dans notre région, ne lui racontez pas sinon il ne va plus parler que de ça.

Elle n'était pas au courant pour les guirlandes d'os, trop sincère. Et Hugo n'était pas beaucoup plus avancé.

– En tout cas, je vous remercie, Adèle.

– Je vous en prie, Hugo, encore une fois : soyez le bienvenu à Val Quarios ! Ah, et si vous trouvez des dessins d'enfant dans les prochaines semaines, surtout vous me les rapportez ! Il n'y a pas plus innocent qu'un gribouillage perdu...

15.

La journée du lundi avait été typique d'un lundi déprimant, après un week-end reposant, loin de tout stress, quand il faut à nouveau se plier au diktat du réveil, et endurer la faune des transports en commun et les contraintes d'un job pas particulièrement épanouissant. Et pourtant, en matière de boulot, ici, Hugo n'avait pas de quoi se plaindre. C'était même plutôt agréable jusqu'à présent, plus que d'auditionner pour des rôles insipides où il fallait sourire au directeur de casting pour s'en faire un « pote » ; plus agréable aussi que certains plateaux de tournage où il n'était rien sinon un concurrent pour d'autres acteurs qui étalaient leurs perspectives de carrière à moyen terme, toujours plus formidables que les siennes. *Moins agréable qu'une bonne session d'écriture toutefois. Même lorsque personne ne vous lit.*

Non, ce qui avait rendu ce lundi maussade c'étaient les pensées d'Hugo après sa fuite dans l'escalier du Vioc. Il s'en voulait d'avoir cédé à une impulsion d'enfant. Depuis quand un trentenaire rebroussait chemin face à l'obscurité ? *Colle mon imagination débile dans le crâne d'un mec de cinquante même si tu veux et on verra ce qu'il fait, sans lampe, dans un endroit aussi glauque que celui-là !* Son estime de soi, déjà fragile, en avait pris un coup, encore un, et il n'était pas loin de virer à la plus mauvaise humeur qui soit.

Il regagna son appartement, après plusieurs heures passées au pied du plateau cette fois, à tronçonner les troncs qui s'étaient entassés là suite à leur coupe. Ne plus circuler à proximité des guirlandes funèbres l'avait rassuré. Il avait beau tenter de se persuader qu'elles n'étaient que le fruit d'un esprit maladivement enfantin, il ne parvenait pas à y croire, pas même à faire semblant pour s'accorder un peu de répit.

Il avait besoin de se sentir propre. Mais même une fois lavé, il n'était pas encore complètement détendu, ni la lecture ni son dîner n'y firent rien, et Hugo attrapa son sac à dos pour retourner au vaisseau-mère, au niveau inférieur ce coup-ci.

La piscine fumait légèrement. L'odeur du chlore lui piquait les narines. La nuit tombait à l'extérieur, transformant les immenses baies vitrées en halo bleuté. Le bassin était peu éclairé, *reposant*, se dit Hugo en se glissant dans l'eau.

Il nageait depuis un quart d'heure lorsque entra Alice, en peignoir. Elle ne le vit pas tout de suite et il l'observa, un peu honteux et pourtant incapable de détourner le regard, nouer sa chevelure blonde sur le dessus de sa tête avant de se dévoiler en maillot. Hugo déglutit à la vue de ses formes parfaites. Sur quels critères l'avaient-ils recrutée, elle ? Et qui se tenait dans le bureau de DePrigent cette fois pour valider la candidature ? JC ? Hugo n'en aurait pas été étonné, il devinait le bûcheron charmeur.

Alice s'approcha du bassin et sursauta en l'apercevant.

– Tu m'as foutu la trouille !

– Pardon, j'étais sous l'eau, je ne t'avais pas vue non plus, mentit-il. Je vais sortir.

– Tu ne me déranges pas, dit-elle en prenant son temps pour entrer progressivement dans l'eau.

Hugo alla se poster à l'autre bout, contre la baie. Dehors, le soleil avait été englouti par la cime, et il dut se coller à la vitre pour y deviner les contours vagues du paysage nocturne. Alice nagea jusqu'à lui.

– Alors ? Elle vaut le détour, non ?

— Oui, je vais y prendre goût aussi.
— Elle va me manquer.
Un blanc s'installa entre eux.
— Tu repars quand ?
— Mercredi.
— Triste ?
— Non. Comme je t'ai dit, j'ai fait le tour.
— Tu as des projets ?
— Pas encore. Je vais loger chez une copine le temps de me décider. Trouver un petit boulot en attendant et partir voyager, le sac sur l'épaule, en juillet et août. La liberté absolue.

Hugo la comprenait. Il n'était pas dans cet état d'esprit, lui aspirait avant tout à explorer ses propres tourments et se remettre sur la bonne voie avant d'aller s'aventurer à la rencontre d'autres cultures, mais c'était une belle promesse pour elle.

— Tu vas écrire un roman alors ? demanda Alice en recrachant un peu d'eau.
— Ce serait bien.
— Tu as déjà une idée ?
— Non. Mais je sens que ça bouillonne, mon imaginaire se sert du moindre prétexte pour m'infliger toutes sortes de propositions.

En nageant pour se maintenir à la surface, la main d'Alice lui effleura le bras.

— Quel genre ?

Hugo se remémora la séance de la veille, dans le Vioc.

— Flippantes.
— J'en étais sûre. Ici, c'est soit un délire à la *Shining*, soit un bouquin de cul à la *Cinquante nuances de Grey*. Pas le choix. Tu peux pas pondre la vie et l'œuvre de machin-truc qui s'emmerde, mais qui rencontre des gentils touristes alors il change et... c'est le suicide assuré.
— Je ne suis pas sûr d'être très légitime en matière de ce qui est pertinent ou pas, compte tenu de mon « succès » précédent.

– De toute façon, j'ai entendu une fois que l'inspiration ça se commande pas, c'est comme ça, elle te tombe dessus, et tu écris, point.

Alice avait cette spontanéité amusante de celle qui dit ce qui lui vient à l'esprit sans filtre, et débite soudain à la cadence d'une mitraillette. *Elle parle comme elle considère l'inspiration.*

– Tu as un pseudo ?
– Non.
– Tant mieux. Ça fait masque. J'aime pas. Pourquoi te planquer lorsque tu publies un bouquin ? T'es censé être fier, non ?
– Oui, je présume…

À nouveau leurs bras s'effleurèrent et Alice pivota pour appuyer son dos contre la paroi vitrée.

– Au début je n'osais pas faire ça et pousser avec mes jambes, j'avais l'impression que le verre allait se fendre, et m'aspirer. Tu sais, genre la pression de toute cette flotte qui m'enfonce dans le trou, les extrémités du verre qui me déchirent le corps, jusqu'à ce que je sois pliée en deux, la colonne vertébrale brisée, éventrée, transpercée par devant comme par derrière, et que je me déverse dans la vallée…

Hugo écarquilla les yeux. Il n'y avait pas que lui qui débordait d'une inventivité sordide ! Et il n'était pas convaincu que ça ne la rendait pas un peu effrayante… *Si moi j'ai ces délires, pourquoi pas elle ? Au nom de quoi ce serait plus rebutant chez une femme ?*

Alice poussait avec ses jambes, écrasant son dos sur la baie.

– Je ne sais pas si j'aime que tu fasses ça, avoua Hugo.

Elle lui offrit un sourire moqueur, un brin provocateur, et mit un coup d'épaule pour lui prouver qu'il n'avait rien à craindre. La paroi semblait solide. Elle ne bougeait absolument pas. *Avec la pression exercée dessus, il n'y a aucune raison, c'est du cost…*

Un KLANG de la structure les fit tous les deux bondir le plus loin possible de la fenêtre, le cœur en bataille. Ils guettaient le moindre signe de faiblesse, le début d'un éclat, la vitre qui se fendrait brusquement, prémices de la rupture monumentale qui suivrait…

Rien.

– C'était le bois au-dessus, dit Alice en riant jaune. Enfin j'espère.

– Je crois aussi. Vaudrait mieux.

Elle se rapprocha de lui.

– J'ai eu un de ces flips, s'esclaffa la jeune femme.

Dans la panique, ses cheveux s'étaient décrochés et l'entouraient désormais comme une corolle aux nuances dorées. Elle le fixait et ses bras caressaient ceux d'Hugo à chaque mouvement. Ses lèvres entrouvertes.

Une onde chaude remonta des reins du jeune homme jusqu'à la base de son cerveau, réveillant toute une partie de son corps jusqu'à présent en hibernation. Et dans le contexte morose qui était le sien, il n'était pas prêt. Il frémit. *Pas une bonne idée.*

Alice lui souriait. *Elle repart après-demain, quel est le risque ?* Il n'allait pas s'accrocher à elle si rapidement, elle ne pouvait le fracasser en quarante-huit heures. Lucie n'avait eu besoin que d'une phrase, mais déclamée avec l'écho de sept ans de vie commune. Pourquoi se priver de cette volupté alors même qu'elle pouvait apporter un peu de grâce dans ses angoisses du moment ? *Parce que je flippe. Je ne suis pas prêt.*

C'était risible. Il avait fait l'amour des centaines de fois, peut-être des milliers, avait connu plusieurs femmes, essayait de faire de son mieux pour être un amant attentionné, mais jamais il n'avait éprouvé cette appréhension. *Mon corps le veut, pas ma tête.* Cela combiné avec sa lâcheté de la veille, Hugo sentit tout désir le déserter. Il ne pouvait se forcer pour « se réparer », ça ne fonctionnait pas ainsi. Cette frustration le mit en colère. Il recula.

– J'ai froid, je vais sortir. Profite une dernière fois, et évite de t'appuyer sur ce truc, on ne sait jamais, dit-il pour se donner une contenance.

Mais au fond de lui, il se sentait humilié.

16.

— T'as bouffé un lion ou quoi ? s'étonna JC par-dessus le rugissement des tronçonneuses.

Hugo débitait les grumes qu'ils avaient préparées la veille avec une volonté proche de la colère.

— Besoin de me dépenser.

— Je vois ça... Tâche de pas oublier les règles de sécurité, ton positionnement par rapport à la découpe surtout, OK ? J'ai pas envie que dans un coup de sang tu t'enlèves toute la viande sous le genou.

Après quelques minutes, JC revint à la charge :

— C'est à cause d'une fille ? C'est souvent à cause d'une fille qu'on se met dans cet état.

— Non, à cause de moi. Je ne peux même pas me trouver cette excuse.

Et il n'en dit pas plus.

Après tout le mardi à s'épuiser ainsi, il se sentait mieux au moment du dîner. Il savait que ça n'était qu'une question de patience. Il n'était déjà plus un fantôme de passage sur terre, il reconnectait à ses émotions, s'intéressait aux autres, retrouvait son autodérision et surtout des envies, même s'il ne parvenait pas à les satisfaire. Bientôt, les dégâts causés par sa séparation ne seraient plus que des souvenirs, à peine des cicatrices blanches sur son âme. D'ici là, il devait se montrer plus tolérant avec lui-même. *À commencer lorsque je me fais un coup de flip.*

L'épisode de la piscine lui restait davantage en travers de la gorge. Une aventure sans lendemain, juste pour se remettre dans le grand bain... Le jeu de mots l'amusa. C'était déjà ça. Toute la journée il hésita à retenter sa chance pour le dernier soir d'Alice, s'offrir du bon temps, se prouver que tout fonctionnait correctement, gagner en confiance... Mais lorsqu'il rentra à l'appartement, il sut qu'il n'en ferait rien. Trop peur d'essuyer un refus, des conséquences. Ne pas être à la hauteur. *Non, pire : constater qu'en réalité, je n'en ai pas envie.*

Même Lucien Strafa et son manoir lui étaient sortis de la tête. Il ne s'en fichait pas, juste qu'il n'avait pas l'énergie mentale pour s'en préoccuper.

Il ne voulait pas dîner seul ce soir, et espérait qu'il y aurait au moins Lily, Exhell, voire Tic et Tac, comme il surnommait Armand et Paulo.

La bande se partageait bien une table de la cantine, à l'exception de la génération du dessus, absente comme d'habitude. Ludovic et JC n'étaient pas là non plus. *Et Alice,* nota Hugo. Ils dînèrent, profitant des plaisanteries habituelles du plombier et de l'électricien, et Hugo remarqua que Lily semblait attendre quelqu'un.

– Tu as un rendez-vous ? demanda-t-il.

– Je cherche Alice. Elle doit venir, qu'on se cale pour demain. C'est moi qui l'emmène à la gare.

Au souvenir de la conduite particulière de la monitrice, Hugo souhaita mentalement beaucoup de courage à Alice, et de chance, pour qu'elles arrivent en un seul morceau jusque dans la vallée. Tous s'attardèrent un peu, Armand partageant un joint avec Merlin sans s'embarrasser des détecteurs de fumée.

– C'est moi qui les pose, ricana l'électricien, je peux les virer aussi sec ! Et puis je vais vous dire un secret : la bonne beuh, ça ne sonne pas, c'est à ça qu'on la reconnaît.

S'ensuivit tout un numéro, debout sur la table malgré les protestations de Lily et Exhell, jusqu'à ce que l'appareil se mette à biper. Tout le monde se figea, craignant la suite, mais Armand avait pris soin de le déconnecter du reste du système et aucune alarme incendie ne se déclencha.

Hugo faisait sa vaisselle dans la cuisine lorsque, une fois tout le monde reparti, Lily passa une tête :

– Elle n'est pas venue pendant que j'étais sortie ?
– Alice ? Non.
– OK. Je vais aller voir dans sa chambre.
– Je viens avec toi, fit-il en coupant l'eau, les mains encore pleines de mousse.

Tout plutôt que de se retrouver seul dans son lit. Hugo avait abusé du café pensait-il, son corps était une pile, et son esprit tournait à plein régime.

À sa grande surprise, il découvrit qu'Alice occupait non seulement un logement dans le même bâtiment que lui, mais qu'en plus c'était à son étage, dans l'autre couloir, côté ouest. *Si j'avais su...* S'il avait su il n'aurait rien fait de plus, corrigea une voix lucide en lui. Il fallait qu'il arrête avec ce conditionnel auquel il se raccrochait beaucoup trop.

Lily circulait avec aisance, prenant des raccourcis en traversant une salle vide, coupant par un accès de service ou l'escalier du personnel ménager.

Ils frappèrent à la porte, plusieurs fois, sans réponse. Lily fronça le nez.

– Elle doit être à la piscine ou à l'aquarium, proposa Hugo.
– J'en viens.
– Elle s'est pris une cuite de départ avec Ludovic ou JC et elle cuve dans un coin ?

Lily n'était pas convaincue. Ils allaient repartir lorsqu'elle insista sur la porte avant de tester la poignée. Qui s'ouvrit.

– Alice ? demanda la jeune femme. Alice, tu es là ?

Voyant qu'elle ne se démontait pas et entrait, Hugo lui emboîta le pas. L'appartement était un reflet du sien, donnant sur les remontées, et la Tour, tout au fond.

Il était vide.

Nettoyé, matelas à nu, aucune vaisselle dans l'évier et surtout pas la moindre valise nulle part, pas plus que de vêtements dans les armoires.

— T'es sûre que c'est chez elle ? douta Hugo.

— Catégorique.

Hugo s'accroupit devant le petit frigidaire. À l'intérieur il pouvait encore distinguer l'empreinte de l'éponge pour lui donner un dernier coup de propre. Dans l'après-midi même, assurément.

— Il sent encore la bouffe, t'as raison, admit-il. Faut croire qu'elle est partie avec un jour d'avance.

Hugo la revit dans la piscine lui dire qu'elle quittait Val Quarios le mercredi.

— C'est moi qui fais la navette, rapporta Lily, elle n'a pas pu descendre par ses propres moyens.

Hugo désigna la penderie :

— Elle s'est tirée, ou alors elle dort chez quelqu'un pour sa dernière nuit. Elle est proche d'un des mecs ?

Lily secoua la tête en scrutant dans les tiroirs des tables de chevet. *Je me fais peut-être des films mais à la manière dont elle semblait tentée par une petite aventure aquatique avec moi hier, elle n'est pas du genre farouche la Alice...* Elle pouvait tout aussi bien s'être rapprochée d'un autre gars, pour célébrer son départ en beauté. Le compte était vite fait. À moins d'aimer le style viking geek, Exhell était hors compétition, Ludovic aussi sexy qu'un bonhomme de neige raté en train de fondre, quant au trio Armand-Paulo-Merlin, Alice et eux n'étaient carrément pas sur la même planète. DePrigent et Max : impensable. Restait JC. *Ou Jina... Les deux avaient l'air de bien s'entendre...* Sauf qu'elle avait dîné avec eux.

— JC n'était pas à table non plus ce soir, tu les vois ensemble ? demanda-t-il.

— JC ne prend jamais ses repas avec nous, il rentre chez lui à chaque fois ou presque.

– Mais il a pu l'inviter, non ? J'ai eu le sentiment que... elle n'avait pas l'air totalement fermée à l'idée d'un dernier flirt, enfin il me semble...

Lily était la dernière personne de la station à qui il voulait confier ses errances et hésitations de la veille. Elle finit par approuver, mollement.

– Peut-être.

– De toute manière, tu veux qu'elle soit où si elle n'a pas pu descendre sans toi ? Les autres ont les clés des voitures ?

– Oui, mais ça ne se passe pas comme ça d'habitude...

– Je te parie qu'elle est chez JC. Ou Jina...

Lily accorda un dernier regard à l'appartement avant de ressortir.

– Tu dois avoir raison. J'aurais apprécié qu'elle me prévienne.

Ils remontaient le couloir en silence et l'esprit d'Hugo moulinait à cent dix pour cent de ses capacités. Il avait voulu jouer l'optimiste, rassurer Lily, mais à présent il devait bien avouer que cette disparition – si tant est que ça en soit véritablement une – le tracassait aussi. S'offrir du bon temps ou au moins une nuit avec une copine, pourquoi pas, tout comme briquer son appartement de fond en comble pour ne pas avoir à le faire le jour du départ, ça il pouvait l'envisager. Mais pourquoi avait-elle embarqué toutes ses affaires ? *Pour les entreposer près de la sortie, ne plus avoir à remonter. Gagner du temps.* Cela faisait sens.

– Il y a un local pour entreposer les valises ? voulut-il savoir.

– Plusieurs. Mais c'est son problème après tout, si elle veut rater son train, tant pis. Je vais me coucher.

Hugo comprenait bien qu'Alice et Lily n'étaient pas mariées, l'une n'avait pas à informer l'autre d'où elle passait ses nuits. Alors pourquoi ne parvenait-il pas à se débarrasser de cette impression désagréable ? Qu'y avait-il qui le titillait ? Pas moyen de mettre des mots dessus. Et il n'était pas plus avancé lorsque Lily lui souhaita bonne nuit en filant avec sa mauvaise humeur dans l'escalier pour redescendre.

Il resta ainsi sur le palier, perdu dans ses pensées, jusqu'à ce que la minuterie s'arrête et le plonge dans l'obscurité. *Je n'ai pas peur du noir. Calme.* Il tendit la main et tâtonna sur le mur pour trouver l'interrupteur. Il n'y avait rien d'effrayant dans le noir, pas dans la réalité.

Sauf une voix caverneuse et sournoise qui susurrait avec appétit.

Te.

Manger...

17.

Le mercredi était le deuxième jour de pause d'Hugo. Le dimanche en commun pour toutes les équipes, et ensuite un jour réparti selon les plannings des uns et des autres. Lui avait choisi le mercredi, pour couper la semaine en deux.

Exhell l'alpagua à la sortie du petit déjeuner, dans la cantine :
– T'es branché jeux ?
– Quel genre ?
– Jeux de société, de stratégie, n'importe.
– Euh… un Time's up de temps en temps, bourré avec des potes, ça compte ?

Exhell grogna.
– Tu veux essayer ?

Hugo n'était pas très tenté, encore moins à 9 heures du matin, mais ne savait pas comment s'en sortir sans vexer le grand rouquin, et il devinait qu'il pourrait être un allié tôt ou tard.
– Tu dois pas bosser ?
– Je gère l'informatique, je bosse quand je veux tant qu'il n'y a pas de panne.

Dieu, si tu existes, file-moi un virus que je l'envoie sur le site de la station…

– OK, mais pas trop longtemps, je voudrais aller courir.

Exhell le regarda comme s'il venait de le mordre :

– Tu veux faire un jogging ? En pleine montagne ?
– Sur tapis, il y a une salle de sport.
– Pour quoi faire ?

Hugo eut envie de lui dire de se comparer physiquement pour avoir sa réponse mais s'en garda bien et ils se posèrent dans les canapés blancs face aux fenêtres. Exhell lui demanda de l'attendre et il revint avec un petit paquet de cartes. Hugo avait craint une énorme boîte pleine de figurines, le genre de jeu qui durait quatre heures selon le mode d'emploi et six dans les faits.

– *Star Realms*, tu vas voir c'est facile. Tactique et ludique. Parfait pour de l'initiation.

Hugo lui fit répéter deux fois les explications, il avait envie de se pendre, et il ne se fit aucune illusion : il était un piètre joueur.

Lorsqu'il vit, à travers la fenêtre, Lily filer d'un pas pressé en bas de l'esplanade herbeuse pour entrer dans le vaisseau-mère, il sauta sur l'occasion :

– Je suis désolé, je viens de me souvenir que j'avais promis à Lily de lui filer un coup de main et elle vient de passer...

En quittant la salle d'une démarche qui prouvait que ses courbatures n'étaient pas totalement dissipées, il se jura de mettre au point une dizaine d'excuses pour se défiler les prochaines fois.

Le temps de parvenir à son tour au vaisseau-mère, Lily avait disparu à l'intérieur. Il l'appela plusieurs fois et la logique le fit grimper jusqu'au dernier étage, pour entrer dans la partie réservée à l'administration, le royaume d'Adèle et de DePrigent. Imaginer ces deux-là coucher ensemble lui faisait bizarre. *Pourquoi est-ce que je m'impose ce genre de vision ? Je suis tordu...*

– Lily ?

Il perçut des voix provenant des bureaux et frappa à la porte de la secrétaire. Les deux femmes discutaient.

– Je m'inquiète pour elle, disait Lily.

– Il n'y a pas de quoi, enfin, que veux-tu qu'il lui soit arrivé ? fit Adèle en saluant Hugo.

Le garçon demanda à Lily :

– Toujours pas trouvée ?
– Non, et personne ne l'a vue de la journée d'hier. J'ai checké.
– Il ne manque pas une voiture ?

Adèle se moqua en gloussant :

– Alice ne volerait pas un de nos véhicules ! Elle doit être quelque part à pleurer son départ, ou a peut-être eu une envie de faire une folie en dormant dans un des appartements du Gros B ou... tiens, tu as vérifié dans le local des clés s'il n'en manquait pas une d'un chalet ? Si j'avais vingt-cinq ans et qu'il ne me restait qu'une nuit à passer à Val Quarios, j'irais m'installer là-bas, profiter de la vue, grasse matinée et petit déjeuner au lit !

– Je vais vérifier, approuva Lily.

– Sinon regarde la salle de spectacle à la Tour, Max m'a raconté que JC y a emmené une fille ou deux pour leur projeter un film en douce, peut-être qu'elle a repéré la combine...

Lily acquiesça à nouveau pendant qu'Adèle, positive, enfonçait le clou :

– Et moi je vais me renseigner de mon côté, d'accord ? Elle n'est forcément pas loin. À quelle heure est son train ?

– Je ne sais pas, on devait se voir hier pour fixer l'heure du départ.

– Ça doit être le 13 h 50. (Elle vérifia sa montre.) Par contre il faut qu'elle se dépêche la mignonne si elle ne veut pas le rater, ça va être juste.

Hugo insista pour accompagner Lily dans ses recherches. Ils passèrent de l'autre côté de l'étage pour sonder un couloir ouvrant sur des appartements à disposition du personnel, sous les toits. Tous vides. Puis ils descendirent et Hugo proposa de retourner à la piscine.

– Je sais qu'elle adore cet endroit, on ne sait jamais.

Mais ils n'y trouvèrent aucune trace de la Picarde.

– Alice a passé le plus clair de son temps dans le coin location de matériel, cet hiver, peut-être qu'elle y est retournée pour un dernier shoot de nostalgie ? évoqua Lily.

Elle le conduisit dans un espace rempli de râteliers garnis de chaussures de ski qui sentaient fort et Hugo ne put s'empêcher de lâcher sa référence préférée :
– Ça pue le gymnase !
Lily ne releva pas, soit elle ne connaissait pas le film *Les Goonies*, soit elle estimait que ça n'était pas le moment et elle avait raison, conclut Hugo qui se trouvait un peu nul.
Ils serpentèrent entre des dizaines de casiers, puis dans une salle attenante, presque aussi grande, où des milliers de skis formaient une armée, lances dressées vers les cieux, prête à partir conquérir la Savoie.
– Alice ? répétait Lily. Alice, tu es là ?
Aucune réponse. La monitrice se planta à l'entrée, mains sur les hanches.
– Les chalets, c'est une bonne idée, affirma-t-elle soudain en fonçant jusque dans une pièce derrière la réception, où elle inspecta une armoire métallique remplie de clés.
– Il n'en manque aucune. Pas dans un chalet donc.
– C'est pas toi qui m'as dit que vous ne fermiez rien pendant l'été ?
Lily plissa les lèvres.
– Si. Viens.
Sur le seuil, une voix tinta depuis les hauteurs de la mezzanine :
– C'est bon, on l'a trouvée ! s'écria Adèle.
Ils se précipitèrent dans les escaliers et investirent, essoufflés, le bureau de Philippe DePrigent qui tenait un téléphone fixe contre son oreille. Il hochait la tête.
– Et c'est elle qui vous a appelé ? demanda-t-il. Très bien...
DePrigent articula à leur attention, en silence, le mot « taxi ».
Il se pencha pour mettre le haut-parleur. À l'autre bout du fil, un homme à l'accent rond du coin, voix grave et un peu rocailleuse, expliquait :
– Oui, oui, je l'ai déposée hier devant l'hôtel en face de la gare, il n'était pas 15 heures.

– Une petite blonde ? insista le directeur.
– Bien oui, comme je vous ai dit, un beau morceau de fille.
– Vous l'avez prise où ? intervint Lily.
– Euh, bonjour madame... Eh bien, là-haut, pardi, à Val Quarios.

Lily ne dissimulait pas son effarement.
– Et elle vous a dit pourquoi elle partait comme ça, en taxi ?
– J'ai pas demandé, les clients ils font ce qu'ils veulent. Mais elle m'a fait un peu la conversation pendant la descente, elle a dit qu'elle haïssait les au revoir, à ce que j'ai compris.

De là à se tirer sans un mot, avec un jour d'avance, on confondait sensibilité et manque de savoir-vivre, songea Hugo. Lily avisa l'heure sur la montre d'Adèle. Elle secoua la tête. Il était trop tard pour aller la rejoindre avant le départ de son train.
– Bien. Voilà qui conclut notre angoisse, annonça DePrigent d'un ton surpris et un peu peiné. Je vous remercie monsieur.

Il raccrocha et joignit ses mains sur son ventre.
– J'avoue que je ne l'ai pas vue venir celle-là, dit-il. Notre Alice. Si gentille et polie.
– C'est un taxi du coin ? voulut savoir Lily.

Adèle répondit :
– Oui, de Montdauphin, en bas. Je pense même savoir qui est ce monsieur, il nous amène souvent du monde l'hiver. Un nom à l'ancienne il me semble, Gustave ou Gontran, en G en tout cas.

Ils s'observèrent, un peu atterrés. Ce fut Hugo qui réagit en premier :
– Au moins on est rassurés. Alice n'a pas fait un malaise dans un coin, elle s'est juste barrée comme une voleuse.

En s'entendant le dire, même pour lui qui la connaissait à peine, il constata que ça sonnait faux. Pourtant c'était bien le cas. Il repensait à son visage trempé dans la piscine, sa corolle de cheveux flottants, la manière dont elle l'avait capté, presque gourmande. S'ils avaient couché ensemble, est-ce que cela aurait changé quelque chose ?

Lily prit une profonde inspiration.

– Philippe, vous voudrez bien l'appeler lorsqu'elle sera rentrée à Paris ? demanda-t-elle. Juste pour prendre des nouvelles.

– Bien entendu. Je me fendrai d'un petit commentaire sur ses manières en passant.

Sous le cuir chevelu d'Hugo, une autre pensée s'insinuait vers la surface... Et si Alice avait quitté la station non pour s'épargner une séparation difficile, mais plutôt parce qu'elle n'avait pas le choix ? *Elle vient d'y passer tout l'hiver, elle n'était plus à un jour près, si ?* Si elle avait eu un problème ? Au point de ne plus vouloir y dormir une nuit de plus ? Ça n'était pas très logique. Sept mois sur place, qu'est-ce qui pouvait bien changer en vingt-quatre heures ? La fonte des glaces avait libéré le yéti ? se moqua Hugo intérieurement.

Il n'arrivait pas à en rire. Lui aussi, cette histoire le perturbait. Est-ce qu'un des gars avait dérapé ? *Pourquoi maintenant ? Il a eu tout le temps de passer à l'acte et il attend la veille ? C'est un peu con...*

Le mot juste lui sauta à l'esprit brusquement. Elle n'était pas partie. Cela ressemblait à une *fuite*.

18.

Durant deux jours, Hugo s'efforça d'accomplir son boulot sans trop se poser de questions. Il obéissait aux consignes de JC, tout en s'interrogeant sur le temps qu'il allait passer à découper la forêt. Il pensait être sous les ordres du vieux Max pour effectuer divers bricolages, et se faisait catapulter bûcheron. « Il te reste vingt semaines, ça va forcément changer… » se répétait-il lorsqu'il n'en pouvait plus de soulever cette maudite tronçonneuse.

S'il essayait de brider son cerveau et surtout son imagination déjantée, cela ne l'empêchait pas de garder un œil sur les hommes de la bande. Il ne pouvait éviter de penser à Alice. Et la seule chose qui lui paraissait crédible pour la faire fuir si rapidement, c'était qu'elle ne se sentait plus en sécurité. L'un d'entre eux avait tenté de la séduire, peut-être beaucoup plus, dépassant les limites…

Puisque Alice était à Val Quarios depuis sept mois, Hugo avait considéré, de prime abord, que ça n'avait pas de sens d'attendre l'avant-dernier jour pour lui sauter dessus. Sauf que tout le monde n'était pas là depuis si longtemps… Et même pour les « anciens », à bien y réfléchir, le type avait pu se dire qu'elle était sur le point de partir, c'était le moment ou jamais. Il devait envisager diverses options, dont les pires.

À vrai dire, Hugo ne savait pas bien ce qu'il cherchait. Un brave gars qui dérape, perd le contrôle à cause de l'excitation, l'alcool peut-être, et va trop loin, se montre trop entreprenant ; ou le connard lubrique qui coince Alice dans un coin pour la peloter ? Aurait-elle fui en urgence, sans prévenir, pour un abruti qui dépassait les bornes ? N'aurait-elle pas pu s'adresser à DePrigent, voire porter plainte si cela avait été trop loin ? *Comment tu réagirais, toi, si tu étais une petite nana qui se fait serrer dans le couloir désert par un Merlin ou un JC ? Des costauds, impressionnants. Est-ce que tu n'aurais pas la peur de ta vie ? Au point de vouloir te tirer sans demander ton reste...* Et si un de ces salauds avait été au-delà encore, jusqu'au... viol. Est-ce que les gendarmes ne seraient pas déjà sur place ? *Cela dit, certaines victimes ne portent pas plainte, ou il leur faut du temps pour y parvenir...*

À chaque fois qu'il croisait un des hommes, Hugo lui adressait un sourire amical, tout en en profitant pour l'observer, chercher un signe de malaise, de culpabilité... Il ne décelait aucune différence avec les jours précédents. La cantine était parfois vide à midi ou le soir, et pleine le repas suivant, aucune habitude, chacun s'attelait à sa tâche quotidienne et vivait le reste du temps comme bon lui semblait. Exhell mangeait avant tout le monde puis s'ancrait dans le réfectoire pour être avec le groupe, et il ne lâchait presque jamais son ordinateur portable. Tic et Tac ne se voyaient quasiment pas de la journée, chacun s'occupant de ses affaires, mais lorsqu'ils décidaient de dîner ensemble, c'était cul et chemise, complices dans l'humour, graveleux si possible. Aucune faille dans leurs rires, aucune hésitation dans leurs regards. Le vieux Max se promenait avec sa sacoche à outils, toujours à se lisser la moustache, parlait peu, mais n'était pas le dernier à sourire aux facéties de Tic et Tac. Constant. Il dégageait quelque chose de rassurant même.

Ludovic et Merlin demeuraient les interrogations d'Hugo. Il ne les saisissait pas. Le premier n'était pas souvent présent, solitaire, Hugo l'apercevait passer ses journées au niveau des remontées, à démonter les câbles, à graisser les roues... Il ignorait où il dormait, et le garçon ne prenait quasiment jamais ses repas avec le groupe. Quant au tatoué, on le croisait dans les couloirs, Merlin poussant son chariot de nettoyage, un bâton de réglisse dans la bouche, qu'Hugo avait pris pour un morceau de bois les premiers jours. Le quinqua au profil d'ex-taulard ne disait rien, à peine un signe de tête en guise de salut. Celui-là était le plus étrange de tous mais Hugo s'interdisait d'en faire un suspect principal pour simple délit de sale gueule.

Hugo avait écarté DePrigent, trop vieux jeu, trop droit, trop absent – on ne convoite que ce qu'on a sous les yeux toute la journée, et il était enfermé dans les bureaux de l'administration, loin d'Alice – et enfin : trop maigre. Si la situation avait dégénéré avec Alice, il n'était pas sûr que le directeur ait pu la maîtriser...

Et enfin JC avec qui il passait ses journées. Taciturne, le bonhomme avait l'air franc, du type à fixer droit dans les yeux lorsqu'on lui parle. Pour autant, cela en faisait-il un saint ?

À quoi Hugo jouait-il au juste ? À l'apprenti détective-bûcheron au cœur brisé ? Il changeait d'humeur et d'intention en permanence, selon qu'il parvenait à se convaincre de l'histoire telle que racontée ou non. Le jeudi soir il se sentit pathétique, et se réveilla le vendredi avec un profond désir de servir la vérité, pour Alice. Mais la vérité était probablement aussi simple et décevante que les faits déjà connus : Alice s'était fait un gros coup de bourdon, au point de se défiler, de se barrer sans un mot, parce que trop dur de faire ses adieux.

Il n'en savait rien en fait.

Ce soir-là, pour le dîner, Hugo se fit mijoter des lamelles de poulet avec des poivrons et des oignons dans une sauce wok. Il mélangeait avec sa spatule, l'esprit ailleurs, au milieu de la vaste cuisine industrielle. Il n'y avait personne, ni dans la cantine mitoyenne. Pas grave, il appréciait aussi les moments de repos. Il venait de goûter sa mixture en manquant de se brûler le palais lorsqu'il vit la rangée des cinq frigidaires en inox, de l'autre côté de la salle. Il repensa à Alice et ses Tupperware de la semaine.

C'était malin, surtout pour quelqu'un comme lui qui n'avait pas tous les jours le courage de se préparer un repas équilibré, et en même temps, il ne se voyait pas passer deux heures ici un dimanche après-midi. *Faut savoir ce que tu veux...*

Soudain, Hugo reposa sa spatule sur le plan de travail et prit la direction des réfrigérateurs. Elle utilisait toujours le même, celui du milieu, probablement pour ne pas mélanger ses plats avec d'autres... Hugo tira sur la poignée. Deux Tupperware se superposaient dans le fond. *Déjeuner et dîner du mardi, normalement son dernier jour.*

Le cœur d'Hugo battait un peu plus rapidement. *Tout doux, ça ne prouve rien. Juste qu'elle les a oubliés avant de partir.* Était-ce son genre, elle si organisée ? Dans la précipitation, la peine et l'embarras, pourquoi pas ? Hugo les sortit pour les vider et les nettoyer, et les rangea dans un placard qu'il avait décrété à lui, où il entreposait une partie de ses réserves. Il y en avait tellement, dans cette cuisine aux dimensions d'un hall de gare, qu'il était peu probable qu'un autre que lui l'utilise, et si ça devait arriver, il comptait sur l'honnêteté de chacun pour lui laisser ses affaires.

Il dîna en admirant le crépuscule bleuté, aussi bref qu'une étoile filante, et les ombres remonter de la vallée sur la montagne opposée. Il pensait à Alice. Au taxi. Elle n'avait même pas laissé un mot. C'était peut-être ça le plus dérangeant. Allait-elle appeler DePrigent pour s'excuser ?

Hugo repoussa son assiette avant d'avoir terminé, rassasié, et hésita à sortir son téléphone portable. Il l'avait pris pour le connecter au Wifi, au moins pouvoir surfer sur Internet, consulter ses e-mails et son fil WhatsApp, même s'il ne se faisait guère d'illusions quant au dernier. Il avait cessé toute correspondance depuis des mois et ne comptait personne parmi ses contacts qu'il pouvait considérer comme un ami. Il attrapa l'appareil et au moment de l'allumer entendit une voix étouffée qui le fit s'immobiliser. C'était aigu et distant. *Derrière la porte, dans le couloir.* Pas tout à fait un appel, plutôt... une plainte sifflante.

Hugo tendit l'oreille, pensant qu'il avait rêvé, ou que le vent lui jouait un tour, et le murmure lointain se reproduisit. Léger. Il ressemblait à celui d'une femme qui a mal. Entre lamentation et soupir épuisé. *Avec de la réverbération. Un tuyau ?*

Il poussa les doubles battants de la cantine, attentif. Le couloir se scindait en deux, en T, et Hugo se souvenait qu'un des accès conduisait à une série de salles dont une partie devaient servir de crèches l'hiver. Était-ce un cri d'enfant qu'il avait entendu ? *Impossible.*

Il ne bougeait pas, la tête penchée, sans rien détecter. Puis il devina un frottement régulier, qui s'amplifiait, celui d'une... masse qui déboula brutalement par l'angle et ils se rentrèrent dedans, provoquant l'exclamation d'Exhell qui s'accrocha à son ordinateur pour ne pas le faire tomber.

— Qu'est-ce que tu fous ? s'exclama-t-il. Pourquoi tu te planques dans les couloirs ? J'ai failli péter mon PC. Et pis tu m'as fait peur, ducon.

— Tu n'as rien entendu ?

— Ben non, sinon je t'aurais évité !

— Non, je veux dire, une sorte de... un soupir, ou un appel.

Exhell se renfrogna, jaugeant son interlocuteur.

— Tu te payes ma tronche, c'est ça ?

— Je déconne pas, j'ai cru que quelqu'un geignait... Il y a un sous-sol dans le C ?

— Qu'est-ce que j'en sais, moi ?

L'informaticien dardait sur lui un regard suspicieux, attendant la révélation, que la plaisanterie prenne fin, mais Hugo poursuivit sur son élan :

— J'ai l'impression que ça provenait de par là... ajouta-t-il en remontant le couloir jusqu'au palier des escaliers et ascenseurs.

Exhell l'avait suivi, dubitatif.

— Tu fumes avec les deux lascars parfois ? s'enquit-il.

Hugo l'ignora. Il guettait, à l'écoute. Un sifflement aigu apparut, sur la même tonalité que le début des plaintes, mais cette fois il ne fut accompagné d'aucune voix. Il provenait des ascenseurs.

Exhell colla son oreille à la porte métallique.

– Le voilà ton appel au secours, s'esclaffa-t-il.

Hugo s'approcha à son tour. C'était très similaire, la présence humaine en moins. Le vent mugissait dans la cage, entre les câbles. Exhell lui écrasa l'épaule de sa grosse poigne.

– T'as rêvé mon pote. T'en fais pas, ça m'est arrivé aussi les premiers jours.

Et il lui adressa un clin d'œil qui dissimulait mal son mépris.

19.

Les premiers nuages gris vinrent après neuf jours de séjour pour Hugo. Il se réveilla le samedi, et ils étaient là, tout autour de la montagne, épais, chargés au point de raser les sommets, donnant l'impression qu'à l'instant où leur ventre sombre viendrait s'y frotter, un déluge noierait Val Quarios. Il faisait pourtant sec dehors, mais un vent frais obligea Hugo à enfiler sa polaire pour aller travailler au pied du Phare.

Il aima voir la station ainsi éclairée par cette lumière argentée, dans ce climat instable, où les herbes s'agitaient frénétiquement, par palpitations, où les sapins tremblaient comme terrassés par des convulsions. Et le vrombissement des arbres dans le vent vigoureux. Il y avait un aspect fin du monde que le jeune homme trouvait envoûtant. *Parce que ça n'est qu'une impression, juste des rafales, et une grosse rincée à venir...*

JC le rejoignit au milieu des billes finement découpées qui sentaient la sève. Elles s'amoncelaient un peu partout entre d'autres conifères bien vivants, eux, au pied de la falaise. Ils avaient sacrément avancé, et s'étaient étalés au point qu'Hugo ne savait pas comment ils s'en sortiraient. L'équivalent d'une vingtaine d'arbres au moins, débités comme des vertèbres renversées au hasard dans un immense jardin.

– Qu'est-ce qu'on va en faire ? On ne va pas les laisser là, j'imagine ? demanda Hugo.
– Quand on aura terminé, je viendrai avec le tracteur et la remorque, Merlin et Ludo nous aideront.
– Vous allez le brûler ?
– Non, les résineux c'est pas conseillé dans la cheminée. On va les stocker dans le hangar sous le D, ça servira pour fabriquer des bardeaux lors de réparations. Faudra juste trier les mélèzes des épicéas. Je te montrerai.
Il leva la tête vers le plafond bas et menaçant.
– T'as pris ton K-way ? Parce qu'on va y avoir droit.
Hugo tapota le renflement dans son dos.
– Équipé.
– OK. On va se séparer ce matin, tu vas à l'est, derrière le D, comme la dernière fois, tu marques tous les troncs que tu sens malades, encombrants ou sur le point de se casser la gueule. On fera la sélection finale ensemble ce midi. La saucée, on s'en fout, tu es étanche, mais si ça se met à souffler fort, tu rentres, je ne prends pas le risque qu'on se mange une branche dans la face.
Hugo approuva.
– On va faire tout le tour de la station comme ça ?
– Tu en as déjà marre ?
– Non, juste pour savoir.
– On sera contents d'avoir fait le gros du boulot avant la saison des fortes chaleurs et des orages, expliqua JC en tapant du pied dans la terre, avant la boue et le terrain glissant. Toutes ces coupes sont nécessaires, au moins tous les cinq ans, le reste du temps c'est de l'entretien. Et puis, je te l'ai dit : ça va faire des réserves pour le bardage à changer. Ça, tu verras, c'est pour plus tard...
Hugo laissa le gros de son matériel sous une bâche, avec son sac à dos contenant son déjeuner et, suivant les instructions de son mentor, s'éloigna pour passer entre le Phare et la falaise, dans une zone plus difficile d'accès, avec des buissons denses et des rochers saillants qu'il devait contourner. Le son qui tomba

du ciel le surprit, à la fois lourd et creux, suivi d'une réponse plus flûtée. Il jeta un coup d'œil vers le sommet du Phare. C'était le carillon à vent. Il n'y en avait pas encore assez pour le faire chanter pleinement, mais déjà certaines lames s'entrechoquaient paresseusement. Ce monstre devait avoir besoin d'un orage pour donner la pleine mesure de son timbre. Il avait fallu plusieurs arbres pour le fabriquer, et pas des pins tout fluets ! Hugo espéra l'entendre à nouveau, plus longuement, sans succès.

Il s'occupa de sa tâche, contrôlant à la fois la lisière de la forêt qui délimitait la prairie Est, et s'enfonçant parfois de plusieurs mètres dans le bois pour proposer des élagages afin de le faire respirer. Il ne remarqua même pas les premières gouttes, pourtant grosses et froides. Il dénonçait les prétendants à la tronçonneuse d'un smiley de peinture orange, presque fluo dans le clair-obscur de cette matinée pluvieuse. *Quitte à leur apposer le tatouage du sacrifice, autant qu'il soit fun.* Lorsqu'il se sentit gêné par la pluie, Hugo enfila son K-way et s'abrita sous la frondaison en espérant que l'averse passerait vite.

Les fenêtres du D étaient toutes noires avec des reflets, semblables aux yeux d'un insecte géant. *Commence pas. Pas ce registre. Ces putains de fenêtres sont grises comme des ardoises, ça suffit très bien.* À attendre ainsi, la tentation fut bientôt trop forte et il se pencha pour distinguer la pente plus à l'est.

La tour dépassait de la cime. *Aucune lumière.* Strafa était-il chez lui ? Où pouvait-il bien aller, se tança Hugo, bien sûr qu'il était là-haut, au sec, et s'il n'était pas complètement invalide, il s'était même allumé une bonne flambée !

La cheminée ne fumait pas. *Dommage.*

Un nouveau gong timide résonna depuis le dôme du Phare et se tut presque dans la foulée. La mélopée ne prenait pas. Hugo trépignait. N'était-ce pas l'occasion ou jamais ? Il était proche du manoir, personne en vue, et s'il osait aller jusqu'au bout, il pourrait frapper en prétextant vouloir s'abriter. *Au moins mater à quoi ça ressemble.*

S'il réfléchissait plus longuement, il se trouverait toutes les excuses du monde pour ne pas y aller, alors il s'élança d'un pas décidé, zigzaguant entre les sapins en bordure de forêt pour contourner la prairie. En cinq minutes, il était au pied du dénivelé et l'attaquait, plus motivé que jamais, lorsqu'il tomba sur des panneaux « PROPRIÉTÉ PRIVÉE – DÉFENSE D'ENTRER ». Il y en avait partout en guise de barrières, impossible de les ignorer. Hugo soupira. Il n'allait pas abandonner pour un avertissement, et il reprit sa marche forcée avant de rencontrer un nouvel obstacle, plus concret celui-ci : une clôture de fil de fer encerclait la butte du manoir, s'appuyant sur la végétation. Elle n'était pas haute et Hugo pouvait la franchir sans difficulté rien qu'en appuyant dessus pour l'abaisser un peu. Il fut pris d'un doute sincère. S'il la franchissait, il ne pourrait plus jouer le brave gars un peu paumé qui cherche à se protéger de l'ondée... *Je ne peux pas capituler. Pas encore une fois.*

Dans un élan de folie, il écrasa la clôture d'une main pour passer par-dessus et il s'écorcha le pouce. Il n'avait pas remarqué le barbelé. *Il... Il est replié vers l'intérieur.* Cela le rendait difficile à discerner. Pourquoi avait-on mis le barbelé du mauvais côté ? Plutôt que d'empêcher d'entrer cela... empêchait de sortir de la propriété, se dit Hugo. Il porta sa main écorchée à sa bouche. *Dans le genre bizarre, tu es un roi, Strafa.*

Hugo n'allait pas se démotiver aussi facilement et il poursuivit. Le sous-bois formait une pergola suffisamment entrelacée pour le protéger de la pluie mais en contrepartie buvait sa ration de lumière et il faisait sombre au milieu de ce tapis d'aiguilles et de fougères. Hugo redoubla de vigilance pour ne pas trébucher. Il s'essoufflait et il commençait à s'aider de ses mains pour conquérir l'escarpement. Les racines dépassaient de plus en plus du sol, noueuses, torturées.

Encore... un... peu... Il devait être à mi-chemin. Les branches les plus basses s'agitaient, il se cogna contre l'une d'entre elles, et il jura tout fort. Il ne saignait pas, mais avait mal au-dessus de la tempe. *Ça se mérite !* Il poussa à nouveau sur ses cuisses endolories par l'ascension, et les premiers visages apparurent. Cachés parmi les arbres, silencieux, ils le guettaient approcher.

Lorsque Hugo releva la tête et qu'il les vit, il s'immobilisa, bouche bée. Ils étaient au moins une dizaine face à lui. Difformes.

20.

Tous les regards étaient braqués sur Hugo. Sous des arcades sourcilières proéminentes, ils le toisaient de leurs prunelles creuses.

Les traits étirés, des rides taillées à la serpe, le faciès anormalement allongé, tous s'étaient patinés avec le temps, fardés d'une couche de mousse par endroits.

Des gens dans les arbres. Un par tronc, ils sourdaient de l'écorce crevée comme une blessure, parfaitement sculptés sur la largeur entière pour la plupart, dans des proportions à l'échelle humaine sinon cette impression qu'ils avaient été distendus, fruits d'une querelle entre racines et cime.

– Le mec qui a gravé toutes ces tronches est aussi talentueux que dingue, lâcha Hugo tout haut.

Le *ploc* des gouttes avalait sa voix. Il ne se sentait pas très bien au milieu de ces tableaux en relief. Ils n'étaient pourtant pas effrayants, mais leur nombre, tous pointés vers lui, et leur réalisme le dérangeaient.

Weirdos... c'est le pays des tarés, c'est pas possible... Strafa en était-il l'auteur ? *Qui d'autre ?* Il fallait une sacrée dextérité pour parvenir à un tel résultat. Et beaucoup de patience.

Hugo se remit en route, slalomant entre ces visages de bois, baissant les yeux à leur approche, non seulement pour regarder où il marchait mais aussi parce qu'il préférait éviter de trop les imprimer dans sa mémoire. Il ne les aimait pas. Il y en avait d'autres, plus haut dans la pente, jaillissant derrière un voile d'aiguilles, ou au détour d'un rocher, et chacun était unique, masques de femmes, d'hommes, plus ou moins jeunes, et même, plus rarement, ceux d'enfants qui le scrutaient. Combien étaient-ils en tout dans cette forêt ? Hugo l'ignorait, plusieurs dizaines sans aucun doute. Le plus troublant, réalisa-t-il, c'était ce savoir-faire particulier qui donnait le sentiment qu'ils le suivaient du regard, où qu'il aille. Il n'avait vu ça que dans certains tableaux de maîtres jusqu'à présent, et cela lui donna la chair de poule. Mais il continuait d'enjamber les débris naturels, d'escalader les talus, à la conquête du manoir de Lucien Strafa.

Le vent bruissait dans la canopée, faisant grincer la futaie. Hugo se demanda alors si elle n'était pas en train de lui parler. *Pour me dire quoi ? De me tirer immédiatement ?* Il secoua la tête. Hors de question de rebrousser chemin cette fois. Pas d'obscurité impressionnante, pas d'araignée affamée prête à lui sauter dessus. *Non, t'as raison, rien que des faces taillées dans l'aubier pour me bouffer, c'est mieux.* Les intempéries les avaient polies, et cette étrange population ne datait pas d'hier. Du lierre s'enroulait sur des nez, ou muselait des bouches, quelques champignons s'arrimaient à une joue ou crevaient un œil. Il était fort possible que Strafa les ait commises une fois installé dans son antre, dans les années 80.

À quoi servaient ces masques ? Gardiens de son sanctuaire ? S'animaient-ils la nuit venue ? Chantaient-ils une complainte du passé au solstice d'hiver ? *C'est ça. « It's a small world after all… It's a small world after all… » Et ils dansent à poil sous la pleine lune. Faut arrêter de chercher du sens à tout. Ils ne servent à rien, juste à l'occuper quand il s'emmerde dans son domaine.*

Le manoir se dévoilait enfin, une cinquantaine de mètres plus haut. Galvanisé, Hugo accéléra malgré ses muscles déjà tendus. La maison était aussi grande qu'elle le paraissait de loin. Un mélange entre édifice victorien et église nordique. *Une stavkirke,* se souvint Hugo. Façade en rondins bruns tirant sur le noir, et une tour semblable à un clocher au centre. Toutes les ouvertures étaient fermées par des volets mécaniques, à l'exception du dernier étage de la tour, percé par des vitraux en ogive. Était-ce le bureau du maître ? Là où il venait ressasser ses anciennes performances en admirant ses terres en contrebas ?

Tout de même, songeait Hugo, il était curieux que les volets soient systématiquement tirés le jour et ouverts la nuit, comme en témoignaient les lumières qu'il pouvait constater une fois le soleil couché. Au cœur de la demeure, une succession de larges rectangles trahissaient ce qui devait être le salon. *C'est là qu'il se tient lorsque je vois passer une ombre, le soir.*

Il avait envie d'en découvrir plus encore. Hugo entreprit alors de marcher autour, prenant soin d'éviter le tapis de brindilles même s'il doutait qu'on puisse l'entendre avec le tumulte de la pluie. Les volets empêchaient quiconque à l'intérieur de le repérer. *Sauf s'il se tient derrière les vitraux, dans son donjon...*

C'était décidément un personnage fascinant que ce Strafa. Outre sa légende, son choix de retraite, ses sculptures sur bois, rien n'était normal dans sa sphère.

Il y avait une entrée principale, une porte de derrière et un accès sur la terrasse. *Si je me décide, c'est par-devant qu'il faut que j'aille.* Hugo suivit sa pensée et s'arrêta sous la marquise, face aux deux vantaux de chêne. Un heurtoir en fer forgé servait de sonnette. Il avait la forme d'une tête de diable, toutes dents déployées, cornes dressées pour faciliter la prise en main. *On dirait qu'il me nargue.* Le diable le mettait au défi de frapper. « Lève-moi, use de moi, et je t'ouvrirai le portail de l'enfer », semblait-il proclamer à travers son sourire carnassier. *Ouais. Et moi je suis l'archange Gabriel...*

Il observait, entre admiration et suspicion, lorsqu'il détecta le bruit d'un moteur qui se rapprochait. Une route gravissait la colline par le côté, noyée dans la végétation, et le véhicule remontait par là. Petit moment de panique. Que devait-il faire ? Allait-il se faire pourrir pour avoir osé venir jusqu'ici sans rien demander ? Il reconnut le moteur d'un deux-roues. Qui était presque arrivé. Hugo n'allait plus avoir le choix. Il se précipita vers la forêt et se posta à l'abri, sous le treillis de rameaux, invisible.

Un scooter déboucha au même moment, avança lentement jusque devant l'entrée principale, et une silhouette trapue s'en extirpa avec difficulté. Gardant le casque, elle s'empara de paquets rangés dans le coffre arrière avant d'enfin dévoiler son identité. Hugo reconnut Simone, la femme de l'épicerie. Elle cogna avec le heurtoir, trois gros coups sonores malgré le *ploc-ploc* incessant, et attendit. Au moins deux longues minutes, sans bouger.

Allez, montre-toi, s'impatienta Hugo.

À cette pensée, un des battants s'ouvrit de moitié. Hugo était dans le mauvais axe, incapable de voir à l'intérieur. *Merde.* S'il bougeait, il craignait de se faire repérer.

— Tiens, dit Simone à travers l'averse, ce que tu m'avais demandé.

Elle le tutoie. Il lui répondit trop faiblement pour qu'Hugo puisse entendre, mais il devina une voix éraillée. Fragile.

— Oui, répliqua l'épicière, je m'en occuperai.

Elle était sur le point de repartir lorsqu'il lui posa une question, supposa Hugo grâce à l'intonation. Simone dodelina de la tête, hésitante.

— Le problème est réglé, dit-elle avant d'écouter à nouveau.

Hugo était frustré de ne pouvoir assister à toute la conversation, plus encore de ne pas parvenir à le distinguer *lui*. L'homme parlait, et Hugo crut saisir son prénom, sans être catégorique. Simone tendit le bras vers lui. Droit sur Hugo. Le cœur du jeune homme bondit dans sa poitrine. Comment pouvait-elle savoir qu'il se tenait là ?

— … se passe bien, disait-elle sans le regarder. Nous serons prêts pour l'été.

C'est pas vers moi qu'elle pointe son doigt, mais vers la station ! soupira Hugo intérieurement. La main de Strafa apparut dans l'embrasure, malgré la distance, Hugo devina la finesse de ses phalanges, la peau parcheminée. Simone l'écoutait. Elle approuva puis le salua respectueusement avant de remettre son casque et le scooter redescendit lentement la butte.

La porte restait ouverte. *Pourquoi tu ne fermes pas ?* Hugo pouvait voir le heurtoir diabolique. *Ce truc me défie. D'approcher. D'entrer.* Hugo ne comprenait pas pourquoi Strafa ne tirait pas le battant pour clore la scène. Qu'attendait-il ? Était-il là, dans l'obscurité du vestibule ? *Est-ce qu'il me regarde ?*

La main presque momifiée jaillit de la poche d'ombre pour saisir la porte et, après un temps, la referma d'un coup. Hugo avait l'impression d'avoir été invité à le rejoindre. C'était idiot, sans aucune preuve pour l'étayer, juste un ressenti. *Il savait que je suis là. Il m'attendait.* Hugo fit « non » du menton avec véhémence. C'était impossible, il se faisait un autre de ses délires.

Puis, estimant qu'il avait fait son temps sur place, il se retourna pour rentrer à Val Quarios avant que JC ne s'impatiente. Et il recula précipitamment en les voyant tous. Les visages dans les troncs.

Il avait croisé ceux qui étaient dans le sens de la montée, mais au dos des mêmes arbres, leurs alter ego lui avaient échappé jusqu'à présent. Les mêmes.

Mais cette fois, leurs traits étaient défigurés par la souffrance, leurs lèvres déformées, sur le point de se déchirer. Leur regard disparaissait dans ce mouvement implorant.

La forêt hurlait. Un cri silencieux et terrifiant.

Et Hugo n'était pas loin d'en faire autant.

21.

Philippe DePrigent avait fait passer le message en fin d'après-midi : il voulait tout le monde le soir même, après le dîner, dans l'aquarium.

Hugo le sentait mal. Il se doutait que son escapade sur la pente de Strafa allait lui causer des ennuis, même s'il ignorait comment ils le savaient. Que risquait-il ? Une mise en garde devant l'assemblée, humiliante à souhait ? Être viré ? Pour ça ?

Après ce qu'il avait vu, il ne savait plus quoi penser. Ce Lucien Strafa était dingue, ça ne faisait plus un pli. L'isolement, le manoir à l'architecture barrée, les barbelés inversés… Et surtout les gens gravés dans les troncs. *Pile : je te surveille. Face : je gueule ma terreur.*

Ce n'était pas exactement ça. Il y avait bien de la peur palpable dans leurs traits burinés, mais surtout une douleur abominable. Quel genre d'artiste fallait-il être pour passer autant de temps à modeler ces gardiens angoissants ? Ce n'était pas pour contribuer à son mythe : Strafa se voulait secret, oublié. Pas non plus pour une volonté grotesque de divertissement puisque l'accès au manoir était interdit au public. Ce n'était rien que pour lui. Son *plaisir* personnel.

À la différence des guirlandes glauques sur le plateau.

Neuf jours sur place, et tandis qu'il s'installait dans un canapé de l'aquarium un peu à l'écart des cheminées – s'il devait se faire remonter les bretelles, Hugo ne voulait pas être cerné par les regards –, pour la première fois, il éprouva un sentiment qui le fit douter du bien-fondé de sa présence à Val Quarios. Il était mal à l'aise. Il se demandait où il avait mis les pieds. Il avait choisi ce job pour son éloignement avec le monde, dans l'optique de se retrouver lui. Mais était-ce si judicieux en fin de compte ?

Je ne vais quand même pas me barrer ? Il était encore en période d'essai, contractuellement ça n'était pas un problème. *Au nom de quoi est-ce que je renoncerais ? Des trucs de mauvais goût dans les forêts de Strafa ?* Non, c'était un climat général. *Juste une impression, nouveau décor, nouvelles têtes, je dois m'y faire.* Il était inenvisageable qu'il rentre à Paris, il ne savait d'ailleurs même pas où puisqu'il n'avait ni appartement, ni ami pour le dépanner, la queue entre les jambes, le sentiment d'échec, moral en berne et confiance en soi oubliée dans le fond de la vallée. *Et puis je vais peut-être me faire lourder ce soir, donc attendons...*

Tout le monde se présenta. Même Adèle, qui arriva en compagnie de DePrigent, JC qui se faisait rare en communauté, et Simone. Hugo la fixait pour savoir si, en croisant son regard, elle allait flancher, pour détecter si c'était elle qui l'avait balancé. Simone, les mains enfoncées dans son gilet de laine, n'échangeait avec personne et se posta au fond, plus que discrète. Le directeur, debout, dos à la cheminée où brûlaient encore des bûches – à croire qu'elle ne s'éteignait jamais, alimentée par un fantôme –, attendait que le silence se fasse.

– Mes amis, commença-t-il, vous le savez, les circonstances du départ d'Alice ont plombé un peu l'ambiance dernièrement. Je tenais à vous dire que je suis parvenu à la joindre par téléphone. Elle s'excuse pour son comportement, elle a eu une boule au ventre à l'idée de tous nous dire adieu, au point de s'en rendre malade et de préférer fuir en douce. Ce sont ses mots. Elle m'a promis de nous écrire, et je vous assure qu'elle pleurait dans le combiné.

Il échangea un bref coup d'œil avec Adèle qui confirma d'un haussement de sourcils qui en disait long sur l'ampleur des larmes en question.

– La suite lui appartient, continua le directeur, ainsi qu'à ceux d'entre vous qui avaient tissé des liens avec elle, je ne m'en mêle plus. Pour ce qui nous concerne, Météo France annonce des orages sur notre secteur pour la semaine à venir. Vous savez ce que ça signifie, organisez vos tâches en fonction.

– Déjà ? fit JC. C'est un peu tôt dans la saison.

– Réchauffement climatique, lâcha Exhell. Y aura bientôt plus de saisons.

DePrigent fit une grimace de mécontentement et ajouta :

– Pour les nouveaux : préparez-vous à entrer dans la cour des dieux. Thor, Zeus, Jupiter, Raiden ou Indra, à vous de choisir, mais ils seront là, juste dehors, à s'affronter sans merci. Ça peut être impressionnant, je préfère vous mettre en garde. On évite de se promener dans la prairie, surtout avec un parapluie si vous ne voulez pas jouer les paratonnerres ! Privilégiez le travail en intérieur, il n'en manque pas. Nous allons revoir le planning demain. Voilà, fin de la réunion, merci pour votre écoute.

L'affaire Alice était close, non sans un arrière-goût amer. « Ce n'est pas ainsi qu'on fait les choses », répéta plusieurs fois une partie de l'équipe en se relevant. Hugo éprouvait une émotion paradoxale. À la fois rassuré et... *déçu*. C'était horrible, il s'en voulait, mais l'idée que toute cette histoire se résume à un gros coup de cafard était si bassement humaine que ça en était triste. *Tu aurais préféré qu'elle se soit fait agresser ?* se reprocha-t-il aussitôt. Non, bien sûr que non, surtout pas... Juste quelque chose de plus... original. Il avait honte. Il glissait sur une mauvaise pente. Il lui fallait vite se reprendre pour éviter ce genre de pensées débiles. Au moins il n'était pas viré. Et personne ne l'avait surpris autour de chez Strafa. Lily discutait avec Jina et il les rejoignit.

– Tu dois te sentir mieux, dit-il à la monitrice de ski.

— Je lui en veux. On a vécu pas mal de choses ensemble, sept mois, ça compte, tu ne te tires pas de cette manière.
Jina approuva.
— Je lui ai prêté un pull l'autre jour, elle ne me l'a même pas rendu, confia-t-elle. C'est pas grave, mais ça se fait pas.
L'assemblée vidait les lieux lentement, au fil des conversations, à l'exception du trio. Lily s'allongea sur le ventre sur la méridienne en face, le menton dans les paumes de main.
— Tu as couché avec elle? demanda-t-elle de but en blanc à Hugo.
— Quoi? Non, non...
— C'est pas un crime, tu aurais pu.
— Oui mais non. Quelle question !
Hugo se sentait gêné, comme s'il avait quelque chose à se reprocher. Jina s'y mit également :
— Le premier soir, lorsque tu es arrivé, elle m'a dit qu'elle te trouvait mignon.
— Ah oui?
— Remarque, elle était pas mal non plus, fit Lily.
— Est, corrigea Hugo.
— Pardon?
— Elle *est* pas mal, elle n'est pas morte.
Lily fit une moue dubitative.
— Après ce qu'elle a fait... Et sache que lorsque tu quittes Val Quarios, tu n'es plus là pour nous, ajouta-t-elle sur un ton gentiment provocateur. Alors, avoue : toi aussi tu la trouves jolie, non?
— Bien gaulée, précisa Jina.
Pris entre deux feux, Hugo s'indigna faussement :
— Hey, mais c'est l'Inquisition ou quoi? Je vous le répète : je n'ai pas couché avec elle !
Lily échangea un regard complice avec Jina.
— J'ai gagné.
— Gagné quoi? dit Hugo. Vous vous êtes fichues de moi?
— Mais non... Jina m'a parié que tu t'envoyais en l'air avec Alice. J'y croyais pas.

– Et pourquoi pas ? se vexa Hugo. J'aurais pu...
– Le mâle blessé dans son orgueil de conquérant, rit-elle.
Lily se fendit d'un sourire comploteur avant de préciser sa pensée :
– Primo, de tout l'hiver, les mecs que s'est tapés Alice n'étaient pas du tout dans ton style. Plus vieux, plus...
– Cons ? Gros ? Riches ? proposa Hugo.
– Sûrs d'eux.
– Ah ben merci. Et secundo ?
Lily hésita, puis admit :
– Je ne sais pas, l'instinct féminin. J'ai pas l'impression que tu avais la tête à ça.
Hugo avait envie de leur raconter l'épisode dans la piscine, mais en fin de compte cela n'aurait fait qu'apporter de l'eau à son moulin puisqu'il n'avait effectivement rien fait. *Mais je lui plaisais. Enfin... je crois.*
– Je suis pas trop d'humeur à être votre cible, les filles, dit-il en faisant mine de se lever.
Lily l'arrêta d'un signe.
– Laisse-moi brandir mes arguments, dit-elle en allant ouvrir un placard derrière une des colonnes qui soutenaient le plafond. Elle en sortit une bouteille de rhum et trois verres qu'elle servit allègrement.
– Excuse-moi, demanda Lily en trinquant.
L'aquarium s'était vidé, il ne restait plus qu'eux trois.
– Vous aviez parié quoi ? voulut-il savoir.
Jina et Lily pouffèrent en se regardant.
– Un truc de meuf, lâcha Jina.
Hugo se sentait de plus en plus exclu. Malgré tout, il leva son verre :
– C'est bon cette merde, mais j'en prendrai qu'un seul, déjà que je me paume tout le temps quand je suis sobre, j'ai pas envie de dormir dehors.
– Moi aussi je me perds à chaque fois ! s'écria Jina, trop heureuse de partager ce handicap.

— Dans le C ?
— Le D. Je dois être débile, je rate un tournant, j'oublie une porte, faut dire qu'elles se ressemblent toutes !
— Pareil. Bientôt dix jours que je suis là et je commence seulement à m'y faire. Le pire c'est qu'il y a des fois où j'y arrive sans problème, et le coup suivant... je galère, je me rends compte que j'ai loupé un embranchement. Une vraie plaie.

Jina se pencha, affichant un air mystérieux et amusé :
— Tu ne t'es jamais dit que les murs *changent* de place ? Que la station est *vivante* ?

Elle éclata d'un rire sincère.
— Il ne faut pas réfléchir, intervint Lily. Allez-y à l'instinct, et vous verrez, inconsciemment vous vous souviendrez du chemin.
— N'empêche, répondit Hugo, je hais cet architecte, il est sadique.

Jina trinqua à nouveau avec Hugo et avala une bonne rasade en serrant les dents sous la puissance de l'alcool.
— C'est le propriétaire, avoua Lily.
— Strafa, l'architecte ? manqua s'étouffer le jeune homme.

Lily confirma d'un hochement. Pourquoi ne s'en était-il pas douté ? Une telle perversion dans la complexité des agencements de pièces, de passages et de niveaux intermédiaires se mariait à la perfection avec le personnage, surtout depuis qu'Hugo avait rencontré ses « compagnons » de bois.
— C'est qui ce Strafa ? interrogea Jina.

Lily avisa le brun aux cheveux en bataille, attendant qu'il se lance :
— Un magicien.
— Prestidigitateur, corrigea Lily. C'était. Il n'exerce plus depuis longtemps.

Elle laissa Hugo compléter :
— Il a pris sa retraite ici il y a quarante ans environ, sa planque pourrait-on dire. C'est lui qui vit dans le manoir au-dessus de Val Quarios.

— Je pensais que c'était le directeur et sa femme, rapporta la métisse.

— Non, ils ont un appartement tout en haut du vaisseau-mère, détailla Lily. Là-bas, c'est Strafa.

Hugo s'était levé et se rapprocha d'une des baies. Dans la nuit, le manoir brillait, ses volets enfin ouverts.

— Le mec se prend pour un vampire, vous avez remarqué ? Il vit une fois le soleil couché.

— Ce serait un bon plan ici si c'était le cas, s'en amusa Jina. Tu pioches parmi les skieurs, l'hiver, un petit randonneur isolé, paf ! La nuit tombe tôt en plus, pratique pour les suceurs de sang. Tu prélèves discrètement ton repas dans ton cheptel qui se renouvelle en permanence, ni vu ni connu. Le paradis de Dracula ! Je vais proposer une pub, tiens. « Vampires, venez au Val, nourriture à profusion, le secret en perfusion ! »

Hugo, lui, ne riait pas. Il ne pouvait se détacher de la masse obscure sur la pente, et de ses lumières. Les vitraux étaient colorés également. *Est-ce que tu es là, dans ton bureau ?*

— C'est lui qui a dessiné les plans alors, dit Hugo. De toute la station ?

Lily, soudain pensive, mit un temps avant de répondre :

— Oui, il me semble... Ah, non, la Tour était déjà là d'après ce qu'on m'a raconté. Et peut-être un ou deux bâtiments, je ne sais plus. Philippe pourrait te dire.

— DePrigent ? Il a fait l'ouverture ?

— Je ne pense pas, mais il est la mémoire de ces lieux.

Lily n'était plus tout à fait aussi guillerette, Hugo pouvait voir qu'elle était ennuyée par quelque chose.

— Ça va ?

— Oui, oui...

Mais le ton n'y était pas. Hugo se rapprocha.

— Hey, Lily, qu'est-ce qui cloche ?

— Rien, c'est débile...

— Je suis le roi du débile, crois-moi, tu ne peux pas faire pire. Vas-y, balance. J'ai dit un truc ?

Elle secoua la tête.

– Vous allez me prendre pour une conne.

Jina et Hugo comprirent que l'ambiance avait changé brusquement, aucun ne surenchérit dans la plaisanterie. Hugo posa son verre :

– C'est Strafa ? demanda-t-il plus bas.

– C'est juste que... Jina, lorsque tu as parlé de...

– Vampire ?

– Des victimes faciles à trouver... eh bien...

Lily les guettait, estimant à leur réaction si elle devait poursuivre ou s'ils allaient se moquer.

– Crache le morceau, s'impatienta Hugo, plus sérieux que jamais.

– Vous me promettez que vous n'allez pas devenir paranos ?

– Je le suis déjà. Dis.

Elle n'était pas totalement convaincue du bien-fondé de poursuivre, Hugo pouvait le lire sur ses traits.

– Il y a eu pas mal de disparitions au fil des années, ici, à Val Quarios.

– Pas mal ? Genre plus que la moyenne ?

Le regard de Lily passait de l'un à l'autre.

– Aucun de vous deux n'a fait de recherches sur la station avant de venir, n'est-ce pas ? Je crois que je vais aller chercher mon ordinateur.

22.

Assise sur l'un des canapés, Jina avait attrapé un coussin qu'elle tenait devant elle, en guise de bouclier. Lily posa devant elle le Mac qu'elle était allée prendre dans sa chambre et l'alluma.

— Ce n'est pas un secret parmi le personnel, expliqua-t-elle, mais ils n'aiment pas qu'on évoque le sujet. Particulièrement Philippe, ça l'agace qu'on puisse considérer son « petit paradis » autrement que merveilleux. C'est un saisonnier qui travaille sur les pistes depuis des années, chaque hiver, qui m'en a parlé la première fois, lors de mon arrivée.

— Je suis pas certaine que ça va me plaire, devina Jina.

— Jusqu'à présent, j'ai toujours mis ça dans une boîte, au fond de mon esprit. Du style, avec une étiquette « Trucs chelous, à oublier ». Mais ça me trotte là sans que je puisse l'en empêcher.

— Des disparitions qui pourraient être plus qu'un mari qui se barre ou une gamine qui fugue ? demanda Hugo.

Lily secoua la tête, ne sachant quoi répondre.

— Je me suis interdit de faire une fixette, alors je n'ai jamais poussé les recherches, mais c'est ce que j'avais trouvé sur le Net au fil du temps. Une succession d'accidents. Il paraît que dans la vallée, ils nous appellent « station pas de bol ».

— C'est pour ça que tu étais inquiète, plus que tous les autres, pour Alice ?

– Je ne peux pas dire que je n'y aie pas pensé.
– Oh, vous me faites flipper, avoua Jina. C'est pas de la déconne, vous êtes sérieux ?

Enfin connectée au Wifi, Lily entra le nom de la station dans son moteur de recherche, suivi de « disparitions ». Plusieurs pages de résultats s'affichèrent. Des accroches similaires. Sauf que les dates n'étaient pas les mêmes. 2017. 2015. 2010. 2006… Hugo repéra même un 1998 au milieu.

– Vas-y, ouvres-en un.

Lily s'exécuta et ils tombèrent sur un article du *Dauphiné libéré* avec pour titre « Disparition préoccupante à Val Quarios ». Une adolescente de dix-sept ans n'était pas rentrée à son appartement après avoir passé la soirée dans la discothèque de la station en compagnie de ses amis. Fatiguée, elle avait quitté le groupe peu après minuit, pour rentrer seule, et ses parents avaient signalé son absence à leur réveil, inquiets. Hugo lut la suite :

– « La gendarmerie a retrouvé le véhicule familial garé devant la gare de Montdauphin-Guillestre, et les parents ont reconnu qu'une valise et une partie des affaires de la jeune fille manquaient dans le logement, donnant de l'épaisseur à l'hypothèse d'une fugue bien qu'ils n'aient rien entendu et qu'ils s'opposent fermement à… » OK. Reviens en arrière et clique sur un autre pour voir.

Le suivant évoquait trois skieurs portés disparus dans les hauteurs surplombant Val Quarios. Un guide local affirmait qu'avec l'étendue du hors-piste possible, on retrouverait les corps à la fonte des neiges pour peu qu'on prenne la peine d'explorer les vallons reculés. L'article ne disait pas si cela avait été tenté par la suite.

– Toi qui es monitrice, ça te semble plausible ? demanda Hugo.

– Le domaine skiable est sympa mais beaucoup se risquent à sortir des pistes. Tant qu'ils restent sur l'ubac, ça va à peu près, ils redescendent jusqu'ici, et au pire on peut aller les chercher.

Mais parfois, nous avons des têtes brûlées qui filent sur le versant sud... Une fois au sommet de la montagne, si tu redescends du mauvais côté, il n'y a rien, pas un hameau, pas âme qui vive ; certainement pas un endroit où il faut se faire surprendre par une coulée, ou se perdre et passer la nuit sans un équipement adapté. Nous faisons beaucoup de prévention pendant la saison, et la plupart du temps, les gens respectent...

Jina désigna un autre article intitulé « Avalanche à Val Quarios, trois disparus ». Le texte n'était pas dénué de surprises : aucun des corps n'avait été retrouvé et les profondes et nombreuses crevasses en étaient tenues responsables, il était difficile, même pour la brigade spécialisée de la gendarmerie, d'y accéder. Suivaient plusieurs suicides au fil des années. Pendaison dans les appartements la plupart du temps, quelques-uns qui se jetaient de la falaise ou de leur balcon, et une femme qui était montée en pleine nuit vers les sommets, avant d'ôter tous ses vêtements et de s'abandonner au froid, du moins étaient-ce les conclusions de l'enquête après avoir retrouvé son corps nu, glacé.

– Et tu dis que tu n'es pas devenue parano ? commenta Jina. Mais moi je commence à flipper. Sérieusement, qu'est-ce que c'est que cet endroit ?

– Il faudrait voir si, statistiquement, il y a plus de morts ici qu'ailleurs... tempéra Lily. C'est ce que j'arrête pas de me dire.

– J'ai pas besoin de connaître les statistiques pour te confirmer que ça fait beaucoup, contre-attaqua Hugo qui sentait monter une certaine anxiété. Fugues et fuites, avalanches, randonneurs égarés et jamais retrouvés, suicides... et tout ce que nous n'avons pas lu ! Il y a un enchaînement. Donc ça n'est pas normal.

Jina grimaça :

– On est d'accord que nous sommes en train de chercher une explication à un grand nombre de... d'« accidents ». Ce n'est pas comme si ça pouvait être *surnaturel*.

Jina avait insisté sur le terme, pour mieux souligner son incongruité.

— C'est pas toi qui as parlé de vampire ? répliqua Lily, un poil sarcastique.

Jina désigna Hugo du menton.

— C'est lui. Moi, je déconnais...

L'intéressé se massa la nuque avant d'aller se positionner à nouveau devant la baie vitrée toute proche. Il posa sa main devant le manoir illuminé.

— Si vous voulez un vrai cinglé, le voici.
— Tu sais quel âge il a ? intervint Lily.
— Peut-être, mais il n'est pas net. Tu es déjà montée le voir ?
— Non, je l'ai croisé ici, une fois...
— Tu devrais. Et passe par la forêt surtout !
— À cause des totems ? Les gueules dans les troncs ?
— Tu es au courant ?
— J'en ai entendu parler. JC me l'a dit.
— C'est lui qui les a sculptées ?

Dans ce cas il avait commencé très jeune car certains visages devaient être taillés depuis au moins vingt ans, estimait Hugo.

— Non, mais il m'a raconté. D'après lui, les paysans mettent des épouvantails dans leurs champs pour effrayer les oiseaux, Strafa met ça pour éloigner les curieux.
— Je veux bien croire que ça fonctionne, mais la méthode est tordue !
— De quoi on parle, là ? s'enquit Jina.

Hugo lui expliqua et la jeune femme serra plus fort encore ses genoux contre sa poitrine, broyant le coussin. Ils réfléchissaient, sous les crépitements des flammes.

— En trois ans, tu n'as rien vu de bizarre ? insista Hugo auprès de la plus ancienne de leur groupe.
— Pas de disparitions, si c'est à ça que tu fais allusion. Et encore une fois : ne cédons pas à la paranoïa, je voulais juste partager un sentiment avec vous, pas que vous sautiez au plafond.

Jina ne s'amusait plus du tout :

— Non mais sans déconner ? Nous sommes là, bien au chaud, en train de... d'envisager qu'il puisse y avoir...

– Vas-y, dis-le, l'incita Hugo. Dis le mot.

Jina fit « non » de son index, rapidement.

– Ce sont des accidents, répéta Lily doucement, comme pour se convaincre.

Hugo ne démordait pas de son idée. Il lâcha le terme :

– Un tueur. Voilà à quoi nous pensons.

Les deux femmes se regardèrent, sur le point d'éclater de rire, comprit Hugo, un rire nerveux, sans aucun humour, juste utile pour évacuer le trop-plein de tension. Il enfonça le clou :

– Et s'il y avait un psychopathe dans la station ? Depuis des années. Maquillant ses actes pour passer inaperçu.

Cela eut pour effet de couvrir l'aquarium d'une chape de plomb.

– C'est exagéré de tirer cette conclusion sur... pas grand-chose, dit enfin Lily après y avoir songé.

– Et n'importe quel flic se marrerait bien si on lui racontait ça, admit Hugo. Mais moi je vous pose la question.

Jina secoua la tête vivement.

– J'aime bien jouer à me faire peur, mais là c'est glauque quand même.

Hugo avisa Lily qui méditait sur le sujet.

– Pourtant, nous n'avons parcouru qu'une partie des articles, rappela-t-il, et il y en a un paquet, le hasard je veux bien mais là...

– Des incidents, oui, mais rien de criminel, répliqua Lily.

– C'est le *nombre* qui est alarmant.

– Intrigant, corrigea-t-elle aussitôt.

– C'est constant, intervint Jina, je veux dire : il y en a un peu tout le temps.

– Rien depuis trois ans, fit remarquer Lily.

Hugo nuança :

– Rien que la presse ait remarqué, pas exactement pareil.

– Alice... commença Jina.

– Alice est rentrée chez elle, la coupa Lily.

Hugo la toisa.

– Tu en es sûre ? Tu l'as eue ?
– Non, mais DePrigent oui, et le taxi...
Le silence tomba sur le trio, seulement ponctué par le frétillement du feu dans la cheminée.
– On pense à la même chose ? demanda Jina.
– Nan, je suis pas d'accord, fit Lily. Pour le coup, Philippe ne ferait pas de mal à une mouche, je miserais ma tête là-dessus. Et puis, vous l'avez bien regardé ? Lui et Adèle en couple de psychopathes ? Bidon.
– Alors peut-être pas Alice, OK, admit Hugo. Mais les autres ? Lorsqu'il y a une telle régularité dans les « accidents » on est en droit de se poser la question... Et s'il y avait la main de l'homme derrière tout ça ?
Les réticences de Lily lui firent croiser les bras sous sa poitrine. Elle affirma :
– Trois ans que je suis ici, et que je m'y plais, jamais eu à me plaindre parmi le personnel. Je ne vois pas qui, franchement. Et ils ne sont pas nombreux, à l'année. DePrigent, JC et le vieux Max.
– Tu oublies Simone, Adèle et Strafa bien sûr.
Lily finit par émettre un rire sec, ironique.
– Non, je n'y crois pas.
– Pour toi c'est juste un délire. Une coïncidence ?
– Qu'est-ce que tu veux que ce soit ?
Silence. Échange de regards tendus.
– On s'autobourrichonne, déclara finalement Jina.
– Quoi ? firent Hugo et Lily d'une même voix.
– De l'autoconviction, du bourrage de crâne, se monter le bourrichon... j'appelle ça de l'autobourrichonnage, c'est ce qu'on est en train de faire. On extrapole, on en fait des caisses... au début on s'amuse à y croire, et à force, ça devient viral entre nous, on ne fait plus semblant, on le prend pour vérité.
– Il y a certainement de ça alors, avoua Lily.
– C'est toi qui nous as alertés... rappela Hugo.
Lily montra Jina comme si c'était sa faute :

– Oui, parce que j'y ai repensé avec cette histoire de vampire qui chasse tranquillement ici, mais c'est juste un truc en passant, j'y ai *pensé*, mais ça n'est pas *vraiment* possible.

Hugo croisa les bras sur son torse et guetta en direction des lueurs dans la nuit, dans ce qui ressemblait à une église gothique en bois.

– J'espère, dit-il sans plus très bien savoir ce qu'il pensait lui-même.

23.

La pluie avait détrempé la montagne au point de la rendre spongieuse. Les gouttières de toute la station crachaient à plein régime, pendant que des sillons gorgés d'eau se creusaient dans les prairies depuis les hauteurs.

Une matinée maussade se dessinait. Une partie du personnel tua le temps dans la cantine, à discuter ou à jouer à des jeux proposés par Exhell sur un fond de musique pour laquelle se battaient Lily et Armand. Rebekka Karijord, « Wear It Like a Crown », contre Suzane, « SLT ». Lorène Aldabra & Enzo Clark, « All Flowers in Time Bend Towards the Sun », face à Van McCoy, « The Hustle ». The Broken Circle Breakdown Bluegrass Band, « The Boy Who Wouldn't Hoe Corn », vs Polyrhythmics, « Yeti, Set, Go ». Et la liste des duels s'allongea au fil des heures, avec un vote pour chacun. À mesure que la playlist proposée par Armand s'imposait, Lily décréta que tout le monde avait « des oreilles bonnes à laver à l'acide » et capitula, laissant le monopole de l'enceinte à son adversaire, pour se replier sur un sofa, près des fenêtres où elle contempla le déluge.

Il flottait un parfum de pâte chaude et de jambon cuit tandis que Paulo préparait des planches de pizza maison. Hugo se faisait discret ce dimanche, il observait. Exhell, dans un de ses t-shirts gigantesques d'un groupe de metal au nom imprononçable, qui s'agaçait dès qu'on n'écoutait pas ses (trop) longues explications de règles de jeux. Merlin qui mâchonnait ses bâtons de réglisse sans jamais rien dire. Tic et Tac et leur logorrhée second degré permanent. Jina qui jouait aux échecs avec le vieux Max silencieusement, mais qui riait aux (rares) bonnes plaisanteries des deux comiques. Comme d'habitude, ni Ludovic, ni JC ni les trois autres « anciens » ne montrèrent le bout de leur nez. Max fit tout de même remarquer qu'avec ce temps, cloîtrés dans leur logement, Philippe DePrigent devait être rivé à ses mots croisés pendant qu'Adèle recommençait pour la cinq ou dixième fois un de ses puzzles de paysage insipide à se pendre. Concernant les autres, Hugo ne capta aucune information supplémentaire et il commençait à sérieusement se dire qu'il lui faudrait se renseigner davantage sur JC, et surtout Ludovic. Celui-là avait un regard de lézard. Les rares fois où ils se croisaient, Hugo n'aimait pas sa manière de le fixer froidement, sans un mot. *Être impoli et rude c'est une chose, solitaire ou asocial une autre.* Comme de suspecter ses collègues d'être des criminels ? *Un d'entre eux, oui, c'est possible.*

Hugo sentait qu'il n'était pas loin de virer à l'idée fixe, il devait se calmer. Pas deux semaines qu'il était arrivé et déjà il s'apprêtait à dénoncer quelqu'un aux flics au motif que l'endroit était parfois bizarre et qu'il y avait un taux de disparitions ou de suicides élevé. *Et encore, je l'ai décrété tout seul, en vérifiant, si ça se trouve, c'est un taux normal dans une station de ski. Lieu de passage, de vie, donc de bonheurs mais aussi de peines, de drames, de déchirements...* S'il y avait deux ou trois mille personnes qui passaient par là chaque hiver, était-il inenvisageable que le taux d'accidents soit relativement important ? À combien se chiffrait-il dans une commune de trois mille âmes avec une population à forte activité ?

Hugo connaissait ses marottes, et il était important qu'il se contienne, qu'il n'en fasse pas une obsession, ou il ne verrait plus que ce qui allait dans le sens de son fantasme.

Pendant l'heure du déjeuner, il alla faire du sport dans la salle du vaisseau-mère, non loin de l'aquarium. Mais même après une bonne séance et la douche chaude nécessaire, il ne se sentait pas apaisé. Il avait besoin de sortir. La pluie s'était calmée, pour finir par s'arrêter en milieu d'après-midi. En voyant Lily qui lisait sur son sofa, à la cantine, il songea qu'il pouvait peut-être l'entraîner avec lui pour avoir son ressenti. Jina avait disparu, probablement remontée dans son appartement.

– Je vais faire un tour, tu viens ?
– Dehors ? Ça va être boueux.
– Je tourne en rond, besoin de respirer.
Elle répondit d'un grognement, pas convaincue.
– Allez, bouge tes fesses, insista Hugo.
Lily plissa les yeux.
– Je ne te connais pas encore bien, mais mon instinct me dit que tu as quelque chose en tête, je me trompe ?
– Je voudrais te montrer quelque chose.
Lily se mordit l'intérieur de la joue pour réfléchir. Puis elle se pencha pour ne pas être entendue des autres :
– Si ce sont les totems de Strafa, non merci.
– Fais-moi confiance.
Il lui tendit la main. Après un soupir, elle lui donna la sienne.

Engoncés l'une dans sa parka l'autre dans son K-way, ils marchaient difficilement le long des remontées mécaniques. Lily guettait le ciel, craignant un orage. Elle n'avait pas envie d'être à l'extérieur s'il en éclatait un, et après les avertissements de DePrigent, Hugo non plus. Il pressa le pas.

– Tu m'emmènes où ? Je connais ces vallons, tu sais ? Ce sont mes pistes…
– Non, pas là où nous allons.
– J'aimerais bien voir ça. Le Parisien ! Nouveau-né par chez nous et il me raconte ma région. Bien sûr, tiens !
– Tu skies dans les arbres ?

– À ton avis ?
– Alors suis-moi.

Lorsqu'ils furent à la hauteur du plateau qui dominait le Phare, Hugo bifurqua dans la sapinière. Il commençait à la connaître, et n'avait plus besoin de suivre la falaise pour s'y orienter. L'eau gouttait tout autour comme si les arbres sortaient de leur bain.

À chaque pas leurs bottes s'enfonçaient jusqu'à la cheville dans l'humus saturé.

– Hey, tu sais que c'est vraiment naze comme plan drague ? fit Lily.

Elle avait noué une partie de sa tignasse indomptable sous une casquette des Yankees.

– Lily, c'est en rapport avec une chanson ou un livre ? demanda Hugo tandis qu'ils progressaient.

– Oh, tu veux vraiment t'aventurer sur ce terrain ?

– Il y a un gros dossier ?

– C'est pas mon vrai prénom.

– Ah bon ? Dommage... J'aime bien Lily. Alors, comment je dois t'appeler maintenant ? Roulement de tambours...

– Mes parents étaient en avance sur leur temps. Influences new age, et branchés féminisme.

– Simone ?

– Perdu. Ils m'ont donné pour prénom l'égale féminine d'Adam.

– Ève ? fit Hugo en la toisant. C'est plutôt canon, j'aime bien. Pourquoi changer ?

– Non, Ève c'est la soumise, issue d'une côte d'Adam. Et peu de gens le savent mais Ève n'est pas la première femme d'Adam.

– Sérieux ?

– Révise ta culture religieuse mon petit. Avant Ève, il y a eu... Lilith !

– Lilith ? C'est... on dirait un nom de fleur.

– Belle mais avec des épines alors, s'esclaffa-t-elle. Lilith a été fabriquée à l'égal d'Adam, avec de l'argile, donc de facto, elle n'était pas inférieure, pas domptée. C'est ce qui, à terme, lui a valu d'être bannie du paradis, parce qu'elle ne faisait pas tout ce qu'Adam souhaitait.

– Je l'ignorais.

– Ce n'est pas un pan des textes sacrés qui est mis en avant. Pendant des siècles, dans une société patriarcale, tu penses bien qu'on a cherché à occulter cette première femme pour ne conserver que la docile et fautive Ève. À force, si les références à Lilith existent encore bel et bien, elles sont peu connues et étudiées.

– Pourquoi tu ne l'assumes pas entièrement, ton prénom ?

– Je l'aime bien, c'est juste que j'ai pris l'habitude du diminutif. Mes proches, lorsqu'ils sont en colère contre moi, l'utilisent en entier, c'est pratique. Et toi ? Pourquoi Hugo ?

– Euh... j'en sais rien, juste parce que ma mère aimait bien ? À côté de toi, je réalise qu'il va me falloir inventer un truc solide, qui impressionne. Je me sens tout fade...

Hugo chercha un moment sa direction, un peu confus à cause de l'aspect différent de la forêt par rapport à ce qu'il avait l'habitude de voir. Le poids de l'humidité affaissait les branchages, et à l'inverse redressait les hautes herbes, masquant une partie de ses points de repère. Mais après un petit détour, il retrouva ce qu'il voulait.

– Nous y sommes presque.

La première guirlande funèbre le surprit lui-même, elle leur tomba dessus tandis qu'il soulevait un rameau gênant, entraînée dans le mouvement. Lily poussa un cri avant de réaliser que les crânes étaient ceux d'oiseaux. Hugo la prit par la main pour l'entraîner plus profondément dans la zone « décorée ». Une douzaine de lianes mortuaires les encadraient. Il balaya l'endroit d'un moulinet du bras :

– Voilà.

– C'est une blague ? C'est toi qui as fait ça ?

– Mais non... Je suis tombé dessus il y a dix jours. JC a tenté de me dissuader de venir. Il est au courant.

— Il vient dans ces bois depuis qu'il est gamin, bien sûr qu'il sait tout ce qu'il y a.

— Au point d'en être l'auteur ?

Lily ne répondit pas tout de suite. Elle inspectait les assemblages. Hugo la regardait faire, admiratif de son sang-froid. Il se souvenait combien il avait été déstabilisé, lui, la première fois. Elle avait un joli profil avec son nez rebondi et sa bouche généreuse.

L'odeur de la terre, des écorces et de la sève était décuplée par la pluie fraîchement tombée. Celle de moisissure des champignons ne tarda pas à s'y ajouter.

— Je ne peux pas dire que je connaisse JC parfaitement, expliqua Lily, mais je serais étonnée qu'il donne dans le glauque. Sportif, droit, proche de la nature, et un peu séducteur, pas franchement le profil d'un collectionneur d'animaux morts.

Elle se posta devant lui.

— Pourquoi tu m'as amenée ici ?

Ne sachant pas si elle lui en voulait, Hugo se sentit un peu idiot. Il haussa les épaules :

— Après la discussion d'hier soir, j'ai pensé que ce serait pas mal si je te montrais ce que j'ai trouvé. Avoue que c'est pas normal. Maintenant il y a un truc que je n'arrive pas à comprendre : comment est-ce que personne, parmi les touristes, l'hiver, n'a pu tomber dessus ? Il doit forcément y avoir du monde dans le personnel qui en a entendu parler...

— Ça je peux te répondre : si tu étais remonté un tout petit peu plus haut dans la pente avant d'entrer dans la forêt, tu aurais vu les panneaux, on ne les retire pas tous l'été, du moins pas les gros. La zone est interdite, danger de chute mortelle, à cause de la falaise. Si tu ne balises pas abondamment, tu auras toujours des randonneurs pour se risquer n'importe où et se casser la gueule. On les prévient lorsqu'ils arrivent. Ils savent qu'il ne faut pas s'écarter des chemins. Donc, non, je ne pense pas que quiconque sache pour ces... *aberrations*, parce que personne ne vient ici. À part JC pour l'entretien. Et toi.

Elle le fixait.

— Tu as d'autres surprises dans le style ? demanda-t-elle.

— Non, et j'aimerais bien qu'il n'y en ait pas plus. Alors, tu en penses quoi ?

Elle jeta un autre coup d'œil aux guirlandes dodelinantes.

— Tu es toujours sur ton idée d'un psychopathe à Val Quarios ?

— Avoue que c'est pas rassurant.

Lily prit son temps pour peser sa réponse.

— Tu vas m'aider ? insista Hugo.

Elle pivota brusquement vers lui :

— T'aider ? À jouer au flic ? Pour trouver quoi ? Un chat crevé ?

— Tu trouves ça normal, ces décorations de mort ? Les troncs chez Strafa ?

— C'est un excentrique...

— Et Alice ? Tu t'es fait un sang d'encre lorsqu'elle a disparu.

— Je me suis fait un coup de flip, c'est tout. Forcément, avec le passif de Val Quarios, j'ai envisagé qu'il ait pu lui arriver malheur. J'étais fatiguée, j'en ai trop fait. Et tu devrais t'inquiéter pour toi, Hugo, ne pas laisser tout ça te monter à la tête.

— S'il y avait autre chose ?

— Mais Hugo, arrête. Je suis désolée si je t'ai mis ça dans le crâne hier soir, j'ai juste tilté sur toutes ces histoires que j'avais entendues au fil des années, ça m'y a fait penser, mais de là à partir dans ce délire ; franchement... je ne sais pas.

Un ange passa. Avec des ailes noires et un air mauvais, songea Hugo. Il finit par exposer son plan :

— Je garde un œil sur la bande, c'est tout.

— Dans quel but ? Et tu dois bosser, tu ne peux pas être sur le dos de tout le monde.

– Je me fais des portraits, et ensuite j'affine. Je ne vais pas commencer à poser des micros et afficher les photos des suspects dans ma piaule, relax, je suis juste... disons, *attentif*.

Lily fit la moue. Elle lui tira le bras pour l'entraîner vers la sortie.

– Viens, j'en ai marre d'être au milieu de ces ossements.

Ils déambulaient dans la sapinière, et la lubie perdit progressivement de son intensité. Hugo était déçu par l'attitude de Lily, et en même temps, il ne souhaitait pas que ça nuise à leur relation. Il se rendait compte qu'il l'aimait bien. Après plusieurs minutes de marche sans un mot, il s'en voulait de l'avoir embarquée là-dedans. Il s'en voulait même d'être à ce point méfiant, de s'être emballé, et de soupçonner carrément un de leurs coéquipiers. Lily avait vraisemblablement raison, il allait trop loin.

– Je suis désolé, dit-il.

Elle haussa les épaules. Ils avaient coupé trop vite vers le nord avant d'avoir rejoint la pente des pistes et ils débouchèrent sur la falaise. Ils se mirent à longer le vide en s'éloignant du bord de quelques pas.

– Je vais garder un œil ouvert, peut-être poser une ou deux questions, discrètement, admit alors Lily.

Hugo accéléra pour venir se poster au même niveau qu'elle.

– Tu le sens toi aussi que c'est un peu... qu'il y a un truc qui ne colle pas ?

– Je te l'ai dit : je n'en sais rien. Ça fait trois ans que je bosse dans cette station, avec une partie de ces gens. Ils sont mes amis.

– Je comprends.

Pourtant, après un temps, elle ajouta :

– Mais je reconnais que, au début, moi aussi j'ai eu cette impression, en apprenant ces histoires. Je me suis forcée à me répéter que c'était moi qui voyais le mal partout, alors aujourd'hui, je suis un peu déboussolée.

Hugo l'arrêta en la prenant par le poignet.

– Merci. Vraiment.
Elle tordit le coin de ses lèvres, puis avisa la vallée tout en bas.
– Allez, viens, il y a de la brume qui se lève, et crois-moi, tu préférerais être coincé ici avec un tueur en série plutôt qu'au bord de la falaise paumé dans le brouillard.

24.

La pluie tomba toute la semaine. Les nuages gris tournaient autour de Val Quarios comme s'ils étaient prisonniers d'un mouvement perpétuel, mais leur ventre n'était jamais vide. Hugo s'habitua à travailler dans ces conditions. Il suffisait d'ajuster le K-way pour rester le corps au sec, et JC lui avait prêté une casquette pour éviter le ruissellement sur le visage. Ses mains, en revanche, s'usaient jour après jour. Corne, crevasses, dessèchement. Hugo n'était pas un travailleur manuel, même s'il était plein de bonne volonté et d'une excellente condition physique, il lui fallait un temps d'adaptation. À la sortie de sa saison ici, son corps aurait changé, il en était convaincu.

JC consultait les derniers bulletins météo chaque matin, avant de partir, et tant qu'un gros orage n'était pas prévu, il confirmait leur sortie. Ils avaient largement dégagé le pourtour de la prairie à l'est de la station, notamment en dessous de la butte qui partait vers chez Strafa, abandonnant dans leur sillage des kyrielles de billes dispersées au fil des coupes, au milieu de friches de branchages élagués. La partie nettoyage allait être la plus difficile, suspectait Hugo.

Lorsqu'ils avaient œuvré à proximité de chez Strafa, Hugo avait essayé de tirer des informations de JC, notamment lorsqu'il partit uriner en direction du grillage, il revint pour lui demander :

— C'est normal la barrière, là ?
— C'est pour ceux, comme toi, qui ne savent pas lire... T'as pas vu tous les panneaux « propriété privée » avant ? Pourtant, difficile de les manquer.
— Si, mais nous, c'est différent...
— Ah bon ? Et pourquoi ?
— Eh bien, on bosse ici, on est de Val Quarios.
— Parce que je suis un local, j'ai le droit de rentrer dans ta piaule quand je veux, sans te demander ?
— Non, mais...
— C'est pareil. Ici c'est chez le proprio, il ne veut pas qu'on l'emmerde, et comme il y en a toujours qui s'en foutent d'un ordre écrit, il faut leur mettre une contrainte physique. On ne grimpe pas chez lui, point.

Hugo avait acquiescé, un peu froissé par la leçon reçue. Plus tard, il avait tenté de revenir à la charge, pour que JC lui parle des « totems » de Strafa, sans plus de succès. Il ne pouvait pas aborder le sujet en direct, surtout pas avouer qu'il était déjà monté malgré les interdictions et la clôture, et tourner autour du pot ne donna rien. JC était un taiseux.

Le jeudi, le bûcheron était nerveux. Les prévisions n'étaient pas bonnes pour les prochaines quarante-huit heures. En milieu de matinée, il demanda à Hugo :
— Tu sais conduire ?
— Oui.
— Parfait. Tu vas aller me chercher le tracteur. La remorque est déjà accrochée. Il est dans le hangar sous le bâtiment D.
— Comment j'y accède ? J'ai pas souvenir d'avoir vu une porte pour véhicule à cet endroit.
— Parce qu'il n'y en a pas. Tu es en montagne, ici on doit penser à desservir un maximum de la surface avec le moins de route possible, parce que l'hiver, une route, c'est un problème. Tu vas entrer par le sous-sol du Vioc et remonter tout le parking.

À ces mots, la chair de poule envahit Hugo et sa respiration se bloqua un instant. *Il n'y a rien. C'est ma putain d'imagination.*

– Tu vas voir, poursuivait JC, tout au bout, il y a un accès qui continue, un tunnel, assez grand pour un camion. C'est par là que se font les livraisons pour les cuisines sous le Phare, l'hiver, et pour les restaurants. Ça donne sur un quai de déchargement et un hangar souterrain. Tu seras sous le D. Là tu verras le tracteur, je l'ai préparé avant-hier. Les clés sont dessus.

Hugo s'éloignait déjà quand JC l'interpella :

– Prends ta ceinture, tu vas avoir besoin de ta lampe, l'électricité du Vioc est coupée depuis les travaux. J'espère que tu n'as pas peur du noir, conclut-il avec un sourire moqueur.

Connard.

C'était plus fort qu'Hugo. JC avait tout pour lui, une vraie force de la nature ; les gagnants de « Koh-Lanta » faisaient pâle figure à côté de ce Tarzan moderne. *Pas sûr qu'une émission de téléréalité soit une référence en même temps...* Hugo était nerveux. Et surtout il ne comprenait pas comment il avait pu en arriver là. Pourquoi une simple tour dans un immeuble vide avait pu déboucher sur un tel sentiment de malaise ? À cause d'un escalier dans le noir... Il se trouvait d'une puérilité affligeante.

Il traversa toute la prairie sous le crachin, avisant le tapis de nuages d'un gris de cendre. Il n'avait pas besoin de savoir lire le climat en haute montagne pour se douter que ça n'allait plus tarder à exploser. Il dévala les derniers mètres jusqu'à se tenir devant la double porte d'entrée du parking, sous le Vioc. La lumière blafarde du jour n'y pénétrait que sur une courte distance, s'arrêtant presque net, comme si elle n'osait pas aller plus loin.

C'est là que tu montres que tu es un adulte, se motiva Hugo en sortant la lampe torche de sa ceinture et en avançant.

L'intérieur était désert. Pas une voiture, seulement une succession sans fin de places marquées au sol et de piliers en béton, une interminable procession, comme s'il était dans une église contemporaine et radicale. Le faisceau de sa lampe projetait sur une bonne distance, mais le Vioc était si long qu'il n'en couvrait qu'une infime portion. *Et pas un monstre tapi dans un recoin, pas une ombre bizarre, pas...* Une araignée affamée ? Non. Rien de tout cela. *Moi, ma lumière qui se balade. Point.* L'écho de ses pas claquait contre le plafond bas.

Une porte métallique se profilait de temps en temps, un accès vers les niveaux supérieurs. *L'escalier de l'araignée,* ne put-il s'empêcher de penser. Il bridait son imagination, enfermée à double tour derrière sa volonté sereine qu'il se représentait un peu comme une de ces portes en fer. Pourtant, son imagination poussait. Fort. Avec un acharnement continu, profitant de la moindre faille, de la moindre divagation. Et, progressivement, elle forçait le battant. Déjà une patte velue en sortait silencieusement, anormalement longue, avec des articulations osseuses couvertes de pustules... *Stop.*

La porte claqua dans son esprit, mais pendant une seconde il crut en percevoir l'écho dans le parking. La patte gisait au sol, frétillant comme la queue arrachée d'un lézard. De sa lampe il balayait droit devant lui, à la recherche du tunnel mentionné par JC. *J'ai le temps, cet endroit est plus long qu'un stade !*

La porte sous son crâne s'était à nouveau entrouverte tandis qu'il en dépassait justement une, dans le sous-sol. L'araignée gloutonne était-elle recroquevillée derrière ? À l'écouter passer, à le *sentir* ? Était-elle déjà en train de sortir discrètement ? *Putain, je déteste être moi dans ces moments-là...* Pratique pour créer, pour écrire, une plaie dans la vie quotidienne. *Marcher dans un parking souterrain à moitié en ruine* n'est pas *la vie quotidienne.* Entre ses tempes, la porte renforcée se balançait, grande ouverte sur un espace à présent vide. *Et merde. Pas maintenant.*

— Concentre-toi sur le trajet, dit-il pour se rassurer.

Mais le son de sa voix ne le rassurait pas. Pas du tout. Au contraire, il avait l'impression qu'il venait s'ajouter à l'intensité de sa lampe pour souligner sa présence. *Comme les bestioles se jettent sur une lumière la nuit.* N'y avait-il pas quelque chose qui venait de courir du bout des pattes dans son dos ? Hugo inspira un grand coup. Il s'épuisait lui-même.

Dehors, le tonnerre roula dans la vallée, impressionnant de puissance. Hugo se retourna, pour se rendre compte que la sortie, ce double rectangle blanc, était à présent loin. Il avait parcouru une bonne partie du Vioc. *La lumière au bout du tunnel est là, et toi tu t'en éloignes...* Métaphore de la vie. Il secoua la tête. *Allez, j'arrête avec ça. Je me concentre.*

Le parking empestait la poussière, qui lui piquait les narines. L'épaisseur des murs était telle qu'Hugo se sentait encore plus isolé. Il aurait pu hurler à pleins poumons, personne ne l'aurait jamais entendu. Il y avait des mouvements derrière lui. *Non, c'est le vent, ou une réverbération de mes propres foulées.* Il pouvait se dire ce qu'il voulait, *elle* était là. De plus en plus proche, filant entre les ombres, d'un pilier à l'autre, parfois au sol, ou depuis les travées, et elle gagnait du terrain. Ses huit yeux ne le lâchaient pas. Ne pouvait-il percevoir leur poids sur sa nuque ? Exactement là où elle planterait la première chélicère pour injecter son venin dans sa moelle épinière. Afin de le paralyser. Qu'elle puisse le sucer de l'intérieur tranquillement, liquéfier petit à petit ses organes, et les avaler alors qu'il regarderait, incapable de réagir, seulement de souffrir, au point de devenir fou.

Hugo avait accéléré la cadence sans même s'en rendre compte. Il était sur le point de courir. Un bond en avant pour foncer jusqu'à ce fichu tunnel, et enfin, tout au fond, jusqu'au tracteur. Mais il se retint. Il ne céderait pas à ses paniques imaginaires. Il n'avait plus l'âge pour ça.

L'araignée apparut derrière lui, se soulevant jusqu'à ce que ses crocs s'écartent, des filets de bave et de venin tressant des guirlandes molles entre ses appendices. Elle leva deux de ses pattes osseuses au-dessus d'Hugo.

Je ne craquerai pas. C'est dans ma tête, et il n'y a absolument rien derrière moi. Il hésitait à se retourner, donner un coup de lumière par là, juste pour se prouver qu'il était dans le juste, et là encore il essaya de se retenir. Cela revenait à *vérifier...* L'éclat de la lampe en mouvement se réfléchit dans les billes noires de l'araignée qui occupait tout l'espace entre le sol et le plafond. Elle était sur le point de frapper lorsque...

Un cul-de-sac surgit devant Hugo. Il en fut si surpris que tout son esprit se mobilisa sur ce problème.

L'araignée avait disparu. En longeant la paroi, il trouva l'entrée du tunnel. Tout aussi obscur que le reste. Une brise froide le traversait.

– Hey-ho !, dit-il tout haut pour tester l'écho.

Les ténèbres lui répondirent. Sages et attentives, elles déclinèrent l'appel sans une fausse note. Pas un crissement de trop, pas l'ajout d'un timbre rauque ou d'une note suraiguë. Soit la chorale de l'obscurité était parfaitement entraînée et l'attendait avec impatience, implacable et déterminée, soit il n'y avait absolument personne dans ce tunnel tout à fait normal. *Dans un sens comme dans l'autre, je ne peux rien y faire, non ?*

Hugo y était presque. Il faillit jeter un coup d'œil par-dessus son épaule mais craignit que d'apercevoir la sortie si éloignée lui fiche un coup au moral, au lieu de quoi il s'élança en direction du hangar. Il n'y avait pas plus d'araignée colossale que de fantôme dans les bas-fonds du Vioc. Mais il ne pouvait pas en affirmer autant pour l'intérieur de sa tête.

25.

L'orage avait éclaté le jeudi midi et duré jusqu'au soir, féroce et sournois. Il cognait de tous côtés, déversait ses trombes sur une façade, avant de frapper l'autre, donnait l'impression de s'éloigner et revenait avec davantage de force encore.

JC et Hugo avaient tout d'abord attendu qu'il passe, repliés dans un salon du D, avant de capituler dans l'après-midi et de se donner quartier libre, qu'Hugo utilisa pour se reposer, cela faisait deux nuits qu'il dormait assez mal, un sommeil agité, sans pour autant se souvenir du moindre cauchemar à son réveil. Les rafales se prenaient dans les lourdes lames du carillon à vent, dans le Phare, qui s'entrechoquaient dans un tintement mat.

Le samedi soir, une paella collective fut organisée. Dans la volonté de changer de décor, Tic et Tac militèrent pour ouvrir un des restaurants et DePrigent accepta à la condition de le remettre dans l'état où il était une fois le repas terminé. Merlin, qui était l'homme d'entretien, assura que ça ne serait pas un problème. Hugo ne l'avait jamais vu se plaindre, le tatoué était d'un naturel constant, peu bavard, observateur et volontaire. À la fois insoupçonnable, estima Hugo, et du coup presque trop lisse. Ce soir-là, Hugo mit enfin le doigt sur ce qui l'ennuyait : Merlin n'avait pas le physique de son comportement. Il ressemblait à un bagarreur de bar, avec ses tatouages moches dont l'encre bavait, à peine dignes d'un artiste de prison, et avait le comportement d'un timide trop sage. Il décida de s'installer à côté de lui pour le sonder.

La bonne humeur générale et les bouteilles de Clos des Cimes déliaient les langues, déjà passablement volontaires pour quelques-unes. Hugo tenta sa chance lorsque Merlin lui passa le plat, et il pointa du doigt les tatouages sur ses bras :

— Ils racontent une histoire ?
— Oh, c'est vieux.
— Tatouages de marin ?
— Non.

Hugo chercha un autre angle :
— C'est toi qui les as dessinés ?
— Non, j'ai juste décrit ce que je voulais.
— Tu les as faits où ?
— Ça dépend lesquels.

Il allait falloir lui tirer les vers du nez, comprit Hugo.
— Je sais pas, celui-ci, en forme de... tiens, la toile d'araignée.

Sans changer ni de ton ni d'attitude, Merlin répondit :
— Celui-là c'est à Rouen, en taule. Pour jamais oublier que j'ai tué un homme.

Hugo encaissa le coup en essayant de ne rien montrer.
— Tu veux dire, c'était un meurtre ?
— C'était involontaire.
— Tu étais jeune ?
— Ouais. Dix-huit ans. J'ai pris dix ans. Sorti en moins de six.

Hugo n'y connaissait rien en matière de droit pénal mais il lui semblait que dix ans, c'était sévère pour un homicide involontaire, du moins en France. Les circonstances ne devaient pas être claires. Armand, qui avait surpris la discussion, se pencha vers Merlin :
— Vas-y, montre la phrase.

Merlin avala une énorme bouché de paella en guise de réponse.
— Allez, insista Armand, montre !
— Montrer quoi ? s'en mêla DePrigent avec curiosité en ajustant ses petites lunettes.

— Le souvenir de jeunesse de Merlin !

Très vite, la pression s'intensifia sur le pauvre homme, qui leva une main en signe de capitulation. Il fit glisser la chaîne qui ornait son cou sous le col de sa chemise qu'il déboutonna afin d'exhiber son torse. Parmi d'autres tatouages tout aussi approximatifs que ceux des bras, une phrase était imprimée sur sa peau, en lettres gothiques, et prenait quasiment toute la place de ses pectoraux jusqu'au ventre : « Violent, pouvant entraîner la mort, sans intention de la donner. »

Armand tapa dans l'épaule d'Hugo :

— C'est la sentence qu'ils ont prononcée !

Un blanc était tombé sur l'assistance. DePrigent se sentit obligé de se justifier avec son air très chrétien :

— Nous savions pour le passé de notre cher Merlin, et nous estimons que tous ont droit à une seconde chance. Particulièrement lorsque les faits sont aussi anciens, survenus dans la jeunesse de notre ami.

— C'est un gros nounours ! fit Armand en passant ses bras par-dessus Hugo pour serrer le crâne chauve du tatoué.

Tic et Tac se firent un devoir (sans avoir à beaucoup se forcer) de remettre de l'ambiance à table, et lorsque le repas se termina, Hugo remarqua que Lily lui faisait un signe subtil de la tête pour l'entraîner à l'écart.

Il espérait qu'elle avait quelques avancées à lui communiquer sur ses observations de la semaine, des informations croustillantes sur les agissements d'un des leurs, au lieu de quoi elle lui dit :

— Un film en douce, rien que pour Jina et nous, ça te dit ?

— Chez toi ?

— Mais non, au ciné !

Hugo était plutôt déçu, ce n'était pas ce qu'il attendait, toutefois un peu de divertissement pouvait lui changer les idées, et la présence de Lily, et même de Jina, à ses côtés, ne se refusait pas.

Lily avait décrété que ce serait leur moment à eux, et elle s'arrangea pour qu'ils quittent le restaurant discrètement, avant les autres. Une fois dehors, où le soleil ne s'était pas encore totalement couché, elle fit surgir une bouteille de champagne de sous sa parka.

— Dites que vous me kiffez ? triompha-t-elle tandis qu'ils marchaient en direction de la Tour.

— Tu sais faire fonctionner la salle de cinéma ? demanda Jina.

— Facile. Je me suis dit qu'après notre soirée à... comment tu dis déjà ? Bourlicho...

— Bourrichonner, corrigea Jina.

— À bourrichonner sur la station, nous avions besoin de repartir sur des bases saines. Plus... festives.

Hugo se renfrogna. Cela signifiait qu'elle ne prenait plus au sérieux toute leur conversation ? Ce qu'il lui avait montré sur le plateau ? Comme si elle lisait en lui, elle le rassura :

— Ce qui n'empêche pas de garder l'œil ouvert sur ce qui se passe.

— Ah non, on recommence pas, j'ai eu une nuit horrible l'autre fois, se plaignit Jina avant d'ajouter : Elle est pas mal notre petite bande quand on reste dans la déconne !

— Surtout pour Hugo, deux nanas rien que pour lui...

— Et les plus jolies, souligna Jina.

— Les seules en fait, c'est pas dur ! ajouta Lily en riant.

Hugo décida de mettre de côté sa petite paranoïa et de jouer le jeu. Il prit le ton de sa meilleure humeur :

— J'aurais préféré me faire une soirée avec Adèle et Simone, mais je prends ce que je peux.

— Connard ! lâcha Lily en faisant mine de le frapper avec sa bouteille.

Ils longeaient les chalets, une série de six constructions dans le plus pur style montagnard. Chacun était séparé de son voisin par plusieurs dizaines de mètres de forêt, leur conférant un aspect « écrin perdu dans la nature ». La tranquillité incarnée.

— La vue doit être sublime, dit Hugo.

Lily confirma :

– À peu près la même que tu as depuis l'aquarium avec la différence que la falaise tombe à pic lorsque tu es sur la terrasse, donc c'est assez impressionnant. Et la chambre principale, à l'étage, donne aussi sur la vallée, grandiose.

Ils arrivaient à la Tour, et Hugo, qui buvait littéralement le paysage, se mit à ralentir. Il avait vu quelque chose. Troublé et incapable de se faire une place au milieu des rires des filles qui passaient en revue les scènes les plus sexy de leur répertoire cinématographique commun, il n'en dit rien et suivit. Dans les dernières lueurs du jour, il avait entraperçu une silhouette à l'étage, à la fenêtre du dernier chalet. La forme lui collait aux rétines. Il était catégorique. Il y avait eu un mouvement, quelqu'un qui s'écartait brusquement pour ne pas être vu. Pourquoi les observait-on de cette manière ? Il l'ignorait, mais il n'était pas rassuré. Il comprit pourquoi après un temps de réflexion.

Tout le monde était présent pour le dîner au restaurant, sans exception, et leur trio s'était éclipsé en tout premier. Ils avaient marché en ligne droite, par l'unique accès aux chalets. Personne n'avait pu les devancer. Impossible. La conclusion de cette évidence lui fit froid dans le dos.

Il y a une quinzième personne dans la station.

Quelqu'un dont personne ne lui avait encore parlé. Et qui se cachait.

26.

La Tour avait tout de l'erreur dans Val Quarios. Seule construction en pierre, ancienne, elle ressemblait véritablement à un donjon moyenâgeux égaré là par un seigneur oublié dans la montagne. Pas de bardage, pas de rondins, un toit en ardoises, il n'y avait que le mortier relativement récent et les rares huisseries pour rassurer quant à son état réel. Aucune fenêtre sur les trois quarts de sa hauteur. Une structure en acier pouvant accueillir une marquise en toile, démontée pour l'été, guidait jusqu'à l'entrée principale. Un escalier se dérobait sur le côté vers le sous-sol, que Lily révéla être la discothèque. La Tour était un anachronisme à Val Quarios.

La monitrice les guida dans l'édifice, plus moderne à l'intérieur, jusque dans une pièce de service où étaient entreposés une centaine de disques Blu-ray de films dans tous les genres. Les deux filles mirent dix minutes à choisir, sans qu'Hugo ne s'investisse vraiment. Il n'y était plus. La silhouette dans le chalet revenait encore et encore à son esprit. Il hésitait à le raconter à ses complices, cependant leur enthousiasme à l'idée de passer un bon moment l'en empêchait. Il ne voulait pas être l'oiseau de mauvais augure qui gâche tout, une fois encore. Et qu'allaient-elles lui répondre ? Qu'il avait rêvé ? Un jeu de lumière dans le crépuscule ? Un mouvement de rideaux dû à un courant d'air ?

Poussé par les filles, il se fit entraîner dans la grande salle circulaire qui occupait l'essentiel de la Tour, les rangées de fauteuils disposées en escalier. Jina proposa qu'ils se regroupent plutôt que d'occuper chacun un rang, d'autant qu'ils avaient sélectionné un film d'angoisse. *À croire qu'elles le font exprès...* maugréa Hugo in petto.

Lily s'éclipsa pour lancer la projection et revint ensevelie sous deux grosses couettes qu'ils se répartirent. Le bouchon de la bouteille sauta, et ils se passèrent le champagne pour le boire à même le goulot tandis que démarrait *The Descent*, qui narrait la survie d'un groupe de femmes au milieu de cavernes peuplées de choses effrayantes.

Jina et Lily ne pouvaient s'empêcher de commenter, surtout après une séquence particulièrement éprouvante pour les nerfs. Elles avaient collé Hugo au milieu, sans lui demander son avis, et il se retrouva bientôt avec les pieds de Jina sur lui et une exigence explicite de massage qu'il effectua sans broncher. Est-ce qu'elle lui faisait du rentre-dedans ? Probablement pas. Il n'en était pas bien sûr en fait, et dans un climat général où il ne fallait surtout pas mal interpréter ce genre de situation, il se gardait bien de réagir. Il était en couple depuis déjà plusieurs années lorsque le mouvement *#MeToo* avait germé. Il l'avait accueilli avec une bienveillance évidente et un soupçon de honte au nom de l'espèce masculine, s'octroyant sa part de responsabilité, même s'il estimait ne s'être jamais mal conduit avec une femme. Tous les hommes, ne serait-ce que par atavisme, se devaient d'éprouver un minimum de culpabilité, au nom des siècles de patriarcat misogyne qui les avaient précédés et dont ils portaient en eux l'héritage. Au moment de l'éclosion du phénomène, il avait été marqué par un échange improbable. Il venait de sortir son roman et tentait de se faire connaître en accumulant les séances de dédicace auxquelles personne ne se présentait jamais. Quelques badauds, par pitié, et de vrais généreux s'arrêtaient parfois pour lire la quatrième de couverture, et plus rarement encore, pour échanger quelques mots avec Hugo, rarement sur son livre qui n'intéressait pas. C'est ainsi qu'un vieil homme avait ôté sa casquette après avoir feuilleté les premières pages. Hugo se souvenait de sa voix comme s'il était encore là.

– Votre personnage féminin n'est pas très moderne, il me semble.

– Qu'est-ce qui vous fait dire ça ?

Qu'on puisse juger le travail de deux années en deux minutes lui hérissait le poil au plus haut point.

– Elle n'a pas l'air très forte, un peu soumise. À l'ère du #MeToo c'est assez dommage.

– C'est un roman qui ne parle pas du temps présent.

– Peu importe, le message que votre héroïne renvoie est le même. Ce que *vous*, vous voulez dire passe par ce que vous racontez d'elle.

– Ce n'est pas l'héroïne.

Le vieux bonhomme avait rejeté l'argument d'un balayage de la main.

– Ne vous faites pas plus bête, vous m'avez compris. Je vais vous dire : votre génération n'a aucune excuse. Et la précédente c'est encore pire.

– Nous parlons d'écriture ou de sociologie, là ?

– C'est la même chose, les bons livres racontent le monde. N'oubliez jamais une chose, jeune garçon : les hommes ont abusé des femmes pendant toute l'Histoire. Avec leur sexe, avec leur esprit, avec leurs lois, avec leurs mensonges, depuis toujours ! Les femmes n'ont pu le faire qu'avec leur cœur, et c'est une arme à double tranchant dont elles ont souvent payé le prix. Oh, n'en faisons pas des saintes pour autant, mais leur expertise en manipulation n'est-elle pas la démonstration d'une capacité d'adaptation et de survie ? Oui, les hommes ont longtemps eu l'excuse, la seule qui soit, de la guerre pour justifier leur statut de dominants. Ils se disaient que les femmes leur devaient bien ça, en gros. C'étaient eux qui partaient se faire tuer, mutiler, devenir fous, victimes ou prédateurs, pour garantir la sécurité du foyer. Mais ce temps-là est révolu, espérons-le. Et vous, mon jeune ami, vous n'avez pas cette culture-là, donc pas cette excuse. Vous devez redonner aux femmes leur place égalitaire dans ce monde. C'est votre responsabilité, et elle commence par vos livres.

Le vieillard avait remis sa casquette, reposé le roman d'Hugo et s'était éloigné en lâchant :

– Je vous lirai lorsque vous écrirez en assumant votre rôle.

Cela l'avait marqué au fer. Ils en avaient parlé avec Lucie, qui soutenait le mouvement *#MeToo* tout en gardant ses distances avec une certaine vision trop contemporaine du couple dans laquelle elle ne se reconnaissait pas. Pour elle, chacun avait son rôle à la maison, et c'était très bien ainsi, elle détestait qu'Hugo mette son nez dans ses plates-bandes, et avait décrété que certaines tâches lui revenaient de droit. Par exemple, les courses, c'était son domaine parce qu'il n'achetait jamais exactement ce qu'elle voulait, qu'il en oubliait la moitié. Mais jamais elle n'aurait porté les packs d'eau ou de lait, là c'était « au mec » de s'en charger. Une vision archaïque que Lucie assumait pleinement puisque c'était elle qui l'avait décidée. Dans le fond, à la maison, c'était elle qui commandait, et cette discussion sur le rôle des personnages de femmes dans les écrits de son homme, elle s'en moquait un peu tant qu'elles étaient attachantes, c'était son critère à elle. Passéiste ou soumise, Lucie s'en fichait, du moment qu'il y avait de l'affect. Cela n'avait pas beaucoup aidé Hugo à se situer dans le débat.

Depuis leur séparation, il marchait sur des œufs, ne sachant pas très bien quelle était sa place, ce qu'il avait le droit de faire ou de dire sans risquer un malentendu. Dire à une inconnue dans un bar qu'elle est jolie, était-ce déplacé ? Premier cran de l'échelle du non-respect, prémices du harcèlement ? Payer un verre, en avait-il le droit ? Monter dans un ascenseur seul avec une femme, alors même qu'il était à la bourre, indécent ? Fallait-il s'interdire le moindre regard sur un décolleté, comme il l'avait fait le premier soir avec celui, vertigineux, de Jina ? Quelle était la limite entre regarder, et voir ce qui était sous ses yeux ? La réalité le rattrapa dans ses divagations : depuis la séparation, la question ne s'était jamais présentée en fait, parce qu'il n'en avait pas éprouvé l'envie. Il était éteint. *Sauf que le courant est revenu...* Courant alternatif, concéda-t-il pour être honnête.

Toujours est-il qu'il ne savait pas quoi faire avec les jambes de Jina sur lui. Il lui massait la voûte plantaire, s'aventurant parfois un peu plus haut, sur la cheville, puis le bas du mollet, sans qu'elle ne proteste. L'excitation montait. Le velouté de sa peau lisse sous sa paume lui donnait des envies plus précises.

Lily jeta le bouchon de champagne sur Jina et elles échangèrent un rire complice dont Hugo devina qu'il était la victime bien malgré lui. Jina récupéra ses jambes, et peu après Lily le tira par la manche pour qu'il se rapproche, et elle posa sa tête sur son épaule.

– Un mec, deux filles, tu es à nous, lui dit-elle sans lâcher l'écran.

C'était exactement le sentiment qu'elles lui donnaient, et il se sentait un peu gauche, chosifié, incapable d'entreprendre quoi que ce soit, divisé entre l'une et l'autre. C'étaient elles qui menaient la danse. Hugo n'avait rien suivi du film, si bien que lorsque les deux filles hurlèrent de peur, lui ne broncha pas.

Ce petit manège avait eu une conséquence positive, au-delà de réveiller ses sens : l'éloigner de ses idées fixes, de la silhouette dans le chalet. Revenir à des problématiques bassement humaines faisait descendre le niveau de stress. Face à lui, les héroïnes hurlaient de terreur. Sous la couette, Lily lui prit la main.

27.

Elle irradiait entre ses synapses comme une goutte de lait dans du café. La bonne humeur portait Hugo. Elle lissait ses muscles fatigués par le travail de la semaine, et nimbait le monde d'un filtre un peu plus positif.

C'était fou le pouvoir d'une main dans la sienne. Pas au point de lui faire oublier l'apparition dans le chalet, mais celle-ci devenait moins inquiétante. S'il restait convaincu que ça ne pouvait pas être quelqu'un de l'équipe, il envisageait toutefois de ne pas être au courant de tout. Lucien Strafa était un vieil homme, dans un manoir gigantesque, et il semblait évident qu'il ne pouvait en assurer l'entretien. La personne dans le chalet était l'assistant de Strafa. Ou l'une de ses aides. Voilà où en était arrivé Hugo à force de cogitations. Ce qui ne répondait pas à la question du pourquoi, mais les incidences en devenaient moins mystérieuses et urgentes.

Cela avait le mérite de lui fournir un nouvel angle d'attaque auquel il n'avait encore pas songé : l'existence d'autres membres du personnel, sinon parmi eux, du moins là-haut, dans le manoir. De nouveaux profils qu'il ne connaissait pas. *Des suspects supplémentaires.*

Paradoxalement, ce dimanche matin, la station était vide. Tout le monde avait disparu. Des étendues d'herbe désertes, des couloirs sans vie, des salles silencieuses... Partout où Hugo posait le regard, il ne trouvait personne, ce qui, compte tenu de la taille de Val Quarios, pour le nombre qu'ils étaient, ne l'inquiéta pas. Chacun avait le droit de traîner dans son logement, de s'accorder une grasse matinée ou de se déplacer sans croiser quelqu'un bien involontairement. Mais tout de même, c'était assez impressionnant. Imaginer qu'il puisse se retrouver là, seul, pour tout l'été, à surveiller ces murs, à entretenir les chaudières, à arpenter ces bois... Il en frissonna. Combien de repas face à son assiette, dans un réfectoire au silence dérangeant faudrait-il avant qu'il ne devienne fou ? Se perdre dans ces labyrinthes de galeries le rendait déjà dingue, mais le vivre en sachant qu'il n'y aurait *personne* au bout du compte pour l'aider, quoi qu'il lui arrive, ça, c'était source d'angoisse. Sauf que ça n'était pas le cas. Ils étaient juste tous dans leur coin.

Bien qu'il se fût couché tard, Hugo s'était réveillé frais et dispo peu après huit heures et demie. Il prit son petit déjeuner à la cantine, avant de retourner à sa chambre pour lire le Connie Willis qu'il avait emporté. Il avait du mal à se concentrer. Il repensait à la veille.

La main chaude de Lily dans la sienne. La sensation de son poids contre lui. Depuis combien de temps n'avait-il pas goûté à cette chaleur humaine ? Véritablement. Pas les gestes robotisés que Lucie et lui avaient les derniers mois de leur couple, mais un moment de tendresse consciente, voulue et appréciée. Lorsque le générique du film était apparu, elle avait tourné la tête vers lui. Il pouvait sentir son parfum un peu citronné. Lui, figé dans ses doutes, n'avait rien osé faire, fixant l'écran. Il devinait le regard de la jeune femme sur lui. Elle lui avait déposé un baiser sous l'oreille, et leurs mains s'étaient déliées. C'était tout. Et c'était déjà énorme de répercussions en Hugo. Il vivait. Il éprouvait des émotions, des désirs. Il avait des *envies*, profondes.

Par la fenêtre de son salon, il aperçut Merlin et Armand qui sortaient du vaisseau-mère en bavardant. Il n'était donc pas abandonné pour les cinq prochains mois, ses compagnons ne s'étaient pas volatilisés. Cela le motiva à descendre, à parler, entendre, voir de la vie autour de lui. Ses espoirs furent rapidement douchés. Le réfectoire était tout aussi vide que le matin. Alors il sortit, sans retrouver Merlin et Armand, puis gagna l'aquarium et ses canapés dispersés sur toute la longueur en carrés ou en rectangles, avec la même déception à l'arrivée.

Les deux cheminées brûlaient d'un feu nourri. *Ce truc des flambées qui ne s'arrêtent jamais, il faudra que quelqu'un me l'explique*, s'énerva-t-il paresseusement. Il était frustré. Au point qu'il envisageait même de faire un jeu de société avec Exhell. *Je suis au bout du rouleau, là...*

Tandis qu'il errait dans le vaste hall du vaisseau-mère, un constat contrariant le saisit : Hugo réalisa qu'il ignorait où vivait chacun de ses camarades. Ni Exhell, ni Jina... ni même Lily. S'il voulait frapper à leur porte, il n'avait d'autre solution que d'arpenter tous les couloirs, un à un, pendant des heures. Le téléphone portable ne fonctionnait pas, aucun moyen. Il avait beau guetter à droite et à gauche, cherchant le profil caractéristique d'un Max avec sa moustache, du géant informaticien ou celui, bedonnant, d'Armand, il finit par s'avouer que ce n'était pas eux qu'il attendait.

Il espérait Lily. Il n'avait pas d'idée précise de ce qu'ils feraient, encore moins un *plan*, juste partager l'après-midi, sa présence... Comment se comporterait-elle avec lui ? Comme si de rien n'était, supposait-il. Et c'était à peu près vrai. Se prendre la main sous une couette pendant un film d'horreur, surtout après des rasades de champagne comme celles qu'elle s'était englouties, ne consistait en rien ou presque en termes de relation, à peine une poussière en dérive sur l'orbite de l'engagement. Peut-être qu'il lui parlerait de la silhouette dans le chalet. En fait, il n'avait aucun doute sur le fait qu'il le ferait, au bon moment. Pour avoir son avis. *Qu'elle me rassure en confirmant l'existence de personnel au manoir*, finit-il par reconnaître.

Les heures filèrent sans plus de rencontres et Hugo retourna enfin chez lui, dépité, sa bonne humeur étiolée. Les nuages menaçants sortirent de derrière l'horizon lorsque le soleil se glissa derrière le versant opposé, comme s'il savait ce qui allait survenir et préférait ne pas y assister. La pluie tomba avec la nuit. Des grondements hargneux firent trembler les murs. L'électricité vacilla un bref instant avant de se stabiliser. Puis les éclairs se dévoilèrent en face de Val Quarios, bras décharnés giflant les sommets.

Hugo était collé à sa fenêtre. Il pouvait entendre les roulements écrasants se répercuter dans les corridors du C. Le tonnerre cognait encore et encore, remontant par les cages d'escalier, se fracassant dans les puits des ascenseurs, secouant les vitres et les volets, et couvrant la mélopée sourde du carillon à vent.

Une porte claqua au loin. Le ciel s'embrasa sous la magie de squelettes de foudre qui semblaient se battre à qui emporterait la cime d'un sapin ou le bout d'un rocher, et leurs corps ainsi flamboyants illuminèrent les barres de la station. Elles devaient être si tristes ainsi vides, si seules... *Maintenant je me mets à leur donner une conscience, c'est malin ça. Ce sera quoi la suite ? J'irai leur parler la nuit pour les consoler ?* Une pensée saugrenue émergea. Une envie subite. Hugo lutta contre elle jusqu'à ce qu'il soit à court d'arguments. Après tout, quel mal y avait-il ?

Il prit un sac avec ses affaires et sortit dans le couloir. Parcourir le C dans cette ambiance n'était pas hyper-rassurant, se dit-il en filant d'un pas pressé. Cela faisait bien une semaine qu'il ne se perdait plus, et pourtant, il continuait d'avoir le sentiment que les lieux *changeaient* dans son dos. Il ne reconnaissait pas toujours la décoration, ou remarquait pour la première fois un miroir, ou une console posée contre un mur. Lucie se serait foutue de lui et de son sens de l'observation « si masculin, à ne pas voir une girafe dans un Ikea », comme elle aimait le chambrer. *Assez avec Lucie. C'est terminé.* Il devait arrêter de la prendre pour référence permanente.

À la sortie du C, Hugo se prit une claque. Littéralement. Le vent lui projeta la capuche de son hoodie en plein visage. La pluie déversait ses trombes en biais, effaçant presque le vaisseau-mère du paysage, pourtant en face. Hugo traversa en courant, et entra trempé dans le hall. Ça n'était pas grave, il était motivé.

Cinq minutes plus tard, il se coulait dans l'eau de la piscine à l'éclairage tamisé. Il en savourait chaque ondulation. Après une poignée de brasses, il se posta à l'extrémité du bassin, contre la baie qui fermait toute la largeur. D'ici, l'orage prenait une tout autre dimension. L'affrontement de titans raconté par un théâtre d'ombres chinoises. Le contraste entre les instants d'obscurité presque totale où le paysage n'était qu'un voile aveugle et les brefs embrasements stroboscopiques donnait le vertige. Le néant, puis soudain une vallée immense bordée de pentes au moins aussi monumentales, interminables, jusqu'aux crêtes des éminences en face, le tout capté dans un instantané sans saturation de couleur, tout en nuances d'argent. Le martèlement qui accompagnait ces visions n'était pas en reste, orchestre du chaos, il jouait sa partition tout en contretemps, sur un rythme qui n'appartenait qu'à lui.

L'eau de la piscine vibrait avec le tonnerre. La combe juste en bas de la station crépita sous les assauts acharnés de la foudre et, lorsque la nuit totale revint, toutes les lumières de la salle se coupèrent, plongeant Hugo dans le noir.

– Merde.

Il nageait lentement pour se maintenir à la surface et attendit que le courant soit rétabli. Mais l'électricité ne revenait pas. Le clapotement lancinant l'apaisait. Sa vision s'habitua et il devina les formes géométriques principales du bassin. C'était à la fois surprenant et, la surprise passée, d'une certaine manière extrêmement reposant.

Dehors la nature poursuivait son ballet incroyable, et la piscine se dévoilait dans ces flashs éphémères. *Ça devrait me suffire pour y voir quelque chose au moment de sortir...* La porte des vestiaires grinça. Hugo voulut regarder qui venait mais l'absence d'éclairs ne lui permit pas d'en distinguer plus. Le battant grinça encore, comme si celui qui voulait entrer avait du mal à se frayer un passage, puis se referma sous l'effet du bras à coulisse dans la glissière prévue à cet effet. Un claquement discret.

Est-ce que quelqu'un était là ? Ou on avait juste jeté un coup d'œil avant de repartir ? Peut-être en constatant, erronément, qu'il n'y avait personne dans la piscine... Hugo ouvrit la bouche pour demander qui était là, au moins prévenir de sa présence pour éviter de faire peur, mais au dernier moment, son instinct l'en empêcha. Il se mit à nager le plus doucement possible, le plus silencieusement. Hugo ne savait pas pourquoi il obéissait à ce commandement, mais il était impérieux, viscéral. *J'aimerais bien un gros coup de foudre maintenant... Juste pour voir...*

La chaise en plastique sur laquelle il avait déposé sa serviette émit un raclement bref. On venait de se cogner contre elle. *OK, donc je ne suis plus seul.* Pourquoi ne disait-on rien ? Sans lampe ? Hugo fixait l'autre bout du bassin, dans l'espoir d'un flash, même rapide, juste pour se rassurer, découvrir qui se jouait de lui. *Sait-il que je suis là ?*

Hugo avait laissé son sac dans les vestiaires, sa serviette sur la chaise, il était difficile de l'ignorer. Lily et Jina ? Ça leur ressemblait bien de se planquer pour le surprendre. Si elles l'avaient vu entrer dans le vaisseau-mère avec son sac, elles pouvaient en déduire qu'il était descendu jusqu'ici et... *Avec la pluie, elles n'ont pas pu me voir à l'extérieur.* Il devinait une présence qui arpentait les bords du bassin, près de l'entrée. Hugo reconnut le suintement de quelqu'un qui goûtait l'eau.

Putain mais qui est là ? À quoi il joue ? Le son qui suivit le tétanisa. Il ressemblait à celui que font les coussinets de pattes de chien sur le carrelage. Sauf que ce chien-là était gros. Très gros. Beaucoup trop.

Énorme. Et la déduction suivante fit tressauter Hugo : il avait bien plus de quatre pattes... Ce n'était pas quelqu'un mais *quelque chose.* Quelque chose qui avait eu du mal à pousser la porte. *La poignée. Cette chose ne parvenait pas à manipuler la poignée...*

Hugo voulut reculer mais son dos heurta la baie vitrée et émit un couinement lorsque sa peau dérapa sur le verre. Les coussinets s'arrêtèrent. Puis ils accélérèrent vers le bord du bassin et il perçut distinctement le son d'une masse qui se glissa dans l'eau, à l'autre extrémité.

De nouveaux clapotis. *Elle vient vers moi.*

Hugo ne put retenir sa respiration plus longuement et souffla bruyamment. Il devait réagir. *Ça arrive, elle est là !* S'il fonçait vers le rebord, à sa droite, il pourrait ensuite sprinter jusqu'au vestiaire, c'était jouable...

La chose dans la piscine allait vite. Très vite. Et elle ne nageait pas normalement. *Pas comme un humain. À cause de ses nombreuses pattes...* Elle plongea. Il le sut rien qu'à l'entendre. Elle allait le prendre par en dessous. La proximité de la forme déclencha un électrochoc en Hugo qui se précipita vers la margelle la plus proche. Il battait des jambes et tirait le plus fort possible sur ses bras. Il pouvait quasiment la sentir palpiter dans l'eau du bassin, une pulsation sinistre, lente, qui ondoyait jusqu'à lui, son souffle à elle chargé d'avidité et de douleur... Une aura vorace et maléfique.

Hugo y était presque. Et derrière lui, la chose avait changé de cap pour l'intercepter. Il sentit le plastique de l'angle du bassin sous ses ongles et les planta dedans pour s'aider à remonter.

Son torse tout d'abord...

Puis son ventre...

Les jambes encore dans l'eau.

La palpitation monstrueuse était là, juste en dessous.

Ses hanches...

La chose approchait.

Ses cuisses, un genou sur le bord.

Ne restait plus que l'autre mollet...

La chose déploya ses longues pattes pour le saisir...

... et Hugo bondit pour rouler au sol, entièrement.

Il se cogna contre le rack qui contenait les gilets de nage, les bouées pour enfants, et tira dessus pour le renverser, pour gêner ce qui sortait déjà du bassin dans son sillage. Il devait ralentir la chose. Jamais il ne pourrait fuir d'ici s'il ne la ralentissait pas.

Hugo courait, risquant à chaque foulée de déraper avec ses pieds trempés.

Un éclair illumina les lieux, et une ombre se superposa à la sienne.

Énorme. Griffue.

Te...

Arachnéenne.

Manger !

Au retour de l'obscurité, il n'était plus sûr de l'endroit où il filait, le renfoncement de la porte s'était effacé de sa vision, il fallait qu'il s'habitue à la nuit... *Pas le temps !*

Les pattes de la chose claquaient dans son dos. Hugo tendit les bras. L'odeur de la chose l'avala. Rance, putride. L'haleine d'une gueule où s'accumulent les débris de charognes et s'y décomposent lentement...

Puis l'électricité se rétablit d'un coup, avec des *ploc* sonores pour chaque ampoule, chaque néon qui revenait à la vie.

Elle était là, juste devant, la poignée de porte.

Hugo la saisit, envahi par la chair de poule, et au moment de basculer de l'autre côté, dans le vestiaire, il regarda dans la piscine.

Il n'y avait rien.

Pas l'ombre d'une créature.

Seulement l'eau en tumulte.

28.

Le vieux Max profita des pluies diluviennes du lundi pour réquisitionner Hugo et l'entraîner dans l'immense local à matériel qui se trouvait au rez-de-chaussée du vaisseau-mère. Leur mission était simple, avant de prêter main-forte à Lily pour l'entretien et le fartage de tous les skis, ils devaient inspecter les chaussures. S'assurer que les crochets étaient tous fermés, et traquer les fissures éventuelles de la coque. S'il en relevait une, Hugo devait extraire la paire et la disposer dans un chariot qui le suivait entre les allées.

Il ne parla pas de la journée, ce qui semblait bien convenir au moustachu taciturne. L'équipe des caméléons muets, songea Hugo. Il n'avait presque pas dormi, et son petit déjeuner avait consisté à fixer sa tasse de café jusqu'à ce qu'elle ne fume plus.

Je perds la boule, se répétait-il. Il était absolument convaincu que quelque chose s'était glissé dans la piscine avec lui la veille au soir. Même s'il n'y avait rien une fois la lumière revenue. Il ne pouvait avoir inventé les sons. *Et l'odeur écœurante de cette horreur !* Elle était là, avec lui, et s'il n'avait pas paniqué pour se tirer, elle l'aurait bouffé, tout au fond de l'eau, ça ne faisait pas un pli.

Mais il n'y avait rien.

Et il n'y avait aucune raison qu'un cauchemar pareil se produise. Pour une raison d'une évidence enfantine : ÇA N'ÉTAIT

PAS POSSIBLE. Il n'existait aucune araignée géante qui se faisait un défi de le boulotter. Ni ici ni nulle part. Hugo avait retourné le problème sous toutes ses coutures : soit il était en train de devenir maboul, soit il avait une sorte de tumeur au cerveau qui lui faisait perdre la notion de réalité.

Une troisième éventualité émergea dans la matinée, tandis qu'il triait les chaussures qui puaient la transpiration de centaines d'individus. Son esprit, fragilisé par la séparation et le début de dépression qui s'en était suivie, ne réagissait pas bien à l'isolement ni à cet endroit. Couplé à son imagination débridée, il ne parvenait plus à faire la part des choses entre la fiction nourrie par son inconscient et le tangible.

Cette considération lui trotta dans le crâne toute la journée, et en fin d'après-midi, lorsqu'il ressortit du local, il avait décrété qu'il ne pouvait pas persévérer ainsi, et il avait sa solution. Mais il devait en priorité prendre une douche et laver ses vêtements, s'il sentait encore le moindre relent de chaussures de ski sur lui, il n'était pas loin de vomir ou de se balancer du haut du Phare. Tout en modération. Il était grand temps de se reprendre.

Lily l'intercepta à l'entrée du C. Elle avait les traits tirés.

— Ça va l'écrivain ? demanda-t-elle. Tu as une sale gueule.

— Je te retourne le compliment.

— Je viens de me taper l'aller-retour jusqu'au bourg en bas, six heures de route, et de tout décharger avec les gars pour remplir l'épicerie pour les prochaines semaines, je suis morte.

— Je pensais qu'on était livrés.

Lily ricana.

— Yep, mais le livreur qui vient le vendredi a prévenu la semaine dernière qu'il ne pourrait pas monter cette fois-ci, et crois-moi, ça consomme, tout ce petit monde ! Heureusement qu'on a un deal avec un berger du coin, lui nous apporte de la viande et des produits laitiers une fois par semaine. Et toi ? Ça va avec Max ?

— J'ai les oreilles qui sifflent de l'entendre me raconter sa vie.

— Vous devez bien vous entendre entre pipelettes.

Lily allait repartir lorsque Hugo l'arrêta :

– Ça te dit de prendre un verre ce soir ?
– Dans l'état où je suis, je ne suis pas sûre, et j'ai promis à Jina de la tirer des griffes d'Exhell, notre geek a un crush apparemment, précisa-t-elle avec une pointe d'agacement.
– Dans ce cas tous les trois, comme l'autre jour.
Lily lui rendit un regard un peu taquin.
– Ce n'était pas une invitation romantique alors ?
– Euh... Je... J'ai pas envie d'être tout seul, c'est tout.
La jeune femme lui donna une tape sur l'épaule en reprenant son chemin.
– Rejoins-nous au bar du vaisseau-mère après le dîner.
– Je sais pas où c'est ! s'exclama-t-il tandis qu'elle s'éloignait déjà.
Lily ne se retourna pas :
– Démerde-toi ! Sois un grand garçon !

La musique et l'alcool lui montrèrent la voie à suivre. Une fois grimpé au premier étage du vaisseau-mère, Hugo traversa la mezzanine qui surplombait le hall, devant l'aquarium, et se guida au son d'un morceau de country et au choc des culs de bouteilles.
Lily et Jina buvaient une bière assises sur les tabourets devant le bar. Les étagères étaient vides, nettoyées, tout comme les chaises renversées sur les tables, mais Lily avait pris la peine d'allumer les néons et la chaîne, et cela suffisait à mettre un peu d'ambiance. Une housse verte recouvrait ce qui ressemblait à un billard. Il n'y avait que les deux femmes.
– Voilà le plus beau ! déclara Lily.
Mais Hugo n'avait pas l'orgueil à ça ce soir.
– J'ai mis les bières au frais, sers-toi, fit Jina. Despé, j'espère que tu aimes.
En revanche, il n'était pas contre un peu d'alcool. Il se servit et tira un tabouret pour former un triangle avec ses partenaires.

— Tu as vu l'orage, hier ? demanda Jina. J'ai cru que j'allais me faire pipi dessus. Et Lily dit que ça n'était pas un gros.
— Un échauffement pour préparer l'été, confirma la monitrice. Lorsque ça cogne pour de vrai, tu as l'impression que le diable est là !

Hugo ne disait rien, il cherchait comment annoncer ce qu'il avait en tête.

— L'électricité s'est coupée aussi, tu dormais déjà ?

Hugo fit signe que non. Il aurait bien aimé.

— Je suis en train de faire un bad trip, lâcha-t-il enfin.

Ses deux acolytes cessèrent de plaisanter en devinant aussitôt que ça n'était pas du second degré.

— Le moral au plus bas ? proposa Jina.

— Non, c'est pas ça. Depuis mon arrivée, j'ai nourri une sorte d'anxiété avec des motifs plus ou moins tirés par les cheveux et ça commence à déborder...

— Tu sais que le mal de l'altitude c'est possible ? Ça peut aller jusqu'aux hallucinations.

— Il y a peut-être un peu de ça, mais je crois que c'est un cocktail.

Lily, qui n'avait encore rien dit, se pencha vers lui :

— Explique.

Il haussa les épaules.

— Déjà, je suis incapable de penser à autre chose que tout ce qu'on s'est raconté l'autre soir. J'analyse chaque geste de la troupe, je cherche des indices... Et puis... J'ai comme des... des délires.

— Des visions ? s'excita Jina avec une pointe d'angoisse.

— Non, c'est mon imagination, mais là, j'ai l'impression que c'est elle qui parfois prend le contrôle de mes sens, je la subis, avec de véritable moment de... de détresse.

Lily lui passa une main affectueuse dans le dos.

— Tu prends des médocs ? interrogea-t-elle.

— Non.

— Surmenage ?

— Je crois pas, les journées sont physiques, mais je m'habitue, et c'est pas non plus si intense. Je pense que c'est un mélange. Je sors d'une petite dépression, gros sentiment de solitude, je débarque un peu fragile, et là-dessus, le passif de la station m'a un peu retourné l'esprit.

— Tu veux consulter un médecin ? J'en connais un bon à Montdauphin...

— Sinon j'ai du Xanax, avoua Jina. Du Donormyl si tu veux roupiller comme un ange, ou du Lexo si tu veux t'assommer un coup, je suis une pharmacie ambulante.

— Non. Je veux aller au bout de mes impressions, clôturer le chapitre « bizarreries » une bonne fois pour toutes, pour pouvoir repartir sur de bonnes bases. Je sens que j'en ai besoin. Évacuer tout ce qui est tordu, pour que je puisse me concentrer sur la normalité qui restera.

Devinant qu'il avait déjà son plan, Lily demanda :

— Tu me fais peur. Qu'est-ce que tu veux faire ?

— Le cœur de tout ça c'est Lucien Strafa et son manoir.

— La tanière du vampire, souligna Jina qui prenait les choses plus à la légère que d'habitude.

Elle termina sa bière et alla s'en chercher une autre.

— Tu comptes aller le voir ? devina Lily.

Il les observa puis hocha la tête.

— Je lui dirai que je voulais me présenter, et voilà. Qu'est-ce qui peut m'arriver ? DePrigent ne va pas me virer parce que j'ai été saluer le « patron » !

Hugo avait mimé les guillemets de ses mains. Jina leva sa nouvelle bière à son intention :

— Si tu estimes que ça va te faire du bien, fais-le ! Mais sans moi. Ce que vous m'en avez dit me suffit pour le trouver glauque, et sa baraque me fait flipper.

Lily était nettement moins convaincue :

— Hugo, Strafa c'est un vrai sujet ici. Je ne sais pas si...

— J'ai tourné le problème dans tous les sens et je suis convaincu que c'est ce dont j'ai besoin. Je rencontre le bonhomme, je me prouve que tout est normal, et mon inconscient imaginatif ferme sa bouche une bonne fois pour toutes.

— Ce n'est pas uniquement un vieil homme dans son manoir, insista Lily, pour certains ou certaines, Strafa, c'est une sorte de demi-dieu. Tu ne vas pas sur son territoire sans autorisation. Tu ne le déranges pas. Ils vont t'en vouloir, te prendre en grippe. C'est comme si tu débarquais dans la famille de la mariée et que le premier soir tu foutais leurs règles ancestrales en l'air. Je sais bien que c'est ridicule, mais c'est chez eux.

— Qui a dit qu'ils devaient le savoir ?

Jina avala une nouvelle lampée avant de s'adresser à Lily :

— S'il est persuadé que ça peut l'aider, pourquoi pas ? Moi je vais me faire un billard, ça vous tente ?

Lily fixait Hugo.

— Tu as une sale tête, tu devrais prendre un des trucs de Jina pour t'aider à dormir.

— Je préfère éviter de rajouter des merdes chimiques dans ma caboche déjà passablement tourmentée.

Jina arracha la housse du billard et manqua trébucher, déjà ivre. Lily frictionna la cuisse d'Hugo, tendrement.

— En tout cas sache que tu n'es pas seul ici. Quand tu te prends une vague de blues, tu viens nous voir.

— Je ne sais même pas où sont vos apparts.

Lily se mit à sourire et son regard pétilla.

— Je te l'ai dit la première fois : moi il faut me trouver pour le savoir, mais si tu es gentil, je te donnerai un indice.

Elle lui fit un clin d'œil et porta sa bouteille à ses lèvres avant d'ajouter en désignant leur amie penchée sur le billard et qui préparait son coup :

— Pour elle, tu écris à Desperados, ils feront suivre.

— Je t'entends, morue ! Merde ! Et voilà, vous m'avez fait rater la casse...

Hugo les observait se chamailler dans un bon esprit et en savourait chaque minute. Cela lui avait manqué, ces dernières années, des amies. La chose dans la piscine lui paraissait un peu

plus loin désormais, agréablement floutée par l'instant. Avant que Lily n'aille rejoindre Jina, il lui demanda, tout bas :
– Lorsque j'irai chez Strafa, tu viendras avec moi ?

Elle lui rendit son regard, réfléchit, puis acquiesça imperceptiblement.
– J'espère que nous n'allons pas le regretter, dit-elle.

29.

Le timing était essentiel.

Hugo ne se posait plus aucune question. Il savait qu'il devait aller à la rencontre de Strafa pour balayer tout le reste. Il fallait trouver le bon moment. Qu'on ne puisse pas le voir, ni le dissuader. Dans l'idéal, il espérait même que le vieux prestidigitateur ne rapporterait pas leur entrevue, que personne ne le saurait. De toute manière, c'était devenu si important pour Hugo qu'il était prêt à assumer les conséquences, à défendre son geste devant DePrigent si nécessaire. Il ne pensait pas risquer son poste, tout au plus des remontrances.

Le vieux Max garda Hugo auprès de lui toute la journée du mardi, enfermé dans la longue salle de location de matériel, à finir de trier les chaussures dont l'odeur le rendait malade. Le soir, le jeune homme se fit alpaguer par Exhell à la cantine, qui le supplia pour une partie de cartes et Hugo ne put s'en défaire sans risquer de se montrer un peu rude, ce qu'il détestait. Il avait trop d'empathie et de respect pour les autres pour se montrer grossier, et Exhell était désespéré de ne trouver aucun partenaire.

Lorsque Max voulut le faire entrer à nouveau dans le local de location, le mercredi matin, Hugo menaça d'y mettre le feu pour purifier l'odeur. Max ne parut pas comprendre, comme s'il n'y avait pas la moindre puanteur dans ces chaussures, mais céda pour qu'ils s'installent dans un atelier non loin où il apprit à Hugo les bases de la réparation des fixations, en commençant par changer les crochets. Il en avait plus d'une soixantaine à traiter, et Hugo comprit qu'il y passerait au moins le reste de la semaine. Il eut envie de rendre son petit déjeuner en manipulant sa première chaussure, lorsqu'il sortit le chausson infect pour disposer la coque sur son établi. Du jus de pied de mille personnes au moins qui avaient transpiré saison après saison, s'était mixé et avait macéré à travers les chaussettes pour infecter la mousse noire. Rien que l'idée le révulsait et il se jura de ne plus jamais louer une paire de chaussures de ski. Max lui donna une bourrade dans le dos pour l'encourager.

Lorsqu'ils décrétèrent que leur journée était terminée, peu avant 18 heures, Hugo concéda à Max que c'était probablement le job le plus éprouvant qu'il avait eu à faire de sa vie. Il ignorait lui-même s'il était véritablement dans le second degré lorsqu'il fit cet aveu, et Max ne comprit pas. Le vieux bonhomme lui conseilla de faire comme lui, se laisser pousser la moustache, bien drue : « Pour qu'elle filtre le monde et te fasse sentir partout comme chez toi. » Du Max tout craché.

Hugo remonta le C presque en apnée tant il avait besoin de se laver pour se débarrasser de l'odeur qu'il sentait imprégnée jusque dans ses pores.

Sous la porte de son appartement, il découvrit un carton rédigé d'une écriture ronde assez élégante.

Dîner 20 heures.
Au 4e sur 6.
Rien que toi, n'en parle pas.
Sois malin. Sois ponctuel.

Un sourire illumina tout le visage d'Hugo qui fonça sous la douche. À 19 h 15 il arpentait les pentes des remontées, à la recherche de fleurs, et constitua un petit bouquet violet avec des asters des Alpes. À moins cinq, il était devant le quatrième chalet. Il estimait qu'il avait été malin, ça ne pouvait être qu'ici.

Il n'y avait aucun bâtiment de six étages à Val Quarios, en revanche, il y avait six chalets alignés dans le même axe, tous numérotés... de un à six.

Il attendit 20 heures précises – il s'agissait d'obéir, ni en avance ni en retard –, et il frappa. Au bout d'une trentaine de secondes, il frappa plus fort, surpris de n'avoir eu aucune réponse. Sans plus de succès.

S'était-il trompé ? Avait-il mal compris l'invitation ? Il commençait à perdre de sa superbe. Il n'entendait rien sinon l'habituel babil des oiseaux perchés dans les sapins qui encadraient le chalet. Il testa la poignée. Ouvert. *Ça ne prouve rien, Lily m'a dit qu'ils ne fermaient pas.* Il pénétra dans le chalet, pour au moins jeter un œil, et le fumet délicieux d'un plat mijotant dans le four lui fit reprendre de l'assurance.

La table était dressée au centre du salon sur une épaisse nappe de coton blanc. La baie vitrée qui donnait sur la terrasse diffusait la lumière du soir, et la vue plongeante sur la vallée. Hugo en était bouche bée.

Mais il n'y avait personne. Il remarqua une bougie allumée, au pied de l'escalier, puis une autre un peu plus haut sur les marches, et encore une troisième... Elles filaient vers l'étage. Il s'assura que la cuisine était bien vide, puis s'aventura à suivre la piste des bougies. Le palier desservait quatre portes, dont une était entrouverte, volets tirés, dans l'obscurité sinon la frêle lueur d'une mèche brûlante.

Hugo entra, son bouquet à la main. La pièce sentait le lys. Une main le saisit par le bras pour l'attirer, et une autre referma la porte. Dans la pénombre, il n'eut aucune peine à reconnaître la chevelure sauvage de Lily. Elle lui arracha le bouquet des mains et le lança sur une commode. Les deux paumes de la jeune femme se posèrent de part et d'autre de son visage et elle approcha ses lèvres. Hugo se sentit envahi par une douce euphorie. Il avait espéré ce baiser, il l'avait même rêvé. Sa langue avait le goût de la vanille et de la noisette. Une bouche sucrée, onctueuse. Son souffle était chaud, intense, tandis que sa poitrine se soulevait. Elle le plaqua contre le mur.

– J'ai envie de toi, murmura-t-elle, presque inaudible.

Hugo se laissa faire, savourant chaque frémissement, avant de lentement poser ses propres mains sur elle. Son dos, musclé. Ses hanches, rondes. Ses fesses, galbées. Il la pressa contre lui et sentit sa poitrine le remplir. Son cœur s'emballait, mais moins encore que son esprit qui se délectait de cette *vie* que Lily infusait.

Le désir montait. Il lui rendait chaque baiser, enfonça sa main dans sa tignasse impressionnante, guida sa tête pour qu'elle lui offre son cou, ses épaules, son décolleté.

Lily déboutonna son chemisier sur un soutien-gorge en dentelle qu'Hugo caressa puis écarta pour embrasser ses seins avec gourmandise. Elle se tenait à lui, une main sur l'arrière de son crâne, l'autre sous son cul, et elle respirait fort. Lily recula, l'entraînant avec elle, jusque sur un lit.

La bougie parfumée brûlait sur la table de chevet, elle créait un jeu d'ombres qui se découvraient, se parcouraient selon des courants irréguliers, doux puis intenses, des ombres qui s'effleuraient, s'entrechoquaient et fusionnaient.

Hugo déshabilla Lily, usant autant de ses doigts que de sa langue, jusqu'à la deviner, nue parmi les draps. Lorsqu'elle essaya à son tour de lui ôter son pull, il repoussa son poignet, pour mieux câliner sa peau, l'agripper, la plaquer contre lui, ou l'emboîter dans les contours de ses propres formes. Il voulait prendre soin d'elle.

Hugo couvrit le sexe de Lily de sa paume et, délicatement, le flatta de son majeur, avec une lenteur opposée au désir qui lui bourdonnait aux tempes. Sa bouche attrapa son mamelon et le goûta savoureusement.

Lorsqu'il sentit qu'il était lui-même mûr, Hugo se départit de ses vêtements et ils s'enlacèrent jusqu'à se pénétrer. Hugo était en Lily, et Lily était en Hugo. Par la chair. Par le plaisir. Ils se chevauchaient, leurs bassins se connectaient, s'arrimaient, dans une joie humide où s'enroulaient leurs jambes. Le sommier se mêla à la partition des gémissements, cognant le mur en cadence.

Il contrôlait, puis perdait tout pouvoir. Elle se soumettait, avant de dominer. Ils se respiraient, s'étreignaient et s'apprenaient, petit à petit, du bout du corps, puis pleinement, jusqu'à ne faire presque plus qu'un.

Le noyau de cire fondue dans la bougie ondoyait à chaque fois que le lit frappait contre la table de chevet, éclaboussant les rebords du verre fumé, épargnant miraculeusement la mèche au-dessus. La flamme se courbait sous le choc avant de revenir à sa position initiale, droite et fière, puis elle tremblait une fois de plus, crépitait, manquait s'évanouir, avant de retourner en place, plus forte et vive encore.

La succession d'impacts, au lieu de l'affaiblir, l'excitait, l'incandescence s'amplifiant par la base, jusqu'à nourrir un feu ardent qui la consumait plus rapidement. Elle émit un léger sifflement, presque un soupir, et perdit alors de sa force. Le liquide chaud se répandit d'un coup, et la flamme s'évapora dans l'instant, en ne laissant qu'une traînée capiteuse dans l'air, tel le fantôme du plaisir qu'elle avait diffusé.

30.

L'empreinte de l'extase focalisait l'instant. Hugo n'était plus dilué dans mille pensées, à cheval entre passé et avenir, ni regrets, ni impatience, seulement le présent, ancré dans le lit, au milieu des fragrances de l'amour. Lily reposait contre lui, le visage sur son torse. Ainsi rassemblés, dans un bref laps de fusion, ils se consolidaient face à leurs propres failles, face au monde, sans même un mot. Ils demeurèrent ainsi un moment, à reprendre leur respiration et leur corps.

– Je t'en supplie, ne gâche pas tout, ne me demande pas comment c'était, fit la voix étouffée de Lily contre sa peau.

– Je sais comment c'était.

Elle lâcha un petit rire épuisé.

– Prétentieux.

Il passa sa main dans ses cheveux. Il aimait sa toison spectaculaire.

– L'amour avant le dîner, dit-elle, c'est un concept trop peu employé pour un premier rendez-vous.

– Il faut être sûr de l'autre.

– Ça fait trois semaines que tu es là, je pense que j'ai eu plus de temps pour me faire un avis sur la bête qu'en un dîner aux chandelles.

– Pas faux.

La main d'Hugo glissa sur le dos de la jeune femme. Il suivit les arabesques noires entrelacées qui la recouvraient des épaules jusqu'aux reins, certains traits se déployant même sur ses fesses rebondies, comme des ronces indomptables.

– Je ne t'imaginais pas tatouée, dit-il.

– Pourquoi ? Tu me voyais en plouc ringarde de la montagne ?

– Il est... balèze en plus. Ça représente quoi ?

– La rosace du temps formée par un rosier.

– C'est beau.

– Il peut, j'ai morflé un paquet d'heures pour ça !

Hugo n'avait jamais cédé à la mode des tatouages, incapable de se fixer sur un motif, trop inconstant pour s'engager pour la vie.

– J'espère que tu aimes les tourtes aux légumes bien brûlées, dit-elle.

– Comment ça ?

– Parce qu'il faudrait que j'aille la sortir du four mais j'ai une flemme terrible.

– Tu avais prévu plus court ?

Elle se redressa et lui jeta son t-shirt au visage.

– Idiot.

Ils prirent place à table à peine habillés d'une chemise et de sous-vêtements. Le soleil se couchait, embrasant tout le paysage d'un flamboiement mordoré.

– C'est beau comme si c'était la mort de la montagne, commenta Lily, un verre de vin blanc à la main.

– Pourquoi pas la naissance, ce serait plus positif, non ?

– Non, ce sont des nuances crépusculaires, serties d'ombres, un rose charnel, le carmin du sang, avec leurs dégradés de vie qui s'affadissent, et là, dans leur traîne, le bleu de la nuit qui monte, qui les dévore. Les lumières se meurent, pourchassées par l'inéluctable éternité obscure. C'est la mort assurément.

Hugo approuva d'un hochement de tête.

– Tu devrais écrire de la poésie.

– Je ne crois pas que j'aurais plus de lecteurs que toi avec ce « talent ».

Ils avaient terminé leur repas, conclu sur une mousse à la noisette vanillée qui rappela la bouche de Lily à Hugo. Leurs pieds se câlinaient, posés sur la même chaise sur le côté de la table.

– C'est donc là que tu vis ? dit Hugo, admiratif.

– Non, ici c'est uniquement pour le sexe, répondit-elle, provocatrice. Mon chez-moi, je ne le montre que si ça devient sérieux.

– Tu loges où ?

– Je viens de te répondre.

Hugo se sentit blessé.

– Oh, pardon. J'ignorais que j'étais dans la case « jouet sexuel » uniquement.

– N'est-ce pas par là que nous débutons tous ?

– Si tu le dis.

– C'est long cinq mois, tu as le temps de te frayer un chemin jusqu'à mon vrai chez-moi. Et moi de gratter sous le vernis du beau gosse écrivain maudit pour savoir ce qu'il y a véritablement en dessous.

– Tu me proposes une relation régulière ?

Le ton se faisait léger et Hugo n'aimait pas trop cela, c'était propice à la pique de trop, le dérapage badin pour l'un, vexant pour l'autre.

– Je t'ai préparé ma tourte aux légumes, non ? N'est-ce pas la preuve d'un *très* gros investissement affectif ?

– J'avoue, manquerait plus que tu m'offres ton corps...

– N'exagère pas. Et ne t'emballe pas, la tourte, c'est le seul plat que je sais cuisiner.

Elle lui adressa un clin d'œil mutin. Hugo contempla le vin doré à travers son verre.

– Je suis comblé par ce moment inattendu, mais ne serait-ce pas un moyen détourné de m'empêcher d'accomplir mon plan ? demanda-t-il.

– Quel plan ?

– Aller chez Strafa ?

— Je peux être perverse, mais pas à ce point.
— Tu veux toujours m'accompagner ?
— C'est toi qui m'as demandé de venir.
Hugo changea de ton, devint plus sérieux :
— Je ne t'y oblige pas. C'était...
— Rassurant de me savoir à tes côtés pour grimper là-haut ? J'imagine.
— Oui, il y a de ça.
— Je t'ai dit oui, je vais le faire.
— Ne te sens pas obli...
— Je viendrai. Je te le dis. Pas seulement pour toi.
Il guetta la suite, qui ne vint pas.
— Qu'est-ce que tu en attends ? demanda-t-il.
Elle haussa les épaules.
— Aucune idée.
Après un blanc, elle ajouta toutefois :
— Probablement un peu comme toi.
— D'être rassurée quant à cet endroit ?
— Quant à lui. Strafa. Il fascine. Et fait peur.
Hugo laissa passer un instant avant de revenir à la charge :
— Tu as observé la bande, tu as relevé des comportements... je sais pas, disons, suspects ?
— Non. Je te l'ai dit : je les connais pour la plupart depuis que je suis là, et s'il y avait eu le moindre doute déjà, je...
— Tu avais évoqué l'idée de poser des questions, garder l'œil ouvert.
— Ce que je fais. Mais ça prend du temps d'orienter les discussions sans paraître intrusive ou éveiller l'attention. Sois patient. Je ne pense pas que ça va aboutir à ce que tu veux, mais je le fais.
— Ce que je veux c'est me tranquilliser, être convaincu que cet endroit est sûr. Que *nous* sommes en sécurité, pas seulement moi.
— C'est mignon, gloussa Lily, mais s'il avait dû m'arriver malheur, en trois ans, je pense que ça se serait déjà produit.

Hugo resservit du vin à Lily puis vint l'embrasser sur le front et dans le cou. En vérité il voulait sentir encore un peu son parfum avant qu'elle ne finisse par le mettre dehors.

– Quand est-ce que tu veux y aller ? s'enquit-elle.

– Si je le peux, demain après-midi. Je bosse le matin pour rattraper les jours de pluie, mais ensuite je suis dispo.

Lily opina.

– Va pour demain après-midi, je me libérerai.

Ils trinquèrent sans bien savoir à quoi car il n'y avait rien de réjouissant dans cette idée, bien au contraire. Lily le questionna ensuite sur son boulot à la station, et il lui confia être au bord de la folie à cause de l'odeur des chaussures de location, ce qui l'amusa beaucoup. Une fois la bouteille de vin engloutie, Hugo fit mine de vouloir récupérer son pantalon pour rentrer se coucher mais Lily le retint.

– Il est tard, et avec tout l'alcool que tu as ingurgité, ça ne serait pas prudent de te laisser rentrer, prévint-elle d'un air sournois.

– Je suis à pied, ça devrait aller…

– Tu es à la montagne, ivre, c'est dangereux, surtout un garçon comme toi, qui se perd tout le temps. Et puis je suis frileuse, et le chauffage des chalets est coupé alors j'aurais bien besoin que tu restes.

– Dans un but purement utilitaire.

– Absolument, chuchota-t-elle en l'embrassant.

Le lendemain matin, lorsqu'il arriva dans l'atelier après une nuit à dormir près de Lily – il n'avait pour seul regret qu'elle se soit levée plus tôt pour aller réceptionner la livraison de lait hebdomadaire –, Hugo alluma les lumières et afficha une joie amusée en découvrant une bougie parfumée au lys sur l'établi.

31.

La forêt de conifères qui grimpait jusqu'au manoir de Lucien Strafa bruissait lentement dans le vent. Dense et impénétrable par le regard, il fallait s'y introduire pour en discerner l'intérieur.

Lily et Hugo étaient passés par le Vioc, qu'ils avaient remonté ensemble avant de descendre au parking par le dernier escalier et de sortir par la porte du garage. Hugo n'avait ressenti aucune présence maléfique, pas même aperçu la moindre minuscule araignée dans un coin. Lily agissait probablement tel un talisman. À moins que ça ne fût sa détermination qui le préservât de son imagination trop féconde. *Il y avait pourtant quelque chose avec moi dans cette piscine*, se répétait-il en frémissant, incapable de comprendre.

Le ciel ressemblait à de l'acier fondu en train de refroidir. Un assemblage de gris plus ou moins variés, chauffé par un soleil invisible dont on ne devinait l'existence que par les rares flaques plus fines, à l'intensité presque blanche.

Hugo était sur le point de se lancer à travers la forêt mais Lily l'entraîna plus bas sur l'asphalte.

– Autant monter par la route, dit-elle. Elle serpente sous les branches, personne ne nous verra depuis la station si ça peut te rassurer.

– Tu ne veux pas voir les totems ?

– Non, je ne crois pas.

Ils suivaient le ruban de bitume fissuré par le climat, l'humidité s'était infiltrée sous l'enrobé avant de gonfler avec le gel hivernal et de provoquer des cloques et des crevasses qui donnaient le sentiment de marcher sur le dos d'un interminable serpent galeux.

Le sommet de la tour se dévoila au détour d'une courbe.

Hugo avertit :

– C'est le moment ou jamais de faire demi-tour, si tu ne veux…

– Tais-toi et avance.

Lily se montrait parfois abrupte, elle ne prenait pas de gants pour exprimer ce qu'elle pensait, et cela plaisait plutôt à Hugo qui, d'une certaine manière, l'admirait pour cela. Le manoir apparut enfin, imposant dans son écrin de rondins sombres.

– C'est toi qui parles, annonça Lily sur les derniers mètres.

Hugo crut détecter un soupçon de fébrilité dans sa voix, ce qui le fit douter lui-même tant Lily semblait tout le temps inébranlable. À l'ombre de la marquise, ils firent face au heurtoir diabolique. Il les fixait de son sourire infernal, comme s'il les attendait depuis longtemps. D'une main hésitante, Hugo le saisit et frappa un premier coup qu'il estima trop timide, et répéta avec plus de poigne.

– Et s'il n'ouvre pas ? demanda Lily entre ses lèvres.

– On insiste.

Personne ne venait. Hugo se pencha pour voir s'il apercevait une silhouette à l'une des fenêtres mais les volets étaient tous fermés. Strafa dormait-il ? Décidé à s'imposer, Hugo cogna encore plus fort le visage de Satan.

Et sous les coups, la porte s'ouvrit.

– Merde, lâcha Lily tout bas.

Ce n'était clairement pas intentionnel, Hugo y avait été trop fort, et la serrure n'était pas verrouillée ni le pêne tout à fait enclenché dans son logement. *Je ne vois pas d'autre explication, ou alors ce type est capable d'ouvrir à distance, rien qu'avec sa pensée...*

Hugo hésitait. Du bout du pied, Lily poussa le battant pour dévoiler le vestibule obscur. Le sol était en pierre, les murs lambrissés d'un bois noir.

Il entra, laissant Lily à l'extérieur.

– Qu'est-ce que tu fais ? s'exclama-t-elle en chuchotant.

Il ne répondit pas, regardant tout autour de lui.

– Oh, je te déteste, fit Lily en le rejoignant. C'était pas ça le deal.

– Rencontrer Strafa, voilà ce qu'est le deal.

– Pas en s'invitant par effraction !

– La porte était ouverte.

Il la prit par la main et l'attira avec lui dans le couloir flanqué de portes qu'Hugo ignora pour filer tout droit dans la pièce en face. Elle ressemblait à une église. Le haut plafond voûté, les poutres savamment disciplinées reposaient sur des piliers de chêne qui encadraient le long rectangle décoré de mobilier ancien. Aucune lumière n'entrait par les fenêtres provisoirement condamnées, des embrasures étonnamment placées bien au-dessus de la portée de main, près du plafond.

Seul un halo lointain parvenait par l'entrée ouverte. Le salon était assurément la plus grande salle de tout le manoir. Il y flottait une odeur d'encens épicé. Hugo avait tous ses sens en éveil. Les gros coussins bordeaux des canapés dégageaient une impression de temps passé, comme s'ils avaient vu s'enfoncer dans leur moelleux les dos de rois et de reines. La cheminée était éteinte, les lettres L et S gravées, entremêlées, dans le manteau. Une table polie par les décennies, sinon les siècles, occupait la largeur, dans le fond, devant deux épées croisées sur un bouclier, clouées dans la paroi.

En levant le nez, Hugo la vit, en même temps que Lily. Une tapisserie qui couvrait un des murs sur sa longueur. De prime abord, elle ressemblait à celles du Moyen Âge, avec ces gentilshommes et gentes dames rassemblés autour d'un banquet. Des victuailles colonisaient le moindre espace disponible devant les convives, dont les ventres proéminents témoignaient du festin englouti, ce que confirmaient les traces de vin et les miettes de nourriture sur leurs pourpoints ou sur leurs robes, et leur air repu. Mais dans leur dos, jaillissant d'un coffre qui avait dû contenir les mets, une horde de créatures monstrueuses s'avançait, des démons aux ailes membraneuses, cornes saillantes, regards fiévreux. Leurs gueules béant sur des crocs lubrifiés par la bave laissaient dépasser une langue fourchue démesurée. Les premiers avaient déjà atteint les convives au centre pour planter leurs mâchoires à même la gorge des malheureux. Un autre gourmet se faisait dévorer par son estomac, sa tunique déchirée par les griffes avides. Une femme avait les jambes écartées, un démon festoyant de son entrejambe, dans un cri abominablement silencieux. Ceux qui se faisaient manger exprimaient une terreur primitive qui fit frissonner Hugo par son réalisme, contrastant avec les mines rassasiées du reste de la troupe qui ne se rendait encore compte de rien. La symbolique était assez peu subtile.

– Quel genre d'individu accroche ça au milieu de son salon ? dit-il.

– Nous ne devrions pas être là, insista Lily sur le même ton discret.

Hugo s'en moquait. Il était trop obsédé par la vérité pour renoncer maintenant. Il effleura du bout des doigts un lutrin qui accueillait un croquis de Val Quarios à l'encre de Chine. Ce devait être la station à ses débuts. Tout y était déjà. Signé d'un L et d'un S.

Tu as tout maîtrisé. Depuis les fondations de ce lieu. Rien ne devait t'échapper... Un control freak.

Hugo contourna un large globe terrestre en merisier, serti dans une structure carrée de la même matière, des verres à liqueur disposés en dessous lui firent comprendre qu'il s'agissait d'un bar dont le dispositif d'ouverture se cachait quelque part. Le salon débordait de meubles similaires dissimulant assurément leur véritable fonction, dignes d'un magicien comme Strafa. Les pas d'Hugo résonnaient contre le dallage.

Lorsque les volets étaient ouverts, le jour devait pénétrer par les deux faces et conférer à l'endroit une aura quasi céleste compte tenu de la hauteur d'emplacement des fenêtres, songea Hugo en se rapprochant d'une double porte.

– Qu'est-ce que tu fabriques ? s'inquiéta Lily.

– La tour est par là, je pense.

– Mais on ne peut pas continuer à visiter sa baraque comme des voleurs !

Hugo leva le menton et, d'une voix qu'il essaya la plus claire et assurée possible, s'écria :

– Monsieur Strafa ? Vous êtes là ?

La main de Lily broya la sienne. Hugo recommença, plusieurs fois. Il fit un « non » de la tête vers sa partenaire.

– Il dort, ou il est sorti.

– Hugo, Strafa *ne sort plus*. Il est forcément là.

Hugo n'en était pas convaincu. Il avait vu la présence dans le chalet, le soir du cinéma. Il savait que quelqu'un se promenait dans le dos des autres, la nuit. Strafa, ou au moins un des employés à son service direct.

– Ils sont combien à travailler pour lui ? Je veux dire : ici, dans le manoir.

– Zéro. Il vit totalement seul.

– Ça m'étonnerait.

Et si personne ne venait à leur rencontre, ça n'était pas normal non plus. Strafa n'était pas chez lui, et il était sorti accompagné, Hugo ne voyait que ça. *Ou bien il est allongé dans le sous-sol, dans un cercueil, et ses paupières viennent de se soulever en m'entendant. Il est furieux, et cette nuit, il sortira pour...*

Lily lui serra la main deux fois rapidement pour attirer son attention. Elle fixait un tableau de liège accroché au mur sur plus de deux mètres de long. Des photos étaient punaisées dessus, celles de tout le personnel actuel de Val Quarios. Des photos administratives. Chaque membre de l'équipe, tous alignés d'une traite à l'exception de plusieurs visages disposés en dessous qu'Hugo reconnut tout de suite malgré la pénombre.

Exhell. Jina. Ludovic. Merlin. Et lui. La photo de son CV. *Les nouveaux.*

Hugo nota qu'Armand et Paulo étaient manifestement considérés comme des habitués par Strafa, rangés sur la ligne des « locaux ».

Un détail le fit déglutir bruyamment. Sa propre photo.

Elle était la seule rivée par deux punaises et non une.

Et celles-ci n'étaient pas enfoncées dans la bordure du cliché comme toutes les autres.

Mais plantées dans ses yeux.

32.

Lily prit Hugo par le bras pour le faire reculer.
– Viens, sortons.
Mais il resta immobile. Face aux photos. À quoi jouait Strafa ? Et pourquoi le prenait-il pour cible, *lui* ?
– Je veux le rencontrer, annonça Hugo.
Il se dégagea pour aller vers la double porte à galandage, qu'il fit coulisser.
– Lucien Strafa ? s'écria-t-il tandis que Lily le rejoignait.
Ils se tenaient sous la tour, au cœur du manoir, dans une salle à peine éclairée par l'unique et étroite ouverture au-dessus d'un palier qui desservait l'étage supérieur. Un sillon en vitrail représentant le tarot de Marseille. Ses couleurs pourpres et fauves nimbaient les marches en L de l'imposant escalier.
Hugo se rendit compte qu'il se tenait au milieu d'un musée. À la gloire de Strafa. Des affiches au style suranné. Des objets sous vitrine, partout. Boîtes en laiton, menottes de pouce, rangées de couteaux, plusieurs costumes impeccables, des smokings principalement, et même une guillotine, impressionnante avec sa lame qui parvenait à capter un peu de la faible luminosité pour souligner son arête aiguisée. Hugo déambulait, hypnotisé par cette histoire de la magie sans légendes, sans explications, ne lui laissant que son imagination pour comprendre ce qu'étaient ces objets, quel secret ils renfermaient. Il tomba

sur un cône d'encens qui brûlait encore, presque entièrement consumé sur sa sellette.

— Il y avait quelqu'un il n'y a pas longtemps, révéla-t-il.

Hugo se décomposa lorsqu'il constata que ce n'était pas un cône, mais une tête. Minuscule. Un visage humain en encens et, un bref instant, son cœur tressauta lorsqu'il crut se reconnaître. *Non, c'est juste une personne quelconque, ce n'est pas moi, impossible.* Une tête dont les deux tiers n'étaient plus à présent que de la cendre compacte, dont les traits se disloqueraient au premier courant d'air.

— Glauque, murmura-t-il.

Qui était assez malsain pour se faire fabriquer son encens en forme de faciès ? *À ton avis ? C'est livré avec la tapisserie du salon...*

— Tu savais qu'il y avait cette collection ? demanda-t-il.

Lily arpentait de son côté, tout aussi fascinée.

— Non.

Un guéridon trônait au centre, couvert d'une dentelle brodée aux armoiries de Strafa, ses initiales entremêlées. Hugo se pencha, attiré par un détail, et releva des taches sombres. Était-ce du sang ? Un numéro qui avait mal tourné ? Ou était-ce intentionnel ?

En se tournant pour continuer, il vit la bibliothèque qui occupait tout un pan de mur. Des ouvrages antiques pour la majorité, reliés, aux couvertures de peau tannée, aux lettres d'or. D'autres paraissaient si vieux qu'aucun titre n'était lisible. Au centre, une vitrine fermée à clé abritait cinq grimoires. En collant son nez contre le carreau, Hugo eut l'impression qu'il pouvait sentir l'encre, le papier, la poussière et les cuirs. Il déchiffrait difficilement les titres de ce qui formait le cœur de la collection de Strafa. *De Vermis Mysteriis. Cthäat Aquadingen. Unaussprechlichen Kulten. Liber Ivonis.* Il y en avait dans toutes les langues. Le dernier était le plus difficile à lire... Lettres gothiques serrées... *Necronomicon.* Des ouvrages impies. Hugo reconnaissait une partie de ces noms. Adolescent, il avait eu sa période ésotérique où ils se retrouvaient entre amis dans le grenier de la maison d'une de leurs grands-mères, une planche Ouija ou une simple feuille de papier devant eux, pour invoquer l'esprit des morts. Ils compulsaient la littérature sur le sujet et bavardaient des heures durant pour tenter de se convaincre que les fantômes existaient, et une des filles présentes – dont il était incapable de se souvenir du prénom, Lydie ou Liliane, ou quelque chose comme ça – leur racontait tout ce qu'elle savait, et elle était un puits sans fond de connaissances occultes. Elle évoquait souvent « les livres maudits ». Au rang desquels, le plus rare et dangereux, était le livre des morts, le *Necronomicon*.

Strafa accordait le même crédit à ces histoires que le faisait cette fille au nom presque effacé. Mais lui avait les moyens de se procurer les écrits qui lui plaisaient. Était-ce des originaux ? *La source de ses pouvoirs légendaires* ? s'amusa Hugo en songeant à ce qui se racontait de Strafa dans la presse des années 70.

Une voix sifflante et abîmée surgit de nulle part et rebondit sur les vitrines, insaisissable :

– La plupart de mes tours se faisaient sans aucun objet. Mais on n'expose pas du vide, n'est-ce pas ?

Hugo et Lily sursautèrent et pivotèrent, à la recherche de son origine. Il n'y avait pourtant personne d'autre qu'eux.

– Les *vrais* tours, les plus spectaculaires, n'avaient besoin de rien, ajouta l'homme.

Sa voix tombait du plafond, crépitante telle celle d'un corbeau doué de parole. Où était-il ? Hugo fouillait la pénombre, les machines et artifices exposés créaient autant de silhouettes fourbes. Mais pas un être humain parmi elles.

– Peu sont entrés ici, ajouta la voix, sévère.

Vers les marches, détecta Hugo. Un individu se tenait au sommet de l'escalier, dans l'ombre. Hugo pouvait deviner une forme longiligne, une robe de chambre en satin, à l'anglaise, sur un costume de lin. L'homme se tenait sur une canne. Une chevalière au petit doigt. Il faisait bien trop sombre pour en discerner plus.

— Pardon, nous avons appelé et... commença Lily.
Strafa la coupa, sec :
— Vous êtes chez moi sans invitation.
— Nous sommes désolés, nous...
— Vous savez ce que ça signifie ? Je pourrais faire ce que je veux de vous.
Lily jeta un regard inquiet vers Hugo.
— Mais n'est-ce pas le cas où que vous soyez dans cette station ? ajouta Strafa avec une pointe de malice. Tout m'appartient ici.
— Même nos âmes, ironisa Hugo tout bas.
Strafa l'entendit. Il répliqua :
— Avez-vous lu votre contrat dans le détail, jeune homme ? Tous les paragraphes, même ceux dilués dans des pages et des pages de jargon légal ?
Non, il ne l'avait pas fait. Le jour de la signature il était dans le bureau d'Adèle, préoccupé par tout autre chose. Mais il doutait qu'une clause concernant son âme y soit incluse. Strafa jouait avec eux. Hugo était intimidé par la présence, par le ton autoritaire qui étouffait une partie de sa détermination. Pourtant ce qu'il avait vu juste à côté suffit à lui donner le courage de répondre :
— C'est pour ça que j'ai des punaises fichées dans les yeux ? fit-il en désignant la salle d'où ils venaient.
Strafa ne broncha pas. Maintenant qu'il se tenait en dessous du maître des lieux, Hugo réalisait qu'il n'était plus du tout dressé dans ses certitudes. Que devait-il lui dire ? À quoi s'était-il attendu ? Venir chez Strafa avait constitué l'objectif sur lequel Hugo avait concentré toutes ses ressources mentales, ses lubies. Focaliser sur le prestidigitateur lui avait permis de ne plus penser au reste. D'avoir un but concret. Mais l'homme en haut de l'escalier n'allait pas le libérer de ses obsessions rien que par sa présence. Hugo ne savait pas bien à quoi il s'était attendu, à vrai dire, il ne s'était pas projeté jusqu'à cet instant, et il se sentait désemparé.

Strafa ne descendait pas, il n'était pas parti pour les recevoir, alors Hugo décida de ne pas prendre de gants, d'aller droit au but. Mais dès que les mots fusèrent hors de ses lèvres, sa propre voix fut moins catégorique qu'il ne l'aurait souhaité :

— Pardonnez notre intrusion, monsieur Strafa, j'ignore si vous êtes au courant de tout ce qui se passe sur votre domaine justement. Des choses... particulières.

D'un geste de sa main parcheminée, Strafa l'invita à poursuivre.

— D'abord il y a ces troncs sculptés autour de chez vous, commença Hugo. Vous le savez, n'est-ce pas ?

— Je suis un vieillard et les vieilles personnes finissent par s'entourer de ce qu'elles aiment le plus, dit le propriétaire du manoir d'un ton froid.

Avait-il dit « de ce » ou « de ceux » ? s'interrogea aussitôt Hugo. *Peu importe.* Trop heureux d'obtenir des réponses, il enchaîna :

— Vous en êtes l'auteur ?

— Moi ? croassa Strafa. Non. Je n'ai pas ce talent. La forêt en est l'auteur.

OK. Donc il va nous jouer le mystère, se foutre de nous.

— Et les guirlandes d'animaux morts dans la sapinière ?

Strafa ne répondit pas, pas même une relance ou une phrase sibylline dont il semblait raffoler, ce qui indiqua à Hugo que le vieil homme n'était peut-être pas au courant pour les guirlandes sur le plateau. *Tout n'est pas sous son contrôle.* Lily s'était rapprochée tout doucement, Hugo sentit son bras effleurer le sien. Il pouvait deviner son malaise rien qu'à sa présence près de lui. Hugo inspira un grand coup. Il gagnait en assurance, il ne chevrotait plus.

— Votre station a la poisse, continua-t-il. Des disparitions, des accidents, des suicides... Vous le saviez n'est-ce pas ?

La main sur la canne se contracta. Hugo comprit qu'il n'obtiendrait pas de réponse précise du vieux prestidigitateur. Alors il opta pour la franchise :

– Monsieur Strafa, est-ce que nous pourrions vous parler ?
Le magicien répondit du haut de son escalier d'un ton joueur :
– N'est-ce pas ce que nous faisons là ?
– Je veux dire : face à face, tranquillement.
Cette fois, Strafa se montra impérieux :
– Pour quoi faire ?
– Comprendre. Qui vous êtes.
– Je n'en vois pas l'intérêt.

Il était à présent cassant. Hugo se mordit la lèvre de frustration. Il insista :

– Avouez que vous êtes intrigant tout de même. Le plus grand des magiciens de l'Histoire qui stoppe sa carrière en pleine gloire et se retire secrètement jusqu'ici... Nous travaillons pour vous, nous gardons le secret, mais n'a-t-on pas le droit d'en savoir un peu plus ?

Strafa descendit une marche, dévoilant sa poitrine qui se soulevait difficilement. Il leva la main qui tenait le pommeau de canne, englouti dans sa paume.

– Je vous le répète, dit-il de sa voix rayée et intransigeante. Pour Quoi Faire ?

Il avait découpé chaque mot avec une lenteur chirurgicale.

– Pour mieux saisir ce qu'est cet endroit, répondit Hugo avec un peu plus d'aplomb.

– Cela n'est pas une réponse, conclut Strafa en secouant la tête dans la pénombre. Cet endroit, comme vous dites, c'est moi, et je ne me dévoile pas sans raison.

Il allait repartir, remonter dans sa tanière, les congédier d'une main lassée de leur présence.

– Pour ne plus en avoir peur, lâcha Lily. Du lieu. De vous.

La respiration sifflante de Strafa tombait sur eux depuis les marches. Devinant qu'une brèche s'entrouvrait, Hugo renchérit :

– Vous aviez tout et vous y avez renoncé pour vous réfugier ici. Et depuis, Val Quarios semble... *maudite*.

Hugo avait choisi le mot avec attention. Bien qu'il ne distinguât pas son visage, il sentait le regard du vieil homme sur eux, intrigué.

– Il y a des vérités bien plus effrayantes que l'ignorance, annonça le magicien, plein de sous-entendus.

– Mais l'ignorance n'élève pas l'esprit, répliqua Hugo aussitôt.

Strafa attendit encore, le temps de se décider, puis il tendit lentement le bout de sa canne vers la rambarde de l'escalier, qu'il tapota plusieurs fois.

– Vous ne vous posez pas la bonne question, mes chers enfants, répondit-il plus bas. Vous vous demandez pourquoi j'ai décidé de quitter le public, d'abandonner la magie. Alors qu'il faudrait plutôt vous interroger sur la raison pour laquelle j'ai dû en faire...

Sur ce il s'appuya sur sa canne et remonta en silence.

33.

Lily l'avait convaincu d'aller dîner au réfectoire avec les autres.

Hugo n'avait pas d'appétit, et encore moins envie d'être entouré par l'équipe de la station, de devoir faire semblant, mais Lily avait insisté :

– Si tu ne veux pas éveiller les soupçons, fais comme d'habitude. Ce soir c'est l'anniversaire de Ludovic et personne ne comprendra que tu ne sois pas là.

Il avait négocié qu'elle reste à côté de lui pendant le repas et avait saisi sa main plusieurs fois tandis que tout le monde bavardait et riait. Il aimait la sensation de chaleur entre ses doigts, il pouvait presque deviner son cœur battre dans sa paume. De la vie. Réelle. Au milieu de ce chaos sinistre, cela l'apaisait.

Ludovic n'était pas démonstratif, et c'était un euphémisme que de le dire ainsi, nota Hugo. Il accueillit son gâteau et son cadeau avec à peine l'esquisse d'un rictus, mais toujours le même regard un peu absent. Ils lui avaient offert un pull en laine à motifs dans l'esprit de ceux qu'il ne quittait jamais. Tic et Tac s'obstinèrent à le dérider, et en fin de soirée, sous l'effet de l'alcool qu'il avait ingéré quasiment de force, Ludovic eut enfin des sourires francs et des moments où il s'autorisa à perdre le contrôle.

Hugo attendait la fin avec impatience. Il avait digéré l'épisode Strafa, il voulait en parler. Il profita d'aller faire la vaisselle à côté de Lily pour lui chuchoter :

— Il faut mettre Jina dans la boucle.
— Elle va flipper.
— Je m'en fous, elle doit savoir.
— Savoir quoi ? On n'a rien découvert...
— Le genre de type qu'est Strafa. Et puis elle va nous aider à cogiter à tout ça.
— OK, capitula Lily après réflexion. Je vais la prévenir.

Tic et Tac et Merlin avaient déjà investi l'aquarium après le dîner, ils discutaient devant la cheminée en buvant un digestif. Lily arrêta ses camarades en leur intimant la discrétion d'un index sur sa bouche, et ils ressortirent du vaisseau-mère pour marcher vers l'ouest, en direction de la Tour.

— Vous me foutez la trouille, annonça Jina. Qu'est-ce qui s'est passé pour qu'on ait cette réunion secrète ?

Lily jeta un regard à Hugo sur l'air de « tu vois, je te l'avais dit » et elle les conduisit jusqu'au chalet où elle et Hugo avaient fait l'amour la veille. Elle empêcha Jina d'allumer la lumière, à la place elle craqua une allumette pour disposer les bougies un peu partout dans le salon.

— S'ils voient que c'est occupé, ils vont se douter de quelque chose, prévint-elle.
— Ça pourrait être encore nous deux.
— Dormir dans un chalet une fois de temps en temps, Philippe ne dit rien mais si ça se répète, il va commencer à tiquer.

Jina écarquilla les yeux.

— Ah, parce que vous deux...

Elle adressa un clin d'œil à Lily.

— Donc vos cachotteries du soir, c'est pour ça ? demanda-t-elle, rassurée.

Hugo secoua la tête.

— Non. Nous sommes allés chez Strafa.
— Wow, merde. Et alors ?

Ils s'installèrent face à la grande baie vitrée, et Hugo fit le récit complet de l'entrevue, sans omettre la description de l'intérieur du manoir.

– Il est barjo, conclut Jina.

– Il est fidèle à sa réputation, je dirais.

– Le directeur ne vous est pas tombé dessus ensuite, donc Strafa n'a rien dit, c'est déjà ça.

– Pour l'instant, fit Lily.

– Mais il a refusé de discuter avec vous, résuma Jina.

Hugo jouait avec la flamme d'une bougie qui lui éclairait le visage par en dessous, creusant les ombres.

– Il s'est amusé avec nous, précisa-t-il.

– Il nous a tout de même lancés sur une piste, dit Lily. Il n'est pas fermé à l'idée d'un dialogue.

– À condition que vous en soyez dignes ? analysa Jina. Si j'ai bien entendu. C'est pas un peu pompeux ?

Hugo manqua se brûler le doigt avec la flamme. Il grimaça et reposa la bougie.

– Peu importe, fit-il, c'est une porte d'entrée, il faut en profiter. Qu'est-ce qu'il a voulu dire par « posez-vous la bonne question » ?

– Pourquoi a-t-il dû faire de la magie ? synthétisa Lily. C'est la question qu'il voulait qu'on se pose.

– C'est con, non ? s'agaça Jina. Parce qu'il voulait. Un rêve de gosse ?

– Parce qu'il le *pouvait* ? proposa Hugo. Il en avait la capacité intellectuelle et l'agilité. Il a travaillé pour.

Jina renchérit :

– Pour le fric, la gloire ?

Hugo se leva pour mieux réfléchir.

– Qu'est-ce qui pousse un individu à monter sur scène ?

– À toi de nous le dire, il me semble.

– Besoin de reconnaissance. Pour se prouver qu'on en est capable. Vaincre la timidité. Se sentir vivre. Éprouver le pouvoir de tenir un auditoire rien que sur sa présence. Un shoot d'adrénaline.

— Eh bien, dit Jina, voilà qui sort du cœur.

Lily s'était enfoncée dans le sofa, les pieds sur la table. Elle se mordillait l'intérieur des joues.

— Pardon, Hugo, mais c'est banal tout ça, dit-elle. Je ne pense pas que Strafa nous enverrait sur cette piste pour ce genre de conclusion.

— Et s'il avait fait ce métier par tradition ? proposa alors Jina. Pour marcher sur les traces du père.

Le jeune homme grogna pour répondre :

— J'ai parcouru sa bio, il n'y a rien en ce sens. Famille d'immigrés italiens. Si le paternel avait eu une carrière de magicien, la presse de l'époque l'aurait retrouvé.

Une lueur étincela dans les yeux de Lily.

— S'il s'était mis à la magie pour vaincre un handicap ?

— OK, pourquoi pas. Ça nous mène où ?

— S'il avait voulu cacher quelque chose, ou compenser…

Lily était soudain excitée par sa propre idée. Elle replia ses jambes sous elle pour poursuivre :

— Imaginez ce qu'il pourrait faire s'il avait des doigts en moins, ou je ne sais pas, disons, un trou à la hanche, enfin ce genre de choses. Personne n'est au courant, il fait comme s'il était normal, mais en réalité, il a une prothèse dans laquelle il peut planquer ses objets. Vous voyez ?

Jina plissa les lèvres. Hugo répondit :

— En quoi ça nous amène à le comprendre ?

— Handicap, enfance difficile, moqueries, son physique est particulier…

— Il était tout le temps dans l'ombre, vous m'avez dit, n'est-ce pas ? demanda Jina. Il ne voulait pas se montrer. C'est peut-être ça. Il est difforme ?

Lily secoua la tête.

— Non, je l'ai rencontré il y a deux ans. Âgé, extrêmement charismatique, mais normal.

– Et j'ai vu des photos, ajouta Hugo, je confirme.
– Mais depuis deux ans plus rien ? insista Jina. Une maladie dégénérative qui l'oblige à se planquer ?
– En quoi est-ce que ça concerne la magie ?
Jina fit claquer ses paumes contre ses cuisses.
– Je n'en sais rien. Et j'ai soif. Il y a un truc à boire ici ? De l'alcool ?
Lily lui indiqua la cuisine du pouce.
– Regarde dans le frigo, il reste une bouteille de blanc.
Hugo haussa les sourcils :
– Tu pensais avoir besoin de me saouler ?
Mais Lily n'était pas à la plaisanterie. Elle revint à leur sujet :
– Et s'il n'assumait pas de vieillir ? proposa-t-elle.
– Ses volets ont toujours été fermés en journée depuis que tu travailles à Val Quarios ?
Lily prit le temps de fouiller dans sa mémoire.
– Je ne saurais pas te dire avec certitude. C'est possible. Je crois, oui.
– Ultrasensibilité à la lumière ! aboya Jina depuis la cuisine, d'où provint le son d'un bouchon de bouteille qu'on ouvre. Qui en veut ? Ne me laissez pas boire seule, je n'assume pas de passer pour une poivrote !
Personne ne lui répondit, chacun dans ses pensées, mais lorsqu'elle revint dans le salon, sa bouteille et deux verres à la main, Jina déroula :
– Les enfants de la lune, vous connaissez ? Ce sont des gamins touchés par une maladie génétique hyper-rare, ils ne peuvent surtout pas être exposés au soleil, leur peau et leurs yeux ne le supportent pas, à cause des UV. Lily, tu as déjà vu Strafa en plein air, de jour ?
– Non. L'unique fois où nous nous sommes rencontrés avant aujourd'hui, c'était un soir dans la station.
– Et sur les photos que tu as vues de lui ? insista Jina en se tournant vers Hugo cette fois.

— Je ne crois pas en avoir vu prises de jour, non. Mais en quoi est-ce que ça aurait un rapport avec la pratique de la magie ?

— Aucune idée. Personne ? fit Jina en tendant un verre.

— Je ne suis pas persuadé que ce soit quelque chose en moins, avoua Hugo. Il donne l'impression d'être au contraire au-dessus du commun des mortels.

— Je suis l'alcoolo de service donc ? Tant pis, finalement j'assume, dit Jina en posant la bouteille de blanc sur la table basse après s'être rempli un verre qu'elle entama sans attendre.

Lily sondait la baie en face d'eux, les bougies s'y réfléchissaient en formant autant de minuscules incendies dans la montagne bleutée par la nuit.

— S'il n'avait pas eu le choix ? dit-elle.

— C'est précisément ce qu'on cherche, fit remarquer Hugo.

— Pas le choix au sens *vital*. Il *devait* faire de la magie pour survivre.

— Alors là, je veux bien une explication.

Incapable de tenir en place, Lily changea encore de position, se mettant sur les genoux dans le canapé.

— Je n'en ai pas vraiment, juste une intuition. Il s'est mis à la magie parce que sinon il n'aurait pas pu vivre. Un rapport de force avec… je ne sais pas qui. OK, laissez tomber, c'était idiot…

Hugo revint s'asseoir à côté d'elle. Il repensait soudain à tous les articles qu'il avait lus sur Strafa. Sur ses représentations si spectaculaires que des gens s'évanouissaient, que les experts, même scientifiques, ne parvenaient pas à expliquer par la science. Il repensa aux rumeurs sur le prestidigitateur…

— Non, attends, pas tant que ça… Strafa a commencé sa carrière sans attirer l'attention, c'était un magicien lambda, et il s'est appliqué par la suite à faire disparaître toutes les traces de ses débuts ratés. Ensuite, il a explosé. Du jour au lendemain, ou presque, il est passé d'artiste sans saveur à génie inégalable.

— Je veux bien son truc, dit Jina après avoir bu.

Hugo la pointa de l'index.

– Oui, il y a un truc derrière cette explosion. Comme pour un tour de magie.

– Tu ne deviens pas un prestidigitateur exceptionnel du jour au lendemain, opposa Lily.

– C'est pourtant ce qui s'est produit avec Strafa. Et si ce truc, c'était en lien avec la nécessité de se produire en public ? Tout à l'heure, il a évoqué lui-même son public, ça n'était pas innocent. Il a *quitté* son public parce qu'il n'en avait plus besoin.

– Il avait assez de fric ? tenta Jina.

– Non, ça n'a rien à voir.

Une idée bouillonnait dans l'esprit survolté d'Hugo. Une idée étrange. Dérangeante. Il fixa Lily et Jina tour à tour puis leva les mains devant lui.

– Vous êtes prêtes ? C'est barré, je vous préviens.

– Je n'aime déjà pas ça, fit Jina en rapprochant son verre de ses lèvres.

– Si Strafa avait vendu son âme au diable ?

34.

— Oh merde, lâcha Jina, dépitée.
Lily soutenait le regard d'Hugo, attendant qu'il poursuive.
— Si en échange de pouvoirs incroyables, développa Hugo, Strafa avait donné son âme au diable, et que par la suite il avait tout fait pour essayer de la récupérer ?
— C'est-à-dire ? demanda Lily. Comment ça ?
— Je l'ignore, une sorte de... de rituel avec son public. Il draine une partie de leur énergie vitale à chaque séance. Je me souviens avoir lu plusieurs témoignages de spectateurs qui affirmaient se sentir épuisés, vidés, après les shows.
— Tu vas loin, là, fit remarquer Jina.
— Tu n'as pas vu sa décoration. L'allégorie en tapisserie dans son salon est évidente : tu festoies au banquet de la profusion mais gare au prix à payer par la suite. Et puis ses livres ésotériques sous vitrine...
Lily semblait sceptique, mais jouait le jeu. Elle rebondit :
— Il y serait donc parvenu puisqu'il a pris sa retraite rapidement.
— Et il n'assume pas ce qu'il a fait à tous ces gens, enchaîna Hugo. J'ai pas mal lu sur l'occultisme lorsque j'étais ado, je me souviens du principe même de l'énergie vitale qui anime chaque être vivant. Plus tu éprouves d'émotions, de vie, plus elle

rayonne en toi. Les êtres humains sont les champions du règne animal en la matière, elle est censée nous porter, nous favoriser.

Lily se fit l'avocat du diable :
— Pourquoi Strafa donnerait-il son âme pour ensuite vouloir la récupérer ? Quel est le sens de tout ça ?
— Il est un magicien de...
— Prestidigitateur, releva Lily.
— OK, il est un prestidigitateur de pacotille avec des rêves de gloire, et un jour il tombe sur un moyen de devenir le plus phénoménal. Dans un vieux bouquin, par une « rencontre », peu importe, il est prêt à donner n'importe quoi. Et c'est ce qu'il fait. Alors il devient le Strafa que le monde entier connaît désormais. Mais à mesure que sa renommée s'intensifie, il réalise ce qu'il a fait. Et le prix qu'il va devoir payer. Alors il n'a plus qu'un seul but : réparer son erreur. Racheter son âme. D'une manière ou d'une autre.

Jina se resservit un verre.
— Holà, tu m'as perdue à « vendre son âme », dit-elle.

Je t'ai perdue à la fin de ton verre, oui. Lily l'invita à poursuivre d'un geste de la main.
— Avec tous ses spectacles, ses tournées mondiales, Strafa a *bu* l'énergie vitale d'un maximum de son auditoire, pour payer sa dette diabolique. La conséquence, c'est que certaines personnes, vidées d'une trop grande quantité de leur énergie vitale, se sont... comment ils disaient déjà dans les bouquins ? Ado, j'avais lu sur le sujet... Ah, oui ! *Affadies.* Mauvaise étoile, voire elles ont perdu l'envie de vivre pour les cas les plus graves. Existences poisseuses, et suicides. Voilà avec quoi Strafa vit sur la conscience. C'est pour ça qu'il se serait retiré ici dès son pacte rompu.
— Tu t'appuies sur quoi pour affirmer tout ça ? demanda Jina.
— Sur... Rien. Une possibilité.
— Qui part du postulat que le diable existe ! Si c'est le cas, je vais tout de suite vous quitter pour rentrer dans les ordres... C'est tiré par les cheveux, tu le sais, non ?

Hugo croisa les bras sur son torse. Il trouvait cela fou, impossible. Et pourtant terriblement séduisant. Tout s'expliquait. Lily se mordait à nouveau l'intérieur des joues.

— Et toi ? Qu'est-ce que tu en dis ? lui demanda-t-il.

Elle avait l'air sombre. Elle le regarda.

— Et si tu allais plus loin ?

— Comment ça ?

— S'il n'avait pas pris sa retraite ? S'il avait juste trouvé un moyen de poursuivre son œuvre, plus... *discrètement*.

— Explique.

Lily désigna le chalet et toute la station.

— Si cet endroit tout entier était le catalyseur de son rituel ? Chaque hiver, il attire une foule de badauds, il aspire une partie de leur énergie vitale, et il continue de rembourser sa dette. Ça expliquerait les disparitions, les suicides.

— « Station pas de bol », se souvint Hugo.

Jina les observait d'un air accablé.

— Non mais vous êtes sérieux ? Vous croyez à ce que vous dites ?

Hugo ouvrit la bouche pour répondre mais resta en suspens. Il ne savait pas ce qu'il pensait vraiment. Tout ça lui sortait du crâne spontanément, et faisait sens malgré l'irrationnel que cela impliquait.

— Tu ne crois pas en Dieu ? demanda-t-il.

— Bof. Je n'en sais rien. Pas plus qu'à mes chances de gagner au loto, pourtant j'avoue : je joue de temps en temps.

— Alors pourquoi pas au diable ?

— Parce que... enfin les gars ! Réfléchissez ! Ça se saurait s'il y avait des démons, des anges, et toutes ces conneries. Depuis le temps...

— L'histoire est justement gavée de légendes dont on ignore si elles sont fausses, de contes qui reposent bien sur des faits réels, de croyances.

— Jamais eu de preuves ! Et puis je ne pige plus : il y a dix jours nous étions en train de flipper qu'il puisse y avoir un tueur à Val Quarios tout en trouvant ça beaucoup trop gros pour y croire, et ce soir c'est carrément le diable, sauf que là ça devient plausible ?

Hugo n'avait pas envie de chercher à la convaincre, il n'y croyait pas tout à fait lui-même, et pire, il savait qu'en se posant et en prenant le temps de réfléchir il se trouverait stupide d'avoir pu affirmer des sornettes pareilles. Lily ne disait rien.

— Et toi, qu'est-ce que tu en penses ? s'enquit-il.

Elle prit une inspiration interminable.

— Cette vision de la situation est aussi effrayante qu'elle est séduisante.

— Tu y crois ? manqua s'étouffer Jina.

Lily fit la moue.

— Je n'en sais rien. Non. Probablement pas. Mais si ça n'est pas ça, alors que nous reste-t-il ?

— Notre santé mentale, s'exclama Jina avant d'avaler son verre d'une traite.

— Non, corrigea Hugo. Notre âme.

35.

La bougie parfumée au lys ne faisait pas de miracles mais elle apportait au moins un soutien moral à Hugo pendant ses journées dans l'atelier, à réparer les chaussures puantes. Il tournait en boucle sur le sujet Strafa. Incapable de penser à autre chose. Strafa et la magie. Strafa et sa disparition officielle. Strafa et Val Quarios. Strafa et le diable.

Strafa et moi.

Pourquoi lui avait-il planté des punaises dans les yeux ? À lui, et rien qu'à lui. Pas à Ludovic, pas à Jina, pas à Merlin, non, seulement à lui, bien centrées pour qu'elles transpercent ses rétines.

Jusqu'à mon âme.

Avait-il un compte à régler avec Hugo ? Ça n'avait pas vraiment de sens, ils ne s'étaient jamais rencontrés auparavant, et Hugo ne voyait pas comment il aurait pu porter préjudice à un vieux type reclus dans sa montagne avant même d'y débarquer. Et puis quand bien même, ce n'était pas Strafa qui l'avait fait venir, mais bien lui qui avait trouvé ce job. En fait, ce n'était pas exactement vrai, finit-il par se souvenir. C'était via un forum de discussion Internet, un inconnu caché derrière un pseudo l'avait orienté vers la petite annonce après qu'Hugo s'était confié sur son errance professionnelle du moment. Et si Strafa l'avait cerné depuis longtemps, caché derrière ce pseudo ? Pour lui faire croire qu'il était maître de ses actions alors qu'il le manipulait ? Cela signifiait que sa candidature était la seule qu'ils voulaient. Pire : DePrigent et probablement Adèle, au moins, étaient dans le coup, complices de l'ermite mystique. Cela faisait beaucoup. Toute cette histoire lui montait à la tête.

Le soir dans son lit, il repensa à la piscine. Il n'y était plus retourné depuis « l'incident ». Plus le temps passait et plus il envisageait que ce soit uniquement dans sa tête. Ça ne pouvait qu'être dans sa tête de toute manière ! Parce qu'il n'y avait aucune autre explication. Un coup de fatigue, surmenage, syndrome post-dépression, mal de l'altitude et tout ce qui pouvait rationaliser ce mauvais tour. L'impression que la *chose* était avec lui dans le bassin s'altérait jour après jour. Elle ressemblait beaucoup trop à celle qu'il avait imaginée dans les sous-sols du Vioc pour que ça n'ait pas un lien direct, et l'araignée du parking était un délire, un jeu pervers que lui jouait son imagination lorsqu'il ne parvenait pas à la brider.

Je ne suis pas fou, juste mentalement épuisé. Il en revenait néanmoins toujours à Lucien Strafa. Comme s'il était le remède. Comme si comprendre qui était véritablement ce personnage, les raisons de ses mystères, pouvait guérir Hugo, le débarrasser de ses peurs, de ses propres maux.

Sans surprise, l'hypothèse émise avec Lily sur le collecteur d'énergie vitale lui avait paru nettement moins crédible le lendemain matin. Qu'est-ce qui leur avait pris de partir dans des conjectures aussi fantasques ? Croire au diable ! Rien que ça ! Pourtant, elle trottait là, à portée de crédibilité, prête à revenir dans la boucle à la moindre baisse de vigilance cartésienne. *À défaut d'être plausible, et si lui, Strafa, y croyait ?* Les accidents, disparitions et suicides à Val Quarios n'étaient qu'une coïncidence...

Même lorsque Hugo repensait à Strafa, il ne pouvait, à présent qu'il était bien au chaud dans *son* environnement et plus sur le territoire sinistre du magicien, s'empêcher d'éprouver une sorte de déception. Il ne savait pas à quoi il s'était attendu, mais cette entrevue n'avait pas été aussi formidable qu'il l'avait espéré. Strafa l'avait impressionné, il ne pouvait le nier, mais ça n'était en définitive qu'un vieil homme qui se planquait dans l'obscurité. *Et à quoi est-ce qu'il aurait fallu qu'il ressemble ? Un vampire hurlant, ses ailes de chauve-souris déployées dans son dos ? J'avais la voix tremblante alors que je n'étais pas face à lui, je n'ai pas vu son charisme, son magnétisme, pas même ses yeux !*

Lorsqu'il rencontra Jina dans un couloir, le lendemain de leur échange, elle lui demanda ce qu'il comptait faire et il ne sut quoi lui répondre. Certainement pas arroser le manoir de Strafa avec de l'eau bénite, et maintenant que cette prémisse diabolique perdait en conviction, il était désemparé. Rien. Voilà ce qu'il lui restait. Des suppositions, des devinettes, des croyances... Rien de concret. Il était perdu. Hugo savait qu'il n'y aurait pas plus de réponses à glaner sur Internet, il avait déjà essayé. Strafa s'était foutu d'eux.

Soit il a vendu son âme au diable et fait tout pour essayer de la récupérer, soit... il joue avec moi comme il manipulait son public et il n'y a rien à trouver, seulement un tour de passe-passe à la con.

Il en était là de ses déductions, c'est-à-dire à peu près nulle part. Lily lui manquait, particulièrement le soir, au moment de s'endormir. Sentir son corps chaud à côté, se faire bercer par sa respiration paisible, effleurer son bras ou sa jambe la nuit, et surtout la serrer contre lui...

Elle n'avait pas arrêté des dernières quarante-huit heures semblait-il, et ils se croisaient à la cantine ou dans un couloir mais elle se dérobait lorsqu'il tentait de l'inviter. Elle le gratifiait d'un clin d'œil, d'un sourire doux ou d'un regard provocateur dans lequel Hugo lisait la promesse d'ébats torrides à venir et cela le rassurait. Le principe même d'une promesse impliquait un avenir. Et donc une relation.

Hugo était surpris de constater la rapidité avec laquelle son cœur s'ouvrait de nouveau. *Trop même. Trop vite.* Il allait souffrir si elle le plantait là. *Tu y fonces tout droit, à la vitesse des emmerdes.* Sauf qu'il y avait ces regards. Cette *promesse* implicite. Hugo voulait une nuit de plus. Pas seulement pour lui faire l'amour, bien que l'idée l'attirât terriblement, mais pour tout ce qui irait avec, autour, par la suite. Leurs échanges, la respirer, la voir, l'apprendre. Au-delà de son physique qu'il adorait déjà, c'était sa personnalité qui le séduisait. Sa franchise, son aplomb, ses mimiques jamais enfantines mais si fraîches.

Putain, tombe pas amoureux ! Pas en une nuit ! Il la fréquentait depuis quasiment un mois. Et s'il devait être franc, s'il devait être amoureux de Lily, il s'avouerait que c'était depuis le premier pied posé sur ce quai. *Tu n'en es pas là. Trop fragile.* Pour l'instant, c'était sa chaleur humaine qui lui manquait, se répétait-il pour s'en convaincre.

Il était tout de même prêt à tout pour la séduire, et il passa son vendredi à fomenter un plan en ce sens, à défaut de pouvoir creuser l'enquête Strafa, faute de piste – Hugo gardait un œil sur ses collègues, du moins lorsqu'il en croisait un, ce qui ne valait pas grand-chose, il en était conscient. Dès sa journée de travail terminée, il passa par le restaurant savoyard et s'assura que la porte n'était pas verrouillée. Premier bon point. Le soir, il s'arrangea pour que Lily trouve une enveloppe sous son assiette, à la cantine. Dedans, il lui donnait rendez-vous dimanche soir, jour de repos, le lieu exact lui serait précisé en temps voulu. Hugo se réjouissait de son stratagème. Il allait lui coûter pas mal d'huile de coude mais il était motivé à l'idée de retrouver Lily pour une soirée.

Le samedi, le vieux Max l'envoya auprès de JC qui avait besoin d'un coup de main au pied des falaises sous la station. Le quadra athlétique s'était lancé dans le nettoyage du bord de route et voulait gagner du temps.

– Je vais abattre tout ce que j'ai repéré sur les cinq cents premiers mètres, toi tu descends et tu me marques tous les arbres qui pourraient poser problème sur deux kilomètres, un coup de bombe sur le tronc, et un trait sur la route qu'on ne passe pas à côté.

Hugo jongla avec sa bombe de peinture orange.

– Le sceau de la mort, dit-il.

Il se sentait de bonne humeur, ce qui, dans le contexte, était inattendu. *L'effet Lily.*

– Lorsque tu auras fini, tu rappliques et tu commences à charger la remorque du tracteur avec les branchages que j'aurai laissés derrière moi.

– Impec.

Hugo vérifia qu'il avait sa gourde pleine – il n'était plus un bleu et savait que la remontée serait éprouvante – et s'élança d'un pas vif sur l'asphalte depuis l'arrière du Gros B. La pente était agréable, l'ascension serait effectivement plus physique, nota-t-il, mais il s'en moquait, il était porté par l'excitation de sa journée de dimanche.

JC avait marqué plusieurs conifères d'une croix fluo, principalement des troncs malades ou qui avaient penché du mauvais côté durant l'hiver. Avant d'effectuer ce boulot, jamais Hugo n'aurait pensé à la quantité de choses qu'il fallait effectuer pour entretenir une station de ski. Sans compter la partie phénoménale qui concernait son activité en pleine saison, avec des touristes à ras bord. La gestion humaine devait être la pire, imprévisible. Toutes ces familles, ces couples, ces bandes de jeunes…

Toute cette vie. *Toutes ces âmes.* Il en revenait irrémédiablement au même constat. Ces âmes entassées, à la merci du premier collecteur venu, au milieu de nulle part…

– Ça n'a pas de sens, se répondit Hugo à voix haute. Le diable n'existe pas.

Ni Dieu dans ce cas. Et si ni diable ni Dieu, donc l'âme non plus. La religion n'était pas un buffet auquel on pouvait se servir de ce qu'on voulait et rejeter le reste. Le concept d'âme émergeait de la croyance en un monde spirituel associé à la vie éternelle, au jugement divin, au paradis et à l'enfer. Les unes n'allaient pas sans les autres. Mais si de telles forces n'étaient pas l'invention des hommes, alors Strafa pouvait être un de ces collecteurs. Pour payer sa dette. Et il y avait urgence, avant sa mort de plus en plus proche... Strafa sentait-il l'imminence du paiement final ? Cela devait le paniquer. Combien fallait-il d'énergie vitale pour rembourser une âme au diable ? Comment est-ce que cela se mesurait ?

– Des conneries tout ça... pesta Hugo.

Il ne savait plus quoi penser. L'étroite route apparut sur sa droite, en partie masquée par la frondaison qui dressait un tunnel autour. Le chemin vers le manoir.

– C'est bon, j'ai donné.

Hugo se força à accélérer en passant devant. Il n'avait pas envie de revoir Strafa. Il était calmé. Après encore quelques minutes, il remarqua un sapin qui ployait et menaçait de barrer le passage. Aucune marque dessus. Hugo enjamba le talus constitué des cailloux de la fonte des neiges et écrasa les buissons pour parvenir jusqu'au candidat à la tronçonneuse. Il dessina un smiley à la bombe de peinture sur son écorce et lui donna une tape amicale :

– Désolé mon vieux, mais tu risques de provoquer des dégâts.

Pendant une petite heure, Hugo traqua les malheureux élus, songeant à cette cruelle domination des hommes sur la nature, décrétant d'un geste qu'une vie végétale qui avait grandi pendant dix, vingt ou trente ans devait périr parce que ça l'arrangeait. Il s'en voulait d'en être le bras armé. *Si je dis ça à DePrigent, il me vire sur-le-champ... Donc, excusez-moi les gars, mais c'est vous ou moi.*

Hugo ne savait pas bien s'il s'était éloigné de deux kilomètres au moins de la station, il était dehors depuis près de trois heures et envisageait de faire demi-tour, lorsqu'il entrevit un toit fondu dans le paysage, à trois cents mètres de la route. Une petite ferme, deux maisons et une grange. De la fumée sortait par une des cheminées, écartant de facto l'hypothèse d'une ruine. *J'ignorais qu'il y avait quelqu'un si près de nous.*

Ce n'était plus Val Quarios, donc il n'était pas surprenant que personne ne lui en ait parlé avant, et la succession de pentes raides dissimulait le hameau depuis les hauteurs, même depuis les chalets. Mais pour Hugo qui s'était cru totalement isolé de la civilisation, coupé du monde dans la station, c'était une découverte inattendue. *Civilisation, c'est vite dit, même pas sûr qu'ils aient l'électricité.*

Hugo se souvint du berger mentionné par Lily, celui qui les approvisionnait chaque semaine en lait et en viande. Il était sur le point de repartir lorsqu'il se figura qu'il pouvait peut-être en tirer avantage pour sa surprise du lendemain soir. Il poursuivit sa descente et trouva l'accès, un chemin de terre et d'herbe qui ondoyait selon l'inclinaison, pas évident à repérer si l'on passait rapidement en voiture. L'odeur de la forêt lui chatouillait agréablement les narines tandis qu'il jouait les petits randonneurs.

Dans un virage, il surplomba la ferme, juste en contrebas. Il n'y avait aucun pâturage à proximité, pas plus que d'étable. Non, ça ne ressemblait pas à la propriété du fermier en question, ce qui fit s'arrêter Hugo. Il ne trouverait pas de fromage de brebis ou une pièce de jambon du cru. Ce n'était que la maison d'un montagnard.

Un homme travaillait justement, penché sur le moteur d'une vieille Citroën. Qu'est-ce qu'Hugo allait pouvoir lui dire s'il venait à sa rencontre ? Il secoua la tête. Il n'avait rien à faire là, son boulot l'attendait en plus. L'homme se redressa pour maugréer et s'essuyer les mains pleines de cambouis dans un torchon. Il avait les épaules larges, mais le dos un peu voûté. Fine toison de gris sur le crâne. Visage tanné par les décennies. Au moins soixante ans, estima Hugo. L'homme ne l'avait pas vu, il était encore possible de s'éloigner sans avoir à s'expliquer.

– Saloperie de bagnole ! s'exclama l'homme. Je vais te pousser dans un ravin si ça continue !

Mais la voix figea aussitôt Hugo. Il la reconnut immédiatement.

36.

Jina se massait les tempes avec le bout des doigts, aux prises avec un début de migraine.
— Tu es sûr de toi ? insista-t-elle.
— Aucun doute, répliqua Hugo.
Elle souffla, désemparée.
— Je ne sais pas quoi te dire. Tu as prévenu Lily ?
Ils se trouvaient dans la salle de sport du vaisseau-mère. Après l'épisode du hameau, Hugo s'était empressé de remonter terminer sa corvée avec JC sans rien dire, ne pas éveiller les soupçons. Puis, une fois libéré, il avait foncé dans la station en toute fin de journée à la recherche de ses amies pour finalement attirer Jina jusqu'ici dès qu'il l'avait vue.
— Non, je n'ai pas pu lui parler, d'après Armand elle est descendue dans la vallée avec Exhell pour récupérer je ne sais quel matériel informatique, elle va rentrer tard.
— Tu as pensé à aller voir la direction, les confronter à tout ça ?
— Tu es folle ? S'ils se rendent compte que je sais...
Jina leva les mains au ciel :
— Tu t'imagines quoi ? Qu'ils te tueraient ? Hugo, sérieux, atterris. Il n'y a pas un complot, il y a forcément une explication.
— Je le sens pas. Pourquoi est-ce que tu ne me crois pas ? Le premier soir, tu évoquais toi-même la possibilité d'un tueur ici, parmi nous !

– Non, c'est toi qui as mis ce terme dans la conversation, et puis ce qui se dit dans l'excitation n'est pas nécessairement vrai le lendemain. Je te rappelle qu'il y a deux jours, vous pensiez que Strafa et le diable étaient ici, à Val Quarios !

Sentant qu'elle venait de le braquer, Jina ajouta :

– Bon, j'admets que tout n'est pas clair, j'ai aussi mes doutes, mais de là à accuser quelqu'un en particulier...

– Ils se moquent de nous.

– Qui ça « ils » ?

– Je ne sais pas mais Strafa n'est pas tout seul dans cette affaire. Le soir du cinéma, j'ai vu quelqu'un dans le dernier chalet, une ombre, et ça ne pouvait pas être un membre de l'équipe, ils étaient encore tous au réfectoire. Lily m'assure que Strafa n'emploie personne dans son manoir, donc ça ne pouvait qu'être lui ou... cet homme que j'ai vu ce midi. Il est lié à tout ça.

– Tu es allé voir ?

– Dans le chalet ? Non...

Hugo s'en voulut de n'y avoir même pas songé. L'endroit serait vide, supposa-t-il, surtout une semaine plus tard, mais il n'avait rien à perdre. Jina serra les dents.

– J'ai besoin d'un Prontalgine. Qu'est-ce que tu vas faire ?

– Je ne sais pas, mais terminé, la passivité. Je ne veux plus subir. Je veux piéger DePrigent.

– Et s'il n'y est pour rien ?

– Il nous cache quelque chose, c'est obligé.

– Ne fais pas de connerie, attends au moins d'en parler avec Lily, d'accord ?

Comme il ne disait rien, Jina s'affirma :

– Tu me le promets ?

Hugo confirma d'un hochement timide.

– Et je t'en supplie, si ce soir tu récupères Lily, ne m'envoie pas Exhell dans les pattes, ce type est insupportable, il me tourne autour comme un pigeon sur un morceau de pain, je n'en peux plus !

La nuit tomba d'un coup, Hugo dîna dans son appartement, il ne voulait pas voir les autres, mais lorsqu'il repassa par la cantine, un peu après, il constata qu'elle était vide, ce qui le surprit pour un samedi soir. La veille du seul jour de repos collectif, le groupe aimait se retrouver et profiter de la soirée, généralement jusque tard. S'était-il passé un drame ou DePrigent avait-il décrété le couvre-feu ? Strafa lui aurait rapporté l'intrusion ?

En traînant du côté du vaisseau-mère, Hugo entendit les voix et les éclats de rire. Ils étaient à l'aquarium. Fausse alerte. Toutefois, dans une bouffée de paranoïa, Hugo s'imagina qu'on se jouait de lui, que ça n'était qu'une bande-son pour lui donner l'illusion de leur présence, alors qu'en réalité ils étaient tous ailleurs, à préparer leur prochain coup. Il longea la mezzanine, ses pas étouffés par les tapis bariolés, et approcha de l'entrée de l'aquarium où il se pencha discrètement. Aucune bande-son, rien que Tic et Tac de dos dans un canapé, avec Merlin, Max...

Hugo recula. Il devait se calmer. Il devait surtout parler à Lily.

Et donc l'attendre. *J'ai le temps. S'ils sont partis en bas, le temps de faire le trajet et leurs courses...* Avec la moitié de l'équipe couchée et l'autre rassemblée à l'aquarium, la voie était libre pour un peu d'exploration. Oui, c'était le moment ou jamais, se motiva Hugo.

Il fonça au sous-sol du vaisseau-mère en passant par la porte latérale pour récupérer la lampe torche de sa ceinture dans le local du matériel, puis remonta dans le noir le long des chalets. Jina avait raison, il aurait dû commencer par là, quel crétin il avait été de ne pas y songer lui-même...

Le sixième chalet était plongé dans l'obscurité. Hugo s'assura que personne n'était en vue et poussa la porte. L'intérieur sentait déjà le renfermé après l'arrêt de la saison. Hugo alluma sa torche qu'il laissa braquée sur le parquet, le halo suffisait pour qu'il y voie clair. Tout était identique au chalet où ils avaient fait l'amour avec Lily. La table ronde, l'escalier ajouré, la cuisine à l'américaine avec un large plan de travail, l'immense ouverture sur la vallée enténébrée... Hugo frissonna au souvenir de la peau de la jeune femme.

Il n'y avait pas la moindre trace de vie récente. Pas d'empreinte au sol, pas de vêtement oublié, aucun papier ésotérique glissé dans une fente du lambris... absolument rien. Par acquit de conscience Hugo grimpa à l'étage, pour le même résultat décevant. Quoi qu'ait pu faire la personne qu'il avait entraperçue, ça n'était plus d'actualité. Déçu, Hugo décida de retourner au cœur de la station pour guetter le retour de Lily.

Chemin faisant, il se chercha un poste d'observation. Le plus logique aurait été d'aller à l'extrémité du Vioc ou du Gros B pour guetter les phares de la Jeep remonter la pente, mais c'était exclu. Avec son imagination fertile, Hugo n'avait pas envie de passer la soirée seul dans une de ces barres. Dans la piscine non plus. Il opta pour le bar où Jina avait fait son billard. Il n'alluma pas, vérifia dans le frigidaire s'il restait les bières qu'elles avaient apportées et y puisa une Desperados qu'il sirota lentement, posté sur un tabouret, près d'une fenêtre. Il éclusait sa troisième bouteille en se demandant s'il ne les avait pas ratés lorsque Lily et Exhell sortirent du Gros B, vers minuit. Hugo se précipita. Il intercepta Lily avant qu'elle n'entre dans le bâtiment D. *C'est donc là qu'elle vit.* Exhell avait lui déjà disparu.

— Hugo ? Qu'est-ce que tu fais là à cette heure ?
— Il faut qu'on se parle.
— C'est vraiment urgent ? Parce que je suis dans un état proche de l'anéantissement...
— Ça concerne Alice.

Elle se redressa, soudain attentive.

— Eh bien quoi ?
— Je pense que DePrigent s'est foutu de nous.
— Comment ça ?
— Je doute même qu'il lui ait parlé au téléphone. Tout ça c'est des foutaises.

Lily devenait inquiète.

— Explique-toi.

— Tu te souviens du taxi qu'on a entendu au téléphone ? Celui qui est supposé avoir pris Alice le mardi de son départ ? C'est bidon. Le mec n'est pas plus taxi que toi ou moi, et il vit juste en dessous de la station.

— Mais qu'est-ce que tu racontes ?

— Je l'ai entendu ce midi, c'était lui, sa voix, je n'ai aucun doute. Sur ma vie, je jurerais que c'est lui.

— Mais c'est impossi...

— Que DePrigent nous ait menti ? Et pourquoi pas ? Tu ne trouves pas ça bizarre qu'Alice dégage en urgence, sans laisser un mot ?

— Si, mais elle s'est fait un « bad ».

— Et si c'était autre chose ? De grave. Tu as son téléphone portable ?

— Euh, non, ici on se voyait tout le temps, pas besoin.

— Je suis conscient que de tout remettre en question sur une seule voix ça fait beaucoup, mais je te demande de me croire.

— Hugo, Philippe DePrigent a au moins soixante-cinq ans, il est frêle comme une brindille, myope comme une taupe, je ne l'imagine pas une seconde s'en prendre à une fille comme Alice.

— Peut-être pas lui, pas directement, en tout cas il sait quelque chose ou couvre quelqu'un.

Lily avait du mal à avaler une hypothèse pareille, alors Hugo dégaina son autre argument :

— Si ça se trouve, il n'est même pas dans le coup et s'est fait duper lui-même et j'ai un plan pour le découvrir.

— Là tu me fais flipper. À quoi tu penses ?

Les rires tonitruants de Tic et Tac sonnèrent à la sortie du vaisseau-mère et Hugo attira Lily dans l'ombre.

— Tu m'invites pour la nuit ? demanda-t-il. Je voudrais tout t'exposer en détail.

Lily se frotta les joues et les yeux.

— Ne m'en veux pas, je ne suis pas en état.

— Pas de sexe, c'est promis.

— Alors pas d'intérêt.

Cette pique blessa Hugo alors que c'était de l'humour, il le sentait bien. Malgré l'épuisement, Lily s'efforçait d'afficher un visage tendre à son égard.

– Tu ne me crois pas, n'est-ce pas ? devina-t-il.
– Si mais… il y a forcément une explication moins…
– Et si j'ai raison ?

Lily ouvrit la bouche pour répondre et rien ne vint. Elle fouillait du regard autour d'eux en quête de mots, et finit par soupirer, abattue.

– Je suis éreintée, pardonne-moi. Tu ne veux pas dormir dessus et qu'on tire ça au clair à la lumière du jour ?

Il voyait très bien qu'elle doutait, et qu'au fond elle espérait qu'une fois la nuit passée, l'empressement serait retombé. Qu'il irait mieux. *Tu te trompes, je sais que j'ai raison.* Elle avait les yeux rougis et cernés. Hugo acquiesça et comprit qu'il ne devait pas insister. Il lui déposa un baiser sur le coin des lèvres.

– Demain dans ce cas. J'aurai besoin de toi.

Elle approuva.

– Ne m'en veux pas, Hugo. Je suis juste morte.

37.

Hugo se réveilla tard ce dimanche et il aurait préféré ne jamais se réveiller du tout.

Il se fit griller deux tartines de pain de mie et avala un café avant de sauter sous sa douche et de s'habiller. Pas de nouvelles de Lily et il n'avait toujours aucun moyen de la contacter. L'ère du téléphone portable avait tout de même du bon.

Lorsqu'il descendit à la cantine jeter un œil, il comprit qu'il s'était passé quelque chose. Jina pleurait dans un coin, recroquevillée. Exhell avait la tête appuyée contre la baie. Armand et Paulo se soutenaient mutuellement, face enfoncée dans le cou l'un de l'autre. Même Merlin ne pouvait dissimuler sa stupeur.

Hugo demanda ce qui s'était passé mais personne ne lui répondit. Tous hagards. Alors il sut. Et il se mit à courir dans les couloirs en l'appelant. Il se jetait sur chaque porte, criant son nom. Il devait y avoir un attroupement, des signes de l'endroit où ça s'était produit, mais Hugo était incapable d'analyser froidement la situation et remontait les corridors du C, les uns après les autres, étage par étage, et redoutant d'investir le bâtiment D. Quand il les vit, devant l'appartement ouvert, il se mit à tituber. Adèle leva sa paume devant lui pour lui intimer de s'arrêter mais Hugo la repoussa. Il voulait voir. Il n'y avait que ça pour qu'il puisse le *croire*. Ça n'était pas envisageable. C'était impossible.

Et pourtant chaque foulée dans la direction de cette chambre le rapprochait un peu plus de ce qui allait briser son esprit. Chaque battement de cœur était le dernier avec une forme d'insouciance, avant que la vision qui l'attendait ne vienne le plomber pour le restant de ses jours.

JC se tenait sur le seuil, blafard, soutenant Ludovic qui cherchait sa respiration. Le vieux Max s'était assis dans l'angle du couloir, bras croisés, et pleurait ce qu'il ne pourrait jamais oublier.

Hugo entra, et fit face à DePrigent, impassible. Le directeur lui fit « non » de la tête sans que cela n'empêche Hugo d'avancer jusque dans la chambre.

Lily était là, allongée sur le matelas, les bras écartés. Aussi belle dans la mort qu'elle l'avait été dans la vie.

À l'exception de ses yeux. Vides.

Ses orbites creuses et pourpres avaient pleuré des larmes de sang.

Et ses globes oculaires, eux, étaient plantés dans le mur au-dessus du lit.

Les deux clous enfoncés dans le liquide vitreux luisaient.

38.

Hugo s'aspergeait d'eau. À s'en noyer. La plus froide possible. Jusqu'à effacer de sa mémoire cette horrible vision qu'il avait eue de Lily. Que son cauchemar se dissipe. Tout lui avait paru si vrai.

Lorsqu'il la retrouva à la cantine, en milieu de matinée, il eut envie de la serrer contre lui, de la respirer longuement et s'en empêcha au prix d'un énorme effort. Il était si heureux de la contempler, vivante, qu'il savourait chacun de ses gestes. *C'était tellement vrai bon sang !*

Lily lui avait demandé de se comporter avec elle comme si de rien n'était. Elle ne voulait pas de ragots, pas de vannes, surtout venant de Tic et Tac – après l'avoir entendu dans la bouche d'Hugo, elle aussi avait adopté ces sobriquets –, et préférait vivre leur histoire pour le moment dans l'intimité, en attendant ce qui allait en découler. Cela avait le mérite d'être clair, et de convenir à Hugo qui lui non plus n'était pas prêt à encaisser les sarcasmes grossiers de la bande.

Lily dut percevoir sa détresse puisque à l'instant où le dernier membre de l'équipe quitta le réfectoire, elle se rapprocha pour se lover contre lui.

– Pardon pour hier soir, dit-elle.
– Tu n'as pas à t'excuser.

Il n'eut pas besoin de s'expliquer pour qu'elle perçoive sa détermination, toujours aussi vive que la veille. Alors elle demanda :
— Tu m'expliques ton plan ? J'ai un rôle à jouer ? Mais je te préviens, ça n'est pas parce qu'on couche ensemble que je suis corvéable à merci, que je vais dire amen à tous tes désirs.

Hugo eut envie de lui rappeler qu'ils n'avaient couché ensemble qu'une nuit et que depuis ils ne faisaient que se croiser, et se retint in extremis en réalisant que c'était puéril.
— C'est facile : je voudrais que tu te fasses passer pour Alice.
— Moi ? Mais... aucune chance ! Je ne lui ressemble pas du tout !
— Ta voix. Au téléphone.
— Tu m'as entendue ? Tu voudrais faire passer Bonnie Tyler pour Sinéad O'Connor ? Bon courage.
— En parlant doucement, en faisant gaffe, ça peut le faire, surtout pour des oreilles défaillantes.

Lily plissa la bouche, pas convaincue.
— Explique.
— Je ne peux pas débarquer chez l'homme qui vit dans la ferme sous Val Quarios pour exiger de lui la vérité.
— Je te confirme que non.
— En revanche, DePrigent dit qu'il a parlé à Alice au téléphone, le samedi suivant son départ. Soit DePrigent se fout de nous, soit il s'est fait avoir. Dans ce second cas, DePrigent n'a pas reconnu que ça n'était pas la vraie Alice qui lui parlait, donc tu peux très bien l'imiter et ça passera.
— Ou soit Alice va très bien, c'était véritablement elle au téléphone, et ce type au hameau est le chauffeur de taxi et habite là, ce qui, en travaillant à Montdauphin, ne serait pas totalement surréaliste.
— Peu importe : tu vas appeler DePrigent en te faisant passer pour Alice, et nous allons tout de suite savoir, à sa réaction, ce qu'il sait. S'il enchaîne directement, sans hésitation, c'est qu'il

la croit vivante, et dans ce cas il n'a rien à voir là-dedans. Mais s'il bafouille, s'emmêle, alors là...

Lily avait reculé le buste et le fixait d'un air choqué.

– Vivante ? répéta-t-elle. Attends, tu penses qu'Alice pourrait être *morte* ?

Hugo joignit les mains devant lui, les coudes sur la table.

– J'envisage toutes les options. Et ne nous voilons pas la face, si jamais DePrigent a menti, qu'il n'a pas eu Alice au téléphone et que le type n'est *pas vraiment* chauffeur de taxi mais un complice, alors oui, j'ai bien peur que la seule explication soit assez dramatique.

Lily souffla lentement jusqu'à vider l'intégralité de l'air dans ses poumons. Elle réfléchissait a contrario à toute vitesse, ses yeux fusant d'un côté à l'autre comme si ses orbites étaient trop petites pour eux. Hugo eut la vision des globes oculaires transpercés par les clous et cilla avant de se ressaisir. Lily résuma :

– Parce que tu ne crois pas que le taxi que nous avons entendu l'autre jour dans le bureau de Philippe soit un vrai taxi, tu imagines qu'Alice aurait été tuée ? dit-elle. C'est sacrément tordu.

– Je te jure que je...

– Non, non, ça me va. On va le faire. Rien que pour se débarrasser du moindre doute. Et j'ai une idée sur la manière de procéder.

Lily avait emmené Hugo jusqu'à la Tour puis, passant par un escalier de service à l'intérieur, ils grimpèrent aux combles aménagés en bureaux. En cette période, des housses recouvraient les chaises et tout était si bien rangé qu'il n'y avait pas un papier, pas un dossier qui traînait. Elle se posta près d'une fenêtre et sortit de sa poche un téléphone portable qu'elle leva devant elle comme pour appeler la foudre.

– Normalement, ici, il y a un semblant de réseau. C'est pas formidable, mais avec un peu de bol ça doit suffire pour un coup de fil.

— Et puis si ça capte mal tant mieux, il aura plus de mal à reconnaître ta voix.

Hugo espérait qu'il avait vu juste avec l'audition douteuse du directeur. Il ne lui avait pas vu d'appareil aux oreilles, mais s'accrochait à l'espoir que ça n'était que par flemme ou coquetterie et non qu'il n'en avait pas besoin.

— Mets le haut-parleur, que je puisse entendre également. Les premières secondes vont être cruciales.

— Je dois l'appeler en numéro masqué, attends. Pourvu que ça ne soit pas Adèle qui décroche...

Lorsque la sonnerie retentit, le cœur d'Hugo s'accéléra.

— Allô ? fit la voix de DePrigent.

Dans un numéro d'artiste, Lily se fit aussi mielleuse que possible :

— Monsieur DePrigent ? C'est Alice.

— Alice ? Alice Langlois ? Je ne pensais pas vous réentendre de sitôt. Pas de problème avec le chèque du solde j'espère ?

Hugo ferma les yeux. Le directeur était direct. Spontané. Aucune stupeur ni hésitation. Pour lui, cette conversation était normale. Plausible. Il fit « non » de la tête.

— Tout va bien monsieur DePrigent, je voulais vous demander : j'ai oublié de rendre un pull à Jina, et les portables ne captant pas, j'aurais voulu que vous lui transmettiez un message de ma part.

— Bien entendu.

— Je lui mets de côté, et elle le récupérera tout droit sorti du pressing dès qu'elle le voudra. Vous pouvez le lui dire ? En lui présentant toutes mes excuses.

— Ce sera fait, soyez-en assurée. Tout va bien pour vous ? La redescente n'est pas trop difficile ? Le coup de blues est passé ? Comme je vous l'ai dit, ça peut prendre du temps. Vivre parmi nous c'est quelque chose !

Et il se mit à rire.

Lily coupa court à la conversation et raccrocha.

— Alors ?

– Non, il n'a pas menti, admit Hugo.
– C'est aussi ce que j'ai ressenti.
– Ça n'innocente pas le mec dans la ferme pour autant.
– Hugo ! Arrête, tu t'acharnes là. On a passé le coup de fil, tu devrais être content !
– Je sais, mais si DePrigent n'est pas dans la boucle, peut-être qu'une autre personne le manipule, lui.
– Tu comptes piéger tout le personnel un à un ?
– Non, juste vérifier l'autre suspect plausible.
Lily renversa la tête en arrière de dépit.

39.

La patience n'était pas son fort. Mais Hugo n'avait pas le choix. Il ne pouvait foncer poser ses questions sur le taxi juste après le coup de fil « d'Alice ». Il fallait laisser mijoter, espacer les rencontres pour ne surtout pas se faire griller.

Et le plan B pour sa journée du dimanche était en réalité nettement plus réjouissant. Il abandonna Lily en début d'après-midi en lui rappelant qu'ils avaient un dîner le soir même, et passa plusieurs heures en cuisine pour concocter ce qu'il savait faire de mieux, avant d'aller préparer leur écrin d'amour.

À 20 heures, lorsque Lily entra dans le restaurant savoyard qu'il avait décoré de bougies pour souligner la table dressée au centre, il était satisfait du mal qu'il s'était donné, et époustouflé par la beauté de sa partenaire.

Lily avait mis des talons, une robe longue, un dégradé de fins colliers pour souligner son décolleté, et elle s'était maquillée pour faire ressortir son regard vif. Même ses cheveux étaient soumis par des artifices invisibles, pour basculer d'un seul côté de son visage.

Hugo en resta coi un instant, ce qui fit sourire Lily.

– Là, je suis charmée, dit-elle.
– Je pourrais en dire autant.

Il l'invita à prendre place puis sortit dans le couloir tirer le volet métallique qui recouvrit toute la devanture, les isolant totalement du bâtiment.

– J'ai vérifié, on ne peut même pas distinguer les bougies, annonça-t-il, ravi. Ce soir, je te propose un menu trois saveurs.

Elle leva un index pour l'interrompre :

– Si tu es l'une des saveurs, je trouverai ça grossier, prévint-elle de son air mutin.

Hugo fit apparaître une bouteille de meursault premier cru 2016 du seau à glace qu'il avait au préalable disposé derrière le dossier d'une chaise.

– Où est-ce que tu as trouvé ça ?
– J'ai des relations, fit-il en remplissant leurs verres.

JC lui avait été d'une grande aide sur ce coup.

L'entrée et ses verrines aux trois saveurs de la terre en mit plein les yeux et les papilles de Lily, qui n'en revenait pas qu'il sache préparer ça. Hugo ne releva pas et, à la fin du repas, lorsque Lily cria grâce, incapable d'en avaler davantage, elle l'applaudit, impressionnée par ses talents. Hugo n'avait plus cuisiné pour quelqu'un d'autre que lui depuis longtemps, il en éprouva une grande fierté. Le gourmet retrouvait ses sensations, et ses capacités. Le plus difficile avait été de faire avec les ingrédients qu'il avait à disposition, à l'épicerie.

Mais ce dont il était presque plus fier encore était d'être parvenu à ne pas aborder le sujet de Strafa ou d'Alice de toute la soirée. Rien que des conversations légères, agréables.

– Quand je pense au tatouage que tu as sur tout le dos, dit-il. Si tes élèves savaient, l'hiver...

– Et alors ? Qu'est-ce que ça changerait ? Que je ne me conforme pas à la norme ? Tu penses que ça les choquerait ?

– Les mères de famille un peu coincées, peut-être oui. Mais les papas adoreraient. Ça les exciterait.

– Ça t'excite, toi ? demanda-t-elle, provocatrice.

– Un peu, je l'avoue...

– Tu n'as pas de tatouage, pas de piercing, rien qui marque ta singularité, ton opposition. Parce que tu ne te reconnais pas là-dedans ou parce que tu estimes n'en avoir pas besoin ?

– L'esprit rebelle ? Contestataire ? Je me sens déjà bien assez barré dans ma tête pour ne pas avoir en plus besoin de le crier sur tous les toits !

– Je l'ai senti en toi dès que je t'ai vu. Ta façon de regarder les gens, la vie. Il y a du défi dans tes yeux. Un refus de te soumettre. Tu n'appartiens pas au monde, c'est lui qui t'appartient.

– Wow, rien que ça. J'ignorais que je racontais autant de choses.

Il voulut débarrasser mais Lily l'attrapa au passage pour qu'il l'embrasse. Sa langue avait une chaleur électrisante. Il avait attendu cet instant pendant quatre jours qui lui avaient paru sans fin. Il en savoura chaque seconde.

Ils firent l'amour en prenant particulièrement soin de l'autre, Lily se donna avec un abandon qu'il n'avait jamais effleuré et qui lui tourna la tête avant qu'ils ne jouissent en même temps dans un souffle rauque de libération.

Lily était assise sur lui, dans un coin du restaurant tamisé, et reprenait son souffle dans son cou. Après un moment de calme euphorique, elle lui chuchota :

– Mon appart est au deuxième étage du D.

40.

Pas plus de trois nuits par semaine.
C'était le secret pour se manquer, se désirer, se vouloir totalement. Hugo accepta le marché. Déjà trop heureux de mettre de l'indicatif sur une relation jusqu'ici au conditionnel. La nuit de dimanche à lundi ne comptait pas dans le contrat, précisa Lily en le faisant entrer dans son appartement, c'était un bonus, cadeau de la maison. Hugo dormit mieux qu'il ne l'avait fait depuis longtemps, Lily contre lui.

Le début de semaine, il avait une telle ardeur au travail qu'elle réjouit JC et que celui-ci lui demanda s'il prenait de la drogue. Hugo répondit qu'il était tellement content de ne plus avoir le nez dans les chaussures puantes que ça le mettait en joie, ce qui fit rire les deux hommes. Mardi, en fin d'après-midi, Hugo fit un crochet par les bureaux de l'administration. Il attendit discrètement dans le couloir que DePrigent s'enferme pour téléphoner et entra saluer Adèle.

– Bonjour Hugo, que puis-je faire pour toi ?
– On ne vient pas jusqu'ici par hasard, n'est-ce pas ?
– Non, c'est bien vrai. Le jour où l'un d'entre vous montera m'accorder une simple visite de courtoisie, je crois que j'en verserai ma petite larme. Alors, dis-moi ? Si c'est pour la paye, c'est normal qu'elle n'apparaisse pas encore sur ton compte, elle

est versée le 3 ou le 4 selon les jours ouvrés, mais ne t'inquiète pas, j'ai fait le nécessaire pour toi, c'est dans les tuyaux.

— Non, c'est gentil, ce n'est pas une question d'argent. À vrai dire, je voulais descendre faire un tour dans la vallée, un de ces jours, peut-être demain pour mon jour de pause, et j'aurais voulu le numéro d'un taxi pour qu'il vienne me chercher.

— En taxi ? Mais ça va te coûter les yeux de la tête ! Demande plutôt à notre chauffeur, Lily, elle pourra t'accompagner.

— Je ne veux pas lui imposer le trajet, déjà qu'elle le fait souvent pour les courses... Et puis je ne pense pas que nous ayons le même jour de pause elle et moi.

— Tu as ton permis ? Dans ce cas nous devrions pouvoir te trouver les clés d'une voiture si tu v...

— Je l'ai mais je n'ai plus conduit depuis une éternité, le problème de vivre à Paris. Et sur des routes comme celles-ci, j'avoue ne pas me sentir le courage. Non, un taxi m'ira très bien, tant pis si c'est cher, j'ai besoin de tellement de choses que ça sera rentabilisé sur l'été.

Hugo scrutait chaque regard, chaque pli sur le visage d'Adèle, en quête d'une interprétation évidente. Il était sur le point de la piéger. Elle mordit à l'hameçon :

— Comme tu veux, dit-elle en ouvrant son calepin, après tout c'est ton argent. Alors...

Hugo décida de la ferrer :

— Je veux bien le même que celui qui a déposé Alice, ça me rassurerait. Il connaît la station apparemment.

Elle leva les sourcils et se fit docile :

— Bien, si tu veux. Je devrais te retrouver ça, attends une minute...

Elle tournait les pages de son cahier. *Et comme par hasard, il ne sera pas là. Tu vas me jouer la surprise, et me baratiner pour m'en refiler un autre, un* vrai *celui-là...*

— Ah, voilà. C'est lui. Joffin Taxi. Je te le note sur un Post-it.

Circonspect, Hugo se pencha au-dessus du bureau :

— Vous êtes certaine que c'est bien lui ?

— Oui, nous l'avons appelé avec Philippe le jour où nous cherchions Alice et...
— J'étais là, je me souviens.
Elle lui tendit le Post-it jaune avec le numéro écrit dessus.
— Autre chose ?
Hugo était bien embêté. Il la remercia et sortit avant d'errer dans les couloirs des étages supérieurs du vaisseau-mère. Autant son attitude générale que sa réaction à la demande d'Hugo plaidaient pour l'innocence d'Adèle. Il était un peu perdu. Dans son esprit conspirateur, elle était l'autre suspecte potentielle après DePrigent. C'était soit lui, soit elle, personne d'autre ne pouvait couvrir la disparition d'Alice, il fallait la complicité au moins de l'un des deux.

Il attendit néanmoins que la secrétaire et le directeur quittent les lieux, après 18 heures, et lorsqu'il fut certain d'être seul, il retourna devant leur porte qu'il espérait ouverte. Il entra sans peine et s'installa sur le fauteuil d'Adèle pour composer le numéro qu'elle lui avait donné sur le téléphone fixe. Joffin décrocha au dernier moment, lorsque Hugo pensait tomber sur la messagerie.
— Oui allô ?
— Monsieur Joffin ?
— Lui-même.
La voix était la même que l'autre jour, celle du type qui réparait sa vieille guimbarde à la ferme sous Val Quarios.
— Vous êtes taxi ?
— Oui, c'est pour une course ?
Hugo avait à peine réfléchi à ce qu'il allait dire, tellement persuadé que le numéro serait bidon.
— Je... euh, oui. Pour aller dans la vallée.
— La vallée ? Laquelle ? s'amusa l'homme.
— Euh... à Montdauphin. Depuis Val Quarios, vous faites ce trajet ?
— Ah oui, bien sûr. Quand est-ce que vous souhaitez partir ?
— Je ne sais pas encore, je voulais déjà savoir si c'était possible.

— Bien entendu.
— OK. Alors dans ce cas je... Vous... vous connaissez bien cette route ? Celle qui monte à Val Quarios ?
— Oui, ça je la connais, pourquoi ? Vous avez peur qu'on se perde ? C'est facile : c'est tout droit ! Il n'y en a qu'une sur toute la montagne.

L'homme riait.

— Je suis malade en voiture lorsque ça tourne trop, et...
— Vous allez dégobiller dans mon taxi ? Il existe des médicaments pour ça, vous savez ?
— Non, ne vous en faites pas, j'ai juste besoin d'être... rassuré. Je cherche un chauffeur qui connaisse bien la route, les virages, vous voyez, un local quoi...

Hugo serra les dents, espérant que l'autre allait saisir la perche qu'il lui tendait.

— Oh, ne vous en faites pas pour ça. Bon, rappelez-moi quand vous saurez et on s'arrangera. Le prix est fixe, sauf les dimanches et le tarif de nuit qui...

Raté. L'homme allait raccrocher. Saisi par une idée, Hugo tenta autre chose :

— Si je vous préviens au dernier moment, il vous faudra longtemps pour venir me récupérer ?
— Ça dépend si je suis chez moi ou en bas. J'habite juste en dessous de Val Quarios.

Hugo en resta bouche bée.

— C'est bon pour vous ? insistait le type à l'autre bout du fil. Vous avez mon numéro, rappelez-moi lorsque vous serez décidé.

Il raccrocha. La tonalité résonnait dans l'oreille d'Hugo qui reposa le téléphone lentement. La main sur le combiné, il fixait les pochettes cartonnées multicolores parfaitement rangées devant lui.

DePrigent pensait Alice vivante. Adèle ne se méfiait de rien. Et maintenant l'homme sous la station était bien chauffeur de taxi. *S'il vit juste là, c'est logique que ce soit lui qui fasse la navette en priorité*, réfléchit Hugo. Et donc lorsque Alice avait voulu appeler un taxi, la course lui était revenue par principe. Il n'y avait pas de complot. Et pas de mort.

Soudain il bondit du fauteuil et commença à ouvrir les tiroirs frénétiquement, puis, ne trouvant pas ce qu'il voulait, il s'attaqua aux armoires, faisant défiler les étiquettes manuscrites. C'était forcément là, ici, quelque part, pensait-il. Il trouva son bonheur parmi les documents de comptabilité. Pas de CV d'Alice, ce qu'il voulait, mais des bulletins de paye. Attachée par un trombone, une petite fiche bristol rassemblait les informations essentielles. Dont son numéro de téléphone portable.

Hugo le composa et attendit avec anxiété. Pas de sonnerie.

« Bonjour, c'est Alice, je suis dans un pays sans réseau, laissez-moi un message et je verrai ce que je peux faire, sinon un e-mail. À bientôt. » Hugo raccrocha. Il attendit cinq minutes et réitéra l'opération pour le même résultat. Au troisième appel, il se décida à en laisser un, de message :

– Alice, c'est Hugo, de Val Quarios. Je sais que ça va te paraître bête mais si tu pouvais me rappeler, je me suis fait du souci... pardon : *on* s'est fait du souci avec Lily, pour toi, comme tu es partie un peu rapidement. Je ne pourrai pas consulter mon téléphone facilement mais je me débrouillerai, ou sinon préviens plutôt Lily, juste pour nous dire que tout va bien. Ne passe pas par ce téléphone fixe, je te laisse mon adresse mail et numéro...

Une fois cela fait, il recopia sur un Post-it l'adresse mail qui était mentionnée sur le bristol et enfourna le papier dans sa poche, puis il se rassit. Elle allait se manifester. Personne dans la station n'était coupable de quoi que ce soit.

Hugo ferma les yeux. À la fois rassuré et en même temps perturbé par un sentiment de malaise qui ne le quittait pas. Incapable de l'expliquer. Peut-être que le problème ne venait pas des autres, mais bien de lui au final.

41.

JC et Hugo étaient assis sur un tronc abattu en bord de route et mangeaient leurs sandwichs dans la tiédeur du début d'après-midi.

Le bûcheron n'avait presque pas ouvert la bouche de la matinée, fidèle à son habitude, mais l'envie de bavarder le prenait souvent au moment de leur pause du midi.

– Tu trouves ton rythme j'ai l'impression ?

– Oui, je me sens pas mal.

– Ça se voit.

Hugo n'avait jamais soupçonné qu'il puisse apprécier de travailler en plein air, un boulot physique, et pourtant ses virées dans la forêt, le maniement de la tronçonneuse et la solitude qui allait avec lui plaisaient bien. Il n'y avait que le ramassage qu'il détestait, qui lui cassait le dos.

– C'est un bel endroit pour travailler, dit JC en admirant les pentes de forêt qu'ils dominaient. Et au moins autant pour y vivre. Tu te verrais rester ?

– À Val Quarios ? Eh bien… j'avoue ne pas y avoir réfléchi. Déjà, aller au bout de mes cinq mois de contrat et je verrai dans quel état je serai.

Mais l'idée se frayait un chemin dans le bouillonnement des possibles sous son crâne tumultueux. Bien sûr, il ne pouvait pas présager de ce qu'allait donner sa relation avec Lily, toutefois, dans l'éventualité où ça fonctionnerait bien entre eux... Est-ce qu'il serait prêt à lui dire adieu début octobre et à rentrer à Paris faire... quoi au juste ? Des castings ratés ? Se mettre en quête d'un job alimentaire à la con qui lui permettrait d'écrire le soir ? Tout ça lui paraissait loin et conditionné par beaucoup d'inconnues qu'il ne maîtrisait pas. Cependant, il tâta le terrain :

– Tu penses qu'il y aurait du boulot l'hiver pour moi ?
– Tu sais skier ?
– Bof, non, pas trop.
– Alors dans les restaurants, ou à la logistique, si tu es prêt à t'adapter, le travail, ici, ça ne manque pas.

Hugo enregistra l'information. Il n'en était pas encore là. Il avait terminé son sandwich et vit un choucas se poser non loin en mirant d'un œil attentif les miettes entre ses pieds. L'oiseau lui rappela aussitôt une autre des particularités de la station. Il estima que c'était le bon moment et demanda à JC :

– Sur le plateau, un jour tu m'as empêché d'aller dans une zone au centre.

JC approuva en mordant dans son morceau de pain.

– La falaise, dit-il la bouche pleine.
– Au-delà, dans le cœur de la sapinière. Tu sais ce qu'il y a, pas vrai ?

JC cessa de mâcher et se tourna vers lui.

– Les guirlandes d'os, précisa Hugo pour ne lui laisser aucune chance d'esquiver.

JC se remit à mastiquer son repas, plus lentement, sans lâcher Hugo de ses billes aussi noires que celles du choucas. Il avala puis fouilla entre ses dents avec sa langue.

– T'es allé voir ? demanda-t-il enfin.
– Je suis tombé dessus en me perdant.
– Tu n'aurais pas dû.
– C'est toi qui les fabriques ?
– Moi ? Non.

Il parut réellement indigné qu'on puisse le croire capable d'une chose pareille.

– Alors qui ? Strafa ?

JC écarquilla les yeux et Hugo eut l'impression qu'ils allaient tomber et rouler sur ses joues, suspendus à leurs nerfs optiques vermillon.

– Tu es au courant pour Strafa ?

– Franchement, c'est un secret de Polichinelle. Après, je n'ai pas dans l'intention de le crier sur tous les toits. S'il veut rester planqué là, c'est son problème. De toute façon, tout le monde s'en fout maintenant. Strafa c'est de l'histoire ancienne, il est oublié.

JC mit un moment avant de digérer la nouvelle. Puis il dit :

– C'était le plus grand. Et pour beaucoup, ça l'est encore. Jamais égalé, tu le savais ?

Il y avait du respect dans sa voix.

– C'est ce que j'ai lu. C'était avant. Autrefois. Aujourd'hui, qu'est-ce qu'il est encore ? Absent et pourtant omniprésent en quelque sorte. Il donne l'impression d'abandonner la station et pourtant il *est* la station. C'est assez bizarre cette relation. Tu lui en veux ?

JC observait les arbres, le regard perdu.

– Je ne mords pas la main qui me nourrit.

Hugo devina qu'il n'en obtiendrait pas beaucoup plus, mais essaya :

– Tu l'as vu sur scène toi ?

– Petit con, lâcha JC avec un rictus.

– Quoi ? fit Hugo, sincère.

– Je dois avoir à peine dix ans de plus que toi ! Strafa s'est retiré juste avant ma naissance. T'es bon pour mettre ton nez partout mais les calculs c'est pas ton fort, hein ?

JC avait raison, Hugo n'avait pas réfléchi. Il décida de revenir à son premier sujet :

– C'est quoi alors ces guirlandes dans la sapinière ?

JC jeta son sandwich dans le fossé et le choucas s'envola dessus en piaillant, aussitôt suivi par une demi-douzaine de ses congénères.

– Tu sais ce que c'est que des talismans ? demanda JC.
– Une sorte de protection superstitieuse. Contre quoi ? Qui les a faits ?

JC se raidissait, contrarié par la tournure que prenait leur conversation.

– Les anciens, dit-il, les habitués.
– Genre... le vieux Max ?
– Entre autres.
– Mais pour protéger de quoi ?

JC se redressa et épousseta les miettes sur sa salopette.

– De la station, lâcha-t-il en s'éloignant. Ceux qui pensent que cet endroit est mauvais.

Hugo n'avait pas obtenu un mot de plus de son collègue, qui se sentait apparemment vexé d'avoir été cuisiné de la sorte. Il envoya Hugo ranger le matériel sans lui en fin de journée, et le jeune homme ressassait les mots du bûcheron pour tenter de leur donner du sens. Qui étaient les anciens dont il avait parlé ? Pas un mais *les* anciens, avait-il dit. DePrigent ? Adèle ? Simone ? Les gens qui venaient l'hiver ? Tout ça était bien nébuleux. Et pourquoi rester sur place, y faire sa vie, s'ils pensaient que la station était *mauvaise* ? Mauvaise de quelle sorte ? Comme un être vivant qui a sa personnalité ? Un animal prêt à mordre ?

Il pensait avoir de quoi tourner en boucle toute la soirée lorsqu'il ressortit du vaisseau-mère par la porte latérale et qu'il croisa Ludovic. Le garçon avait la tête penchée, ses cheveux trop longs lui dessinant une visière sur les arcades.

– Salut, fit Hugo lorsqu'ils parvinrent au même niveau.

Ludovic ne répondit pas et Hugo, un peu sur les nerfs, s'en agaça, au point de ne pas pouvoir s'empêcher de le lui faire remarquer :

– Tu réponds jamais ? J'ai dit : salut.

Ludovic s'immobilisa. Il allait lui aussi au sous-sol du vaisseau-mère, des pochettes d'outils dans ses mains noircies par la graisse des remontées. Il le toisait mais garda les lèvres scellées.

— Tu as un problème avec moi ? demanda Hugo. Si c'est le cas, crève l'abcès, c'est l'occasion, parce qu'on a encore quatre mois à passer ensemble, et je n'ai pas la moindre idée de ce qui ne tourne pas rond chez toi.

Pour le peu qu'il en savait, Ludovic était un taiseux, à la limite du timide maladif, qui observait beaucoup, avec ses yeux de fouine, et ne se mêlait de rien, toujours à distance. Hugo avait dû l'entendre dire moins de cent mots en quatre semaines et l'unique fois où il avait décroché plus qu'un sourire sur un malentendu, c'était lorsque Tic et Tac l'avaient fait boire, quasiment de force.

— Non, répondit Ludovic.
— Non quoi ?
— J'ai pas de problème avec toi.
— Alors pourquoi tu ne me réponds pas ? T'es toujours là à me mater de loin comme si j'étais ton ennemi, et les rares fois où on se croise, tu ne m'adresses pas la parole.
— OK.

Hugo se renfrogna avant de réaliser qu'il était, lui, en train de se comporter comme un idiot, trop agressif. *Il est peut-être autiste ou quelque chose dans ce genre...*

— T'es sûr que ça va ? insista-t-il en essayant d'y mettre autant de bienveillance qu'il y parvenait.

Ludovic approuva d'un hochement.

— Bon... dit Hugo, désemparé. J'imagine qu'on sera jamais les meilleurs potes du monde, mais à l'occasion, si tu pouvais au moins me dire bonjour, ce serait sympa.

Ludovic ne lui rendit même pas l'esquisse d'un signe d'ouverture. Il se contentait de le fixer avec ses mains sales pleines d'outils.

— Comme tu voudras, capitula Hugo en lui tournant le dos.

– J'ai vu que tu es allé dans la forêt au-dessus de la falaise, dit Ludovic, de façon monocorde.
– Faire mon job, oui.
– Tu les as vus ?
Cette fois Hugo sentit les poils de ses avant-bras se hérisser.
– Les talismans ?
Ludovic s'approchait lentement, et Hugo remarqua qu'il serrait à présent ses pochettes d'outils si fort qu'il s'en blanchissait les articulations.
– C'est à cause de la station, dit froidement le garçon avec ses cheveux devant les yeux. Elle mange des gens.

42.

Lily avait pris les choses en main.
Après qu'Hugo lui avait rapporté les propos de Ludovic, elle avait déclaré qu'elle lui parlerait. Elle pensait qu'une femme avait plus de chances de l'amadouer. Ludovic était en effet un garçon extrêmement renfermé, il ne se mêlait que rarement aux repas collectifs et passait le plus clair de son temps dehors aux remontées mécaniques, dans le hangar de celles-ci à cinq cents mètres plus haut sur les pistes, ou dans sa chambre. Il n'avait pas été recruté pour ses capacités sociales mais sa maîtrise mécanique, dans laquelle il se débrouillait bien assez pour pouvoir œuvrer sans accaparer de formateur.

— J'ai vu son regard quand il a dit ça, avait précisé Hugo, et je ne serais pas étonné que ce soit lui qui ait fait les dernières guirlandes-talismans ou quoi que soient ces merdes !

— Il est arrivé juste avant toi, il n'a pas pu être l'auteur des précédentes, avait opposé Lily.

— Mais quelqu'un a pu l'initier. Le vieux Max ?

Plus il repensait au moustachu jovial, plus il s'interrogeait sur son rôle dans tout ça. Lily avait soldé la discussion, catégorique :

— Je vais me charger de Ludovic, toi tu en as assez fait comme ça. Et dire à JC que tu sais pour Strafa n'était pas la plus brillante de tes actions. Maintenant il va se méfier de toi, craindre que tu balances tout, que le secret ne s'évente.

Hugo savait qu'il n'était pas loin de la phrase de trop, de saturer Lily, avec son besoin maladif de surveiller tout le monde, et avait cédé même s'il lui brûlait la langue de répondre que le monde entier se foutait désormais de Strafa, qu'il avait été oublié. Lily n'avait rien dit lorsqu'il lui avait raconté l'épisode avec Adèle, mais il pouvait lire dans son attitude une forme de désapprobation. Pour lui, la plupart de ces gens étaient de nouvelles rencontres, tout à construire, pour elle ils représentaient presque une famille après trois années à leurs côtés, et elle ne pouvait croire en la culpabilité d'aucun d'entre eux. Culpabilité de quoi d'ailleurs ? D'avoir tressé des ossements d'animaux avec des lianes et des ficelles ? D'avoir sculpté des troncs de mauvais goût ? Si elle avait bien volontiers joué le jeu d'un Strafa diabolique le soir de leur réunion avec Jina, elle était depuis redescendue d'un cran au moins sur l'hypothétique présence d'un pacte avec le Malin. Ça ne tenait pas la route. Pas une seconde. Tout ça n'était que le délire d'une soirée. Strafa était un vieux type barré, et il s'était joué d'eux qui avaient osé pénétrer dans sa maison sans autorisation.

Cela avait commencé à jeter un froid sur leur relation et Hugo avec fait marche arrière. Lily comptait déjà trop pour lui et il était hors de question de tout mettre en péril parce qu'il ne parvenait pas à passer à autre chose. Il *devait* passer à autre chose.

Pourtant il envoya un e-mail à Alice via l'adresse qu'il avait récupérée dans le bureau d'Adèle. Il lui demandait de juste le rassurer, lui dire qu'elle allait bien.

De fortes pluies nocturnes causèrent un petit éboulement au pied de la Tour dans la nuit du samedi au dimanche et il fut réquisitionné le jour de repos pour aider à dégager le passage. Il obtint son lundi en récupération. Lily était occupée à farter les skis avec le vieux Max dans les ateliers, et il en profita pour faire le plein de ses réserves qui s'étaient vidées. Il passa une heure à l'épicerie à remplir ses sacs, sous le regard triste de Simone. Hugo ne la voyait pas le reste du temps. Tous les matins, six jours sur sept, fidèle au poste derrière sa caisse. Mais que faisait-elle de ses journées ensuite ? Où errait-elle ? Il ne la croisait jamais dans les couloirs. Pas plus qu'aux quelques soirées communes. Elle devait avoir pas loin de soixante-dix ans, la doyenne probable de Val Quarios. Hugo se rendit compte qu'avec son physique maussade et son air transparent, il ne l'avait jamais incluse dans ses équations suspicieuses. Alors qu'elle était la plus à même de tout savoir, de connaître tout le monde. Même Strafa.

Surtout Strafa.

Hugo n'envisageait pas que Simone ait débarqué récemment à la station – qu'est-ce qu'une femme comme elle serait venue y faire à l'âge où normalement elle aurait dû prendre sa retraite ? Elle exerçait ici parce que c'était une habitude. *Peut-être même depuis...* Tandis qu'elle passait ses articles sur le tapis, Hugo décida qu'il n'avait plus rien à perdre. Il tenta le coup :

– Vous êtes ici depuis le début ?

Elle confirma d'un hochement quasi imperceptible. Hugo était fatigué par ces gens auxquels il fallait arracher le moindre mot, il n'avait plus la patience. Il entra directement dans le vif du sujet :

– Vous avez connu Strafa lorsqu'il s'est installé ?

Ses yeux gris se relevèrent, comme actionnés par un ressort. *Eh bien voilà*, songea Hugo.

– Il a raison, le gamin, dit-elle, il est bien curieux, celui-là.

– Qui vous a parlé de moi, Ludovic ?

Elle secoua la tête sans masquer son dédain.

– Mais non, le gamin. Le mien.

Les connexions se faisaient à toute vitesse dans l'esprit d'Hugo, qui dit avec beaucoup plus d'étonnement qu'il ne l'aurait voulu :

— JC ? JC est votre fils ?

Elle secoua à nouveau la tête, cette fois d'évidence.

— Pardonnez-moi, ajouta Hugo, je n'avais pas fait le rapprochement, je suis un très mauvais physionomiste...

Il cherchait à présent si cette donnée modifiait ses déductions passées sur tout ce qui s'était produit jusqu'à présent, pour conclure, non sans une certaine amertume, que ça ne changeait rien. JC était l'enfant du pays, Hugo l'avait toujours su, et maintenant il apprenait seulement que sa mère était également présente parmi eux. Elle ne sortait jamais et JC non plus d'ailleurs, pas plus actif dans la vie sociale que sa génitrice. Il les imagina le soir enfermés dans le même appartement, à regarder la télévision, un bol de soupe fumante devant eux, mère et fils ne quittant jamais leur logement, rivés l'un à l'autre.

C'est Psychose...

Sauf que JC n'avait rien d'un Norman Bates en puissance. Bourru certes, mais relativement sympa. Assez charmeur, sportif... Hugo ne le voyait pas en psychopathe cajolant sa *môman* qu'il serrait contre lui la nuit venue avant de s'endormir. Non, pas du tout. *Et à quoi je joue encore ? À chercher un criminel qui ne commet aucun crime ?* Parce que c'était une réalité. Il ne s'était fondamentalement rien passé de concret entre ces murs depuis qu'il était là, il devait bien le reconnaître.

Simone lui tendit le ticket. Décidément pas du genre loquace. Hugo abandonna et constata qu'il avait cinq gros sacs bien garnis et deux packs de bouteilles de lait et de Coca Zéro. Il en laissa là, le temps d'aller déposer une première partie dans les cuisines derrière la cantine, qu'il rangea dans le placard qu'il s'était attribué. Puis il retourna à l'épicerie prendre les deux derniers sacs auxquels, dans un élan de confiance, il crut pouvoir ajouter le pack de Coca. Ceux-là il les destinait à son appartement.

Le temps de remonter les couloirs du C jusqu'à l'escalier qui menait aux étages, et il avait les mains lacérées par les anses, les épaules en feu et un début de point au milieu du dos. Il s'accorda une pause pour reprendre des forces. Deux étages l'attendaient, puis encore une série de couloirs. Il avait été idiot de tout vouloir prendre en même temps plutôt que de picorer au jour le jour. Il aurait pu laisser là-bas une partie de sa cargaison pour venir la rechercher ensuite, mais Hugo avait la flemme de multiplier les allers-retours.

Les deux ascenseurs semblaient le narguer, leur bouton d'appel ressemblait à une bouche en train de siffloter sur l'air de « je suis juste là, je ne dis rien, mais franchement, je suis juste là, et dispo ». Lily lui avait bien précisé que personne ne s'en servait jamais pendant l'été, pour ne pas prendre de risque. Mais quel risque y avait-il à les utiliser *une seule fois* ? S'il fallait qu'ils tombent en panne justement lors de l'unique occasion où Hugo les sollicitait, alors autant jouer au loto, parce qu'il était dans une période de karma incroyable.

Joue pas avec le feu...

Au fond, il ne voyait pas le problème. Ce n'était pas comme s'il allait les utiliser tous les jours, matin et soir, pour se rendre au boulot, là, oui, d'accord, il multipliait les chances de n'avoir pas de bol. Mais s'il grimpait dedans *une seule et unique fois*, il fallait qu'il soit l'homme le plus poisseux de la planète pour qu'il lui arrive un problème.

Et de toute façon, Hugo ne pensait pas pouvoir atteindre le sommet de ces marches sans que ses phalanges ne finissent tranchées net par ces maudites anses.

Il avait appuyé sur le bouton. Celui-ci brillait d'une lumière dorée. Un scintillement parfaitement rond, comme une auréole. Celle de sa conscience qui lui faisait savoir qu'il n'était pas trop tard. Il pouvait encore reculer. Ne pas poser le pied dans cet ascenseur. S'il le faisait, les portes se refermeraient sur lui et ce serait comme s'il avait volontairement pénétré en enfer. *N'importe quoi. Imagination de merde.* Alors le purgatoire. Hugo soupira.

Le *ding* de la sonnerie le fit reculer machinalement d'un pas et les battants métalliques s'ouvrirent sur une cage tout en profondeur. Assez grande pour y mettre lui, ses courses, sa fainéantise et toute son immense connerie. *Assez grande pour plusieurs personnes avec des skis, et c'est tout.* Il entra, déposa ses sacs qui pesaient un peu plus lourd à chaque seconde, et tendit l'index vers la commande. Son doigt s'était arrêté devant la touche du sous-sol.

Il se souvint d'avoir entendu quelque chose à propos d'une blanchisserie sous le bâtiment, utilisée uniquement pendant la saison d'hiver, pour les chambres, mais à laquelle il pouvait avoir recours s'il avait un jour un problème avec la machine à laver de son appartement. *Non, certainement pas, merci.* Quand il constatait ce qu'il était capable d'imaginer dans la cage d'escalier du Vioc, il était hors de question qu'il trimballe son imagination monstrueuse dans les halls d'une cave remplie de machines alignées sous des néons. Certainement pas.

Il pressa sur le bouton 2 et les portes coulissèrent. Comme deux guillotines. *Ah non, je ne vais pas recommencer.* La cabine trembla, puis, dans un effort difficile, se souleva. Lentement. Très lentement.

Il ne faut pas être pressé. C'était à un tel point qu'Hugo supposa que c'était voulu, c'était impossible autrement. Pour éviter que dans un soubresaut un passager trébuche avec ses grosses pompes qui puent et plante son ski dans le visage du type de derrière.

— *Dites donc, il est drôlement bien affûté votre ski.*
— *Pardon ?*
— *Votre ski, il tranche ! Regardez ma gorge ! Elle pisse le sang !*

Hugo secoua la tête, il reprit le contrôle sur ses projections gores. *Il ne va pas tomber en panne.* Le voyant lumineux indiqua le 1. Il y était presque. Ils le dépassaient à présent. Sans se presser.

Le 1 s'effaça. Hugo guettait le chiffre 2, attendant que la diode rouge derrière s'embrase, que le *ding* de l'arrivée retentisse. Au

lieu de quoi l'ascenseur s'immobilisa brusquement, obligeant Hugo à se rattraper à la rampe.
Non.
Et la lumière se coupa.

43.

Ça ne pouvait être qu'un cauchemar.

Y avait-il une chance sur un million pour que la seule et unique fois qu'il prenait l'ascenseur, celui-ci – *celui-ci* et pas un autre ! – tombe en panne ? La putain de *seule et unique* fois.

Hugo sentait qu'il devait se maîtriser, ne pas céder à la panique. Ce n'était pas le moment. Pas maintenant, coincé entre deux étages d'un bâtiment désert où pas grand monde n'avait de raison de passer, au cœur d'une station elle aussi quasi déserte, dans le fin fond du trou du cul des Alpes. En sentant les deux sacs de courses et le pack de Coca à ses pieds, il fut pris d'une envie de rire. *Au moins je ne crèverai pas de faim ou de soif.* Mais ça n'avait rien d'amusant. *Garde ton sang-froid. Il va repartir. C'est juste une coupure, peut-être comme celle de l'autre soir.*

Ne pouvant manquer une occasion pareille, son imagination répliqua aussitôt : *Tu veux dire comme la fois où tu t'es retrouvé dans le noir, comme maintenant, et qu'une énorme bestiole a débarqué pour tenter de te boulotter en te suçant la bidoche qu'elle aurait volontiers liquéfiée au préalable ? Bien joué, mec ! Bien joué !* Sauf qu'ici, il ne risquait pas d'entendre quoi que ce soit approcher. Et c'était bien le problème.

– Allez, repars, dit-il.

À tâtons, il chercha les touches de commande et partit de celle tout en haut pour arriver sur ce qu'il supposa être celle du « 2 ». Il la pressa, plusieurs fois, avec insistance.

– Je peux pas avoir une telle déveine, c'est pas possible.

Il n'y voyait rien. Absolument rien. Pire qu'une nuit sans lune. « Une nuit plongée dans une cabine d'ascenseur au fond d'un lac d'encre. » Celle-ci n'était pas trop mal, et en d'autres circonstances il aurait pu la noter pour la resservir dans un de ses prochains chapitres. *Ceux d'un roman que je n'ai même pas commencé...* Combien de temps pouvait-il rester enfermé ici avant que quelqu'un s'en rende compte ?

Ils n'avaient pas encore prévu quel soir ils passeraient ensemble avec Lily puisqu'ils venaient de dormir chez elle. Mais Hugo supposait que si elle ne le voyait pas d'ici à mercredi elle s'en inquiéterait. *Trois jours, quand même...* Et encore fallait-il que les secours le trouvent ici. L'entendraient-ils crier ? Combien d'heures ou de jours supplémentaires avant que la compagnie d'entretien puisse missionner une équipe ? *Ils m'enverront les pompiers.* Hugo n'était pas sûr de pouvoir tenir trois jours dans ce réduit, au milieu des ténèbres, sans devenir fou.

Et quelle humiliation ensuite... Tic et Tac n'allaient pas le rater. Pendant tout l'été, il ne serait plus Hugo, il pouvait dire adieu à son prénom, mais Otis, le pro de la montée, ou, les soirs alcoolisés, Otis, le pro de la descente. Et lorsqu'ils découvriraient en plus qu'il couchait avec Lily, il deviendrait Otis, le pro de la grimpette !

Hugo laissa choir sa tête contre la paroi. Il commençait à ne pas bien respirer. *C'est psychologique. Tout va bien, l'air se renouvelle tout seul.* Était-il bien certain de ça ? Parce que mourir asphyxié dans le noir d'un ascenseur n'était pas une mort qu'il envisageait. Hugo expira profondément.

– Hey ho ! Il y a quelqu'un ? s'écria-t-il soudain. Vous m'entendez ?

Ses mots résonnèrent contre les parois métalliques comme si elles avaient le pouvoir d'emprisonner les sons. *Mais non, ça passe au travers. On doit pouvoir m'entendre sur le palier.* Il se rendit compte qu'il tirait sur le col de son sweat-shirt. Il avait chaud. *Je vais beugler toutes les minutes, on finira bien par me remarquer.* À ce rythme, il se donnait une heure avant de faire une extinction de voix, et ensuite il serait bien avancé si quelqu'un passait à proximité mais qu'il était incapable de se signaler.

En tapant contre les murs ? Il n'avait rien qui puisse servir de bâton, mais estimait que ses poings pourraient suffire. Il frappa un coup, se fit un peu mal et sentit la cabine bouger légèrement sur ses câbles. *Manquerait plus qu'elle tombe.* Non, ça c'était impossible, elle était parfaitement arrimée, stabilisée sur ses freins, il n'y avait aucun risque. *Impossible, comme la probabilité que la seule et unique fois où tu montes dans un ascenseur il tombe en panne ?*

L'air qui passait par son nez ne suffisait plus, et Hugo se mit à respirer par la bouche.

– Hey ! aboya-t-il. Il y a quelqu'un ?

Et si quelqu'un te répond « oui », juste là, à côté, dans l'obscurité ? Qu'est-ce qu'on fait ? On devient dingue, voilà ce qu'on fait. Mais il n'y avait personne avec lui dans l'ascenseur. Hugo secoua la tête. Pourquoi avait-il fallu qu'il cède à cette pulsion crétine ? Il réitéra ses appels et tendit l'oreille avant de finir par s'asseoir dans le noir.

Pas la moindre petite source de lumière.

Un sifflement ténu le fit se pencher sur le côté. Il provenait du puits de l'ascenseur. Mais le bruit avait cessé. Hugo se releva. Il en était convaincu, il avait entendu un son. Comme celui qui l'avait fait passer pour un abruti auprès d'Exhell, un soir. N'était-ce pas ce même ascenseur ? *Le vent, c'était le vent.*

Le feulement apparut à nouveau. Fragile. *En dessous, ça vient de sous l'ascenseur.* Quelqu'un au niveau 1 ou au rez-de-chaussée ? Possible... Hugo se mit à genoux et approcha son oreille du sol. Le bruit recommença. C'était un... *soupir.* Non, plutôt un râle. Aigu. Et il se reproduisit. *Une femme qui gémit.* Comme si elle souffrait. Non, c'était improbable. Exhell avait raison, c'était le vent qui se déformait au gré des canalisations qui traversaient le bâtiment.

Mais lorsque le gémissement recommença, Hugo identifia très clairement un appel. Un appel à l'aide. À bout de souffle. Lent et désespéré. *Je deviens taré.* Hugo ne respirait vraiment pas bien. Il colla à nouveau son oreille sur le sol et attendit. Plusieurs minutes. Le souffle avait disparu. Puis il recommença, et cette fois Hugo tomba à la renverse.

Elle était là ! Avec lui, dans la cabine de l'ascenseur ! Elle était là, à moins d'un mètre de lui, il pouvait la deviner, son visage fixé sur lui dans cette nuit d'encre, et elle gémit de ce râle grinçant, celui d'une femme presque déjà morte ! Ses doigts froids tendus vers lui, sur le point d'accrocher sa joue. Son haleine de suppliciée près de se déverser dans sa gorge.

Les freins de l'ascenseur grondaient tout autour d'Hugo. Il clignait des paupières, le cœur trop gros pour sa poitrine, trop rapide aussi. Ce n'était pas une femme avec lui, mais la cabine qui se remettait à descendre dans un vacarme monstrueux. Puis les freins desserrèrent leur morsure et l'ascenseur se remit en marche, sans lumière. Ils descendaient.

Lorsque le *ding* retentit, les portes s'ouvrirent sur un couloir gris où brillait une minuscule lampe de service loin sur le béton poussiéreux.

Hugo était au sous-sol.

44.

Hugo était étendu sur le dos, posé sur ses coudes, effaré.

Il fixait le corridor gris et entoilé d'arantèles se soulevant avec la respiration du bâtiment C. Un souffle porté par un courant d'air qui descendait de la cage des ascenseurs. Il se retourna prudemment, s'attendant à trouver une femme avec lui, ramassée dans le coin de la cabine, à l'agonie, mais il était seul. *Les freins. Ce sont les freins qui couinaient.* Mais avant cela ? Le souffle, le râle, c'était bien réel ça !

Les portes de la cabine se refermaient. Hugo se jeta en avant et les repoussa du pied. Il préférait se faire arracher la jambe plutôt que d'être emmuré une fois de plus dans cette tombe ! Il sortit et laissa l'ascenseur se verrouiller, abandonnant ses courses à l'intérieur, ça n'avait plus d'importance. Sur le côté, une grille aussi haute que lui protégeait l'hélice de la ventilation. Elle tournait en émettant un battement régulier. *Flouch. Flouch. Flouch.* Il ne ressentait aucune fraîcheur. *Parce qu'elle pousse l'air vers l'intérieur.*

Que faisait-il ici ? Pourquoi l'ascenseur l'avait-il amené là ? Cela ressemblait véritablement à un cauchemar. Sauf qu'Hugo pouvait penser, agir. Il respirait. Il frissonnait également. Non, il n'était pas en plein sommeil. *Mais un ascenseur ne peut pas me conduire où il veut ! C'est impossible !* Il y avait forcément une autre explication.

Hugo marchait comme un rescapé après un crash, qui s'extirpe de l'épave fumante de son avion, déambulant sans encore bien savoir ce qu'il vient de vivre. Il remontait le couloir, passait devant des ouvertures vers d'autres limbes souterrains, longeait des grilles fermant de quelconques réserves, et entendait au loin, derrière lui, la rumeur lancinante s'estomper.

Flouch. Flouch. Flouch.

Il finit par trouver un escalier qui le fit atterrir quelque part dans le C, sans qu'il sache exactement où. Il s'en moquait, Hugo pouvait distinguer la lumière du jour non loin, et cela lui suffisait. Il titubait.

Respirer la fraîcheur, voilà ce dont il avait besoin. Un immense bol d'air bien pur, pour lui laver les poumons, jusqu'au fond des artères, et avec un peu de chance, cela lui nettoierait aussi l'intérieur du crâne. Il s'affala dans l'herbe et savoura chaque seconde de cette liberté. Il ne se sentait pas très bien, la tête lui tournait. Était-ce une crise de claustrophobie qu'il avait faite là-dedans ? Une bouffée de panique ? Il n'en savait rien mais il ferma les paupières. Dans la torpeur qui suivit, il se revit au sous-sol du C, face à la ventilation.

La grille avait disparu, mais l'énorme hélice tournait avec la même volonté inébranlable. Hugo tendit la main et d'un battement d'acier son poignet se fracassa dans un craquement sec.

Flouch. Hugo continuait d'avancer, un pas après l'autre. La pale suivante le cueillit au niveau de l'intérieur du coude. Elle lui sectionna le bras qui tomba sur le ciment avec un bruit humide cette fois.

Flouch. Le sang jaillissait, presque noir dans la pénombre, il ressemblait à de l'huile qu'un moteur fatigué peine à éjecter plus loin que quelques centimètres dans les airs. L'hélice arrivait pour moissonner ce qu'il restait. Hugo la vit fondre sur son visage avec la constance d'une vague sur le sable.

Flouch. Elle s'enfonça dans son front, déchiqueta sa cervelle avant d'arracher sa mâchoire qui s'envola dans une pluie de sang. La mâchoire et ses dents luisantes glissèrent jusque sur le seuil de l'ascenseur. Des filaments de peau et de tendons s'agitaient encore à chacune de ses extrémités.

Les portes de l'ascenseur se refermèrent brusquement et broyèrent la mâchoire aussi facilement que s'il s'agissait d'une carcasse de poulet.

Ding !

Hugo se réveilla en sueur. Le soleil était haut dans le ciel. Combien de temps avait-il dormi ainsi vautré dans l'herbe ? Il se sentait nauséeux à cause du cauchemar, mais l'esprit plus clair. Que lui était-il arrivé ? Le jeune homme se frictionna les joues puis retourna dans le C, en direction de son appartement.

Il ne comprenait pas encore bien s'il avait été victime d'un délire créé par la peur ou s'il y avait une explication plus évidente encore. Une sorte d'intoxication à un gaz ? Les chaudières mal entretenues pouvaient causer des fuites dangereuses. *Mais elles tuent, elles ne provoquent pas des bouffées délirantes.* Hugo n'avait pas encore statué sur ce qu'il lui était arrivé lorsqu'il rentra enfin chez lui.

Ce qu'il y vit manqua le rendre définitivement fou.

Ses sacs de courses et le pack de Coca Zéro étaient posés sur la table.

45.

Hugo était seul sur ce coup-là.
Il lui était impossible de raconter à Lily qu'il ne savait s'il était en train de perdre la boule ou s'il y avait autre chose, de presque plus inquiétant, qui se produisait dans la station.

Une chose impossible. Mystérieuse. Qui donnait tout son crédit à l'hypothèse d'un Lucien Strafa qui avait vendu son âme au diable et qui depuis cherchait à la reprendre en aspirant autant d'énergie vitale qu'il le pouvait.

Parce qu'il était d'un naturel pragmatique, Hugo ne cessait de se répéter que ça n'était pas possible, mais comme il refusait de penser que la démence le gagnait il voulait croire à une autre explication. Et celle qui finit par germer était d'une évidence confondante. Rassurante.

Quelqu'un cherchait à le rendre fou. Tout ça n'était qu'artifices. Comment ? Il l'ignorait, mais qui, mieux qu'un ancien magicien, pouvait fomenter des coups aussi tordus ? L'épisode de l'ascenseur ressemblait à s'y méprendre au genre de facétie morbide que pouvait exécuter un artiste comme lui.

Strafa cherche à me piéger.

Après tout, il avait chez lui, dans son salon, une photo d'Hugo avec les yeux punaisés. Pour une raison qui lui était personnelle, le vieux magicien s'attelait à le détruire.

Mais quel est le lien entre lui et moi ? Hugo n'avait jamais fait quoi que ce soit dans son existence qui méritât un tel acharnement, il n'avait jamais participé à un crime, jamais brisé de vie, il n'avait été qu'un petit gars de Normandie qui s'escrimait à construire une carrière, en vain, qui se faisait larguer, à raison, et qui débarquait ici par le biais d'une annonce sur Internet.

Annonce qui t'a été refilée par un inconnu sur un forum, ne l'oublie pas. En fait, ça aurait pu être n'importe qui.

Donc Strafa. Un homme de sa trempe n'était peut-être pas un génie du codage mais Hugo ne doutait pas un instant que, pour avoir été le plus impressionnant des prestidigitateurs, il avait dû connaître bien des disciplines scientifiques, et ce genre de curiosité ne se tarit jamais totalement. Il avait forcément suivi, d'un œil au moins, les progrès de l'informatique, l'éclosion d'Internet. Se créer un pseudo et chatter sur un forum n'exigeait pas des compétences hors normes.

Ou il avait un assistant.

Exhell venait de débarquer, et cela fit naître une autre interrogation dans l'esprit d'Hugo. Val Quarios disposait d'un site depuis longtemps, consultable toute l'année, donc d'un responsable informatique à temps plein. Qui s'en chargeait *avant* Exhell ? Voilà une question qui pourrait peut-être déboucher sur du concret.

En l'espace d'un après-midi, Hugo était passé d'une fébrilité mentale extrême à une assurance inquiétante. Il ne devenait pas fou et cet endroit n'était pas hanté. Mais Strafa jouait.

Et je dois découvrir pourquoi.

Le soir même, Hugo se mit à traquer Exhell, sans hélas parvenir à le trouver, pas plus qu'il ne vit Lily, mais il savait qu'elle aimait sa dose de tranquillité, particulièrement après qu'ils avaient passé une nuit ensemble. Louve de la montagne, elle avait besoin de régulièrement s'y réfugier en solitaire, pour se ressourcer. Il avisa en revanche Jina qui discutait avec Armand et Merlin. Il s'arrangea pour capter son attention et elle finit par le rejoindre sur la mezzanine devant l'aquarium.

- Je voulais aussi te voir, commença-t-elle. J'ai eu des nouvelles d'Alice. Tout va bien !

Le cœur d'Hugo tressauta.

- Tu l'as eue, toi, directement ?

- Non, DePrigent, elle avait un message à me transmettre à propos d'un pull que je lui ai prêté.

Il baissa le menton, déçu. *Au moins ça confirme qu'a priori DePrigent ne cherche pas à cacher quoi que ce soit.*

- Je suis désolée, je voulais t'en parler dès que j'ai su mais je ne t'ai pas vu de la journée. La nouvelle m'a collé une pêche aujourd'hui, tu n'imagines pas. Adieu les flips paranoïaques !

- Je suppose, soupira Hugo du bout des lèvres.

Il ne voulait pas entrer dans le détail de sa petite manipulation avec Lily, ce n'était pas le moment.

- Eh bien quoi ? Réjouis-toi un peu ! Alice va bien.

Hugo se plaqua un sourire de circonstance.

- Qu'est-ce que tu voulais ? demanda Jina.

- J'ai besoin d'un service.

- Même pas en rêve.

- Tu ne sais pas encore ce que c'est ? s'agaça-t-il.

- Mais je sais que je ne vais pas aimer. Si c'était facile, tu le ferais.

- Écoute, je ne te demande pas d'être proactive, juste d'orienter la situation si elle se présente.

Elle soupira.

- Vas-y, crache le morceau, dit-elle.

- Si Exhell te fait encore du rentre-dedans…

- Si ? Tu veux dire *quand* il me fera du rentre-dedans. Et sérieux, il y a encore des gens de moins de quarante ans qui utilisent « rentre-dedans » ?

Hugo ignora la pique, il mettait un orgueil tout particulier à soigner un minimum son vocabulaire acquis à force de lectures.

- Je voudrais que tu le sondes sur…

- Ah non, je ne sonde pas ce type, hors de question.

— Jina ! Arrête, je suis sérieux. Pose-lui des questions sur son prédécesseur. Qui s'occupait de l'informatique et du site de la station avant lui. Tu peux faire ça ?

Elle fit claquer le coin de sa bouche.

— Ça va te coûter cher. Dans le genre, la même bouteille que celle que tu as fait boire à Lily l'autre soir dans le resto savoyard.

— Elle t'a raconté ça ? s'indigna Hugo.

— Ne sous-estime jamais la fraternité des pipelettes, elle dirige le monde.

Jina lui tourna le dos d'un mouvement très théâtral et s'en alla rejoindre les autres dans l'aquarium.

Le lendemain soir, Hugo dînait avec Lily chez lui. Il avait préparé une salade de quinoa et ils jouaient à se caresser les pieds sous la table.

— Alors comme ça tu dis tout à Jina ? fit-il en prenant soin d'être sur le ton de la rigolade et non du reproche.

— Tout ce qui n'est pas secret défense, répondit la jeune femme en reculant sa chaise pour darder ostensiblement son entrejambe de ses iris noisette.

— J'y crois pas une seconde, je suis sûr que notre performance sexuelle est même le premier truc que tu lui as balancé !

— Là tu confonds les nanas et les mecs.

Il secoua sa fourchette devant lui.

— Je me sens à poil devant elle maintenant.

Lily recula sur son siège et porta son verre à ses lèvres, puis elle enchaîna :

— J'ai vu Ludovic cet après-midi.

Hugo se redressa.

— Il a causé de ce qu'il sait ?

— Comme tu y vas, tout de suite, « ce qu'il sait » !

— Il a tout de même balancé que la station mange des gens, excuse-moi, mais cas social ou pas, il a *vu* quelque chose ou au moins entendu.

Lily ne put réprimer un tic nerveux sur le côté du visage. *Je l'agace avec ça.*

— Je l'ai amené à évoquer les talismans dans la sapinière, il a reconnu qu'il y est allé. Plusieurs fois. Et mieux : il m'a avoué que c'est lui l'auteur de la guirlande récente.

Hugo fit claquer ses mains.

— Là on avance. Enfin du concret. Il a dit pourquoi ? Qui lui a montré ?

— Non. Juste que c'est pour nous protéger.

— De quoi ? De qui ?

— Ludovic pense que ces bâtiments sont autant de ressources que l'homme a volées à la nature. Qu'il faut rétablir l'équilibre, sinon nous allons le payer. D'après lui, la société dévore les hommes. Et cette station, à sa mesure, en est un prolongement. C'est pour ça qu'elle « mange des gens ». Nous en l'occurrence, si nous ne prenons pas garde à notre humanité.

Hugo afficha un air contrarié.

— Il t'a vraiment dit tout ça ?

— À peu près mot pour mot.

— C'est barré, non ?

— Plus que de croire qu'une force satanique hante cet endroit ?

Hugo encaissa la petite pique d'un sourire. C'était de bonne guerre.

— Tu en penses quoi ? demanda Lily.

— Qu'il ne dit pas tout.

— Non, pas de Ludovic, de son discours. La société qui formate les individus, qui les modèle, les uniformise.

— C'est son discours ça ?

— Moi, je te demande.

Hugo s'accorda une longue inspiration pour y réfléchir.

— Que le cancer c'est mortel et la guerre c'est moche ? ironisa-t-il.

— Te fous pas de moi, j'aimerais savoir. Qui est vraiment Hugo Chavaud ? Ses idéaux ? Ses convictions ? Je connais mieux le goût de ton corps que le fond de ton esprit.

— Est-ce que je suis un soldat docile ou un dangereux perturbateur du système ? Ni l'un ni l'autre si c'est ça qui te tracasse. Juste un trentenaire qui voudrait se faire une place là où il le pourra pour être heureux.

— En ville ? Dans la montagne ? Avec les hommes ou loin d'eux ? Tu crois en la politique ? En la société ? En Dieu ? Je ne sais même pas tout ça de toi !

Il y avait un sous-entendu dans toutes ces questions qui lui plut, songea Hugo. Lily commençait à s'interroger sur ce qu'il était. Sur ce dont il pouvait avoir envie. À terme. Elle n'était pas de la plus grande subtilité dans son approche, mais ne s'en cachait pas non plus, elle avançait ses pions, elle tâtonnait. Mais elle s'impliquait. Et rien que cette idée suffisait à réchauffer le cœur d'Hugo plus fort que ne l'aurait pu une centrale nucléaire.

Il avait envie de poursuivre sur le sujet de Ludovic. Il était persuadé que le garçon n'avait pas tout craché. Et qu'à un moment ou à un autre, lorsqu'il faudrait trouver des alliés, malgré son renfermement et son manque flagrant d'affabilité, il pourrait s'avérer précieux s'ils étaient parvenus d'ici là à construire un lien avec lui. Mais Hugo sentit que ça n'était plus le moment. Lily et lui avaient autre chose à faire. Alors il répondit à toutes ses questions. Ludovic pouvait attendre. Dans le fond, ils avaient le temps, se dit-il.

46.

Strafa avait laissé ses volets ouverts.

En pleine journée.

Ce qui était d'une normalité sans intérêt pour le commun des mortels relevait de la singularité intrigante chez le vieux magicien.

Hugo le remarqua dès le matin du mercredi, et comme c'était son jour de pause, il sut aussitôt ce qu'il allait faire.

Alice n'avait pas répondu aux deux e-mails qu'il avait envoyés, et cela faisait maintenant huit jours qu'il avait laissé un message sur son portable sans qu'elle ne retourne le moindre coup de fil à Lily – Hugo avait harcelé celle-ci pour qu'elle aille vérifier au sommet de la Tour. Certes, Alice avait le droit de changer de numéro, voire d'adresse mail, elle avait même le droit au silence si elle désirait couper les ponts, mais de là à ne pas envoyer au moins un « salut, je vais bien, à une prochaine » ou un truc dans l'esprit – Hugo n'en demandait pas plus –, ça, c'était difficile à avaler. Il ne comprenait pas et cela ne faisait qu'intensifier son obsession sur Strafa.

Hugo avait promis à Jina de déjeuner avec elle et craignait de n'avoir pas le temps de faire le trajet jusqu'au manoir, de prendre son temps pour observer, avant de devoir revenir, aussi planifia-t-il son projet pour l'après-midi. À table, Jina le devança dans ce qu'il allait demander :

— Oui, j'ai parlé avec Exhell. C'est pas comme s'il me laissait le choix. Vous faites chier avec Lily à batifoler et à me laisser seule avec lui.

— Qu'a-t-il dit ?

— Qu'avant lui c'était une fille, il ne l'a pas rencontrée, elle a fait un an avant d'aller voguer sous d'autres cieux. Et avant elle, il y avait un mec, celui qui a créé le site Internet de la station, même si Exhell s'est vanté d'être en train de lui redonner un coup de frais depuis son arrivée.

— C'est tout ?

— Ben oui, tu t'attendais à quoi ?

— Il t'a donné leurs noms ?

— Hugo, c'était une discussion, pas une garde à vue.

Trois informaticiens en combien d'années ? Des jeunes manifestement, qui devaient avoir la bougeotte rapidement. Rien d'anormal à ça. Hugo se sentait dans une impasse et cela l'agaçait. Qui avait aidé Strafa à le recruter via Internet ? Cette fille qui n'était plus là ? *Comme Alice...* Non. Il ne devait pas commencer à repartir dans cette direction. Strafa pouvait l'avoir fait seul malgré son âge. Jina agitait une main devant Hugo :

— Hey, allô la Lune, ici la Terre, enfin... un coin paumé quelque part entre la Terre et les Alpes. Tu es avec moi ?

— Pardon. Je réfléchissais.

— Pour une fois.

Jina s'était révélée depuis qu'il l'avait croisée pour la première fois, le soir de son arrivée, à l'aquarium, réservée à côté d'une Alice hautaine. Fini la discrétion, la douceur, désormais à l'aise, elle était tout en second degré, en vannes... *En alcool.* Elle buvait souvent, c'était vrai. Pas au point de s'en inquiéter pour elle mais pas loin, estima Hugo. À vingt-cinq ans était-ce assez peu surprenant ou au contraire un mauvais signe ? Hugo ne savait plus comment il était lui, alors qu'il n'était pas beaucoup plus vieux, mais rien que d'y penser en ces termes faisait de lui un homme qui était passé de l'autre côté, songea-t-il avec dépit.

– Tu veux que je le suce pour avoir les noms ?

Hugo cilla.

– Quoi ? bafouilla-t-il en constatant que Jina n'avait pas bu de vin à table.

– Tu ne m'écoutes pas, je pourrais dire n'importe quelle horreur. C'est sympa de déjeuner avec toi !

Hugo fit un effort pour être présent, mais sa tête n'était pas vraiment là, Jina avait raison. Et dès qu'il sortit de la cantine, il fila à l'est de la station, à travers la prairie, droit vers le manoir de Strafa. Il se moquait qu'on puisse le voir à présent, il n'en était plus là.

Il récupéra la route à mi-hauteur et la longea jusqu'au pied de la bâtisse à l'architecture biscornue. Il alla se poster sur un tas de bois à l'écart, en partie dissimulé sous les branches basses de la forêt. Pourquoi est-ce que Strafa avait les volets ouverts aujourd'hui ? Recevait-il ? Il n'y avait aucun véhicule garé devant, pas plus que de signe d'activité à l'intérieur. Mais les fenêtres du salon étaient très hautes, se souvint-il, trop pour qu'on puisse distinguer s'il y avait du mouvement. À l'évocation du salon, Hugo se remémora la tapisserie et les démons qui sortaient du coffre, dans le dos des convives. Était-ce une métaphore de la situation de Strafa ou de celle de tous ses anciens spectateurs ?

De tous les gens qui viennent ici, à Val Quarios, se divertir... Ils ne payent pas cher, ils s'amusent, et à la fin, le solde à acquitter leur est prélevé en douce, sans même qu'ils s'en rendent compte. Un bout d'eux. Le meilleur. Une portion de l'énergie qui les porte sur cette terre.

Hugo croisa les bras sur son torse. Et si cela valait pour lui ? *Non, moi je ne prends pas de plaisir, je suis venu travailler. Je donne...* Sa relation avec Lily n'entrait pas en ligne de compte. Elle était mutuelle, consentie. Il n'avait rien demandé pour qu'elle se concrétise.

Il demeura ainsi plus de deux heures, sans distinguer quoi que ce soit, et il fut tenté de rentrer mais se ravisa. Il n'avait aucune obligation qui l'attendait. Alors il patienta encore, scrutant les ouvertures. Le large vitrail dans la tour l'intriguait. Hugo était convaincu que c'était le bureau de Strafa, son antre.

Je ne peux tout de même pas entrer par effraction. Ça ne l'avait pas autant gêné la première fois, même s'il pouvait plaider l'ignorance, la bonne foi de celui qui vient saluer, tombe sur une porte ouverte et s'inquiète pour le propriétaire âgé... *Bien sûr.*

Et si Hugo approchait, est-ce que la porte allait s'ouvrir à nouveau ? *Et s'il voulait me voir ? S'il faisait exprès de m'attirer là ?* Hugo imagina soudain Strafa, tapi derrière l'une de ses fenêtres, à l'observer depuis tout à l'heure, un rictus au coin des lèvres. Non, ça n'avait pas de sens, pour quoi faire ?

Un moteur grimpait la pente. Un deux-roues. Hugo passa derrière le tas de bois et s'y accroupit pour s'y cacher.

Sans surprise, il reconnut Simone, comme la fois précédente. Malgré son âge, elle roulait en scooter, remarqua-t-il, admiratif et soupçonneux en même temps. Elle attrapa la tête du diable et la cogna plusieurs fois, fort.

La porte finit par s'ouvrir et cette fois Merlin le tatoué sortit. *Qu'est-ce que tu fous là, toi ?*

— Tout s'est bien passé ? demanda Simone.

— Impeccable.

— Tu n'as pas refermé les volets.

— Ah, merde. J'y retourne ?

Simone approuva après une brève hésitation.

— Ça ne va pas lui plaire s'il doit le faire lui-même, viens.

Ils disparurent dans le manoir et peu après les volets automatisés redescendaient pour plonger l'intérieur dans l'obscurité.

Qu'est-ce que Merlin fichait ici ? En quoi est-ce que ses compétences... Hugo se frappa le front. *Il fait l'entretien. Si Strafa n'a vraiment personne à son service là-dedans, il doit y avoir besoin de faire un peu de ménage de temps à autre.*

Hugo pesta dans son coin. Il avait passé son après-midi le cul sur des bûches pour ça. Surveiller le ménage. Il s'empêcha de repartir tout de suite, énervé. Qu'il attende au moins la sortie des deux comparses, des fois qu'ils parlent à nouveau et lâchent un scoop. Ils réapparurent, grimpèrent sur le scooter et repartirent à la même allure d'escargot, sans qu'Hugo soit plus avancé.

Tout ça pour ça, répéta-t-il. Il avait besoin de se défouler, faire une séance de sport pour évacuer la frustration. Ce soir il voyait Lily, et cette pensée suffit à le calmer.

Assez perdu de temps. Il n'allait pas redescendre par la route, mais à travers bois. Et tant pis si cela impliquait de passer au milieu des visages qui hurlaient dans les troncs, il n'aurait qu'à baisser les yeux.

Hugo s'enfonça entre les sapins silencieux et devina les bouches tordues un peu en contrebas. Ce n'était pas le sens le plus agréable. Il était du mauvais côté, celui des traits déformés par la souffrance. Il s'y prépara mentalement. Ce n'étaient que des sculptures dans l'écorce et l'aubier après tout.

Mais ce qu'il vit en tout premier, il n'y était pas préparé, et Hugo se figea sur-le-champ. Il y en avait un nouveau. Blanc, pas encore poli par les intempéries. Le bois parfaitement travaillé pour faire ressortir l'ourlet des lèvres distendues, les rides autour des yeux tirées en arrière, le masque semblait jaillir de l'arbre. Hugo s'attendait à percevoir le souffle implorant qui remontait du fond de cette gueule au supplice. La sève avait tracé des lignes en coulant comme du sang.

Ce visage figé en plein calvaire, Hugo le reconnut immédiatement.

Alice.

Juste en dessous, plusieurs dizaines d'autres individus tentaient de s'extirper de leur prison végétale, et tous vociféraient leur douleur. Ils regardaient Hugo et l'imploraient de faire quelque chose.

Le vent se souleva et remonta du bas de la colline. Glacial. Il secouait les branches et sifflait comme la plainte des morts.

47.

Fouiller tout Val Quarios dans les moindres recoins n'était pas possible. Trop de chambres, d'appartements, de couloirs, de réserves et de caves. Jamais Hugo ne parviendrait à faire l'inventaire complet des lieux pour y trouver une trace de ce qui était arrivé à Alice. Et quand bien même il aurait été verni, il n'était pas garanti qu'il y ait la moindre goutte de sang mal nettoyée, Hugo n'était pas la police scientifique, il ne pouvait mettre au jour une scène de crime rien qu'en l'inspectant. Car il ne devait pas se réfugier plus longtemps derrière des théories vaguement rassurantes : Alice s'était volatilisée, et il n'y avait pas mille explications. Elle était *morte*. Il fallait faire face à la vérité. Cesser de se la cacher. Fini les dérobades.

L'arbre sculpté en une Alice hurlante l'avait convaincu. Il essayait de détourner le regard depuis trop longtemps, de se persuader que ça n'était que dans sa tête, mais cette fois, c'était l'élément de trop. Il fonça récupérer son téléphone portable chez lui, vérifia qu'il restait un fond de batterie depuis qu'il s'en était servi pour écouter de la musique, et se rendit à la Tour. Il remonta l'escalier de service jusqu'aux bureaux, et dansa près de la fenêtre afin d'obtenir une barre de réseau. Il composa le numéro d'Alice et tomba à nouveau sur la messagerie.

Non, elle n'a pas changé de téléphone, non elle n'est pas occupée. Il lui est arrivé quelque chose ! Son visage dans la forêt sous le manoir c'est ce que ça signifie ! C'est la signature ! Elle est entrée dans la collection de Strafa !

La conséquence suivante lui donna la chair de poule. Tous ces visages, tous ces gens... Combien y avait-il de sculptures de bois avant celle d'Alice ? Vingt ? Trente ? Plus encore ?

Hugo marchait au pied des remontées, les chalets sur sa gauche. Il avait besoin de réfléchir. Prévenir les flics maintenant ? Non, il n'avait pas besoin de s'y connaître pour savoir qu'ils n'ouvriraient pas une enquête pour une femme majeure qui avait décidé de mettre les voiles et de se faire oublier de ses anciens collègues. Il leur fallait du tangible. Un corps.

Pourtant, c'était loin d'être clair pour Hugo lui-même. À commencer par le rôle joué par la direction de la station. DePrigent pouvait s'être préparé à l'éventualité d'être piégé. Adèle aussi, et le type qui se disait taxi – et semblait l'être – pouvait être dans le coup. Les trois meurtriers d'Alice ? C'était un peu grossier tout de même. Des soixantenaires. Pas vraiment le profil d'agresseurs, de meurtriers. Est-ce que Strafa pouvait les effrayer au point de les museler ? Avait-il fomenté son coup pour la récupérer une fois dans la vallée ? Dans le dos de tous. Avant qu'elle ne prenne son train ? Non, Hugo le pressentait, ça s'était passé ici. Sur son territoire. Au-delà, il n'était plus rien. Ici, il était le maître.

La forêt en est l'auteur, avait-il dit pour parler des totems. Il voulait s'entourer de ce qu'il aimait. *Ceux* qu'il aimait ?

Hugo remarqua Ludovic qui descendait la longue prairie de ce qui était une piste l'hiver. Il terminait sa journée de labeur. Hugo se questionna sur ce qu'il faisait là-haut avant de se souvenir que Lily avait mentionné un hangar pour le matériel des remontées. Il avait la conviction que Ludovic n'avait pas encore tout déballé de ce qu'il savait. Qu'il fallait lui faire abandonner sa timidité maladive si l'on voulait le considérer comme un possible allié. Était-ce le moment ? *Il a vu quelque chose. J'en suis sûr.*

Mais il devait trouver un moyen de le mettre en confiance. Si Ludovic n'en avait pas dit davantage à Lily, il resterait mutique face à lui si Hugo n'avait pas une bonne raison de l'inciter à se confier. Il cherchait ce qu'il devait faire. La suite logique. *J'ai besoin de prendre de la hauteur.* Tout revoir dans le détail, point par point. Il y a peut-être un détail qui m'a échappé...

Prendre de la hauteur...

Hugo avisa le Phare et ses colonnes blanches qui soutenaient le dôme, emblème de Val Quarios. Il n'y trouverait pas la solution à ses interrogations, mais il avait envie d'y monter. Pour la première fois, Lily n'était plus sa priorité. Tant pis s'il rentrait tard, c'était important. Il se dépêcha de retourner dans le bâtiment C qu'il traversa pour passer derrière les cuisines, en quête d'un escalier, qu'il trouva près des chambres froides et des réserves. Un monte-charge desservait les niveaux, y compris le sous-sol où, Hugo s'en souvenait, un tunnel qui s'étirait depuis le Vioc, jusque sous le D, débouchait sur les quais de chargement juste sous ses pieds. *Très peu pour moi les ascenseurs.*

Il prit les marches et ses cuisses ne tardèrent pas à le brûler. Sans difficulté, il avait trouvé l'accès au puits de service qui s'enroulait vers les hauteurs du Phare. Il repoussa une poterne et se retrouva fouetté par la brise, au centre du dôme, juste sous l'immense carillon à vent. Ses lames taillées dans des arbres entiers, immobiles, maintenues par des chaînes dignes des ancres de pétroliers. Hugo ne l'avait pas souvent entendu en cinq semaines, et dans le fond, c'était tant mieux, seules les tempêtes le déplaçaient assez pour qu'il « chante ».

En errant au pied des colonnes, il dénicha l'escalier à vis qui se déroulait vers les hauteurs. Un effort supplémentaire et il parvint jusqu'à un passage voûté, très étroit, qu'il remonta pour parvenir au centre du Phare, là il se hissa sur les barreaux d'acier plantés dans la pierre pour surgir dans la guérite qui surplombait l'édifice.

De là, il avait le sentiment d'être le roi de Val Quarios, sur un trône exigu et solitaire. La perspective des barres qui partaient en contrebas et s'écartaient jusqu'au bord de la falaise lui donnait l'illusion d'être le cœur du domaine. Sa source. L'air tiède lui agitait les cheveux. Hugo s'arrima au parapet et laissa son regard divaguer. Il était là pour ça. Dériver jusqu'à se prendre dans un soupçon, planter ses ongles dans un derelict à sa portée et s'y agripper dans l'espoir qu'il le guide vers une terre d'évidences. Mais rien ne venait. Seulement des courants de fond qui le poussaient nulle part, un vent chargé d'embruns telluriques, qui sentait l'herbe, les pollens et la chlorophylle.

D'ici, la taille de la station lui rappelait qu'il était effectivement impossible de tout sonder. Il n'avait aucune chance. Le soleil jouait avec les sommets à l'ouest, il ne tarderait plus à s'y enfoncer. Lily allait l'attendre.

Hugo se tourna vers le manoir de Strafa dont le vitrail dans la tour captait les derniers rayons du jour. Fallait-il y pénétrer furtivement ? En explorer les entrailles pour espérer déterrer la vérité ? Jusqu'où Hugo était-il prêt à chercher ? Jusqu'où menaient ses convictions désormais ? Et pour combien de temps encore ? Il soupira.

De l'autre côté, les chalets projetaient leur alignement bien sage jusqu'à la Tour, ancienne. Presque anachronique dans ce paysage moderne. Des lignes si droites sous ses yeux, si pures, si simples, qui contrastaient avec la nasse de la vérité et ses détours, ses nœuds, ses impasses.

Des lignes si droites...

Des trajectoires évidentes qu'il pouvait relier d'une pointe à l'autre.

Des lignes si droites...

Soudain Hugo serra le parapet sous ses doigts. Il se pencha pour mieux dominer le Phare en dessous et avoir une vue directe sur l'ensemble.

Non, ça ne se pouvait pas...

Il était parcouru de frissons.

Pourtant...
Une telle évidence. Juste là. Sous ses yeux. Depuis le début.
Sous les yeux de tous.
Strafa jouait avec eux depuis le premier jour.
Bien avant l'arrivée d'Hugo.

48.

Lily se leva pour aller fermer la porte de son appartement à clé.
– C'est bien son visage, tu n'as aucun doute ? demanda-t-elle.
Hugo acquiesça.
– Je suis probablement le plus mauvais physionomiste de toute cette vallée mais je peux te garantir que c'est elle. Aussi fidèle que si Strafa lui avait enfoncé la tête dans un arbre de pâte à modeler.
Hugo s'était attendu à un affrontement – il ne pouvait plus faire semblant, il devait partager avec Lily ce qui bouillonnait sous son crâne –, au lieu de quoi elle l'avait écouté sans l'interrompre, pour finalement lui prendre la main. Ce qui confirmait ce qu'Hugo suspectait : Lily avait toujours eu un doute. Léger mais réel. Depuis qu'elle avait entendu ces rumeurs sur les accidents, les disparitions. Pas au point d'envisager une théorie farfelue, juste assez pour garder une toute petite lumière allumée dans le fond de son esprit, une minuscule veilleuse, au cas où, qui était devenue un gyrophare lorsqu'ils étaient allés chez Strafa, avant de redevenir, sous la pression de l'incrédulité, une veilleuse.
L'évocation des coups de téléphone et des e-mails sans réponse, ajoutée à celle du tronc sculpté des traits d'Alice, avait suffi à rallumer le gyrophare. Hugo sentait sa compagne préoccupée

par le sort d'Alice, qui avait été son amie pendant l'hiver. Un phare n'était pas loin de se réveiller en elle. Il pensait assener le coup de grâce avec son dernier argument :

— Cette station, Lucien Strafa ne l'a pas dessinée au hasard. Si tu relies la pointe de chaque bâtiment, en incorporant son manoir et la tour, Val Quarios représente un pentagramme, Lily. De la pointe du Phare jusqu'au bas du Gros B, puis vers son manoir jusqu'à la Tour et ensuite vers le bout du Vioc, avant de remonter au Phare. Ce salopard a formé un pentagramme avec ses murs ! Le plan de Val Quarios est celui d'un pentagramme, et c'est là, à notre portée depuis toujours, une telle évidence…

Les yeux de Lily glissèrent vers lui et il n'y lut aucune surprise.

— Quoi ? Tu savais ? s'étonna Hugo.

— Je ne suis pas architecte mais ça fait trois ans que je me balade sur les pistes au-dessus de Val Quarios, bien sûr que j'ai remarqué. Comme tout le monde en fait.

— Mais…

— Et là où toi tu vois un pentagramme, beaucoup pensent à un A gigantesque avec les bâtiments, le A de Strafa. Et puis même si c'est un pentagramme, qu'est-ce que ça change ?

— Pourquoi tu ne me l'as pas dit ? Lorsqu'on évoquait qu'il puisse avoir vendu son âme au diable ? Ça colle, ça renforce cette théorie !

— Tu y vois ce que tu veux, pas la réalité objective. Ça peut être le A de Strafa, ou le pentagramme de référence de la magie qu'un prestidigitateur de son calibre aurait très bien pu vouloir décliner comme modèle, ça ne me choque pas.

Hugo agita son index devant lui.

— Non, pas le pentagramme qu'on retrouve dans les bouquins d'ésotérisme, Lily, c'est là que tu oublies une donnée.

Hugo se leva pour désigner la fenêtre et la vallée au-delà.

— Nous pointons vers le nord, précisa-t-il. Donc, théoriquement, s'il avait voulu dessiner ce pentagramme dont tu parles, il l'aurait fait dans l'autre sens ; pour qu'il pointe vers le haut. Et Strafa n'est pas homme à faire les choses à moitié, encore moins à se tromper. Il a choisi cette orientation. Parce que c'est un pentagramme inversé. Tu sais ce que ça veut dire ?

Son regard avait changé, *elle doutait*, comprit Hugo qui termina sa démonstration :

– Le pentagramme inversé, c'est le symbole du diable.

Il y eut un long blanc entre eux. Lily accusait le coup, ses pupilles filant de droite à gauche à la recherche de contre-arguments qui ne survenaient pas.

– Je pense qu'il a fait du mal à Alice, insista Hugo.

– Oh putain... soupira une Lily abattue.

– Je ne peux pas encore le prouver, mais j'en suis persuadé.

– Il faut prévenir les gendarmes.

– Ils vont nous envoyer chier ou au pire nous faire passer pour deux paranos auprès de nos collègues lorsqu'ils débarqueront ici pour nous écouter, faire le tour et se tirer parce qu'il n'y a rien et qu'Alice est en âge de ne pas donner de nouvelles sans que ce soit inquiétant.

– Hugo, si jamais ce que tu affirmes est vrai, on ne peut pas rester sans rien faire.

– Ce n'est pas mon intention.

– Alors quoi ?

– Il faut mettre la main sur une preuve. Que les flics ne pourront ignorer.

– Et tu comptes faire comment ?

Lily posa sa main sur le genou d'Hugo qui réalisa qu'il marquait un rythme imaginaire infernal tant il était nerveux.

– Je ne sais pas encore, mais je te promets que je vais trouver.

Il hésita à lui parler de l'ascenseur et des courses mais s'abstint. Au fond de lui, il demeurait un infime doute. Une parcelle de raison qui l'incitait à ne pas définitivement exclure que tout était dans sa tête. Et donc qu'il était devenu fou.

Cette nuit-là, il se réveilla, Lily blottie contre lui, son côté pile incrusté dans son côté face à lui. Il pouvait sentir qu'elle dormait à sa respiration. Sa chaleur le comblait. Sa peau l'envoûtait, l'excitait. Ils étaient nus d'avoir fait l'amour.

Il devait être tard, ou très tôt. Un pâle halo bleu filtrait de sous les doubles rideaux. Ce n'était pas le désir qui l'avait réveillé, comprit-il, mais une pensée. Elle ne l'avait pas du tout effleuré jusqu'à présent, mais maintenant qu'il la devinait, dans un demi-sommeil, Hugo savait qu'elle risquait de revenir souvent le sortir de ses rêves.

Et si Strafa ne comptait pas s'arrêter là ?

Si Hugo était le prochain ? N'était-ce pas la signification des punaises dans ses yeux ?

Pire : et si *Lily* était la prochaine ?

Il savait qu'elle balayerait l'argument d'un revers de main s'il lui en faisait mention, elle était ici depuis trois ans, et personne n'avait jamais cherché à lui nuire, pourquoi maintenant ? Et là-dessus, elle n'avait pas tort. Sauf que... Strafa ne s'en prenait pas à ses ouailles. Pas tant qu'elles s'activaient pour le servir. Mais une fois sur le point de le quitter...

C'était ce qui était arrivé à Alice. Et peut-être à d'autres avant elle. Cela signifiait que Lily ne serait pas en danger tant qu'elle resterait à Val Quarios. Il en allait donc de même pour lui ?

Ils étaient condamnés à vivre ici, aussi longtemps que le maître des lieux le décréterait.

Deux maudits.

49.

Hugo devait élaborer un plan.
Et il le fit dès le lendemain.
Il était convaincu que le pentagramme caché dans la structure de la station n'était pas le seul secret de Val Quarios. Strafa aimait se jouer de son audience, il y avait ce qu'il montrait dans une main, et ce qu'il faisait pendant ce temps de l'autre, dans l'ombre. Il en était assurément de même avec son nid. Son sanctuaire.

Hugo avait tourné et retourné cette pensée toute la matinée, tandis qu'il terminait d'ébrancher un mélèze en grume. Il profitait d'un de ses derniers jours en extérieur avant longtemps, le vieux Max étant venu lui indiquer le matin même que, dès qu'il aurait terminé avec JC, il lui faudrait venir prêter main-forte à Armand dans le Gros B, puis aider soit Jina pour la réfection d'appartements, soit lui et Lily pour le fartage des skis. Donc une de ses dernières journées où il pouvait encore déambuler où bon lui semblait autour de la station, prétextant s'assurer qu'aucun autre arbre ne méritait le baiser de sa tronçonneuse.

Hugo se creusait les méninges pour comprendre. Qu'est-ce que Strafa avait manigancé en établissant les plans de cet endroit ? Y avait-il un secret enfoui dans la base même du pentagramme ? Le Phare. C'était une construction particulière, qui n'avait pas sa place en haute montagne. Mais Hugo l'avait visité, et à part le carillon à vent et ses proportions titanesques, il n'y avait pas d'étrangeté ou de signe occulte. Les chalets constituaient une piste possible. Leur nombre interpellait Hugo. Six. Le chiffre du diable était le 666, le nombre de représentations qu'avait données Strafa avant de disparaître. Ils étaient isolés, consciencieusement séparés par des murs de conifères. Loin des regards et des oreilles. Assez nombreux pour noyer le poisson, comme autant de gobelets qu'on mélange pour dissimuler la bille en dessous. Lequel abritait le secret de Strafa ?

Le dernier. Celui où je l'ai aperçu un soir.

Mais Hugo avait déjà visité le lieu, sans résultat. Fallait-il y retourner en plein jour ?

Les barres, Gros B et Vioc, formaient ses étables. Là où il amassait le bétail pour le traire. Deux interminables bergeries qui dessinaient le cœur du pentagramme, mais aussi lui donnaient toute sa signification. Non, ce n'était pas là. Hugo ne voyait pas Strafa mélanger ses ressources et son autel, il n'était pas homme à mêler ce qu'il méprisait et utilisait avec ce qu'il chérissait. Pourtant la notion d'un bâtiment en miroir était intéressante, comme les deux mains du magicien. L'une qui attire l'œil, fait le show, tandis que l'autre exécute le *vrai* tour.

Cette pensée déstabilisa Hugo. La tronçonneuse braillait contre l'écorce, et elle dévia de sa trajectoire pour venir lui sectionner la jambe. Hugo se reprit in extremis et se sauva d'un réflexe rapide, la chaîne le frôla dans un nuage de combustion d'essence. Il devait se concentrer. Ce n'était pas le moment de finir à l'hôpital. *Ce serait un moyen comme un autre de quitter cet endroit tant que je le peux encore, non ?*

Il secoua la tête. À quoi pensait-il avant de manquer de se trancher la cuisse ? C'était important, une connexion qu'il était en train de faire... *Bon sang !* La masse du Gros B le dominait, ses fenêtres réfléchissant le ciel et son panache de nuages blancs.

Les deux barres... *Comme les deux mains du magicien qui effectue son tour.* La symétrie.

Hugo coupa le moteur de sa tronçonneuse.

Le manoir de Strafa était son point de départ, le centre névralgique. Là où il attirait les regards. La main qu'il brandissait dans la lumière.

Et de l'autre côté, à l'opposé, il y avait celle qui exécutait le tour, dans l'ombre. Et le miroir du manoir était justement...

La Tour. Ancienne. Déjà présente avant même que Strafa en fasse son territoire.

Une autre supposition émergea alors. Et si Strafa n'avait pas choisi cet endroit par hasard ? Si cette tour qui existait en tout premier avait été sa raison de venir jusque dans la montagne ?

Hugo releva le nez vers les falaises dominées par le chapelet de chalets. Et dans leur dos, le cône de pierre, contrepoint parfait au donjon du manoir de Strafa.

Hugo savait ce qu'il lui restait à faire.

50.

La Tour projetait son ombre jusqu'aux pieds d'Hugo, comme si elle le défiait d'approcher. Ses rares fenêtres percées sur le sommet le guettant, grises comme l'eau d'un lac un jour d'orage.

Hugo était repassé déposer son matériel dans le local du vaisseau-mère, il se moquait de n'avoir pas terminé son boulot en cours, il improviserait n'importe quel prétexte pour se justifier auprès de JC. Ce qu'il avait en tête ne pouvait attendre.

À l'intérieur, il faisait frais, l'accueil de la salle de cinéma-conférence sentait l'humidité, avec ses tentures bordeaux sur les murs et sa moquette usée jusqu'à la trame. Hugo avait écarté la salle de spectacle de ses suppositions, toutefois il pouvait se tromper et préféra y jeter un coup d'œil rapide. Sa forme ronde, sa hauteur imposante sous plafond, ses gradins serrés et très pentus ne ressemblaient pas tout à fait à une salle de cinéma normale, mais il convenait qu'elle avait été érigée avec les moyens du bord. Aucune trace de pentagramme ou du moindre symbole ésotérique évident. Si Strafa cachait une partie de ses secrets dans la Tour, ce n'était pas ici.

Hugo allait sortir lorsqu'il ralentit en passant devant la scène. *Et si...* Cela aurait été un sacré pied de nez. La scène faisait un mètre cinquante de haut sur toute la longueur, occultée par un rideau noir en velours. De fines grilles de ventilation étaient fixées côté cour et côté jardin. Y avait-il une pièce dissimulée juste en dessous ? Hugo grimpa sur le plancher et écarta le rideau pour inspecter cette zone. Il ne vit qu'un espace assez étroit et l'écran de projection. Hugo releva la présence de marches dans la pénombre, il se rapprocha et descendit dans un réduit minuscule, avec une console électrique et des écrans éteints. Rien de très surprenant, pour gérer les lumières, le cinéma... Mais une autre rampe encore plus étroite s'enfonçait cette fois sous la scène, fermée en bas par une porte noire.

Hugo avait heureusement pensé à conserver sa lampe, prélevée sur sa ceinture de travail dans l'éventualité d'avoir à sonder ce genre de passage. Il poussa la porte et entra dans la pièce dont le plafond était si bas qu'Hugo devait se tenir légèrement penché. Il ne chercha pas d'interrupteur, il voulait se faire aussi discret que possible, même s'il n'y avait personne dans la Tour, on ne sait jamais. Des portants encombrés de cintres et de tenues bariolées ainsi que des coffres débordant d'accessoires suffirent à lui faire comprendre où il était. Deux tables avec miroirs encadrés d'ampoules confirmaient qu'il s'agissait d'une loge pour les spectacles. Digne d'un Club Med, pas d'un prestidigitateur comme Strafa l'avait été.

Par acquit de conscience, Hugo balaya chaque meuble de son faisceau. Il étudia les lames de bois au sol, sans y lire la moindre empreinte partiellement effacée de figure géométrique étrange. Il se posta derrière l'une des grilles de ventilation. Avec un éclairage dans la salle, il devait être possible de distinguer les visages. Strafa était-il déjà venu jusqu'ici pour observer ses proies ? Les sélectionner ? Comment est-ce que ça pouvait fonctionner, son drainage d'énergie vitale ? Était-ce une cérémonie complexe qu'il devait effectuer à proximité de ses cibles ou un rituel inscrit dans la station elle-même qui agissait doucement, en permanence ?

Hugo remonta sur scène et sortit de la salle de spectacle pour prendre l'escalier de service que Lily lui avait fait découvrir et qui s'enroulait tout autour de la Tour, sur la paroi intérieure, jusqu'au dernier niveau, sous les toits. Là il put éteindre sa lampe, la lumière de l'après-midi pénétrait par les fenêtres qui ceignaient la salle sur tout son périmètre. Bureaux vides, chaises rangées ou sous bâche. L'hiver ce devait être une petite fourmilière en open space, difficile d'y envisager une présence nuisible, un lieu d'actes sauvages ou mystiques. Une fois encore, pour ne rien négliger, Hugo inspecta le lieu, jeta un œil sous un bureau ici et là, tâta les murs, ouvrit une armoire (vide) et un placard (abritant des fournitures). Il venait d'explorer le bâtiment et il n'y avait rien.

À quoi s'attendait-il ? Si la Tour représentait la main dans l'ombre, celle qui exécutait véritablement le tour, ça ne pouvait être une évidence, Strafa ne prenait pas le risque d'être démasqué aussi facilement. Était-ce uniquement symbolique ? Hugo allait-il trop loin ?

Il vint s'appuyer contre une fenêtre pour regarder en contrebas. Il distinguait les chalets... Avait-il fait fausse route ? *J'ai déjà été dans le sixième chalet, et il n'y avait rien. Le quatrième aussi je le connais, avec Lily, tout aussi dénué d'intérêt.* Fallait-il tous les faire ?

Hugo aperçut, juste au pied de la Tour, la structure métallique qui devait supporter la toile de la marquise pendant l'hiver et cela lui rappela qu'il y avait également une discothèque en sous-sol. Il cogna trois fois sur la vitre avec son ongle. Il devait vérifier.

Il trouva l'accès sur l'arrière de la construction, une large série de marches donnant sur une double porte surmontée d'un rectangle de pierre plus clair témoignant de la présence d'un panneau pendant la haute saison. Quel pouvait être le nom de cette boîte ? *Le Bonneteau ?*

Hugo s'attendait à ne pas pouvoir entrer, mais la serrure n'était pas verrouillée. Il s'avança dans l'espace qui servait d'antichambre, un vestiaire d'un côté, le panneau des toilettes en face. La discothèque à proprement parler occupait quasiment toute la superficie de la Tour, avec un bar arrondi sur une partie, festonné de tabourets. Un cercle de piliers soutenait le bâtiment au centre, délimitant ce qui devait être le cœur de la piste de danse. Hugo y promenait la lame blanche de sa lumière, découpait l'obscurité sur son passage avant qu'elle ne se referme comme une boue liquide dès qu'il lui tournait le dos.

Une odeur particulière y flottait, mélange de renfermé et du souvenir de la sueur. Hugo marchait d'un pas prudent, zigzaguant entre les canapés. Un peu partout, de petits projecteurs arrimés au béton attendaient d'être réveillés, entre les enceintes au moins aussi nombreuses. La lampe passait sur les rambardes, les niches garnies de coussins, la cabine surélevée du DJ. Il se rapprocha du cercle de piliers. Derrière chacun Hugo s'imagina des hommes et des femmes accotés, en train de se déhancher, tout moites de transpiration, les bras levés au ciel, criant sur la musique, proches de la transe.

Avec le décor et ses colonnes ressemblant au cercle de Stonehenge, l'état second du public qui s'amassait là chaque soir pendant tout l'hiver, il y avait quelque chose d'assez proche de la cérémonie, songea Hugo. En quoi est-ce que Strafa pouvait s'en servir ? Canalisait-il cette ferveur ? Comment ? Pour en faire quoi ?

Hugo progressait lentement, d'une colonne à une autre, à la recherche d'un dessin cabalistique, d'une inspiration. Il s'attendait presque à voir surgir une forme inattendue au détour d'une arête. *Une araignée* ? Non, pas ici. Ce n'était pas l'endroit pour *elle*. Plutôt un corps, plaqué contre le mur, peau d'albâtre, le vermillon de ses lacérations soulignant encore plus sa pâleur, le visage renversé, l'arrière du crâne, le dos et les mains en train de fusionner avec le béton, comme si toute la station était une créature se délectant de ses victimes qu'elle buvait à la lenteur d'une souffrance éternelle.

Arrête. Contrôle-toi. Soumets cette fichue imagination.

Hugo errait à présent parmi les hommes et les femmes livides, nus, les lèvres bleues, l'ourlet des yeux rouge, les membres enfoncés dans les murs, le plafond, parfois même le sol, des blessures sur les flancs, ils *pénétraient* la structure même de la Tour, se faisant aspirer. Leurs fluides remontaient à travers leur peau fine, des organes glissant anormalement comme le dos d'un poisson affleurant à la surface, pour se faire happer par le béton. Leurs cris d'hystérie collective transformés en un gémissement dont ils n'avaient presque plus la force. Et tous le regardaient, l'imploraient. *Fais quelque chose pour nous. Libère-nous.* Hugo pouvait maintenant sentir le fer du sang qui empuantissait la discothèque, mêlé à l'acide de l'urine, la lourdeur écœurante des excréments, l'aigreur de la bile, de la sueur... Il humait la terreur.

Des doigts s'agrippaient à son passage dans ses vêtements, le retenaient, le griffaient, le tiraient en arrière, et plusieurs bouches désespérées tentèrent de le mordre, n'importe quoi pour se retenir à la vie, pour ne pas finir par se faire entièrement avaler. La cacophonie s'amplifiait. Elle résonnait entre les piliers.

Hugo ferma les paupières pour expirer tout l'air possible d'une traite. Il fit le vide en lui.

Les râles disparurent. La poigne qui tirait sur son t-shirt se desserra et le tissu revint coller à sa peau. Même ses muqueuses ne furent plus saturées par la puanteur.

Lorsqu'il regarda à nouveau autour de lui, il n'y avait plus personne. Seulement le pinceau de lumière tremblante qui baignait le cœur de la piste de son aura immaculée. Des taches coloraient le sol à cet endroit.

Hugo se rapprocha et posa un genou par terre. Des taches sombres. Nombreuses. Probablement anciennes pour la plupart. À bien y regarder, il y en avait même un peu partout sur le ciment. Comme si toute la discothèque avait servi à un égorgement collectif. Un abattoir souterrain, la musique satanique couvrant les hurlements de toutes ces gorges se déchirant en même temps sous la lame des couteaux dans l'éclairage stroboscopique.

Hugo caressa les taches du bout des doigts. Il allait trop loin. Au point de voir le mal partout. Ce n'était que l'empreinte de toutes les boissons renversées les unes après les autres, pendant des années. Rien de plus. Des verres heurtés par des coudes en pleine danse. Il n'y avait pas eu de sang déversé en ces lieux, pas de sacrifices.

Hugo se releva et décida qu'il en avait assez vu. Encore du temps perdu. Une fois de plus. Il remonta l'allée entre les canapés, dépassa le bar.

Plus de victimes enfoncées dans les murs, plus d'odeurs ou de plaintes. Rien qu'une boîte de nuit. Vide. Obscure.

Il ressortit à l'air libre et apprécia le soleil et cet oxygène où ne flottait pas quantité de poussière. Il s'assit sur les marches pour faire le point et reconnaître qu'il n'avait rien. Force était de constater qu'il s'était planté.

L'ombre de la Tour s'était étendue, elle touchait presque le sixième chalet désormais.

Hugo finit par capituler et, plutôt que de revenir sur ses pas, voulut tout de même terminer son tour complet du bâtiment. Il n'y détecta rien de particulier, mais après un instant, il se retourna pour aviser les fourrés juste derrière. Il la vit facilement, soulignée par le chemin qui remontait jusqu'à son entrée. Une petite cabane en pierre, datant probablement de la même époque que la Tour. Aucune ouverture, rien qu'un bloc rectangulaire plus petit encore qu'un garage. Elle n'était pas à proprement parler cachée, mais seulement « oubliée » dans les branchages de l'orée de la forêt, dans un coin où personne n'avait de raison de se rendre.

Hugo s'en approcha et s'étonna de trouver un panneau « Interdit – Danger » sur le chemin. Des marques évidentes témoignaient qu'on était passé ici récemment, et plusieurs fois.

La porte, massive, renforcée, était couverte d'avertissements du même acabit. Une tête de mort noire brillait au centre pour incarner la menace. Hugo posa la main sur la poignée. Fermée.

Il n'y avait pas un, mais trois verrous différents. Hugo savait où trouver les clés.

– C'est une très mauvaise idée, fit une voix masculine dans son dos.

51.

Le vieux Max lissait sa moustache blanche d'une de ses énormes mains, l'autre encochée par le pouce dans sa ceinture. Il se tenait à l'entrée du petit chemin. Hugo s'écarta de la dépendance.

– C'est un local électrique ? demanda-t-il.

– Avec l'électricité, tu as une chance de survivre. Pas avec ce qui est là-dedans.

– Qu'est-ce que c'est ?

D'un signe de tête, Max lui intima de venir.

– Rien qui te concerne.

Revenu à son niveau, Hugo, qui ne comptait pas en rester là, s'obstina :

– Qu'est-ce que vous cachez dans cet endroit ?

– Il faut toujours qu'un fouineur vienne jusqu'ici. Lorsqu'on ne mettait aucun avertissement pour éviter d'attirer les curieux, ils venaient, maintenant qu'il est écrit de ne pas s'en approcher, ils viennent quand même. Je ne comprends pas ce qui n'est pas clair.

– C'est quoi ? La cuve de gaz ?

Max enfonçait ses prunelles inquisitrices dans celles d'Hugo.

– Déclenchement préventif d'avalanches, ça te parle ?

Hugo se retourna vers la petite maison en pierre sans fenêtre.

– De l'explosif ?

– Les pisteurs artificiers s'en servent pour faire sauter la couche de neige qui menace de former une avalanche pendant la saison. On le stocke à divers endroits pendant l'hiver et on rapatrie nos réserves ici l'été. Ce n'est pas un lieu où tu es autorisé à pénétrer.

– Qui l'est ?

Max le fixait comme s'il osait des questions indécentes.

– Qu'est-ce que ça peut te faire ?

– Par curiosité.

Max s'écarta pour dégager la voie et insista avec le même signe du menton pour qu'il passe.

– C'est pas dangereux pour nous, tous ces explosifs à proximité de nos logements ? interrogea Hugo.

– Il y a plus de deux cents mètres avant le chalet le plus proche, qui n'est pas occupé à cette période de l'année, et les habitations sont à l'autre bout, tu peux dormir sur tes deux oreilles. Et de toute façon les détonateurs ne sont pas entreposés avec.

– Ils sont où ?

– Tu es un terroriste ?

– Quoi ?

– Pourquoi tu poses toutes ces questions ?

Hugo haussa les épaules.

– C'est intriguant.

– Les détonateurs sont au coffre, le reste ça ne te regarde pas.

– C'est toi qui gères ces explosifs ? insista Hugo. Tu es artificier ?

– Non, certainement pas.

Hugo cogitait à toute vitesse. Enfant du pays, pisteur et dameur l'hiver, il ne voyait qu'un profil possible.

– C'est JC, conclut-il.

Vu l'aisance du bûcheron sur le terrain et l'absence d'appréhension qu'il avait avec une tronçonneuse, Hugo n'avait aucune peine à se le figurer sur des skis, un sac rempli de dynamite sur les épaules.

– C'est JC, pas vrai ?
– Tu n'auras qu'à voir ça avec lui, conclut Max.

C'est donc JC. Hugo ne voulait pas s'attirer d'ennuis avec le Caméléon en Chef, et préféra capituler. Il retourna au vaisseau-mère en sachant que le moustachu l'observait de loin, puis il se trouva une fenêtre dans les hauteurs et surveilla à son tour.

Max remontait la pente des remontées, et Hugo le vit, après une longue ascension, rejoindre une forme près d'un pylône. *Ludovic.*

Hugo consulta sa montre. Il n'était pas 17 heures. Il avait encore un peu de temps devant lui. La présence du vieux Max ne l'avait pas dissuadé d'aller au bout de son idée.

Une demi-heure plus tard, Max et Ludovic redescendaient en portant une caisse à outils, et se dirigèrent vers le local technique du sous-sol du vaisseau-mère. La voie était libre.

Hugo fila au rez-de-chaussée dans une pièce derrière le réfectoire, où il ouvrit l'armoire métallique qu'il avait vu Lily inspecter le jour où ils cherchaient Alice. Des dizaines de clés y étaient suspendues. Il lui fallait un trousseau avec trois clés, pour les trois verrous. La plupart disposaient d'une étiquette avec la mention de ce qu'elles ouvraient. Il les passa en revue sans rien trouver. Déçu, il recommença, sans plus de réussite. Il ne s'imaginait pas JC se trimballer avec ces clés tout le temps, surtout qu'il ne devait plus en avoir besoin de tout l'été. Non, il les rangeait quelque part forcément. Chez lui ? Cela lui parut peu probable de conserver dans un tiroir de sa cuisine les clés du local aux explosifs.

Sa mémoire remonta à son esprit une autre série de clés qu'il avait aperçues ailleurs et plus récemment. Il alla se poster sur un fauteuil dans un renfoncement de la mezzanine, et guetta le passage de DePrigent et d'Adèle, qui ne tardèrent pas à descendre. Il laissa dix minutes s'écouler, pour être certain que ni l'un ni l'autre n'avaient rien oublié, et grimpa jusque dans leurs bureaux.

Lorsqu'il avait fouillé les affaires d'Adèle en quête du CV d'Alice, neuf jours plus tôt, il avait aperçu une boîte pleine de clés dans un des tiroirs.

Comme d'habitude, la porte n'était pas fermée et Hugo retrouva la boîte aussi vite. Une vingtaine de trousseaux là encore, mais un seul avec trois clés et une étiquette « Local E ». *E pour Explosifs.* Ce n'était absolument pas sécurisé, s'alarma Hugo. N'importe qui pouvait faire comme lui. Encore fallait-il savoir où aller, quoi chercher et dans quel but, ce qui certes limitait considérablement les probabilités.

Il secoua le trousseau dans sa paume. *Pourquoi attendre ?* Hugo évaluait ses chances d'y retourner sans se faire remarquer. Il n'y avait aucun couvert, l'immense dégagement jusqu'à la Tour était visible depuis toutes les fenêtres à l'ouest. Même si une fois qu'il serait de l'autre côté de la Tour, plus personne ne pourrait le voir. Non, ça n'était pas prudent, pas maintenant. Il devait attendre la nuit.

C'était un soir sans Lily, qu'il put passer dans son appartement. Incapable de se concentrer sur de la lecture, il finit par chausser ses baskets et alla se fatiguer sur un tapis de course de la salle de sport avant de rentrer se doucher et se préparer un repas avec ce qui se présenta dans son frigo.

À chaque fois qu'il regardait le pack de Coca Zéro sous l'évier, il repensait à l'épisode de l'ascenseur. Il avait été incapable d'ouvrir une des bouteilles depuis. Il avait beau se convaincre que c'était un coup de Strafa, une forme de manipulation mentale, un léger doute subsistait. Et Hugo était incapable de savoir s'il était plus effrayé par l'hypothèse d'une station hantée ou par celle de sa propre folie.

La nuit tomba comme le rideau d'un théâtre, presque un filet continu. Il avait conservé la lampe torche, qu'il emporta avec lui, et sortit sans l'allumer.

Hugo longeait la bande de sapins près des chalets pour se fondre parmi les ombres. Il réalisa qu'il n'avait pas prévenu Lily. Il aurait pu lui proposer de l'accompagner. Non, il ne l'aurait pas fait. Il ne l'aurait pas mise en danger en lui proposant de venir dans un local bourré d'explosifs, détonateurs ou pas. Et il doutait de toute manière qu'elle eût accepté. Lily était trop attachée à cet endroit, à ces gens, pour risquer de mettre en péril cette relation. Hugo pouvait le concevoir aisément. Pour elle, ce n'était pas un job provisoire, c'était sa vie et ce qu'elle avait qui ressemblait le plus à une famille.

La forme conique de la Tour se dressait dans la nuit. Il n'était plus très loin. Le dernier chalet sur sa droite. Si le local sautait, est-ce que la limite était ce chalet ? Combien de dynamite entreposaient-ils là-dedans ?

Hugo remonta le chemin, dépassait le panneau d'interdiction et, une fois face à la lourde porte renforcée, sortit le trousseau et se décida à allumer sa lampe, juste en la braquant sur les serrures. Il ne mit pas longtemps à tout déverrouiller et respira un grand coup avant de tirer sur la poignée.

Comme il s'y attendait, l'intérieur n'était pas grand, en revanche, là où il pensait trouver des armoires garnies de boîtes siglées de têtes de mort ou l'équivalent, se tenait un trou.

Des marches.

Elles descendaient *dans* la montagne.

52.

La lampe faisait miroiter les particules de quartz dans la pierre des murs. Hugo était en bas de l'escalier taillé dans le calcaire, dans une petite salle ronde au sol en terre et qui sentait le champignon. Trois racks tubulaires abritaient des boîtes en plastique opaque sans aucune inscription. Le jeune homme s'approcha pour en inspecter une, qui contenait encore un sac en toile de tissage grossier abritant les boudins d'explosif. Pas de symbole pour alerter du risque d'explosion, pas d'étiquette « Danger », rien sinon de simples caisses en plastique. Hugo n'avait pas la moindre notion en la matière et ne savait pas s'il y avait à peine de quoi faire s'effondrer la grotte ou assez pour faire sauter tout Val Quarios, mais estimait qu'il y en avait environ une vingtaine de kilos.

Si c'était en soi assez impressionnant, cela ne l'aidait en rien à comprendre en quoi cet endroit pouvait servir Strafa dans ses manigances, et Hugo commençait à sérieusement douter de ses déductions. Il s'était planté, une fois encore. Il n'y avait rien d'autre sauf une ouverture au fond, vers une galerie étroite. Il l'éclaira pour en jauger la profondeur. Trois ou quatre mètres avant qu'un coude file sur la gauche.

Hugo s'y avança, prudemment. Il y avait un dépôt blanchâtre sur les parois, des lacis de fines racines pendaient du plafond, ce qui tendait à faire penser que cette partie n'était pas entretenue, donc pas utilisée. Hugo suivit le virage aigu et parvint à une autre pièce, de cinq mètres de diamètre, sur le même modèle que la précédente. À la différence que celle-ci était encombrée de tout un dépotoir. Il y avait de vieux cartons moisis, quelques objets sans intérêt – un pied de lampe, deux téléphones portables brisés, une carafe ébréchée... Il nota également des magazines pornographiques aux pages gondolées et collées par l'humidité, une chaise de camping pliante dont la structure en fer rouillait depuis un moment, et des sacs. Sacs à main, à dos, bananes, tous dans un état plus ou moins avancé de pourriture. Mais le gros du tas consistait en des vêtements entassés là, roulés, entortillés, salis par le temps, des pulls, des pantalons, des chaussettes, des t-shirts, des soutiens-gorge... La lampe d'Hugo ratissait tout ce qu'elle pouvait.

Quelqu'un s'était approprié cette cave pour en faire sa décharge. *Non, c'est un mélange d'affaires personnelles et de choses ramassées un peu partout...* Hugo pariait sur des objets perdus, trouvés au fil des années et rejetés ici ensuite. Des étoffes plus nettes, plus propres furent captées par le rayon de la lampe. Récentes.

Son cœur s'accéléra. Hugo posa un pied sur le monticule pour se rapprocher. Des jeans, des chandails et des t-shirts qui ne s'étaient pas encore dégradés par leur séjour ici. Hugo nota la présence d'une valise en dessous et n'eut pas à beaucoup la tirer pour que l'étiquette en similicuir sur la poignée dévoile ce qu'il devinait sans oser le formuler.

Le nom était celui d'Alice Langlois.

53.

Jina avait insisté pour qu'ils descendent à la piscine. Il y avait des oreilles qui traînaient partout, à la cantine, à l'aquarium ; et même dans les chambres elle estimait qu'on pouvait les écouter aux portes. Par contre, dans la piscine, la taille de l'endroit, le clapotis de l'eau, la ventilation des machines, c'était le lieu parfait. Et pour donner le change, elle avait imposé qu'ils se baignent véritablement, pour ne pas paraître suspects.

Deux heures plus tôt, Hugo l'avait interpellée au pied d'un escalier, avant le dîner, pour lui montrer les photos qu'il avait faites la veille avec son téléphone portable. Il avait fait défiler les clichés des vêtements les plus propres aperçus dans la pièce souterraine.

– Est-ce que tu reconnais le pull que tu avais prêté à Alice ?
– Pourquoi tu me demandes ça ? Tu m'inquiètes.

Il lui avait collé le portable sous les yeux jusqu'à ce qu'elle pose son ongle manucuré sur la photo d'un cardigan rose poudré.

– C'est celui-là. Tu m'expliques ce que je regarde ? C'est Alice qui t'a envoyé ces photos ? Elles sont prises où ?
– Il faut qu'on se parle de toute urgence avec Lily. Ces fringues sont ici, à Val Quarios, abandonnées avec sa valise.

Jina avait tout organisé dans la foulée. Entrer dans la piscine après ce qu'il y avait vécu la dernière fois était une épreuve pour

Hugo. Il s'efforça de prendre sur lui, en se répétant qu'il n'y aurait pas de coupure de courant, qu'il n'était pas seul, et surtout qu'il n'existait aucune araignée géante ou créature monstrueuse ni ici à Val Quarios, ni nulle part, et qu'il était indigne d'un adulte de ressentir la moindre appréhension à ce sujet.

Il entra dans l'eau et nagea jusqu'à l'autre bout du bassin, près de la baie vitrée, où Lily et Jina l'attendaient déjà en discutant, l'air anxieuses.

– Qu'est-ce qui s'est passé ? demanda Lily en le fusillant du regard.

Hugo leur raconta ce qu'il avait découvert, les vêtements et la valise avec l'étiquette. Et il conclut :

– Je suis convaincu que JC est le responsable du local à explosifs, moins qu'il puisse être celui qui a entassé toutes ces choses, il peut même n'en rien savoir, c'est dans un espace plus loin. S'il se contente de venir stocker les explosifs au printemps et de les récupérer à l'automne, sans chercher au-delà, il peut n'avoir jamais remarqué l'arrière-salle.

Suite aux explications, la colère froide avait diminué dans l'œil de Lily mais elle gardait une forme de distance vis-à-vis de son compagnon. Lui était porté par l'émotion, par son récit, et il poursuivit :

– Alice n'est pas rentrée chez elle. Je ne sais même pas si elle a quitté Val Quarios. Peut-être que le taxi dit vrai, qu'il l'a déposée dans la vallée, et que ça s'est passé ensuite, mais il peut nous baratiner.

Jina n'en revenait pas. Elle luttait entre incrédulité et envie de céder à la panique.

– Vous réalisez ce que ça signifie ? Sérieusement ?

– Je pense qu'elle est morte, Jina.

La jeune métisse secouait la tête, refusant d'y croire.

– Alice…

Hugo leur laissa le temps d'encaisser. Lui avait eu vingt-quatre heures, une nuit sans dormir ou à peine, puis sa journée de boulot au milieu des arbres, hébété.

– C'est juste une étiquette, si ça se trouve... commença Jina. Hugo la coupa :

– Il n'y a plus de doute ! Cette fois, il faut arrêter de chercher à se coller des œillères. Tout est ici, sur un tas du même genre, sa valise avec ses fringues, jetées, loin de tout. Cachées.

Lily ne disait rien, elle se maintenait à la surface, la bouche dans l'eau, respirant par le nez. Jina, elle, embraya, comme pour mieux garder le contrôle, elle avait besoin d'être dans l'action ou au moins la parole :

– Ce type est le dernier à l'avoir vue, alors ? C'est forcément lui ! Il habite juste en dessous de la station tu as dit, il connaît le coin, c'est certain !

Hugo avait suivi le même cheminement, et l'avait développé. Le taxi n'était pas jeune. S'il avait grandi ici, il avait connu le site *avant* les travaux menés par Strafa, donc la Tour et son annexe derrière.

– Mais je trouve bizarre, si c'est lui, qu'il se serve de cet endroit pour en faire son dépotoir, exposa-t-il. D'autres que lui pourraient y accéder, le surprendre, alors qu'autour de chez lui il a toute la place nécessaire, ça n'est pas très logique.

– Il a une femme, des enfants ? demanda Jina. Il pourrait vouloir les préserver, et donc constituer sa collection loin d'eux.

Hugo y avait pensé également, cette grotte aménagée pouvait avoir une histoire particulière dans l'enfance de cet homme et le pousser à y revenir régulièrement.

– Et si ça n'est pas lui, alors comment tu expliques la disparition d'Alice ? insista Jina.

– Quelqu'un l'a récupérée à son hôtel ou devant la gare. Quelqu'un qu'elle connaît, dont elle ne se sera pas méfiée.

– Oh putain... Dites-moi qu'on est dans un cauchemar.

Hugo avait l'impression de s'y préparer depuis le début. Il baignait dans cette possibilité, dans le glauque, et il avait eu plus de temps qu'elles pour reprendre un minimum ses esprits, ne pas se noyer dans l'affect et poser un filtre de logique sur tout ça afin de se préserver. Il avait élaboré tout un système de déductions.

— C'est forcément un ancien, pas un des nouveaux, annonça-t-il.

— Pourquoi ?

— Parce qu'il y avait des fringues plus vieilles, parce que ça va avec les guirlandes dans la sapinière, j'en suis certain, avec les totems de gens qui hurlent dans la forêt sous le manoir de Strafa. C'est quelque chose qui *dure*.

En prononçant ces mots, Hugo vit Jina et Lily s'enfoncer un peu plus dans l'eau. Accablées. Apeurées. L'incongruité de la situation – eux dans une piscine, tandis qu'ils évoquaient la mort d'une femme, la présence d'un assassin – leur sautait aux yeux. Les déboussolait.

— Tous ces vêtements, dit Hugo, soit ils ont été ramassés au fil des années, volés, oubliés, égarés… soit, si c'est comme pour Alice…

— Il a déjà tué, conclut Jina d'une voix blanche.

Hugo voulait à tout prix éviter qu'ils basculent dans la paralysie en constatant l'ampleur de ce qu'ils affrontaient. Il enchaîna :

— Par conséquent, le tour est vite fait. Après le stratagème dont on a usé avec DePrigent, j'ai peine à croire qu'il puisse être dans le coup, idem pour Adèle.

— Quel stratagème ? demanda Jina.

Hugo l'ignora :

— Le vieux Max est habile de ses mains, JC m'a avoué à demi-mot qu'il a participé à l'élaboration des talismans d'os dans la sapinière. Il pourrait être l'auteur des totems également. Et il m'a intercepté la première fois que j'ai approché le local des explosifs, comme s'il surveillait l'endroit.

— Je le croise tous les jours dans le Gros B, avoua Jina, blême.

Hugo déroulait sa démonstration :

— JC a les clés du local, mais ça ne veut rien dire. Il suffit de voir comment moi j'ai pu y accéder pour constater que n'importe qui peut s'y rendre lorsqu'il le désire. Mais ce qui ne plaide pas en sa faveur, c'est que c'est le seul de moins de cinquante piges. Et il vit à la station avec Simone, sa mère, qui fait la navette entre ici et le manoir de Strafa. Bien sûr, on ne peut exclure totalement Tic et... Armand et Paulo. Ils viennent tous les ans l'été depuis un moment déjà. Et eux aussi sont assez jeunes, costauds, aptes à maîtriser une femme.

Soudain Hugo réalisa le silence de Lily depuis le début.

– Ça va ?

Elle remonta un peu plus à la surface pour libérer ses lèvres.

– Moi aussi je suis une suspecte ?

– Toi ? fit Hugo, incrédule.

– Je vis ici depuis trois ans. Je fais partie des « anciens ».

– Non, bien sûr que non. Les talismans sont bien plus vieux que trois ans, pareil pour les totems, et compte tenu de la moisissure sur certaines fringues ou certains sacs dans le souterrain, je pense qu'on peut au moins remonter à cinq, si c'est pas dix ans en arrière même !

Lily plissa les lèvres. Ils la sentaient au bord des larmes, elle habituellement si solide, c'était d'autant plus déstabilisant. Jina lui posa une main sur le dos. Hugo, lui, s'était tellement immergé dans ses raisonnements, pour se protéger, qu'il en avait perdu sa spontanéité affective, et l'idée d'aller la consoler ne lui vint même pas à l'esprit. Jina secoua la tête, toute proche de Lily :

– Je n'arrive pas à croire qu'on parle d'Alice, là. Ça semble si... concret.

– L'accumulation des faits ne laisse plus de place à l'hésitation, insista Hugo.

– Il faut prévenir les flics, annonça Jina. Cette fois il y a une preuve.

Hugo secoua la tête.

– Pas encore. Si le salopard qui est derrière cela a été prudent et qu'il n'y a aucune empreinte, ou pas d'ADN, et que les gendarmes ne trouvent rien, ils vont repartir, et nous serons tous les trois dans le collimateur du tueur.

— *Tueur*, répéta doucement Lily.

Hugo opina.

— Ne nous voilons plus la face, c'est exactement de ça qu'il s'agit, dit-il.

— C'est le job des flics, insista Jina, qu'est-ce que tu veux faire de plus ?

— Ce que nous avons déjà commencé. Regarde, il y a un mois Alice s'est vaporisée et tout le monde a pensé que c'était normal, nous n'avions rien, et regarde ce qu'on vient de trouver ; si on fouille, on peut aller plus loin.

— Ce que *tu* as trouvé, répliqua Lily avec à nouveau un peu de colère dans l'œil. Tu ne m'as rien dit de tout ce que tu préparais. Nous sommes censés nous faire confiance. Tu aurais dû me parler, je serais venue avec toi.

— Tu m'en aurais dissuadé.

— Peut-être mais tu prends des risques stupides.

Hugo ne releva pas. Ils nageaient doucement. La baie vitrée s'était transformée en un miroir avec la nuit et Hugo pouvait se voir avec ses deux complices. Ils paraissaient si fragiles dans le reflet, au milieu du grand bassin. Près de se noyer à chaque instant. *Dans l'eau ou dans la vérité ?*

— Il n'y a rien qu'on puisse faire de plus, Hugo, insista Jina.

— Et si Strafa était derrière tout ça ? S'il s'en tirait ?

— Il a dix mille ans, contra Jina, qu'est-ce que tu veux qu'il fasse dans son état ?

— Ça ne l'empêche pas de tirer les ficelles s'il le veut. Et si c'est le cas, je peux te parier qu'il n'a pas oublié ses vieilles astuces de magicien. Il attire ton regard d'un côté, et te dupe parce qu'il fait ce qu'il veut de l'autre. Le genre de type qui a toujours une longueur d'avance. Le plus grand des manipulateurs, tu n'as pas oublié ?

— Tu repars dans le pacte avec le diable ? demanda Lily, froidement.

— Je n'en sais rien, j'ignore sa motivation si c'est bien lui, mais je vous dis qu'il n'est pas totalement innocent. Les « anciens » qui fabriquent des talismans dans la sapinière, franchement, vous trouvez ça normal ? Et Ludovic qui a été entraîné, probablement par Max, pour continuer ? Je pense que la faille elle est là.

— Ludovic ? grimaça Jina.

— Oui. Il est fragile. Influençable je n'en doute pas, mais je ne crois pas à son explication farfelue de vouloir équilibrer la balance entre la nature et les hommes, comme il t'a raconté, Lily. Je pense qu'il a assisté, ou au moins entendu quelque chose.

Lily souffla dans l'eau, accablée.

— Je viens de passer trois ans de ma vie ici, parmi ces gens, Hugo, dit-elle. Tu réalises ce que c'est que trois années ? S'il y avait un malade parmi eux, s'il y avait un complot, tu ne crois pas que je m'en serais rendu compte à la longue ? Nous vivons les uns sur les autres ! On peut se cacher des petites choses, mais à terme la vérité éclate. Et je te le redis : je n'ai rien vu qui puisse me rendre méfiante.

— Tu m'as aussi dit que l'hiver c'est intense, que vous n'arrêtez pas, le nez dans le guidon. Avec la foule qui se succède en permanence, l'épuisement, est-ce que tu es sûre que tu aurais pu voir quelque chose ? Moi je ne le pense pas. Et puis c'est toi qui as relevé la première qu'il y avait un passé suspect à Val Quarios, même si tu refuses de l'admettre, il y a une part de toi qui *sent* que ça ne va pas.

Jina intervint :

— C'est-à-dire que le tueur agirait un peu comme... un animal qui fait ses provisions ? Il profite du monde pour passer à l'acte, et ensuite il se tient tranquille tout l'été ?

— Pourquoi pas ? admit Hugo. Les touristes sont un vivier formidable pour lui, il peut y piocher selon ses fantasmes, il est sur son territoire, il a mis au point son mode opératoire, il lui suffit d'être prudent, de maquiller ses crimes en accidents, en fugues... Ensuite il peut ressasser ses meurtres pendant la saison morte, et sentir l'excitation monter à mesure que la nouvelle approche. Et parfois, il dérape. Il perd le contrôle et s'en prend à un membre de l'équipe, comme Alice. Mais il n'est pas idiot, c'est un rusé organisé, même là, il attend qu'elle parte pour frapper, pour ne pas éveiller l'attention de ses collègues.

— C'est flippant comme tu en parles, releva Jina.

— J'ai eu ma période polar, j'en dévorais deux par semaine, j'ai lu tous les bouquins sur les tueurs en série aussi, j'adorais ça, je pensais que ça pourrait me servir pour un rôle, avoua-t-il.

Lily s'éloigna pour se rapprocher du bord.

— C'est vous qui êtes flippants, dit-elle. À en parler comme si c'était une sorte de jeu.

— Elle a raison, fit Jina. Les flics, Hugo, il faut leur raconter.

Hugo secoua la tête.

— Je ne prends pas ce risque, pas maintenant. Je te garantis que Strafa s'en tirera si on les met dans la boucle sans attendre d'en savoir davantage.

— Mais qu'est-ce qui te prend ? Ça t'amuse de jouer au détective ?

Hugo lui rendit un regard noir.

— Je ne veux pas prendre de risque avec la vie de Lily. Et si les flics montent, nous serons en danger à l'instant où ils repartiront. Je te l'assure.

Jina soupira. Lily sortit de l'eau et attrapa sa serviette posée sur le rack des bouées, qui éveilla un mauvais souvenir dans l'esprit d'Hugo.

— Je te donne jusqu'à dimanche, prévint Jina. Ensuite, c'est moi qui appelle les gendarmes.

— J'ai besoin d'un peu plus de temps ! Ça ne va pas se décanter d'un coup !

— Lundi matin.

— Milieu de semaine prochaine. C'est de notre sécurité qu'il y va.

— Justement ! s'énerva Jina. Pourquoi attendre ?

— Je t'en supplie. Fais-moi confiance. Strafa est le maître de la manipulation, il va tous nous baiser si on fonce dans le tas sans assurer nos arrières.

Jina serra les mâchoires.

– OK. Très bien. Parce que tu avais raison depuis le début et que j'ai douté. Mais mercredi il n'y a plus de discussion, on appelle les flics.

– Et tu ne fais plus rien sans m'en parler avant, exigea Lily en s'enroulant dans sa serviette.

Hugo les observa à nouveau dans le reflet de la baie vitrée.

Il espérait ne pas avoir à regretter son obstination.

54.

La faille, c'était Ludovic.
Hugo en était persuadé. Ce qu'il ignorait encore, c'était le moyen de l'approcher et de le faire céder. Avait-il peur et dans ce cas il faudrait le rassurer ? Était-il sous influence et il faudrait le guider ? Était-il perdu et Hugo devrait lui montrer la voie ?
Hugo ne pouvait pas le suivre sans se faire repérer. Il ne pouvait pas non plus interroger ses amis, Ludovic n'en avait aucun, ne partageant presque jamais de temps avec les autres, il était l'incarnation du solitaire introverti. Hugo ne savait même pas où il logeait, et c'était son premier objectif. Là au moins, il pouvait avancer. Lily devait savoir ça.
Après la discussion dans la piscine, la veille au soir, Hugo avait bien senti qu'elle lui en voulait de n'avoir pas joué franc jeu avec elle, et il devait rattraper le coup. Il expédia aussi vite que possible ses tâches du jour et alla la trouver l'après-midi, dans l'atelier de skis. Il l'attira à l'écart pour s'excuser, et une fois cela fait, décida qu'il devait être sincère jusqu'au bout :
– Si je ne t'ai pas embarquée avec moi, c'est que je n'étais pas sûr, à commencer de moi. De ce que je vis, ici, dans la station. Depuis que je suis arrivé, je me fais des délires, je lâche mon imagination, je te l'ai déjà expliqué, j'ai toujours été un peu comme ça, mais là ça atteint des proportions hallucinantes parfois.

Je vais me reprendre, j'ai besoin de stabilité, je m'acclimate, et je ne veux pas te faire peur, je ne veux pas que tu t'éloignes de moi. Et il y a une autre raison pour laquelle je t'ai gardée à distance : je ne veux prendre aucun risque avec ta vie.

– Mais tu t'autorises à en prendre avec la tienne.

Il haussa les épaules.

– Je fais gaffe. C'est important, Lily. Je n'ai pas pété un plomb, j'avais raison, il est arrivé quelque chose à Alice.

Ils se regardaient, embarrassés, brûlant d'envie de se prendre dans les bras, aucun ne parvenant à dépasser sa gêne. Ils s'étaient éloignés, comme si la moindre fêlure entre eux impliquait de devoir tout recommencer en termes de confiance, d'intimité. Lily lui tendit la main et cela suffit à le débloquer, il la serra contre lui.

– Pourquoi tu n'appelles pas les flics ? lui dit-elle tout bas.

– Tu l'as entendu. Je sens au fond de moi que ce serait nous mettre encore plus en danger. Tout le monde saura ce que j'ai fait, ce que nous pensons tous les trois, alors que là, le tueur ne se méfie pas. J'ai une chance de pouvoir le piéger.

Lily recula pour étudier son visage, son regard. Elle dut y lire sa détermination car elle dit :

– Je ne te ferai pas changer d'avis, et je ne vais pas te trahir. Alors promets-moi que désormais c'est toi et moi. Ne me protège pas, je suis une grande fille.

Hugo acquiesça.

– Tu sais où loge Ludovic ?

– Au rez-de-chaussée du D. À quoi tu penses ?

– Je ne sais pas encore, j'ai besoin d'y réfléchir. Il passe ses journées du côté des remontées ?

– Oui, normalement. Il a son établi dans un hangar un peu au-dessus de la station, où il dispose d'un quad pour aller dans les hauteurs.

– Un quad ? Il s'éloigne beaucoup ?

– Le domaine skiable n'est pas immense, mais ça représente tout de même un paquet d'installations à vérifier et à entretenir régulièrement si c'est ce que tu veux savoir. Le quad lui permet d'y accéder plus rapidement. Pourquoi ?

— J'essaye de comprendre ce qui a pu se produire. Où était-il, que faisait-il, lorsqu'il a assisté à ce qui l'a fait basculer.

— Basculer dans quoi ?

— Pour qu'il éprouve le besoin d'ajouter une nouvelle guirlande d'os parmi les talismans, pour nous protéger.

— Et si le vieux Max l'avait influencé en lui racontant pour les talismans ?

— Il cause peu, pas franchement le profil du type qui veut endoctriner. Les talismans c'est un truc assez daté, Max a dû en poser à une époque, peut-être lui-même initié par quelqu'un, par superstition ou je ne sais quoi, mais j'ai l'impression que plus personne n'en fabriquait depuis un moment. C'est Ludovic qui a repris ça. Et il y a forcément une bonne raison. Il ne le fait pas pour protéger la nature, là il se moque de nous.

— Comment tu veux qu'on procède ?

— Puisque Max est souvent dans tes parages, garde un œil ouvert sur lui si tu peux, on ne sait jamais.

— Et toi ?

— Je vais aller me balader dans le hangar de Ludovic, je crois qu'il en est temps.

Les nuages s'amoncelaient au-dessus de la vallée, de plus en plus gris, de plus en plus chargés, ils peinaient à décoller, à prendre de l'altitude, mais aucun ne venait s'ouvrir le ventre sur les cimes.

Hugo longeait les pylônes en s'efforçant de garder le rythme et de respirer correctement. Après un quart d'heure, il atteignit un petit plateau où s'arrêtaient les premières remontées, avant qu'une nouvelle pente, plus ardue celle-ci, ne reparte. Juste là, sur la gauche, se tenait un hangar de tôle à demi protégé par un bloc de rochers et de terre en L. La porte était tirée, et il n'y avait aucune trace de Ludovic. Soit il avait terminé sa journée lui aussi, soit il était en vadrouille ailleurs dans la montagne.

Le vent brassait les herbes du plateau. C'était un endroit tranquille, d'où Val Quarios se dévoilait en contrebas. En observant la station, Hugo y lut le pentagramme inversé. Il n'y avait pas de hasard dans tout ça. Même si Strafa n'était pas le tueur d'Alice, il savait, peut-être même qu'il avait commandité sa disparition.

À quoi tu joues, Lucien ? Quel est ton secret ?

Hugo se rapprochait, il en était certain. Après un dernier coup d'œil pour s'assurer qu'il était bien seul, il entra dans le hangar en faisant coulisser la porte.

L'intérieur sentait l'huile. De hauts râteliers accueillaient toutes les perches des téléskis. Un quad bleu rutilant était garé sur le côté. Hugo déambula parmi les allées, scrutant, réfléchissant, jusqu'à parvenir à l'atelier au fond. Un plan de travail en bois, abîmé et grêlé de taches, tout ce qu'il y avait de normal. Tout autour, des caisses, des pots de graisse, des instruments plus volumineux. Rien qui attirât le regard, qui pinçât la curiosité.

Sauf une trousse à outils en toile qui se roulait sur elle-même. Hugo avait déjà vu Ludovic avec ça à la main, le jour où ils s'étaient vaguement accrochés. Par curiosité, Hugo la déplia et dévoila une rangée de lames de toutes les formes et épaisseurs, de ciseaux et marteaux fins. Il reconnut un nécessaire pour travailler le bois. *Ou des os. Pour fabriquer des guirlandes, n'est-ce pas ?*

Hugo ressortit et monta sur le tas de rochers pour fouiller le secteur du regard, les mains sur les hanches. La sapinière était juste en dessous, sur sa droite. Ludovic n'avait pas loin à aller pour y entrer. S'il retournait les caisses et les bidons, ouvrait tous les placards, Hugo pensait pouvoir trouver des réserves d'ossements d'animaux, ou au moins de la ficelle, mais à quoi bon ? À quoi est-ce que ça lui servirait sinon à braquer Ludovic ? Celui-ci avait admis lui-même, devant Lily, être l'auteur des dernières guirlandes.

Faute de mieux, Hugo se lança en direction de la sapinière. Il dévala la pente en prenant soin de ne pas se laisser emporter par son élan, et pénétra dans la forêt au moment où le ciel se mit à gronder. Ce n'était pas le claquement sec du tonnerre et de la foudre, plutôt un long roulement, un avertissement. Les cieux prévenaient de ce qui allait suivre, et Hugo devina que ça n'était pas bon signe. *Je ne dois pas traîner.*

Il retrouva la cour des talismans en moins de dix minutes. Ils dansaient timidement dans la brise qui s'intensifiait progressivement, les os s'entrechoquant comme un canon en crescendo. Une mélopée creuse. Hugo tournait lentement sur lui-même pour s'imprégner. Des lianes de crânes d'oiseaux, de rongeurs et leurs minuscules cages thoraciques, les os de leurs pattes, colonnes vertébrales... Elles flottaient, les unes après les autres, en une procession désordonnée. L'ensemble ne dessinait pas un motif particulier, mais épousait plutôt le tracé d'une percée naturelle dans la forêt, une fine bande de terre au sous-bois moins dense. Hugo suivit alors la « tranchée » et remonta à l'opposé de l'endroit par lequel il arrivait à chaque fois. Le terrain était moins praticable, plus rocheux, des racines noueuses ressortaient de leur substrat pour s'enrouler les unes avec les autres et tresser un parterre chaotique ressemblant à un amas de boas ou d'anacondas fossilisés. Les talismans résonnaient à ses oreilles, encore un peu plus fort.

Ici la sapinière se réaffirmait dans toute sa force, les troncs se resserraient pour gêner le passage, l'odeur de moisissure de champignons, d'humus fangeux remettait l'homme à sa place, le repoussant vers son territoire à lui, les branches se faisaient plus basses, plus menaçantes.

Et trois guirlandes rapprochées semblaient marquer la fin du territoire des os. Le reste appartenait à la nature, interdit aux hommes. Hugo se mit à douter de ses suppositions. Et si finalement Ludovic avait dit la vérité ? S'il n'avait rien de plus à partager ? S'il considérait cet endroit comme une sorte de temple où il devait venir rendre hommage à la mère nourricière de toute chose, pour s'excuser de sa présence, des constructions humaines en dessous, qui avaient tant ravagé son berceau ?

Hugo ne savait plus. Il avait espéré – cru – être traversé par une fulgurance à un moment ou à un autre, qui lui aurait révélé la vérité ou au moins une étape pour y parvenir, et il n'en était rien. Il n'était qu'incertitudes.

Le chœur des talismans s'affirmait de plus en plus, il était passé de *sotto voce* à *forte* à présent, et le vent annonçait que la partition n'allait pas tarder à dépasser allègrement ces nuances vers quelque chose de plus proche du hurlement. Les branchages ondoyaient et bruissaient en accompagnement. Hugo décida de rentrer, la montagne allait devenir dangereuse pour un petit homme fragile.

Sur le chemin du retour, il se fit fouetter violemment la joue par un rameau qu'il n'avait pas vu, et il sentit un peu de sang affleurer sur les bords de l'estafilade. La forêt le corrigeait pour sa témérité. Ludovic avait peut-être raison.

Le soir même, il n'était pas plus avancé sur son unique piste. Il se coucha avec Lily contre lui, et cela au moins lui fit du bien. Même s'il n'était pas rassuré.

Dehors la nature vrombissait mais sa colère n'éclatait pas. Elle se contentait de rappeler sa présence.

De nous remettre à notre place.

Il s'endormit d'un coup et fit des rêves dont il ne se souvint pas, pourtant, au réveil, il avait le cœur écrasé, la poitrine serrée.

Toute la journée du dimanche, il la passa maussade, contrarié, sans parvenir à poser des mots dessus, Lily avec lui, il guettait les faits et gestes de tous les autres membres de l'équipe, sans rien en tirer. Par les fenêtres, il voyait la pluie s'abattre sans discontinuer, en adéquation avec son humeur. Le regard interrogateur de Jina, qui lui mettait la pression, l'énerva, mais il tint bon. Parce qu'au fond de lui, il savait que s'il prévenait les gendarmes maintenant, sans en savoir davantage, l'un des membres de leur trio en mourrait. Il en était persuadé. Peut-être même les trois. Ça ne reposait sur rien sinon une conviction personnelle, chevillée à son âme.

Lily s'invita dans son appartement le soir, parce qu'elle avait bien perçu son état, elle ne voulait pas le laisser seul. L'orage éclata enfin, peu avant minuit. Un monstre furieux qui se fracassait d'une montagne à l'autre, menaçant de détruire la vallée entière. Hugo mit longtemps avant de s'endormir.

Lorsqu'il rouvrit les paupières, il ne sut pas immédiatement si c'était à cause du tonnerre. Pourtant son esprit tournait à plein. Son inconscient en arrière-plan s'effaçait déjà rapidement : il avait accompli son œuvre. Alors des impressions remontèrent à la surface de ses pensées, et les associations d'idées s'emboîtèrent. Hugo descella ses lèvres sèches pour avaler de l'air brusquement.

Elle était là la fulgurance.

Odieuse.

Répugnante.

Il savait.

55.

Hugo ne pouvait plus attendre dans le lit avec cette idée, il avait l'impression de souiller les draps où dormait encore Lily. Il se faufila dans le salon et se prit la tête dans les deux mains pour réfléchir. Dans le martèlement du tonnerre, il crut entendre le son du carillon à vent qui s'agitait dans le Phare. La pluie battait sa fenêtre, tout était d'un noir de fin des temps. Un éclair illumina la pièce brièvement.

Hugo voyait le corps d'Alice, le ventre verdi par la décomposition, de la mousse autour de la bouche, les yeux enfoncés dans leurs orbites, les paupières à demi ouvertes, se soulevant au gré des insectes qui festoyaient en dessous. Elle était dans la boue. Une boue épaisse comme du goudron et elle coulait vers lui, elle imbibait son âme, l'envahissait, chaude, prête à remplir les poumons d'Hugo pour l'étouffer, une agonie lente et brûlante. Et par-dessus tout, c'était le parfum de la mort qui enlaçait Hugo à Alice. Une pourriture organique si poisseuse qu'elle devenait liquide en pénétrant par ses narines, et elle dégoulinait le long de son œsophage. Hugo devait en avoir le cœur net. Se débarrasser du doute, de cette vision.

– Tu ne dors plus ? fit Lily dans l'encadrement.

Un autre éclair les découpa, silhouettes d'argent dans un décor d'ombres, face à face.

– Lily, je sais où elle est. Je sais où est le corps d'Alice.
– Quoi... mais... comment ?

Hugo vint la prendre par les coudes de ses bras serrés sous sa poitrine.

– C'est l'odeur, j'ai cru que c'était celle de moisissure de champignons et d'une terre marécageuse mais ce n'est pas ça. C'est *elle*. Alice est dans la sapinière, derrière les talismans !

Lily ne réagissait pas, comme si elle ne savait plus si elle était dans la réalité ou dormait encore dans un cauchemar étrange. Hugo resserra son étreinte :

– Je dois aller voir, je dois savoir.
– Maintenant ? Mais...
– Viens avec moi.
– Hugo, c'est l'orage, on ne peut p...
– Je m'en fous, je ne pourrai pas fermer l'œil, je vais devenir dingue si je ne vérifie pas.
– Non. Non, répéta-t-elle.
– Avec ou sans toi, j'irai. J'en ai besoin, tu comprends ?
– C'est dangereux, Hugo, c'est de la folie !
– Moins que d'attendre qu'il recommence.
– Mais il ne va pas...
– Si elle est là-haut, je préviens les gendarmes.

Lily le fixait dans la pénombre, de rares flashs dévoilaient leurs visages marqués par l'émotion. Elle secoua la tête doucement.

– Quoi que je dise, tu ne m'écouteras pas, comprit-elle.

Il lui déposa un baiser sur le bas du front et l'écarta pour aller s'habiller.

– Tu n'y vas pas seul, c'est hors de question. Je viens, dit-elle.

Philippe DePrigent avait évoqué les grands orages en les comparant à l'affrontement de divinités, et Hugo comprit un peu mieux lorsqu'il fut dehors, plié pour lutter contre le vent, pour ne pas se prendre la pluie froide en pleine face. Les montagnes agissaient comme une immense caisse de résonance. Le combat était titanesque. À en faire trembler le sol. À briser la nuit comme si les cieux n'étaient qu'une pauvre vitre noire, y laissant des zébrures électriques qui se dissipaient aussitôt dans l'éther. Le langage de la colère à l'échelle des dieux. Hugo n'avait jamais connu pareille tourmente. Sa chair réagissait au tonnerre, ses poils se hérissaient, et son instinct lui commandait de toute urgence de courir s'abriter, de rentrer chez lui.

Mais il tenait bon. Il avait entraîné Lily jusque dans le local sous le vaisseau-mère pour s'y équiper d'une pelle, d'une pioche et de sa lampe. Les grondements tonnaient dans les couloirs et au-delà, rappelant au jeune homme qu'il n'en connaissait pas la plupart. La station tout entière lui échappait. *Mais plus ce qu'il s'y est passé.* Ils remontaient la pente avec difficulté, arc-boutés sur leurs outils dont ils plantaient le manche dans l'herbe pour s'aider à la gravir. Des rafales arrachaient leur capuche, les giflaient, avant que la pluie s'immisce par le col, sur leur peau qui frissonnait. Et chaque éclair fendait la réalité, ouvrait un passage vers un autre monde constitué d'ombres étranges qui se dévoilaient à peine, projetées avec la cruauté d'une vie d'instantanés. Lily criait mais Hugo ne comprenait pas.

– Quoi ? s'écria-t-il par-dessus le vent.
– Ta pelle ! Ne la lève pas ! Tu vas attirer la foudre !

Lorsqu'ils atteignirent enfin le plateau, Hugo était trempé sans savoir si c'était de sueur ou de pluie. Ils s'enfoncèrent dans la forêt en espérant y trouver un refuge mais c'était presque pire à l'intérieur. Les branches des sapins se soulevaient et retombaient selon un courant fantôme, certaines craquaient et ployaient sous la quantité d'eau, d'autres s'arrachaient ou se brisaient dans l'effort, et les deux êtres humains luttaient au milieu de cette houle végétale pour ne pas être emportés ou frappés. Et le son que produisait cette furie était effrayant, un bruissement permanent, affolant, rappelant que le danger pouvait survenir de n'importe où, à n'importe quel moment. Des cônes et des nuées d'aiguilles parmi d'autres débris leur pleuvaient dessus. Lily glissa sur une pierre et Hugo eut le réflexe de l'attraper au vol, avant qu'elle ne tombe sur sa pioche. Il la lui prit des mains et dut forcer pour qu'elle daigne la lâcher.

Puis ils parvinrent enfin à la bande clairsemée où les talismans d'os tournoyaient. Certains s'étaient enroulés à des branchages, d'autres entre eux, mais plusieurs cinglaient l'air, tentacules d'os et de ficelles qui sifflaient au milieu de la tempête. Hugo se baissa juste à temps pour en éviter un qui aurait pu l'assommer. Il fit signe à Lily de le suivre et, prudemment, ils remontèrent vers l'extrémité de la langue mortuaire.

L'odeur était noyée dans celle de la végétation détrempée, pourtant il pouvait encore la sentir, moisissure et tourbe grasse. Hugo et Lily esquivèrent les trois guirlandes qui marquaient la fin. *Ou l'entrée d'autre chose…* Et ils s'accrochèrent aux troncs pour pouvoir se hisser au milieu des grosses racines, des rochers saillants, puis entre les buissons et les rameaux qui bloquaient le passage. Une forêt plus nourrie, plus agrégée. L'odeur devint plus acide, étourdissante, elle était teintée de celle de l'humus qui donnait l'illusion de cette touche boisée, naturelle. *Parce que le corps est enterré.* L'eau ruisselait depuis les hauteurs, mais la pluie ne parvenait pas à tomber directement jusqu'ici. La frondaison était trop épaisse, il y régnait également une obscurité profonde. La canopée s'ébouriffait sans discontinuer ; en revanche, au niveau du sol, c'était beaucoup plus calme, ils n'en avaient que la rumeur inquiétante, perpétuelle.

Lily alluma la lampe, qui déchira cette intimité de son rayon puissant mais limité à un triangle effilé. Hugo ne savait où exactement, mais il savait qu'Alice était non loin. Pas après pas, ils sondaient ce labyrinthe bruyant, le regard attiré par les serpentins aqueux qui coulaient chaotiquement pour s'évacuer. Hugo en avait plein les narines. À présent l'acidité se mêlait à un fond carné, rance. Celui-ci empestait si fort qu'il semblait presque palpable dans l'air. *Elle est là, juste par ici.* Hugo essayait de se guider à cette odeur, mais elle était si entêtante qu'il n'y parvint pas. Lily l'attrapa par la manche et pointa la torche sur un léger remblai de terre. Les racines et les buissons avaient été arrachés à cet endroit. Le remblai mesurait plus d'un mètre cinquante de long estima Hugo. *Et il est récent. C'est une main humaine qui a retourné la terre ici.* Le remugle de la décomposition était fort, et après quelques coups de pelle, il devint encore plus intense, obligeant Hugo et Lily à se couvrir le bas du visage avec le coude par moments, pour reprendre leur respiration.

— On ne devrait pas être là, lança la jeune femme par-dessus les intempéries. Ce n'est pas à nous de faire ça.

— Elle est là-dessous, et je ne vais pas la laisser.

Hugo pelletait avec prudence : avec une telle puanteur, elle ne devait pas être ensevelie très profondément. La lueur des éclairs peinait à se propager jusqu'à eux, les sapins prenant soin de se serrer pour garder cette tombe secrète. Mais le tonnerre, lui, ne se gênait pas pour dévaler la pente jusqu'à leurs oreilles meurtries. Hugo ne clignait pas des paupières, il n'osait plus de peur d'enfoncer sa pelle dans le corps d'Alice.

Un fragment blanchâtre se prit dans la lampe après un autre prélèvement et ils se figèrent. La terre mouillée se referma immédiatement dessus. Hugo tomba à genoux pour poursuivre à mains nues. Il dégagea le triangle, l'effleurant du bout des doigts, une matière froide, molle. Il écarta autour, et la surface de peau s'agrandit, jusqu'à ce qu'ils devinent une hanche.

Hugo remonta et creusa avec la frénésie d'un chien enragé. Il ne tarda pas à sentir des filaments se prendre dans ses pouces, ses index… Des cheveux. Il se retint de vomir.

L'odeur était intenable. De la viande faisandée marinée dans un jus d'œufs pourris. *Mais cette viande c'est la chair d'Alice, et ce jus, ce sont ses fluides putréfiés.*

Il avisa Lily qui tremblait dans la nuit, les membres serrés comme si occuper le moins de place possible dans le monde allait rendre tout cela moins réel. Elle lui fit « oui », et il termina de dégager le front, puis le nez… La pluie l'aidait un peu.

— Éteins la lampe, ordonna-t-il.

— Mais tu ne verras rien.

— S'il te plaît.

Lily l'éteignit. Hugo se concentra sur ce qu'il faisait, une zone après l'autre, les joues... puis passait à la suivante. Le menton... Il ne voulait pas voir Alice, il avait trop peur de ne pas parvenir à continuer. Il voulait la dégager comme si cela pouvait encore changer quelque chose, comme si elle allait prendre une inspiration subite pour revivre. Il avait terminé, il pouvait la sentir entre ses doigts. La nausée le menaçait.

Un tronc se brisa non loin sous l'effet des rafales acharnées, dans un craquement terrible, et sa chute entraîna d'autres fracas. Lily et Hugo rentrèrent la tête entre leurs épaules jusqu'à entendre l'arbre heurter le sol.

— J'ai fini, dit-il une première fois, bien trop faiblement pour que Lily puisse saisir.

Il répéta et lui demanda d'allumer la lampe. Le cône impudique dévoila le sol gorgé d'humidité aux pieds de Lily. Puis, lentement, il se rapprocha. Hugo savait déjà ce qui les attendait. Son cœur battait dans sa gorge. Dans son labeur, il avait sorti une main. Il ne s'en souvenait même pas. Les ongles du cadavre noircis par l'ensevelissement. Ceux d'une femme, devina-t-il sans surprise. La lumière remontait. Les contours de la mâchoire apparaissaient, le profil, les arcades... Hugo tomba à la renverse.

Ce n'était pas celle qu'il pensait.

Devant lui, il venait de déterrer, maculée de boue, une autre femme qu'Alice.

Elle, il la connaissait aussi, même mieux encore.

Sa raison manqua le quitter.

C'était le cadavre de Lily.

56.

Toute la forêt s'illumina sous l'effet de la foudre qui frappait en altitude, s'acharnait sur la cime. Le tonnerre manqua briser la montagne en deux.

Hugo ne pouvait détacher ses yeux du visage mort de Lily. Ses mains s'enfonçaient dans la terre, l'eau dégoulinait sur son pantalon, mais il ne le sentait pas. Il n'y avait plus que ces traits livides qui déjà avaient perdu une partie de leur douceur avec le pourrissement.

Il ne comprenait pas.

Il ne comprenait plus.

Le pinceau de lumière s'agita. *Mais qui tient la lampe si Lily est là, froide et ensevelie ?* Il pivota pour distinguer la personne en face de lui.

Elle releva la torche sur lui en même temps, l'aveuglant. Hugo se protégea avec le bras. Il ne voyait rien. Il cilla, pour tenter de discerner les contours de l'ombre... Une femme... La silhouette lui était familière. La pluie avait écrasé sa chevelure. *Je... sais... qui... tu... es...* Ça n'avait aucun sens.

– Hugo ?

La lampe se rapprocha.

Et Hugo reconnut Lily qui se pencha au-dessus de lui. Ses yeux fusèrent sur le cadavre. L'obscurité la cachait. Il arracha la torche des mains de Lily et la braqua sur la femme dans la terre.

Alice.
Il pivota à nouveau vers celle qui se tenait au-dessus de lui.
Lily.
Vivante. Il n'y avait aucun doute.
Je deviens dingue.
— Hugo, tu m'entends ? s'alarma Lily.
Il opina. *Crise de panique. Avec l'émotion j'ai mélangé, c'est tout.* Lily lui parlait. *Je dois me reprendre. Ce n'est vraiment pas le moment de flancher.* Il se concentra sur sa respiration, pour faire le vide. Un autre regard pour la femme enfoncée dans sa tombe. Alice. *Juste un mauvais tour à cause de la peur. C'est fini.*
Lily se jeta contre lui, elle s'enfouit aussi fort que possible dans son cou et s'agrippa comme si sa vie en dépendait. Il lui rendit son étreinte. Dans l'orage, ils attendirent jusqu'à n'avoir plus le choix, jusqu'à ce qu'ils n'aient plus de larmes. Lily n'avait pas hurlé. Pas rendu ses tripes. Elle était digne mais dévastée, lorsqu'il put enfin la voir dans la pâleur de la lampe coincée entre eux. Elle posa sa paume contre sa joue et il l'entendit enfin :
— On ne va pas pouvoir la transporter, pas comme ça, avec la tempête c'est impossible, prévint-elle. Il faut redescendre et ameuter les autres.
Hugo secoua la tête.
— Non ! On ne prévient personne.
— Mais elle est morte ! Elle est...
— Seulement les flics. Personne d'autre.
Lily finit par céder et elle l'aida à se relever. Ils regardèrent le visage d'Alice qui sortait du sol, ses lèvres entrouvertes, la bouche encore pleine de terre. Lily prit la main d'Hugo. Puis ils redescendirent sans se lâcher, les outils abandonnés avec le corps. Ils ne dirent pas un mot de plus, bravant les éléments déchaînés.
Hugo était encore hanté par la brève vision d'horreur qu'il avait eue. Lily l'entraîna jusqu'au vaisseau-mère, il était inutile de perdre du temps et de prendre des risques à aller chercher leurs téléphones portables pour tenter de récupérer une barre

de réseau au sommet de la Tour, avec ce temps, il était plus que probable que ce serait en vain.

Dans le bureau d'Adèle, Hugo se reconnecta à ses émotions, et il saisit le combiné. Des larmes coulaient sur ses joues, invisibles au milieu des vestiges de pluie. Son index voulut composer le numéro d'urgence de la gendarmerie. Il n'y avait pas de tonalité. Hugo raccrocha et souleva à nouveau le téléphone, sans plus de réussite.

– Quoi ? Qu'est-ce qui se passe ? s'inquiéta Lily.

Ils étaient coupés du monde. *C'est à cause de l'orage.* Ça ne pouvait qu'être ça. Sinon cela signifiait que quelqu'un avait volontairement détruit la ligne. Et qui avait un intérêt à cela ?

Il n'y avait qu'une réponse possible.

Le tueur.

57.

Hugo venait de vérifier la connexion Internet via le poste informatique d'Adèle, et le réseau était HS. C'était le même câble assurément. Il lâcha un juron. Hugo ne voulait pas perdre de temps à essayer avec leurs téléphones portables, il savait déjà quel serait le résultat avec cette tempête.

– Il faut descendre en voiture, annonça-t-il.

– Tu as perdu la raison ? Déjà la nuit c'est une route dangereuse, mais tu as vu la météo ? Non, c'est complètement suicidaire.

– Lily, la ligne est coupée. Ça signifie que le tueur sait que nous nous rapprochons de lui. Il nous surveille, peut-être même qu'il nous a vus sortir tout à l'heure et a compris que nous avons retrouvé Alice. On ne peut plus attendre !

Avec une force surprenante, Lily lui saisit le poignet et l'attira jusqu'à la fenêtre contre laquelle rugissait l'orage.

– Ce n'est pas le tueur, s'écria-t-elle par-dessus le tonnerre. Nous sommes en haute montagne, Hugo, et ce genre de chose arrive lorsqu'il fait un temps pareil. D'ici un ou deux jours le téléphone sera revenu.

Hugo vit un éclair frapper la vallée et une partie de la pression s'estompa. Lily n'avait pas tort. Il allait trop vite.

– Mais je n'attends pas deux jours, prévint-il.

Elle l'incita à se tourner pour qu'ils se fassent face.
- À l'instant où ce déluge s'interrompt, c'est moi qui t'amène à la gendarmerie.

Il devinait une lueur fragile dans le regard de sa partenaire. Derrière la façade de femme qui tenait bon, Lily était en réalité comme lui, perdue. *Terrifiée.* Il la prit dans ses bras.

Ils ne purent dormir les heures suivantes, blottis l'un contre l'autre sur le canapé, incapables même d'envisager de se mettre au lit. Ils ne parlaient pas mais savaient ce que l'autre pensait.

À Alice, seule, là-haut dans la terre détrempée, en train d'exhaler son odeur putride.

À quoi avaient ressemblé ses derniers instants ? Quel avait été le dernier visage qu'elle avait vu ? Avait-elle souffert ? *Elle a certainement eu peur. Une trouille à s'en pisser dessus, à ne plus pouvoir penser, à redevenir un animal, à s'en arracher les ongles pour fuir...*

Le vent sifflait à la fenêtre. Combien de temps encore cela allait-il durer ? Lily pleurait parfois. À un moment, elle se précipita aux toilettes pour vomir, mais Hugo entendit qu'il ne se passait rien. Puis elle revint se cacher dans ses bras. Lui ressentait un délabrement mental mais son corps ne réagissait pas à ce qu'il avait pourtant touché là-haut dans la forêt. Cette peau froide. Aux premières lueurs de l'aube, Lily leur fit du café.

- Je voudrais prévenir Jina, déclara Hugo, la tasse chaude entre les paumes.
- Pas une bonne idée. Elle va paniquer.
- Il faut qu'elle garde un œil sur ce qui se passe ici lorsque nous descendrons. Le tueur pourrait réagir. Imagine qu'il aille déplacer le corps d'Alice ? Et s'il s'enfuit ?
- Ce n'est pas notre problème, ce sera celui des flics. Laisse-la en dehors de tout ça, accorde-lui encore quelques heures de répit.

Hugo était sceptique. Jina était dans la boucle depuis le début, et ils avaient besoin d'alliés, en particulier pendant leur absence. L'orage avait baissé en intensité, mais pas la pluie. La route devait être jonchée de branchages, maculée de boue. Heureusement, avec JC ils avaient déjà fait tomber les arbres qui auraient pu bloquer la voie.

– Je conduirai si tu veux, dit Hugo.

Lily vint s'enfoncer dans son flanc.

– Tu vas nous tuer, chuchota-t-elle, je connais le trajet par cœur. Fais-moi confiance.

Ils décidèrent de ne pas aller à la cantine, ils ne voulaient croiser personne, et même de se faire excuser pour la journée de boulot qui les attendait. Avec un peu de jugeote, JC et Max les croiraient malades ou comprendraient – s'ils n'avaient pas déjà fait le rapprochement – que les deux étaient en couple et s'accordaient une grasse matinée lascive.

Lily guettait à la fenêtre l'intensité de la pluie, la présence de nuages bas dans la vallée, et la quantité de reflux des gouttières qui se déversait dans l'herbe. Hugo percevait sa nervosité : elle non plus ne tenait plus en place.

La station était d'un silence de mort. Comme s'ils étaient seuls à bord. Hugo détestait ce sentiment récurrent. Pas trace d'une présence, de la moindre activité.

En milieu de matinée Lily secoua la tête.

– Et puis merde, lâcha-t-elle. Viens, je ne peux plus attendre. Prends les téléphones, on ne sait jamais.

Lorsqu'ils s'installèrent dans la Jeep et qu'Hugo vit Lily enfoncer la clé dans le démarreur, il songea que le moteur resterait silencieux. Le tueur avait tout prévu. Aucun des véhicules ne fonctionnerait plus. Parce qu'il avait eu le temps de tous les mettre hors d'état. C'était évident. Le vrombissement de la Jeep le surprit. Il le fut tout autant en constatant qu'ils parvenaient à sortir de sous le Gros B, dans la lumière blafarde du jour. La route était bien encombrée par les débris végétaux mais rien qui pouvait stopper les larges pneus de la Wrangler.

Au pire, ils disposaient d'une roue de secours, avait noté Hugo au moment de partir.

Le déluge n'était plus qu'une fine mais inlassable bruine avec laquelle bataillaient les essuie-glaces. Lily évitait les plus gros morceaux, ceux aux extrémités pointues, cassés ou arrachés pendant la nuit. Elle roulait très lentement, ce qui était encore plus inquiétant la connaissant. Hugo se démit le cou lorsqu'ils dépassèrent le chemin qui conduisait à la ferme du taxi, sans rien y distinguer. À ce rythme, ils allaient mettre quatre ou cinq heures pour atteindre Montdauphin, mais ça lui était égal. Il avait pour seul regret de n'avoir pas prévenu Jina, à la fois parce qu'il aurait aimé laisser une complice derrière eux, mais également parce qu'il lui devait la vérité. *Et pour qu'elle redouble de vigilance, pour sa sécurité.*

Un kilomètre plus bas à peine, la Jeep pila. Une impressionnante coulée de boue et de rochers engloutissait la route. Plusieurs tonnes de gravats. Lily serrait le volant à s'en blanchir les articulations.

– C'est pas vrai... dit-elle entre ses dents.

Il était impossible de passer. Pas même en quad, comprit Hugo qui sortit les téléphones de ses poches. Aucun réseau.

– C'est la seule route, n'est-ce pas ?

Lily acquiesça sans un mot. Elle était blanche. Elle aussi avait compris les conséquences. Ils devaient remonter à Val Quarios. Coincés avec le tueur.

Hugo se pencha sur le tableau de bord pour mieux distinguer les dégâts. La coulée s'était détachée de bien plus haut sur la pente, elle avait emporté tous les sapins sur son passage. Après la ligne de téléphone coupée, maintenant la station était isolée. Cela faisait beaucoup pour une seule nuit mais Hugo s'efforça de ne pas virer dans une paranoïa plus exacerbée encore que celle qui parfois l'aveuglait.

On va s'en sortir. C'est juste un mauvais tour de la vie. Mais qui tombait à pic pour le tueur.

Comme un tour de magie.

58.

En sortant de la Jeep, de retour au parking souterrain, ils titubaient presque tant ils étaient hagards. Perdus. Hugo se mit devant Lily et leva son menton dans sa main.

– On va trouver une solution, OK ?

Elle approuva timidement.

– Tu me fais confiance ? insista Hugo.

– Oui.

– Alors on va s'en sortir, et cette ordure va payer. Je te le promets.

L'esprit d'Hugo s'était remis à tourner à plein régime. Être dans l'action pour ne pas se laisser envahir par l'imagination, c'était fondamental, il le savait.

– Qui va pouvoir dégager le passage sur la route ? demanda-t-il.

– Je l'ignore. Nous j'imagine, et aussi une équipe de Mont-dauphin.

– Il y en a pour des jours. La ligne fixe peut être réparée en combien de temps ?

– Je ne sais pas exactement, ça ne dépend pas de nous, il faut que la compagnie s'en rende compte, trouve d'où ça provient, et avec la coulée qui bloque la route, peut-être qu'ils seront retardés aussi.

– Donc nous sommes livrés à nous-mêmes pour la semaine au moins.

Il tournait en rond, marchant de la Jeep au pilier le plus proche.

– Pour commencer, tu vas retourner bosser, annonça-t-il.

– Hugo, je n'en suis pas cap...

– Il le faut. Ne pas éveiller les soupçons, tu te rappelles ? La dernière chose qu'on veut c'est que le tueur se sente acculé et nous prenne pour cible en pensant qu'on l'a identifié. Dis que tu as eu une panne de réveil à cause de l'orage. Et trouve un prétexte pour avoir à descendre à Montdauphin, pour pouvoir revenir et dire que la route est bloquée, je ne veux pas attendre une semaine supplémentaire avant qu'ils s'en rendent compte.

– Et toi, qu'est-ce que tu vas faire ?

Hugo se mordillait les lèvres en réfléchissant.

– Je vais devoir retourner auprès d'Alice, avoua-t-il enfin. Pour la remettre en terre.

– Non, tu ne peux pas faire ça !

– Si le tueur remonte et la voit dans cet état, il comprendra. Les tueurs retournent souvent là où ils ont abandonné leur victime. Je ne peux pas rester nuit et jour là-haut à surveiller, et je n'ai pas de caméra pour planquer à ma place, donc il faut que je trouve une autre solution. Mais pour Alice, je n'ai pas le choix.

Lily déposa son front contre son torse.

– Et nous ne pouvons plus le cacher à Jina, ajouta-t-il. Tu vas devoir la prévenir. Nous le lui devons. Et elle va nous aider.

Les poings de Lily se resserrèrent sur son t-shirt pour l'agripper. Hugo l'enlaça. Puis, la bouche dans ses cheveux, il dit tout bas :

– Ne fais confiance à personne d'autre. Nous ne pouvons compter que sur nous-mêmes.

Une bouteille de gin ou de vodka ferait l'affaire. Même un vin rouge bas de gamme et âpre à la rigueur. N'importe quel alcool, juste pour noyer ses sens, l'aider à oublier le visage d'Alice qu'il avait recouvert de terre et de feuilles.

Chaque pelletée avait pesé dix fois son poids. Au début Hugo s'était dit qu'il ne la regarderait pas. Mais en fin de compte, il s'y était obligé, par respect. Et à chacune, il avait demandé pardon à Alice. *Nous n'avons pas le choix.* C'était ça ou prendre le risque que Lily ou lui-même terminent ici même, dévorés par les vers.

La bruine ne flanchait pas. Il était trempé et récupéra une serviette dans le vestiaire près du local matériel pour se sécher au mieux. Hugo nettoya la pelle et la pioche avant de les ranger et il enfouit ses mains noires dans ses poches en tombant sur Max dans le couloir du sous-sol. Il s'attendait à se faire copieusement remettre à sa place pour ne pas s'être manifesté de la journée, mais le moustachu lui demanda :

– T'as une sale gueule, ça va ?

Hugo voulait bien le croire après la nuit et la journée qu'il venait de passer.

– Patraque, pas dormi. Je suis désolé, j'aurais dû te faire prévenir…

– Oh, c'est pas l'usine ici, si tu peux pas, tu peux pas.

Hugo le remercia, mais Max l'interpella au moment de s'éloigner :

– Par contre, si tu ne te sens pas bien, évite de traîner dehors avec un temps pareil, dit-il en désignant les chaussures et le bas de pantalon couverts de terre d'Hugo.

Merde.

Le moustachu s'en alla sans plus de commentaire. Hugo se demanda s'il se doutait qu'il lui avait menti mais estima avoir plus important à faire, des tâches urgentes à accomplir.

Boire à tout oublier n'en était pas une. Pas encore. Il avait eu le temps de ruminer pendant l'ascension vers la sapinière. Attendre le retour du téléphone ou que la route soit dégagée n'était pas possible. Pas sans rien faire. Peut-être était-ce dû à son esprit de romancier, ou d'apprenti écrivain – ce n'était pourtant pas le moment de s'autoflageller –, mais les options s'étaient emboîtées rapidement dans son esprit, avec une facilité surprenante. Il savait quoi faire. Le plus difficile serait de convaincre Lily.

Personne n'occupait l'aquarium et pourtant l'une des deux cheminées crépitait encore des bûches qui la nourrissaient. Jina et Hugo s'installèrent en face du feu, dans l'attente de Lily. Hugo avait apporté un sac plastique qu'il tenait contre lui. Il était satisfait que Jina ne soit pas allée dîner à la cantine, en public, tant sa mine froissée et ses yeux rougis l'auraient trahie. Elle ne connaissait pas Alice comme Lily l'avait connue, elles s'étaient à peine croisées en réalité, mais sa mort et savoir son corps non loin l'avaient particulièrement secouée. *On le serait à moins, non ? Surtout avec l'idée qu'il y avait un* tueur *parmi nous. Un putain de tueur.* Le mot résonnait étrangement. Ne serait-ce que le prononcer faisait peur.

– On aurait dû se filer rendez-vous au bar, j'ai besoin d'un verre, dit-elle.

– Ce n'est pas le moment.

– Si, c'est *justement* le moment.

– Tu bois trop, Jina.

C'était sorti tout seul, sans qu'il ne puisse le retenir.

– Et moi je t'emmerde. Ça me fait du bien. Je dors bien comme ça. Et cette nuit, je ne vais pas pouvoir fermer l'œil...

– Tu fais des cauchemars ?

– M'en parle pas.

– Souvent ?

– Trop.

Une petite lueur d'intérêt s'alluma en Hugo, qui allait poursuivre lorsque Lily entra d'un pas décidé.

– C'est bon, j'ai informé Philippe que la route est bloquée, déclara-t-elle, j'ai prétexté de devoir aller récupérer un lot de viande chez notre fournisseur pour descendre. Dès qu'il fera jour, ils iront voir. Demain soir il y aura une grosse réunion avec tout le monde pour discuter du problème.

Lily s'assit à côté de Jina en constatant ses traits meurtris. Elle lui attrapa la main.

– Tu tiens debout ?

Jina fit un « oui » de menton qui manquait d'assurance.

– J'ai bouffé deux Xanax.

– Calmos sur les médocs, prévint Hugo, ne va pas te faire une overdose.

Jina haussa les sourcils sur l'air de « pour ce que ça changera ».

– J'ai un plan, annonça Hugo. Pour faire bouger l'enfoiré qui a fait ça.

– Ça y est, tu te reprends pour Sherlock Holmes ? ironisa Jina.

– Tu peux te recroqueviller dans ta chambre jusqu'à ce que la route soit rouverte et prier pour que celui qui s'en est pris à Alice ne recommence pas, ou bien tu peux m'aider.

Piquée au vif, Jina sortit de son effarement pour le défier du regard.

– Explique, fit Lily.

– Pour l'instant, il vit sans se douter de rien, et à moins d'un miracle, nous ne pourrons pas l'identifier. Mais si on le provoque, il va réagir, et commettre une erreur.

– Et tu comptes t'y prendre comment ?

– En créant un électrochoc chez lui.

Lily et Jina le fixaient, sceptiques. Le feu dans la cheminée claquait pour signaler sa présence.

– Tu vas glisser une photo d'Alice sous chaque porte ?

– Non, espérer qu'il a une bonne mémoire, et qu'il s'intéresse à notre façon de nous habiller.

– Quoi ? grimaça Lily.

Hugo ouvrit son sac plastique et en sortit une jupe et le pull rose poudré qu'il avait récupérés sur le tas dans la pièce creusée sous le local des explosifs.

– C'est mon pull ! réagit Jina d'une voix suraiguë qui témoignait de son état de nervosité. Celui que je lui avais prêté !

Lily se replia sur elle-même, bras croisés et épaules rentrées.
— Qu'est-ce que tu as été faire ? demanda-t-elle bien qu'elle le devinât.
— Ce sont des fringues d'Alice. Je voudrais que tu les portes à partir de demain. Chaque jour, un ensemble différent. Je pense que le tueur va le remarquer. Jina avait fait tout un foin à propos de son pull, rien que ça...
— Hors de question, répliqua Lily.
Hugo insista :
— S'il les reconnaît, et je pense qu'il *va* les reconnaître, les tueurs impriment souvent ce genre de détails, ce n'est pas anecdotique de tuer quelqu'un, de le dépouiller de ses affaires et...
— Ce sont les vêtements d'une morte, Hugo ! Je ne vais pas les mettre !
Contre toute attente, Jina intervint :
— Moi, je vais le faire.
Hugo fit la moue.
— Je ne pense pas que ce soit prudent. Lily peut s'arranger pour ne pas être seule en journée et elle dort avec moi, alors que toi tu es régulièrement seule dans ton atelier de couture ou dans les chambres du Gros B.
— Tu espères quoi ? interrogea Jina. Qu'il m'agresse ?
— Non, je pense que dans un premier temps il ne va pas y croire, il va venir te poser une question anodine, l'air de rien, et ce sera le signe pour qu'on l'identifie, ou alors, s'il est très prudent, il va essayer de comprendre comment c'est possible, et alors je serai là.
— OK, je vais le faire.
Lily essaya de l'en dissuader :
— Jina, tu ne devrais pas te...
— Non, laisse tomber, je suis décidée. Si ça peut vous rassurer je demanderai au vieux Max de venir avec moi pour poser des tringles dans le Gros B pendant deux jours. Pour Alice, et pour qu'on sache qui est ce taré, je veux le faire.
Elle tendit la main vers le sac.

— Il y a tout de même un risque, prévint Hugo, je ne peux pas garantir sa réaction.

Jina agita les doigts pour qu'il lui envoie le sac, et il s'exécuta.

— Demain matin je vais me balader partout, sous leur nez à tous, avec les frusques d'Alice.

— Et surtout demain soir, à la réunion, précisa Hugo. Que tout le monde te remarque.

— Après deux ou trois bières, je saurai faire, tu peux me croire.

Lily fusillait Hugo du regard, elle ne cautionnait pas.

— Je vais essayer de graviter autour de toi, dit-elle à son amie. Je ferai de mon mieux.

— Et toi, tu seras où ? demanda Jina à Hugo.

— Pas loin. Je vais grappiller une journée demain en me faisant porter pâle, et mercredi c'est mon jour off. Avec de la chance, il aura bougé d'ici là. Et j'ai mon idée sur ce qu'il va faire.

À peu près tout ce qu'il avait tenté jusqu'à présent s'était soldé par un échec et Hugo serra les poings en priant pour que, cette fois, il ne se trompe pas.

59.

Hugo avait assumé le courroux de Lily.
Elle lui reprochait de prendre trop de risques et ne voulait pas participer à son manège. Hugo la laissa se défouler, puis il exposa ses arguments, un à un, jusqu'à saturation. Il commençait à la connaître. Il ne pouvait pas agir sans son aide, et elle savait qu'il ne lâcherait rien. Cruellement, il lui rappela ce qu'ils avaient déterré ensemble dans la sapinière, et elle se tut enfin. À contrecœur, elle obtempéra.

Il s'était constitué un sac de quelques provisions, principalement de l'eau et des fruits, et y avait même fourré un livre pour occuper les longues heures de guet. Ils attendirent la fin de journée pour subtiliser les clés, et Lily l'accompagna jusque derrière la Tour, pour l'enfermer dans le local aux explosifs avec pour consigne de ne revenir qu'après minuit. Hugo doutait que ce soit utile de camper sur place au-delà, même un tueur, avec les journées qu'ils avaient, devait se reposer un peu. Elle lui avait déposé un baiser fugace sur le coin de la bouche avant de repousser le battant, puis, elle avait rouvert, l'avait littéralement alpagué d'un bras rageur, pour l'embrasser avec passion cette fois.

— Tu te planques dans ton coin et tu ne joues pas au héros, c'est promis ?

– Juré.

– Sinon, même mort, je viendrai te botter le cul, j'espère que tu as bien pigé.

Lorsque la porte renforcée claqua et qu'il se retrouva dans le noir absolu, Hugo éprouva une furieuse envie de lui crier de revenir, d'abandonner le projet ; il s'en empêcha. Il n'aimait pas du tout l'idée d'être prisonnier entre ces murs sans aucune possibilité de ressortir par lui-même, mais il n'avait trouvé aucune alternative. Il n'y avait qu'un seul jeu de clés, et celui-ci devait être dans le tiroir d'Adèle pour que le tueur vienne le récupérer. C'était la mission de Lily, retourner le ranger sans traîner, et rejoindre Jina pour la réunion. Lily allait l'excuser, affirmant qu'il était encore cloué au lit. Jina, elle, allait parader dans sa tenue avec le fameux pull rose poudré et une jupe blanche aux imprimés de coquelicots qu'Hugo avait sélectionnée parce qu'elle se remarquait d'emblée. Si le tueur avait un minimum le sens de l'observation – et Hugo était convaincu qu'il l'avait pour ne laisser aucune trace derrière lui – il reconnaîtrait la tenue. Il serait d'abord déstabilisé et, comme Hugo l'avait expliqué aux filles, il viendrait peut-être sonder Jina, l'air de rien, sur sa tenue, sa provenance. Mais Hugo pensait plutôt que son premier réflexe serait de revenir ici. *Pour vérifier.*

Il n'allait pas s'exposer, non, il foncerait inspecter le tas. Pour savoir. Allait-il se croire fou ? Douter de ce qu'il avait fait, de sa mémoire ? Ou comprendre que quelqu'un était venu jusqu'ici ? Jina ou un complice. De toute manière, il serait trop tard pour lui. Hugo l'aurait dénoncé à toute l'équipe, pour le mettre hors d'état de nuire, et le job serait terminé.

Alice vengée.

N'en demeuraient pas moins tout un tas de paramètres qu'Hugo ne pouvait contrôler et qui l'angoissaient. Et si le tueur, une fois venu ici constater que le lieu avait été visité, ne rapportait pas les clés dans le tiroir d'Adèle ? S'il arrivait quoi que ce soit à Lily et qu'elle ne soit plus en mesure de venir le libérer ? Hugo stoppa son imagination avant qu'elle ne fasse des dégâts.

Il alluma sa lampe et descendit dans le local des explosifs. Il y avait plusieurs cachettes possibles ici, dont la plus évidente était derrière une pile de racks métalliques qui n'étaient pas montés, toutefois il préférait être au plus près de l'action. *Dans l'antre du tueur.* Lorsqu'il était venu récupérer les habits d'Alice, il avait repéré un renfoncement, en face du tas de vêtements. Ce n'était pas idéal, mais si le tueur ne cherchait pas à fouiller ce coin, il n'y avait aucune raison pour qu'il voie Hugo.

Il faisait frais, et une protubérance rocheuse offrait une assise naturelle à Hugo, qui ajusta son sweat et se cala, dos à la paroi. Si personne ne venait ce soir, il recommencerait demain, et les jours suivants. Aux mêmes horaires. En journée personne ne pouvait récupérer les clés dans le tiroir d'Adèle sans qu'elle ne s'en rende compte.

Il va venir, et ce sera tout à l'heure. Lorsqu'il va voir Jina et reconnaître les fringues d'Alice, il va forcément vouloir vérifier. C'est obligé.

Hugo essayait de se rassurer comme il le pouvait. Il était nerveux et mangea une pomme pour s'occuper.

À 21 heures, il se représenta toute l'équipe en train de se retrouver à l'aquarium. Lily avait été juste dans sa prédiction. DePrigent avait été voir la coulée de boue sur la route le matin même, en compagnie de JC et de Lily. Il avait décrété une réunion collective obligatoire pour le soir même. La mauvaise nouvelle était que Lily l'avait entendu dire, dans la voiture en remontant, que les dégâts étaient trop importants pour qu'ils s'en chargent eux-mêmes, ils devaient réclamer l'assistance de Montdauphin et donc attendre le rétablissement de la ligne téléphonique. Au pire, un camion de livraison était attendu pour le vendredi, en constatant ce qui s'était passé, le chauffeur ne manquerait pas de prévenir ses supérieurs et l'alerte serait donnée. Mais cela avait pour conséquence de les isoler jusqu'à vendredi, probablement samedi même.

Encore quatre jours à tenir. S'il identifiait l'assassin d'Alice et qu'ils s'y mettaient tous pour lui tomber dessus, où l'enfermeraient-ils ?

Chaque chose en son temps... Hugo était incapable de lire pour patienter, alors il se dégourdissait régulièrement les jambes, et guettait sa montre.

Vingt-deux heures. La réunion devait être terminée à présent.

Jina avait défilé. Comment s'y était-elle prise ? En picolant pour se désinhiber ? *En arrivant la dernière bien sûr. Pour que tous puissent la voir.* Elle s'était sûrement assise à côté de DePrigent, pour être face à l'équipe. Lily s'était disposée sur le côté, de biais, pour étudier les regards.

Hugo ressentit un pincement au cœur en songeant qu'elles pouvaient tout aussi bien ne pas en rester là, tenter de suivre elles-mêmes le tueur. *Non, elles ne le feront pas.*

Et pourquoi pas ? Si Lily remarquait un comportement suspect... N'avait-elle pas l'étoffe de la fouineuse ? *Elle est prudente.* En était-il si sûr ? Pour contribuer à venger Alice. À le protéger, *lui*.

Hugo se mit à taper de la semelle. *Ne fais pas ça, Lily. Je t'en supplie, ne fais pas de connerie.*

Vingt-deux heures trente. S'il y avait eu des bavardages post-réunion, ils étaient terminés à présent. Le groupe s'était dispersé avec le tueur. S'il ne l'avait déjà fait, il se trouvait maintenant dans le bureau d'Adèle pour prendre le trousseau. Et Jina ? Elle était très perturbée par ce qu'ils lui avaient balancé hier. Capable de tout. *Surtout d'enquiller deux bouteilles et de débarquer à la réunion complètement pétée et de tout faire foirer.* Hugo l'imagina en train de tout raconter, ivre morte, d'accuser les uns puis les autres, au hasard, de tout griller. *Non, elle boit mais elle sait se tenir.*

Il repensa alors à ce qu'elle lui avait dit en attendant Lily. Ses cauchemars. Cela avait paru familier à Hugo. Jina était timorée les premières fois, il lui avait fallu du temps pour se lâcher, et boire l'y avait aidée. Et elle buvait de plus en plus fréquemment.

Parce que les cauchemars s'intensifient ? C'était ce qu'elle laissait penser. *Comme moi ?* Lui subissait un mélange de mauvais rêves et de délires lorsqu'il laissait son imagination débordante cavaler... *Oui mais ça n'a jamais été à ce point !* Jusqu'à l'obliger à faire demi-tour dans un escalier parce qu'il avait peur. Jusqu'à se convaincre qu'une créature était avec lui dans l'eau de la piscine. Jusqu'à paniquer dans un ascenseur...

Y avait-il un point commun entre Jina et lui ? Pourquoi pas Lily dans ce cas ? *Parce qu'elle est là depuis trois ans désormais. Elle a eu le temps de s'habituer.* Quel sens pouvait-il donner à ces constatations ? *Il faudrait que je demande à Lily si elle aussi est passée par ce genre d'expérience.* C'était impossible. Il fabriquait des liens, des connexions qui n'avaient pas lieu d'être. C'était ridicule. Et sinon ? La station provoquait elle-même des cauchemars dans la tête de ses occupants ? Et puis quoi encore ?

Vingt-trois heures. Pourquoi n'était-il pas déjà là ? Attendait-il que tout le monde soit couché ? Hugo s'affola brusquement. Pourquoi avait-il demandé à Lily de venir à minuit ? C'était trop tôt ! Et si elle le croisait là-dehors ? S'il s'en prenait à elle ? *Non, non, non, ça n'arrivera pas.* Hugo ferma les poings. *Les clés !* pensa-t-il avec un sourire. *Si le tueur est encore dehors entre ici et le bureau d'Adèle, Lily ne trouvera pas les clés dans le tiroir et elle comprendra qu'elle ne doit pas approcher.* Oui, il pouvait lui faire confiance. Elle était futée.

Vingt-trois heures vingt et une. Un grincement métallique résonna dans la pièce du dessus et le cœur d'Hugo bondit dans sa poitrine. Il coupa sa lampe aussitôt et se plaqua contre le mur. Est-ce que Lily n'avait pas de l'avance ?

Non, c'est lui ! Des pas raclèrent en haut des marches. Hugo pouvait entendre sa propre respiration siffler par ses narines. Il ouvrit la bouche pour tenter de se calmer.

Je ne suis pas assez bien planqué. S'il tourne à droite, il va me tomber dessus. Hugo avait pris un couteau et un cutter dans l'atelier lorsqu'il était passé s'équiper d'une lampe. Mais ils étaient à présent dans son sac à dos, entre ses chevilles, et il n'osait bouger de peur de provoquer le moindre froissement. Il serra les dents en se traitant de toutes les injures possibles. Il était trop tard.

Quelqu'un descendait, Hugo pouvait apercevoir le ballet erratique d'une lumière. Il n'allait pas tarder à être fixé. Il n'y avait que le tueur qui s'enfoncerait dans le boyau qui desservait cet endroit, n'importe qui d'autre allait s'arrêter dans la pièce précédente, au niveau des explosifs.

N'importe qui d'autre n'a rien à faire là, à cette heure. C'est lui. Qui d'autre viendrait juste après que Jina s'est exhibée avec la tenue d'Alice ? Ça ne peut être que lui !

La lumière s'intensifia, suivie du frottement d'une personne qui entrait dans le corridor. Le cœur d'Hugo palpitait à ses tympans, si fort qu'il avait l'impression que tout le monde pouvait l'entendre. La sueur perla sur son front. Il respirait trop fort. Beaucoup trop fort.

Le faisceau blanc s'étala jusqu'au bord des pieds d'Hugo qui les recula de dix centimètres, le plus loin qu'il le pouvait.

Le tueur apparut, une forme rapide qui avait à peine surgi du coude qu'elle tournait le dos à Hugo et fonçait de l'autre côté, pour inspecter le tas de vêtements.

La lampe montait et descendait, puis à droite et à gauche, découpant une silhouette en contre-jour.

C'est le tueur. Oh la vache, c'est le tueur !

Ça avait fonctionné. Hugo n'en éprouvait pas l'once d'une satisfaction. Il était terrorisé. Ses mains dégoulinaient de moiteur. C'était réel. Si vrai. Un assassin juste là, à moins de cinq mètres. Un être qui avait fantasmé puis fomenté un plan pour massacrer un autre être. Et qui n'en était pas à sa première fois. Il y avait trop de vêtements sur la pile.

Un tueur en série.

Qui n'éprouvait pas le moindre remords, pas la moindre hésitation, au moment d'enfoncer sa lame dans la chair d'un autre, ou de serrer de toutes ses forces un lien autour d'une gorge tendre.

Et s'il m'entend...
Le tueur fouillait à présent dans le tas.
Et puis la lampe se stabilisa et Hugo vit son profil.
Il le reconnut aussitôt.
Mais c'était impossible.

60.

La pièce souterraine glaciale était devenue une fournaise.

La sueur coulait, retenue momentanément par les sourcils d'Hugo, avant de venir lui brûler le regard.

Pourtant il voyait. Il reconnaissait le tueur.

Il avait peine à le croire. Ça n'était pas compatible avec ce qu'il savait. Plus rien ne faisait sens.

Dans sa confusion, Hugo laissa son coude déraper contre la roche et il se figea.

Ne pas bouger. Il était en apnée.

L'autre en face n'avait rien perçu, il finit par se redresser et lâcher un profond soupir, si long et sifflant qu'Hugo crut un instant que c'était lui-même, son propre corps qui le trahissait. Le tueur donna un coup de pied dans le tas. *Il va me voir en revenant sur ses pas. Putain, il va forcément me voir, juste là, devant lui !*

Hugo devait réagir. Anticiper. Il pouvait encore bénéficier de l'effet de surprise. Pourtant ses jambes refusaient de lui obéir, ses bras étaient crispés sur ses flancs. *Si je récupère le couteau...* Mais qu'espérait-il dans un duel avec un tueur patenté ?

Il avait du coton à la place des muscles, était entièrement vidé de sa substance, et l'autre serait au contraire tendu à l'extrême, rompu à ce genre d'affrontement, il allait le maîtriser d'un geste, puis retourner la lame contre lui et Hugo sentirait l'acier froid transpercer sa peau, fendre le cartilage de son torse et pénétrer douloureusement dans son cœur, jusqu'à ce que son sang noie sa cage thoracique, et la dernière chose qu'il verrait serait le regard sans vie de ce tueur qui lui, n'éprouvait aucune hésitation. *Mais je dois au moins essayer.* Il en était incapable.

Dans la pièce à l'autre bout du renfoncement, la lampe virevolta et se braqua sur Hugo. Du moins dans sa direction, comprit le jeune homme en s'empêchant d'avaler sa salive pour surtout éviter une déglutition trop sonore.

Le tueur se rapprochait. Hugo avait la tête qui lui tournait. La lampe fusa et bifurqua, suivie par le tueur qui remontait le boyau.

Il s'éloignait. *Il ne m'a pas vu.* Hugo n'y tenait plus mais parvint à se maîtriser jusqu'à ce que le son de la porte métallique lui confirme que l'autre était parti. Il manqua perdre conscience. Lorsque l'air envahit à nouveau ses poumons, il réalisa qu'il ne respirait plus depuis un moment déjà. Il avait des bourdonnements dans les oreilles et probablement des taches noires devant les yeux bien qu'il ne vît plus rien. D'une pression sur le bouton, il ralluma sa propre torche.

Il était en vie. Il mit dix minutes à reprendre ses esprits, avant d'aller vérifier le tas d'objets et de vêtements, pour s'assurer que le tueur n'y avait rien laissé de nouveau, puis il retourna dans la salle des explosifs, en trépignant d'impatience.

Il était minuit moins vingt. Si le tueur retournait déposer les clés sans tarder et si Lily décidait d'y aller vers minuit, ils ne se croiseraient pas, mais ce serait juste. *Pourquoi est-ce que je lui ai fait prendre ce risque ?* Il aurait dû prévoir plus de marge.

Hugo faisait les cent pas. Comment expliquer ce qu'il avait vu ? Toutes ses hypothèses s'effondraient. Il avait hâte de retrouver Lily, pour être rassuré, et partager ce qu'il savait. Qu'ils trouvent des réponses ensemble. Car en l'état, plus il y pensait, plus il était perdu.

Il s'appuya contre un des racks, un peu trop nonchalamment, et celui-ci bascula en arrière pour venir cogner la paroi. Hugo se raidit en entendant le bruit des explosifs heurter l'intérieur de la caisse en plastique. Si ces trucs étaient sensibles, il aurait pu partir en fumée.

Il n'y a pas les détonateurs, ça ne doit pas être si facile...

Il eut l'image d'une Lily accourant vers le trou béant au milieu des arbres donnant sur le bord de la falaise, et crut presque entendre ses hurlements. Soudain, cela fit émerger une possibilité au milieu de son cerveau fécond. Une inspiration qui racontait une tout autre histoire.

Non, non... Pourtant elle expliquait beaucoup d'éléments.

Hugo pointa sa lampe vers les caisses en plastique. Incrédulité et méfiance à l'égard de ses facultés à concevoir des conjectures démentielles.

– Je vais trop loin... murmura-t-il.

Il s'approcha, cala sa torche sous son bras et ouvrit les caisses pour les examiner. Il n'eut rapidement plus aucun doute. Il manquait au moins deux sacs d'explosifs depuis sa dernière inspection. Ses jambes se mirent à trembler.

61.

Lorsque les clés fouillèrent dans la première serrure, Hugo ne se méfia pas. Il était encore trop stupéfait pour ça. Lily entra et il l'aveugla avec sa lumière.
– Il faut que tu voies ça.

Il la poussa jusqu'à la caisse en plastique qu'il avait laissée ouverte.

– L'autre jour, quand j'ai jeté un œil, elle était pleine, précisa-t-il.

Lily recula instinctivement d'un pas.

– Il les a pris ? Tu as pu voir qui c'est ?

Les yeux d'Hugo brillaient d'un éclat fiévreux dans la pénombre.

– Ludovic. C'est lui qui est venu tout à l'heure.

– Mais...

– Il n'est ici que depuis un mois et demi, je sais. Ça ne colle pas. Sauf si...

Il tendit le doigt vers la caisse vide.

– S'il a un complice. Je tourne ça en boucle depuis tout à l'heure.

– Hugo, nous devons rentrer à la station immédiatement, s'il a des explosifs et qu'il s'en sert...

– Je ne pense pas.

– Il les a pris, oui ou non ?

— Je pense qu'ils ont *déjà* servi.
— Pardon ?
— Je ne crois pas aux coïncidences.
— Je ne vois pas le rapport...
— La ligne de téléphone coupée la même nuit que la route.
— La tempête, pourquoi est-ce que tu es si parano ?
Hugo insista avec sa main en direction de la caisse vide.
— Ce sont eux qui nous ont isolés. La tempête était pour eux une aubaine.
— Mais enfin, pourquoi est-ce qu'ils se lanceraient dans une opération pareille, tu te rends compte de la complexité ?
— Parce qu'ils savent que l'étau se resserre. Ou bien ils préparent quelque chose.
— Tu dis « ils », tu penses à qui ?
— À ma connaissance, il n'y a qu'une personne présente en ce moment qui sache manipuler les explosifs, c'est JC. Il a accès à cette pièce facilement, il est là depuis son enfance, il a la carrure nécessaire pour maîtriser ses victimes. Et il doit avoir la combinaison du coffre où sont planqués les détonateurs, j'imagine.
— Tu viens de me dire que c'était Ludovic.
— Que j'ai vu. Mais Ludovic n'est ici que depuis un mois et demi et il y a trop d'éléments qui datent de plusieurs années, entre les vêtements, les talismans, les totems... L'autre jour j'ai découvert que vous, les équipes permanentes, étiez plus ou moins consultées au moment d'embaucher des saisonniers. Et si JC en avait profité pour faire venir son protégé ? Parce que je ne crois pas qu'en si peu de temps, ils aient pu se découvrir des affinités meurtrières, en revanche, s'ils se connaissent depuis plus longtemps...
— Deux tueurs, répéta Lily tout bas, sous le choc.
— C'est rare mais ça arrive. J'ai lu des choses à ce sujet dans mes bouquins. C'est systématiquement un dominé et un dominant. Une forte personnalité et un introverti. Ça ne te rappelle personne ?
Lily posa sa main sur sa bouche, atterrée.

— Je connais bien JC, dit-elle, la voix étouffée par ses doigts, c'est un type bien.
— C'est ce que tous les voisins de tueurs en série affirment lorsqu'on les interroge.
— Mais JC a tout pour lui, tu es sûr que tu ne vas pas un peu vite ?
— Lily, regarde autour de toi.
— C'est un cauchemar...
— Où est Jina ?
— Chez elle, enfermée et prête à hurler si quiconque approche. Elle ne dormira pas tant que nous ne serons pas repassés la voir.
— Fais-le. Je vais aller voir DePrigent, tout lui raconter.
Lily secoua vivement la tête.
— Non, surtout pas. Il y a quelque chose qui cloche. Je n'arrive pas encore à saisir quoi, mais je sens que ça ne va pas.
Hugo la prit par les bras :
— Lily, il n'y a plus d'hésitation à avoir, c'est JC et Ludovic.
— Et si tu te trompes, si JC n'a rien à voir là-dedans ? Si on tombe sur JC alors qu'il est innocent et que le vrai malade derrière tout ça a conservé ne serait-ce qu'un tout petit peu d'explosif avec lui, et qu'il décide de se venger ? C'est aux gendarmes d'intervenir.
— Quand ça ? Samedi ? Dimanche ? On ne va pas attendre.
— Justement si. Maintenant nous savons qui surveiller. De qui se méfier. Eux ignorent que nous savons.
— Ils vont avoir Jina dans le collimateur à cause du pull.
— Comment a réagi Ludovic tout à l'heure, face à la pile de fringues ?
— Il a semblé confus... il a retourné le tas puis a soupiré. Je crois qu'il était... résigné.
— Tu vas revenir glisser le pull rose dans la pile, bien planqué au milieu des autres. Si JC ou un autre est de mèche, il va vouloir s'en assurer lui-même, ils vont revenir, et en le trouvant ils vont penser que Ludovic a mal regardé dans la précipitation et que Jina a le même, qu'ils se sont fait un flip. Ils penseront

en toute logique que si Jina ou quelqu'un avait trouvé cet endroit les flics seraient déjà là. Avec ça on gagnera le temps qu'il nous faut.
– Lily, ça fait beaucoup de suppositions...
– Ça va marcher. De toute manière, tu ne les approches pas. C'est compris ? Si ce sont des tueurs, tu n'essayes pas de les neutraliser toi-même. Tu me le jures ?

Comme il ne répondit pas immédiatement, Lily haussa le ton :
– Hugo ? Promets-le-moi.

À contrecœur, Hugo se soumit. Lily se rapprocha de la sortie et il jeta un dernier coup d'œil vers les caisses en plastique. Il allait faire ce qu'elle venait de lui demander.

Mais pas seulement.

62.

À peine cinq heures de sommeil.

C'était tout ce qu'Hugo était parvenu à s'octroyer. Après une nuit blanche la veille, il n'était pas frais. Étrangement, son cerveau tournait pourtant à plein régime à peine son café avalé. Lily dormait encore, elle. Il décida de la laisser, un rare moment d'insouciance, elle en avait besoin. Il s'inquiétait pour sa sécurité, mais également pour sa santé mentale. Il la sentait en proie à des émotions qui la dépassaient, et sa manière d'enchaîner abattement et détermination à agir n'était pas pour le rassurer. Elle allait s'effondrer, à un moment ou à un autre, et Hugo priait pour que ça ne soit pas avant que tout soit terminé. Ils avaient besoin de se serrer les coudes.

Il fila chez Jina, pour la sonder. Elle lui ouvrit après qu'il eut décliné son identité à plusieurs reprises, qu'elle n'ait plus de doute quant au fait que c'était bien lui. Si Lily avait de quoi l'inquiéter, Jina était dans un pire état. Du sang marbrait l'ivoire de ses yeux. Des cernes plus noirs que du rimmel lui creusaient les joues. Et elle tremblait.

– Depuis combien de temps tu n'as pas mangé ? demanda-t-il.

– Tu peux déstresser, je n'ai pas besoin d'éponger si c'est à ça que tu penses, je n'ai rien bu hier.

Elle faisait peine à voir, elle d'habitude si charmante.

– Tu as des calmants dans ta pharmacie, n'est-ce pas ?

— Antidépresseurs, somnifères, j'ai de tout. Mais je n'ai rien avalé cette nuit. Trop peur de dormir.

Hugo ouvrit le frigo de sa kitchenette pour remplir un verre de jus d'orange et il lui tendit.

— Tu dois tenir jusqu'à samedi ou dimanche, au plus tôt. Et nous ne sommes que mercredi, Jina.

— Tu as essayé Internet ? On doit pouvoir contacter la police ou la gendarmerie par e-mail !

— Le réseau passe par les mêmes gaines que le téléphone, tout est tombé.

— S'ils rétablissent le téléphone avant ce week-end, on pourra appeler les flics et ils trouveront un moyen de venir, pas vrai ?

— Je n'en sais rien. Tiens, bois.

Elle s'exécuta pour lui faire plaisir.

— Tu as remis le pull et la jupe ? demanda-t-elle.

— Cette nuit, confirma Hugo.

— Et s'ils viennent fouiller mes affaires et qu'ils constatent que je ne les ai plus, ils comprendront que je me suis foutue d'eux...

— Ils ne prendront pas ce risque.

— Si tu le dis...

Ce qu'Hugo ne voulait pas lui dire, c'est qu'il soupçonnait Ludovic et JC de manigancer un sale coup. Même si la tempête pouvait expliquer la coupure du téléphone et de la route comme l'affirmait Lily, il manquait tout de même de l'explosif dans la réserve.

— Lily va s'arranger pour travailler pas très loin de toi aujourd'hui, mais elle va également garder un œil sur Ludovic si elle le peut. Toi, débrouille-toi pour que le vieux Max te colle. Et s'il ne peut pas, eh bien... Exhell sera plus que ravi de venir t'assister, j'en suis sûr.

Elle plissa les lèvres.

— Même moi, je serai contente qu'il soit avec moi.

— J'ai pensé te rapatrier avec Lily et moi pour les nuits, mais si jamais ça se remarque, l'équipe va jaser, et ça remontera aux oreilles des deux intéressés, ce qu'on ne veut surtout pas. Ils pourraient trouver ça louche après l'épisode du pull. Tu penses que tu peux tenir ?

Elle prit le verre à moitié bu contre elle, comme s'il était une bougie dans les ténèbres.

– Est-ce que j'ai le choix ?

Hugo s'était repéré au son du tracteur. Tapi dans les fourrés, il guettait JC cent mètres plus bas en train de remplir la remorque de tous les débris végétaux qui couvraient la route. Il l'avait observé une bonne partie de la matinée lorsque vint le moment du déjeuner. JC défit l'attelage pour laisser la remorque sur place, et démarra le tracteur. Mais plutôt que de remonter vers Val Quarios, il se mit à descendre la route. *Qu'est-ce que tu fiches ?* Hugo hésita à s'élancer à sa poursuite, mais à pied, sur un terrain détrempé et glissant, il risquait surtout de se briser un membre. *La voie est bloquée, il ne peut pas aller bien loin…*

Hugo décida de l'attendre là et se réfugia sous un mélèze pour s'abriter de la bruine qui n'en finissait plus. Il se tourna les pouces plus d'une heure avant d'entendre le moteur ronfler. Hugo était trempé. Il se rapprocha prudemment de son poste d'observation.

– Où est-ce que tu es allé pendant tout ce temps ? dit-il tout bas.

Lorsque JC descendit du tracteur, Hugo tilta immédiatement.

Il s'était changé. *Parce qu'il a des fringues de rechange dans le tracteur, ce serait logique s'il bosse sous cette flotte…* Sauf qu'Hugo n'en avait jamais vu lorsqu'il l'avait conduit.

Il patienta encore, s'imposant de tenir malgré le froid qui commençait à le saisir. Il ne devait pas lâcher JC. C'était lui le meneur dans le duo. La tête pensante. L'instigateur. Hugo avait lu beaucoup sur les tueurs en série, là-dessus, il n'avait pas exagéré, il se souvenait très bien du profil des binômes de tueurs. Le soumis n'agissait que très rarement de sa propre initiative. Tant qu'il avait JC dans le viseur, Hugo pensait que rien de dangereux ne pouvait arriver. *À condition que ce soit lui.*

En milieu d'après-midi, JC partit avec la remorque pour aller la vider plus haut dans son ravin préféré, et tandis qu'Hugo remontait discrètement vers le Gros B, pensant que JC allait ensuite directement rentrer le tracteur tout au fond du parking du Vioc, il s'accroupit dans les buissons en le voyant repasser en sens inverse. Il avait déposé la remorque une fois vidée, et roulait à nouveau vers la vallée. *Mais où est-ce que tu vas comme ça ?*

Cette fois, Hugo décida de le suivre. Il se fit rapidement distancer, et s'attendait à voir le tracteur surgir dans un virage à tout moment, mais il dut marcher ainsi pendant longtemps et ne fut pas loin de se décourager. *Il n'est tout de même pas parti jusqu'à la coulée ? Qu'est-ce qu'il y ferait ?*

La réponse tomba lorsque Hugo parvint au surplomb non loin de la ferme où vivait le chauffeur de taxi. Le tracteur était dans la cour.

Hugo se rapprocha dans la grisaille de la fin de journée. Il avait marché près de deux heures pour parvenir jusqu'ici, il se sentait fourbu, et sur le point de tomber malade. Mais ce qu'il voyait était bien trop intriguant pour renoncer. Qu'est-ce que JC fabriquait ici ? De la lumière scintillait par les fenêtres de la maison principale.

Hugo dévala les derniers mètres en manquant de s'effondrer dans la boue et se retint in extremis à un arbuste, puis s'empressa de s'agenouiller derrière une pile de barils crasseux. La bruine infernale ne le cacherait pas s'il traversait la cour, alors il opta pour longer la grange, et lorsqu'il passa devant les portes ballantes il ne put refréner un coup d'œil à l'intérieur. Il y avait la vieille Citroën aperçue l'autre jour. Mais surtout, garé à côté sur sa béquille, un scooter. Le même que celui qu'empruntait Simone lorsqu'elle rendait visite à Strafa, dans son manoir.

– Qu'est-ce que...

Hugo n'y comprenait plus rien. Il poursuivit jusqu'à la maison, s'efforçant d'amoindrir le *floc floc floc* de ses pas dans la cour constellée de flaques. Il se fit aussi petit que possible en atteignant le mur et se posta sous une fenêtre éclairée. Il essuya avec sa manche toutes les gouttes qui s'accumulaient sur son front et dans ses sourcils. Lentement, il leva le nez jusqu'au bord du carreau.

Il pouvait distinguer une cuisine ouverte sur ce qui était la pièce principale. Des casseroles suspendues à une barre à mi-hauteur de la fenêtre lui masquaient une partie de la vue. Pas assez pour l'empêcher de remarquer l'homme aux cheveux courts et blancs, le taxi, qui lisait une feuille, assis à la table entre la cuisine et le salon.

Dans l'encadrement de la fenêtre Simone surgit devant Hugo et il n'eut que le temps de se rebaisser en espérant qu'elle ne l'avait pas aperçu. Il n'entendit rien, alors il finit par se relever, toujours aussi prudemment. La vieille femme était penchée sur le frigidaire, dans lequel elle préleva une bière. Elle la décapsula juste sous les yeux d'Hugo, puis traversa la pièce pour la tendre à quelqu'un de l'autre côté.

Hugo se tordit le cou et se releva un peu plus encore dans l'idée de découvrir de qui il s'agissait. Le bras puissant et le pantalon en nylon vert suffirent. *JC.*

Hugo n'était pas physionomiste, comme il se plaisait à le répéter, mais l'évidence lui sauta alors aux yeux.

Simone et le taxi. *Ce sont ses parents.*

Il ne savait pas bien ce que ça impliquait dans toutes ses théories, sinon que cela venait confirmer le portrait d'un quadragénaire athlétique, au charme certain, solitaire, besogneux, qui vivait encore chez ses parents, probablement là même où il était né, dans une ferme poussiéreuse au cœur de la montagne.

Hugo n'avait pas besoin d'être profileur pour comprendre qu'il tenait là son tueur. Il n'avait plus aucun doute.

63.

Lily était parvenue à empêcher Jina d'aller se recueillir sur la tombe d'Alice, si tant est qu'ils puissent appeler ça une tombe. En revanche, elle n'avait pu la tenir à distance d'une bouteille de vodka à l'heure du dîner. Hugo savait qu'ils étaient en train de la perdre. Elle risquait de tout dévoiler, de les exposer et de mettre tout le monde en danger.

– Où est-elle ? demanda-t-il à Lily lorsqu'il sortit de sa douche à 22 heures.

Il venait à peine de remonter de la ferme.

– Elle s'est enfermée dans sa chambre avec sa bouteille.

– Tu crois qu'elle va tenir le coup ?

– Tout dépend combien de temps.

– Des nouvelles des communications ?

– DePrigent dit que le téléphone est toujours HS, les portables ne captent rien, même à la Tour, donc on est dans l'attente.

– Tu le savais pour Simone et JC ?

– Non, je ne crois pas qu'il ait jamais évoqué le sujet avec moi. C'est grave ?

– Non, mais que le taxi qui dit avoir déposé Alice dans la vallée soit son père...

– Tu penses à une famille de détraqués ?

– Pourquoi pas ?

Lily écarquilla les yeux. Mais elle fut incapable d'opposer un quelconque argument. Elle n'en avait pas. Elle n'en avait plus. Tout ça la dépassait et elle le lui avoua.

Avant de se coucher, Hugo disposa une chaise inclinée sous la poignée de la porte de son appartement. Lily le surprit mais elle ne dit rien. Leur rituel de trois nuits par semaine avait volé en éclats sur l'autel de la prudence, et ils n'étaient pas à une précaution près. Ils dormirent côte à côte, mais sans se toucher cette nuit-là.

Le lendemain, conscient qu'il ne pouvait plus retarder son retour au travail, Hugo dut rejoindre le vieux Max qui l'entraîna auprès d'Armand pour tirer des gaines dans le Gros B. Hugo crevait d'envie de tout leur raconter, de se constituer une barrière d'alliés et de se soulager du poids de sa découverte. Mais il n'en fit rien. Tout n'était pas encore totalement clair sur le rôle des uns et des autres et s'il ne craignait plus qu'ils soient mêlés à la mort d'Alice, ils pouvaient toutefois mal réagir et chercher à jouer les héros. Avec de l'explosif qui se promenait dans la station, c'était la dernière chose à faire. Dans la journée, Hugo essaya de croiser Jina, en vain.

– Jina ? fit Max. Elle mène sa barque, parfois dans les chambres, parfois dans son atelier, parfois… j'en sais rien. C'est important ?

– Non… mentit Hugo qui ne voulait pas avoir à se justifier.

Lily aussi était introuvable et il sentit grandir l'angoisse, avant de l'apercevoir au loin en fin de journée, sortant du vaisseau-mère.

À 18 heures, en rentrant à sa chambre, il fit un crochet par l'appartement de Jina et frappa. Il n'obtint aucune réponse. Elle pouvait être encore dans son atelier, ou en train de préparer son repas, dormir ou même cuver. Hugo fit demi-tour, puis s'arrêta à la cantine pour aviser qui y était, et remarqua Exhell et Merlin, une bière à la main. Il décida de se joindre à eux, pour tâter le terrain.

— Ça ne vous rend pas nerveux la route bloquée ? demanda-t-il.

— Pour ce que ça change, répliqua Exhell.

— Internet n'est toujours pas revenu non plus ?

— Hélas, non, se désola le geek avec un regard pour son ordinateur portable abandonné sur une table. Je suis au chômage technique.

— Et les autres, ils ont l'air de bien gérer ? Ludovic ? JC ? On ne les voit jamais...

— Ce sont des solitaires.

— Pas comme Max, ajouta Merlin. Lui on le voit partout, il se la joue cow-boy mais il cause aussi peu qu'il aime entendre causer !

Hugo tenta une autre approche, sans plus de succès. Il ne parvenait pas à leur faire dire ce qu'ils pensaient des deux hommes. Merlin finit par se lever, rota et annonça qu'il rentrait dîner dans son appartement pour se coucher tôt. Exhell proposa à Hugo de faire un jeu, mais c'était bien au-delà des forces de celui-ci et il déclina fermement.

— Tu as vu Jina aujourd'hui ?

— Non, elle voulait me voir ? s'étonna Exhell avec un intérêt soudain pour la conversation.

Hugo inventa le premier prétexte qui lui vint et songea qu'il ne serait pas si inquiet si Jina était escortée par le grand roux plutôt que seule, angoissée et tentée par la boisson.

— Je vais me faire à manger, annonça Exhell, je me fais des pâtes, t'en veux ?

— Non, merci.

Hugo l'observa quitter la cantine et disparaître dans la cuisine attenante. Puis ses pupilles glissèrent vers l'ordinateur. La tentation était grande. À défaut d'Internet, Exhell devait avoir tous les fichiers de ses prédécesseurs, avec leurs noms. Des potentielles victimes ? Peut-être avait-il également des documents sur le personnel...

Hugo enjamba le banc et saisit l'ordinateur pour l'ouvrir. L'écran s'alluma et exigea un mot de passe. *Merde !* Hugo avait vu Exhell des dizaines de fois ici même, son ordinateur posé devant lui tandis que tout le monde parlait, et des dizaines de dizaines de fois il l'avait vu taper son mot de passe dès que la machine se mettait en veille. Mais il n'avait jamais regardé en détail. C'était quelque chose de court. Rapide. Il se souvenait que l'informaticien tapait à toute vitesse, probablement la même touche...

Souviens-toi... Tac-tac-tac-tac. *Non. Plus vif encore.* Pour un professionnel ce n'était pas un mot de passe très complexe, c'en était même risible. Il devait s'en moquer. Tac-tac-tac. *Oui c'est ce rythme-là. Trois lettres. La même.* Rapide et sans prise de tête. Hugo inspectait le clavier à la recherche d'une touche plus enfoncée que les autres, ce qui s'avéra aussi inutile qu'idiot, réalisa-t-il. *Trois fois la même chose...*

Exhell. « Comme une ex, et *hell* comme l'enfer en anglais », disait-il. *Pas aussi simple tout de même...* Hugo tapa 666, le chiffre de l'enfer. La page d'accueil popa. *Ridicule et si prévisible, mon pote adepte du metal scandinave...*

Hugo eut envie de crier sa joie, au lieu de quoi il vérifia d'un coup d'œil vers la cuisine que la porte était toujours fermée.

Le bureau était particulièrement bien organisé. Des rangées de dossiers alignés. Hugo les parcourut, lisant en diagonale, et ne comprit pas la moitié des intitulés. Il cliqua sur l'un au hasard. Une fenêtre constituée d'une dizaine d'autres fichiers apparut. Une arborescence sans fin pour qui ne savait pas quoi chercher précisément.

Hugo avisa la porte de la cuisine. Cela ne faisait pas cinq minutes. L'eau devait à peine commencer à bouillir. Adepte du Mac comme tout Parisien un peu bobo qui se respecte, Hugo n'était pas habitué aux PC, et il perdit du temps à chercher l'équivalent du Finder. Une fois la barre de recherche localisée, il tapa « Site Internet » et des dizaines de fichiers se proposèrent. Il changea et opta pour « Maintenance » : rien. « Dossier personnel » : rien. « Site » : des dizaines de fichiers qui se déclinaient en d'autres dossiers.

La porte ne bougeait pas. Hugo essaya « Web » et encore plus de propositions envahirent l'écran. *Sois concis. Précis.* « Conception Web » : huit fichiers. Hugo hésita. « Développement Web » : onze fichiers. Il n'avait pas le temps pour ça. *Peut-être en consultant son propre historique ?* « Historique » : cinq dossiers. Hugo s'attendait à fouiller l'historique de navigation d'Exhell mais un des fichiers en particulier attira son attention. « Historique Val Quarios ». Hugo l'ouvrit.

Il contenait encore d'autres icônes, cette fois triées par années. De 1970 à cette année. Des dizaines, dont la plupart de 1978 à 1980. Hugo cliqua sur l'une au hasard, 1979. S'affichèrent alors sept documents Word, sept copies de pages Internet et dix autres logos dont Hugo ignorait la fonction ou la nature. Il double-cliqua sur un document Word. Il s'agissait d'une retranscription d'un article de presse. Titre, date, chapeau, intertitres et corps. Tout y était.

« Strafa en Italie ? » était écrit en gras. L'article évoquait un témoin affirmant avoir vu près de Milan le célèbre prestidigitateur disparu. Hugo ne prit pas le temps de le parcourir en détail et passa à un autre. « L'homme qui a réinventé la magie est-il mort ? » Encore sur Strafa. Celui-ci, Hugo l'avait déjà lu sur Internet lorsqu'il avait effectué ses propres recherches.

Qu'est-ce qu'Exhell fabriquait avec ça dans son ordinateur ? L'avait-il récupéré de ses prédécesseurs ? Avait-il fait sa propre enquête sur Strafa ? Après tout, il était informaticien, il avait tout à fait pu percer le secret de son côté et colliger le fruit de son labeur. Les retranscriptions Word n'étaient pas là par hasard. *Il s'en sert pour effectuer des recherches par mot-clé.* Word le permettait alors que s'il se contentait d'une copie de l'article scanné, il était impossible de fouiller le texte via un programme. Mais que voulait-il ? Pourquoi un ou des mots en particulier ?

Un bruit de casserole en métal heurtant un évier fit accélérer Hugo. Il n'avait plus le temps. Il referma illico tout ce qu'il avait ouvert et s'empêcha au dernier moment de cliquer sur les documents qu'Exhell avait lui-même lancés auparavant et sur lesquels il planchait. Le dernier en date était sa banque de données photographiques. Hugo la fit défiler et retint sa respiration. Il n'y en avait que pour Jina.

Sur des kilomètres. Des photos d'elle partout, prises à la volée. À table, dans un sofa, debout en train de discuter avec d'autres membres de l'équipe. Des gros plans sur son décolleté. Sur ses cuisses. Son cul. Toutes provenaient de l'ordinateur, et Hugo se souvint qu'Exhell ne lâchait jamais sa bécane, posée devant lui ou sur ses genoux. Et il se tournait. L'orientait nonchalamment. Triturait le volet de son écran pour sans cesse l'ajuster. *Cet enfoiré faisait des photos de Jina en fait. Tous les jours.* Avec la caméra montée sur le dos de l'écran. Et cela virait à l'obsession.

Hugo comprenait mieux l'agacement de Jina à l'égard d'Exhell. S'il était aussi insistant qu'il était fasciné par son corps, cela devait être insupportable. Il n'allait pas tarder à tomber dans le harcèlement, si ce n'était pas déjà le cas. Le contenu de sa photothèque suffisait à le classer dans la catégorie des pervers.

Hugo perçut le son de ses pas qui approchaient, il réduisit la fenêtre, claqua l'ordinateur et le reposa à sa place. Hugo était debout au moment où Exhell apparut avec son plateau devant lui. De la buée opacifiait ses lunettes.

– J'ai une faim de prédateur, lâcha-t-il d'une voix tonitruante.

Hugo voulait bien le croire. Il s'éclipsa mais ne rentra pas directement à sa chambre. Il retourna cogner à celle de Jina. Sans plus de réponse que lors de sa tentative précédente. Il n'était pas 20 heures, mais cela ne voulait rien dire compte tenu des circonstances. Entre la vodka et ses cachetons, si elle avait finalement décidé d'y céder faute de parvenir à encaisser, elle pouvait très bien être enfouie au fond de son lit.

Hugo hésita à insister. Et pendant un bref instant, envisagea même d'enfoncer la porte. Mais il préféra la laisser se reposer. Elle n'avait pas besoin qu'il la fasse encore plus paniquer. Hormis pour se rassurer lui-même, il n'avait rien à lui dire. *Qu'elle roupille, tant qu'elle y arrive.*

Hugo s'éloigna dans l'interminable couloir à la moquette bariolée. Au loin, il crut entendre le *ding* des ascenseurs mais secoua la tête. Personne ne les utilisait. Il avait rêvé. Lorsqu'il passa devant les deux rectangles d'acier rutilant il ne se sentit pas très bien et accéléra. Il n'avait qu'une peur, c'était qu'ils s'ouvrent et l'invitent à monter.

Et tandis qu'il les guettait avec méfiance, un filet de vent remonta par la cage et siffla entre les câbles. Un sifflement comme le râle d'une femme enfermée loin dans les profondeurs de la station.

Hugo courait presque.

C'est dans ma tête, se répétait-il.

64.

Ce qui n'était pas dans la tête d'Hugo, c'était l'absence de Jina le vendredi matin. Impossible de la trouver. Elle ne répondait pas à son appartement, et n'était ni à la cantine ni dans son atelier. Il restait les chambres du Gros B.

Hugo faussa compagnie à Max et Armand dès qu'il le put dans la matinée pour sonder les étages de la barre à toute vitesse. Au bout de quelques minutes, il ne s'embarrassait plus de discrétion et criait son nom. Sans réponse. Après un moment, Armand l'interpella depuis le rez-de-chaussée où ils travaillaient à passer des fils électriques dans des gaines.

– Hey, qu'est-ce que tu lui veux à la Jina pour brailler comme ça ?

Hugo se pencha au balcon central qui ouvrait sur le patio couvert et répondit du deuxième étage :

– Vous l'avez vue depuis mercredi ?

– Dis donc, c'est de l'obsession, elle t'a plaqué ou bien ?

Hugo l'ignora et finit par redescendre. Il n'était plus inquiet, il était proche de la panique. *S'il lui est arrivé quelque chose je ne me le pardonnerai jamais.* C'était lui le pull rose, son idée, lui qui avait attiré sur Jina les regards d'un duo d'assassins, en supposant que cela suffirait à les démasquer, sans s'embarrasser des conséquences.

Il souffla, plié en deux, les mains sur les cuisses. Il devait se calmer. Il ne pouvait pas craquer. On était vendredi, le jour où le camion de livraison devait monter, se rendre compte des dégâts sur la route et prévenir les autorités compétentes pour que les travaux de déblaiement soient lancés de toute urgence. *Elle doit être en train de se remettre de sa gueule de bois médicamenteuse dans un coin, elle va bien. N'imagine pas tout de suite le pire.* D'ici à demain ou dimanche, une voiture allait surgir. La connexion avec le monde revenir. Et les flics seraient prévenus aussitôt.

S'il le faut, j'irai voir demain midi sur la coulée, s'il y a du monde de l'autre côté, je les préviendrai, je gueulerai, j'escaladerai, je leur dirai de faire monter les gendarmes de toute urgence.

— Il est chaud comme la braise le Hugo, se moqua Armand en le voyant revenir. Tu caches bien ton jeu mon cochon ! Alors comme ça, toi et la Jina...

Hugo ne répondit pas et se remit au travail. À l'instant où Max et Armand prirent leur pause déjeuner, il fonça dans les ateliers derrière le département de location, dans le vaisseau-mère, où il trouva Lily avec une pile de skis devant elle.

— Tu n'as personne avec toi ?

Il l'engueulait presque.

— Max est occupé, qui tu veux que je réquisitionne ? C'est bon, je suis dans mon environnement, tout va bien.

Elle leva une longue lime en acier en guise d'arme.

— Ce n'est pas une bonne idée, Lily. Je veux que tu t'enfermes à clé. C'est compris ? Est-ce que tu as vu Jina récemment ?

— Non, elle ne répond pas lorsque je cogne à sa porte. Je crains qu'elle ne se soit gavée de pilules. Je voulais t'en parler. Je crois qu'il faut qu'on la prenne avec nous dans l'appart. Elle se fissure, je le sens.

— Depuis quand ?

— Hier. Enfin, je l'ai vue mercredi, donc avant-hier.

— Je n'aime pas ça. Je vais insister chez elle.

— Je viens avec toi.

Autoritaire, Hugo la stoppa de sa paume dressée :
– Non. En fait, c'est terminé, on n'attend plus. Tu vas voir DePrigent. Il faut qu'il sache. Je ne prends plus de risques, ni avec Jina, ni avec ta vie, ni celle de personne. Monte lui parler, toi, il te prendra au sérieux.

Hugo ne lui laissa pas le temps de répondre et quitta l'atelier au trot. Il avait besoin de s'assurer que Jina allait bien. Il frappa aussi fort et longtemps qu'il le put sans entendre la moindre présence dans le logement de la jeune femme. *S'il lui est arrivé quoi que ce soit...*

Hugo revoyait toutes les photos de Jina prise à la volée par Exhell. Il commençait à ressentir un profond doute. Et si... ? Non, pas lui. Pas le grand Viking adepte du virtuel et du ludisme. Hugo devait se concentrer, ne pas se perdre à la moindre fourche qui s'ouvrait devant lui. Pourtant, l'obsession d'Exhell pour Jina avait de quoi attirer l'attention. *Mais ce n'est pas un tueur.* Et qu'en savait-il au juste ? Il le connaissait depuis moins de deux mois !

Parce qu'il n'y a rien qui pointe vers lui, sauf ces photos. C'est juste un geek qui fantasme sur une fille hors de sa portée et qui nourrit son fantasme avec ce qu'il sait faire... Je ne dois pas sauter à la gorge du premier venu au moindre prétexte. Tout le monde a des secrets. Même moi, non ?

Alors que pour Ludovic et JC, là il y avait plus que des photos. Hugo donna un coup avec la paume de sa main sur le battant. Il devait entrer. La porte lui semblait bien trop solide pour qu'il essaye de la forcer comme dans un film, alors il s'empara d'un extincteur au bout du couloir, et sortit faire le tour – Jina vivait au rez-de-chaussée.

Hugo compta les fenêtres, et lorsqu'il pensa être face au bon endroit, il frappa la vitre avec l'extincteur, jusqu'à la briser. Puis il escalada et sauta dans le salon.

Il s'était trompé. L'appartement était vide et rangé. Et il sentait le produit d'entretien. *Comme s'il venait tout juste d'être nettoyé.* Hugo se précipita vers les placards, les armoires, sans rien trouver, avant d'aller vérifier le dos de la porte d'entrée en se souvenant qu'il y avait un plan de l'étage avec le numéro de la chambre en question.

Il était bien dans celle de Jina.

Oh non. C'est pas vrai...

Le cauchemar se répétait.

Et cette fois, c'était entièrement de sa faute.

65.

Le monde avait basculé.

Il s'était balancé violemment d'un côté, puis de l'autre, et à chaque fois Hugo avait manqué s'effondrer, vomir le peu qu'il avait dans l'estomac, et sa propre raison s'était heurtée aux parois de sa détermination pour ne pas se faire éjecter.

Puis il s'était ressaisi en imposant à son esprit des murs étanches à toute forme de culpabilité. Des murs provisoires, qui finiraient par céder. Avant cela il devait agir.

Hugo mit une heure à se reprendre, à savoir quoi faire, puis il fonça au Gros B qu'il remonta d'une traite pour s'arrêter devant la baie vitrée à son extrémité. Il chercha une longue minute jusqu'à distinguer le toit du tracteur au loin, sur la route. La silhouette de JC apparut sur la remorque. Hugo l'espionna plus d'une demi-heure et fut finalement convaincu qu'il était toujours affairé à dégager le passage. S'il était coupable d'avoir fait quoi que ce soit à Jina, il était en tout cas pour l'heure bien occupé.

JC est là pour l'après-midi, il ne bougera pas. Hugo connaissait ses routines de travail. Au moins un de localisé. Ce qui restait était le plus difficile. Ce qu'Hugo rechignait le plus à accomplir. Cependant, il savait qu'il n'avait pas le choix. Il devait grimper jusqu'au hangar où s'enfermait Ludovic la plupart du temps, s'assurer de sa présence ou, si le quad n'y était pas, cela le situerait quelque part sur les pentes, trop éloigné pour nuire à quiconque. Ensuite Hugo redescendrait vers la sapinière. Jusqu'au corridor de guirlandes macabres. Auprès d'Alice. Et il serrerait les poings dans l'espoir de ne surtout pas y découvrir un autre remblai de terre fraîchement retournée. S'il n'y en avait pas, alors peut-être qu'il subsistait un mince espoir que Jina soit en vie, quelque part.

Dans une des nombreuses caves de la station ? Dans un des appartements du Gros B ? Ou dans ceux, déserts, du Vioc ? Hugo n'avait pas encore le temps de vérifier, mais il le ferait. Avec l'aide de Lily, de DePrigent, ils retourneraient tout Val Quarios si c'était nécessaire. *S'il n'y a pas un nouveau monticule de terre là-haut, dans la sapinière...*

Il allait sortir du Gros B, tous les sens aux aguets, lorsqu'il vit justement Ludovic qui marchait au pied des remontées. Il revenait vers la station. C'était un peu tard pour le déjeuner et beaucoup trop tôt pour la fin de journée. Hugo recula dans le hall du bâtiment et se cacha près d'une ouverture pour le guetter. Le garçon filait droit devant lui, ses cheveux trop longs dans le visage, et il entra dans le vaisseau-mère.

Lily. Elle y est.

Hugo lui emboîta le pas, aussi furtivement que possible.

À l'intérieur du vaisseau-mère, Ludovic avalait les marches du grand escalier deux par deux et fit aussitôt redescendre le rythme cardiaque d'Hugo le voyant s'éloigner ainsi de l'atelier où travaillait Lily. Mais y était-elle encore ? N'avait-elle pas filé dans les étages à la recherche de DePrigent comme il le lui avait demandé ?

Hugo s'élança dans l'escalier à son tour, sans faire de bruit, et il se plaqua à l'angle du palier lorsqu'il entendit la voix de Ludovic, quelque part sur la mezzanine devant l'aquarium.

— T'es là, dit-il.

Hugo bloqua sa respiration. À qui s'adressait-il ? L'avait-il démasqué ?

– Bah oui, on m'a demandé de nettoyer l'aquarium, où veux-tu que je sois ?

Ce phrasé un peu pâteux, Hugo le reconnut. *Merlin. Extaulard avec un tatouage qui annonce la couleur du garçon.* Les lettres gothiques sur son torse lui revinrent en mémoire : « Violent, pouvant entraîner la mort, sans intention de la donner. »

– Tu veux aller bouffer un morceau avec moi ? demanda Ludovic.

– T'as vu l'heure ? Ça fait longtemps que j'ai graillé, moi.

– J'avais pas fait gaffe. Je suis décalé. C'est la faute d'Axel, ce con.

– C'était son tour.

Hugo entendit le cliquetis des roues du chariot de nettoyage que poussait tout le temps Merlin dans les couloirs de la station. Il n'y avait aucun doute, c'était bien lui.

– Je viens de croiser DePrigent, annonça Merlin, il veut une réunion de toute urgence, ce soir, à 19 heures. Il avait pas l'air normal.

– Il a dit pourquoi ? interrogea Ludovic d'une voix préoccupée.

– Non. Il était avec Lily, et ils étaient speed.

– Ah.

– À cause de la route probablement. Il a peut-être des nouvelles.

Lily avait convaincu le directeur. Mais la réunion avec tout le monde, Hugo trouvait ça beaucoup trop prématuré. Dangereux même. Qu'est-ce que DePrigent avait en tête ? *Je dois le dissuader de parler des tueurs, pas tant qu'on ne sait pas s'ils sont armés d'explosifs...*

Tout s'accélérait. Depuis que Jina avait paradé dans le pull rose, Hugo avait déclenché un engrenage dont il ne mesurait pas pleinement les conséquences. Lui-même éprouvait un sentiment d'urgence qui le poussait à fouiner, à agir, sans s'arrêter, et cela faisait boule de neige. Où allaient-ils comme ça ?

Maintenant, Hugo craignait la réaction de Ludovic. S'il se sentait acculé, et si Jina était encore en vie quelque part, il pouvait décider de la faire disparaître avant qu'il ne soit trop tard.

– J'ai fait trop de nouilles ce midi, il en reste dans le Tupperware, fit Merlin. T'as qu'à te servir.

Ludovic lui répondit et il ajouta un mot.

Un tout petit mot.

Mais qui fit tout basculer.

66.

Hugo était paralysé.
Par ses pensées qui se refaisaient tout le film des dernières semaines. Et il n'avait pas bougé du haut des escaliers.

Il n'avait plus le temps de redescendre avant que Ludovic ne surgisse et lui tombe dessus. Et alors, le tueur saurait. Hugo n'avait aucun doute. Il était incapable de dissimuler son effarement, de jouer la comédie. Ils allaient se battre là, sur les marches.

La foulée rapide de Ludovic se rapprochait, il était juste là, à deux mètres. Tout allait se terminer ici même, sur le tapis fixé à l'escalier par des barres de laiton et sur lequel le sang d'Hugo allait se déverser lentement...

Ludovic était à un mètre. Puis il s'éloigna. *Il monte.* Il avait pris la direction de l'autre côté du mur, grimpant dans les étages. Hugo avait à nouveau des vertiges. Il crut même voir le tapis de l'escalier ondoyer momentanément, comme si une créature serpentine s'éloignait de lui après l'avoir découvert et fonçait transmettre son rapport à son maître. Hugo secoua la tête. Ce n'était pas le moment.

Le ruissellement de l'eau dans un seau indiquait que Merlin s'était remis à la tâche avec sa serpillière.

« OK. Merci », avait dit Ludovic. Puis, il avait ajouté, du bout des lèvres, ce mot qui changeait tout. Qui assemblait toutes les pièces d'un vaste puzzle chaotique.

« OK. Merci, *p'pa.* »

Merlin était le père de Ludovic.

Un chariot de produits ménagers.

Personne n'était au courant du lien entre le fils et son père. Ils avaient gardé le secret.

L'appartement de Jina sentait encore le détergent. Comme celui d'Alice.

« C'était son tour », avait dit Merlin en parlant d'Axel. *Exhell.*

Hugo dut se retenir à la main courante pour ne pas rater une marche.

Ils ne sont pas deux. C'est toute une bande ! Ludovic et Exhell. Alice et Jina.

« C'était son tour. » L'obsession d'Exhell.

Et Merlin passait ensuite. Il nettoyait tout.

Un trio organisé, qui avait ses habitudes.

Comment avaient-ils fait leur coup pour s'assurer d'être tous les trois recrutés s'ils affirmaient ne pas se connaître à l'origine ?

Parce qu'il y en a un qui est de la station. Les totems, les talismans, les vêtements anciens entassés dans la grotte... Un tueur qui rôdait ici depuis bien plus longtemps.

JC. Il était le traître qui avait fait entrer les loups dans la bergerie. Un meurtrier solitaire qui ne voulait plus l'être. Qui avait besoin de partager. D'échanger. Pour s'entraider. C'était lui le meneur. Lui qui les avait contactés. Qui les avait fait venir, usant de son charisme, de son influence sur DePrigent pour que chacun des trois ait le poste convoité.

Putain... Alice puis Jina. Et la suite logique de cette sordide équation fit tressaillir Hugo. *Lily.*

« C'était son tour », avait dit Merlin en parlant d'Exhell. *Son... tour...*

Ce serait tôt ou tard le tour d'un des trois autres.

Hugo allait courir prévenir Lily et DePrigent mais ses jambes ne bougèrent pas. Lily n'était pas une cible. Pas encore. Il extrapolait. Ils avaient encore un peu de temps. De toute manière, ils étaient bloqués à la station. La fuite, même si c'était ce que son instinct lui dictait, était impossible. Lily était encore protégée par les circonstances, se rassura Hugo. Les assassins venaient à peine de passer à l'acte, ils n'allaient pas recommencer aussi rapidement. *Lily n'est pas en danger immédiat*, se répéta Hugo plusieurs fois pour s'en convaincre, pour parvenir à libérer son esprit. Au contraire, puisqu'ils étaient piégés à Val Quarios, il lui fallait impérativement rester proactif, ne pas se faire dépasser. Puisqu'il *savait*, Hugo devait conserver son avantage, le seul dont il disposait. Et cela signifiait devoir agir. *Mais comment ?*

Son prochain mouvement sur l'échiquier de la mort serait déterminant. Un autre coup qui engendrerait une réponse du camp adverse. Tout s'enchaînait. Il ne devait pas faire n'importe quoi.

Ils sont quatre. JC et les trois auxquels il a ouvert la porte.

Et dans son camp, Hugo jouait avec des pions usés. DePrigent, Adèle, le vieux Max... Il valait mieux ne pas compter sur eux, plutôt s'en servir pour délimiter la zone, cerner sa cible. Ses pièces offensives se constituaient d'Armand, Paulo et Lily. Pas à proprement parler des machines de guerre. *Ne fais pas n'importe quoi. Réfléchis !*

La serpillière claquait sur le sol à l'entrée de l'aquarium.

Espèce d'ordure, c'est comme ça que tu as fait cette nuit chez Jina ?

Rester concentré. C'était primordial. Si Hugo fonçait prévenir DePrigent et Lily, qu'allaient-ils faire ?

Non, il y a autre chose... N'avait-il pas été un peu vite en besogne ? Accuser Exhell sur la simple base de photos et d'une association d'idées causée par une phrase ? *Il y avait les articles sur Strafa dans son ordinateur...* Pourquoi est-ce qu'il cherchait Strafa dans...

Hugo releva le menton.

Les trois tueurs n'avaient pas choisi Val Quarios au hasard.

67.

Hugo avait redescendu l'escalier sans un bruit, laissant Merlin terminer son ménage.

Il traversa le hall, après s'être assuré qu'il n'y avait personne, et se positionna près d'une porte sur le côté est, tout près du Vioc.

Où étaient DePrigent et Lily ? Probablement en train de faire le tour de la station pour prévenir chacun de la réunion à venir. Tant qu'ils restaient au grand jour, Lily demeurait en sécurité. C'était tout ce qui comptait.

Hugo avait quatre heures devant lui avant que l'aquarium rassemble tueurs et victimes. Quatre heures pour faire la différence. Exhell avait tous ces articles de presse sur Strafa parce qu'ils le traquaient. Exhell, Ludovic et Merlin. Ils avaient recherché Lucien Strafa à travers le moindre article, la moindre allusion sur Internet. Comment étaient-ils parvenus à le localiser ici, à Val Quarios ? Hugo l'ignorait mais supposait qu'à l'ère d'Internet, ça n'était plus impossible. Strafa avait disparu de la surface de sa Terre à une époque où il n'y avait pas d'ordinateurs, tout se faisait à la main, et avec de l'ingéniosité, de l'argent, et du temps – tout ce dont disposait abondamment Strafa –, il n'était pas difficile de se faire oublier. Mais plus aujourd'hui. Tout avait été numérisé. Les microfilms des archives de journaux. Les bases de données publiques. Tout.

Strafa avait acheté ces terres, fait construire. Son nom ou celui de gens associés à lui devait apparaître dans de vieux dossiers et tout ce qu'Exhell avait eu à faire, c'était de rassembler patiemment quantité de matière première, de tout passer dans l'un de ses logiciels qui scannait les mots pour les transformer en documents Word, puis d'effectuer ses recherches thématiques par mot-clé. À un moment ou à un autre, le nom de Strafa était apparu, associé à cette montagne.

Ensuite, Exhell et ses deux complices s'étaient débrouillés pour se faire engager par JC. C'était là qu'Hugo achoppait. Il ne comprenait pas comment JC et la bande s'étaient rencontrés. Pourquoi JC les avait fait entrer. *J'ignore même pourquoi ils veulent tant retrouver Strafa !* Était-ce en lien avec l'homme qu'il avait été autrefois ? Ça ne pouvait qu'être ça. Il se faisait discret depuis, ne sortait même plus, donc c'était forcément lié à son passé, à l'époque de sa célébrité. Sauf qu'aucun n'était vivant à l'époque, sinon Merlin qui devait être adolescent lorsque Strafa avait pris sa retraite.

Sont-ils ici à cause de ses... prétendus pouvoirs ? C'était assez gros tout de même. Un lien avec ce délire de pacte avec le diable qu'Hugo et Lily s'étaient imaginé ? Non, peu probable...

Pourtant le plan de la station en forme de pentagramme inversé, ça je ne l'ai pas exagéré ! Strafa et le diable sont liés. Oui, symboliquement, mais de là à croire en un pacte, au trafic des âmes... Strafa jouait avec l'imagerie diabolique. Il avait été un illusionniste de talent. *Non, pas de talent, le plus grand. De tous les temps. Encore inégalé...* Par conséquent, il ne pouvait s'empêcher de truffer son environnement d'attributs ésotériques, de jouer avec ses visiteurs.

Hugo ne savait pas bien ce qui lui passait par le crâne, mais selon les jours il était capable de croire en n'importe quoi, et il redevenait d'un scepticisme absolu le lendemain. Cette station avait une curieuse influence sur lui. *Pas une bonne influence.* Ce n'était pas le lieu qui était hanté, songea Hugo, mais lui-même.

Il se sentait habité par des voix, des délires, des convictions changeantes...

Stop, pas maintenant ! Trois tueurs avaient débarqué à Val Quarios pour en rejoindre un quatrième, et Strafa était la raison de leur venue. *Je dois le prévenir.*

Lucien Strafa devait se protéger. Et en échange, il devait tout lui dire. Jouer franc jeu avec lui. S'il ne le faisait pas maintenant, il n'en aurait plus l'occasion. Sa vie était en danger.

Oui, se persuadait Hugo en hochant la tête. Il devait foncer là-haut, au manoir. Et dans un élan d'espoir, il se mit également à espérer que le vieux bonhomme disposerait d'un moyen spécial pour communiquer avec l'extérieur. Un homme de sa trempe, c'était possible.

Hugo sortit et s'assura que personne ne le voyait, puis entra dans le Vioc. Il devait se dépêcher. *Moins de quatre heures.*

En chemin, il repensait à ce qu'il savait, ce qu'il avait découvert. Simone alimentait Strafa, elle lui apportait ses courses régulièrement. En partant du principe que son mari, le chauffeur de taxi, avait menti au sujet d'Alice pour couvrir son fils, Simone pouvait tout aussi bien être dans le coup et faciliter la prise de renseignements à propos de Strafa. C'était elle, à coup sûr, qui avait introduit Merlin pour faire le ménage. *Ils ne veulent pas le tuer. En tout cas ce n'est pas le but premier, car ils auraient pu le faire depuis le début. Non, c'est autre chose... Qui exige du temps pour l'obtenir.* Un objet. De l'argent ? Strafa cachait-il des millions de sa fortune dans son manoir ? *Compte tenu de l'état de Val Quarios ça semble très peu probable...*

Il avait tout dépensé avec cette vaniteuse acquisition. Non, c'était autre chose...

Hugo gagna une chambre du rez-de-chaussée et ouvrit les volets et la fenêtre pour sauter dans la prairie à l'est du Vioc. De là il fila vers la forêt. Le manoir de Strafa, du sommet de sa tour, pointait à travers la cime des arbres.

Pendant son ascension de la colline, les branches étaient immobiles, Hugo ne percevait aucun bruit d'insectes ni d'oiseaux dans la futaie, seulement un calme troublant. Il avait le sentiment d'être attendu. Observé. Il le fut dès que les totems apparurent.

Des visages végétaux sévères qui traversaient les cernes de l'aubier. À mesure qu'il les dépassait, Hugo savait que dans son dos leur plainte muette, mâchoire saillante, lèvres étirées à l'extrême, regard noyé dans la douleur, s'adressait à lui, l'implorant de les libérer. *De fuir.*

Qui en était l'auteur en définitive ? Ludovic et ses instruments pour tailler le bois, depuis peu, mais avant ? Tous les autres ? Ça ne pouvait qu'être JC. Le bûcheron, l'homme au contact des arbres, le tueur de Val Quarios, qui incrustait l'effigie de ses victimes ici, pour toujours. Il implantait dans son environnement les êtres qu'il fauchait dans la vie, ce monde d'empathie qui lui échappait tant. Quelle étrange signature. Soudain Hugo réalisa que JC avait sculpté ce qu'il voyait. D'un côté le visage du quotidien de sa proie, celui que tous connaissaient, et de l'autre, celui de la terreur, de la mort, que lui seul avait contemplé, qu'il avait provoqué. Son œuvre. Sa création. L'un des visages, un homme d'âge mûr, bougea à l'approche d'Hugo. Dans le craquement de ses fibres de bois, les yeux se plaquèrent sur lui. Et les lèvres se descellèrent en grinçant, comme deux troncs qui se frottent l'un à l'autre, et une voix profonde, faite de l'air des racines chtoniennes, jaillit :

– Va-t'en. Pars, tant que tu le peux encore.

Hugo restait focalisé sur son trajet. Il savait que c'était son imagination. Un autre personnage, plus haut, décrispa ses traits dans un nuage de sciure et d'éclisses, une femme cette fois, jeune, très jeune :

– Tu es hanté, Hugo, par Val Quarios. Si tu pars, tu laisseras tes fantômes derrière toi. Échappe-toi !

Au prix d'un effort intense, et malgré la pente, Hugo accéléra, soufflant et suant. Il fixait le sol pour ne pas trébucher. Pour ne pas regarder ces gens qui pivotaient lentement sur son passage.

Une vieille femme brisa à son tour sa condition de créature figée au prix d'une grimace affligeante, et aussitôt une sève brune, épaisse, lui coula des yeux, du nez...

– FUIS ! tonna-t-elle de sa voix croassante, à la gorge sèche.

Elle voulut insister, mais la sève lui envahit la bouche et étouffa ses cris.

Il y était presque. Savoir tous ces gens et leur double monstrueux juste là, derrière lui, le faisait frémir. Il ne pourrait pas revenir par le même chemin.

Alice était la dernière. *Pas Jina*, pensa Hugo avec ce qui ressemblait à une once de répit. Elle le toisait, impassible. Il s'attendait à ce qu'elle l'alpague, mais la face de bois demeurait imperturbable. Sauf ses deux pupilles creuses, qui le suivaient. Hugo se surprit à songer qu'elle se taisait parce qu'elle était encore trop jeune, d'un bois vert, et que son âme emprisonnée n'avait pas assez d'expérience pour contraindre ses nouveaux tissus à ployer sous sa volonté. *Elle n'a pas encore assez souffert là-dedans. Mais ça viendra.*

Ça viendra...

Le manoir se dressait désormais face à lui. Ses fenêtres protégées par des volets.

Hugo soupira, fatigué, nerveux. Il fila jusqu'au heurtoir diabolique. Sa main se leva pour le saisir mais s'arrêta dans les airs, entre les cornes. Il préféra frapper du poing. Lorsqu'il eut attendu assez longtemps, il tourna la poignée et entra.

La demeure de Strafa n'était jamais verrouillée.

Le diable était accueillant.

Sa porte toujours ouverte.

68.

La tapisserie du banquet était plus effrayante que jamais. Ses convives insouciants festoyant tandis que les démons approchaient par-derrière. La menace s'incarnait ici même, à Val Quarios désormais. *Les démons approchaient par-derrière...*

Hugo traversa la longue pièce jusqu'au musée à la gloire du magicien. C'était tout ce qu'il restait de lui. Ses souvenirs, ses empreintes. Bientôt, il allait disparaître, et il ne perdurerait de sa présence terrestre que ces accessoires, ces costumes, ces reliques de son temps. Hugo les examina en passant, d'un pas inconsciemment ralenti, fasciné.

Il s'immobilisa face à la bibliothèque. Ses doigts glissèrent sur le dos des livres. Jusqu'à la vitrine au centre. « L'Enfer » de sa collection. Hugo avait toujours trouvé très ironique que l'on donne aux ouvrages interdits au public, généralement à cause de leur contenu sulfureux ou au contraire très éclairant, le nom d'« Enfer ». Ce que cherchaient Exhell et sa bande ne pouvait être là, derrière cette vitre, c'était bien trop évident, accessible.

Mais alors quoi ? Une pulsion irrépressible envahit Hugo. Il voulait savoir. Parcourir ces pages. Vérifier. Il tira sur la poignée qui confirma que la vitrine était fermée à clé. Trop de frustrations, de peurs, de restrictions, Hugo n'était plus en état de prendre du recul, de résister. Il attrapa un tisonnier près de la cheminée et frappa. Le verre éclata.

Il s'empara du livre au centre, le plus mystérieux. Le *Necronomicon*. La légende le disait puissant. Dangereux. *Relié en peau humaine*, se souvint Hugo. Quiconque le lisait en entier devenait fou à lier.

Au toucher, cela ressemblait à du cuir. Il craqua entre ses doigts. Il pesait lourd. De la poussière témoignait du temps passé ici sans être manipulé. Hugo prit une inspiration et l'ouvrit.

Les pages n'étaient pas jaunes comme il se l'était imaginé. Pas en parchemin non plus, mais blanches. Complètement blanches. *C'est quoi ce délire ?* Hugo les fit défiler. Il n'y avait rien. Aucun texte, aucun pentagramme maudit. Aucun savoir démentiel. Seulement du vide.

Hugo était tellement conditionné par le lieu et l'histoire de Strafa qu'il se demanda si les mots n'allaient pas apparaître au bout de quelques secondes, ou s'il versait une goutte de sang… Puis il inspecta l'intérieur de la couverture, là où la reliure de cuir fusionnait avec le cartonnage. Il pouvait voir les clous, et même la colle, grossière. Sous vitre, le livre faisait parfaitement illusion, mais ne supportait pas une inspection plus détaillée. *C'est bidon.* Une illusion.

Fallait-il s'attendre à autre chose d'un homme comme Strafa ?

Mais alors… Hugo regarda tout le reste du musée. Il déambula parmi la collection et s'arrêta face à une des vieilles affiches de Strafa. Il la décrocha du mur et ouvrit le cadre pour la toucher. Le papier était usé sur le recto, mais au verso, d'une blancheur et d'un grain tout à fait modernes. Comme une reproduction qu'on s'était évertué à rendre plus ancienne. Alors il fonça sur la stèle la plus proche, souleva la cloche de verre qu'il laissa tomber dans un fracas cristallin, et s'empara du jeu de tarots dont la légende proclamait qu'il avait mille ans et que Strafa n'utilisait que lui. Entre ses doigts, Hugo fit défiler les cartes gondolées par le temps… ou par un séjour dans du thé pour leur donner cet aspect ancestral, car à les manipuler Hugo n'eut aucun doute : elles ne dataient que de quelques années, une décennie tout au plus.

Qu'est-ce que... Révolté et désemparé, Hugo ramassa le tisonnier et, sans plus réfléchir, fit voler en éclats la vitrine à côté de lui. Il en extirpa une boîte de rouages complexes reliés à des menottes... Du carton-pâte. Un autre coup dans une autre vitrine dévoila un jeu de miroirs supposé, d'après l'affichette, incarner une des plus grandes illusions de Strafa, à travers lesquels il faisait apparaître les visages de morts. La structure qui reliait les miroirs était en résine peinte. Là encore, elle datait assurément du XXIe siècle. Avec un éclairage tamisé, à une certaine distance, tout pouvait faire illusion... Mais tout n'était justement qu'illusion.

Hugo marchait sur les débris de verre qui craquaient sous ses pas. Les dégâts n'avaient encore attiré personne. Il lança le tisonnier contre un mannequin sans visage qui arborait un des costumes de scène de Strafa et s'engagea dans l'escalier, dont les marches couinèrent. Il montait dans la tour. C'était là que devait se jouer leur confrontation. Dans le cœur du manoir, l'œil visible de partout dans la station, qui la scrutait en retour. Hugo ne pouvait plus attendre.

Sur le palier, il fut pris d'une hésitation. Que venait-il de mettre au jour en fait ? Qu'est-ce que ça signifiait ? Mais il se décida et entra dans ce qu'il pensait être le sanctuaire de Strafa.

La rotonde de vitrail irradiait à l'autre bout de la pièce, nimbant le parquet de son aura rose, bleu et violet. En la prenant en pleine rétine, Hugo constata qu'il ne s'était jamais intéressé à ce qu'elle représentait. Il n'y avait pas pensé.

La planète Terre. Au centre. Une large partie était plongée dans une ombre violette intense, celle de Dieu sans aucun doute, dont la main aux doigts menaçants évoquait un contrôle semblable à celui d'un marionnettiste. Les couleurs en étaient ternes, le relief absent. À l'opposé, un tiers du globe brillait dans la lumière rose, sous l'influence d'un diable tout sourire. Un parchemin s'enroulait au-dessus, affichant sa maxime : « Lucifer, *lux ferre*, porteur de lumière ».

Entre le vitrail et Hugo se tenait un bureau avec une chaise à haut dossier. Il s'en approcha doucement. Strafa était assis, les mains sur les accoudoirs. Il l'attendait.

Hugo sentait son cœur s'accélérer. Il ne savait comment commencer, ni ce que Strafa savait véritablement de lui.

Le magicien était un vieil homme. Ses joues encore plus creusées que sur les photos. Le front plus haut sous ce qu'il lui restait de fins cheveux blancs. Un air strict, presque cruel. Et dans la pénombre du contre-jour multicolore, son regard semblait éteint. Hugo avait de nouveau les mains moites. Il respirait plus fort.

Lucien Strafa le fixait. Dans le néant.

Hugo se pencha sur lui. Sur sa peau momifiée. Sèche. Jaunie.

L'homme qui se tenait assis face à lui était bien Lucien Strafa.

Mais était mort.

Depuis longtemps.

69.

Le mythe bravait la mort.
Du moins son enveloppe.
Car pour le reste, il ne demeurait plus rien de Lucien Strafa, celui qui avait été le plus grand prestidigitateur du monde.

Hugo enfonça son pouce dans la main cireuse posée sur le bureau. Froide et rigide. Presque huileuse. On devait régulièrement lui appliquer un onguent. À l'étudier de près, il ne faisait aucun doute que cet embaumement datait. Des mois ? Des années ? Hugo aurait été bien incapable de le dire.

Cela expliquait pourquoi plus personne ne le voyait. *Mais alors qui est celui que nous avons croisé ?* Un homme âgé également, c'était évident, même dans l'obscurité – et le type avait pris soin d'y rester caché, Hugo comprenait mieux pourquoi. Une voix qu'il n'avait entendue nulle part ailleurs dans la station. Qui est-il ? Et qui est au courant ? Pourquoi maintenait-on pareil stratagème ? Pour que l'âme de la station ne s'étiole pas ?

Au-dessus de l'entrée, deux autres lucarnes rondes en vitrail laissaient passer leurs filets de lumière dansante. Chacune représentait un parchemin en lettres gothiques. Celui de droite disait : « "En homme, il vient. Un homme s'incarnera dans le futur... l'Antichrist est le diable en personne, à la fois incarné sur la

Terre et à la fois animé d'un corps d'esprit qui se dissimule."
Cyprien de Carthage. » Hugo frissonna. Il lut celui de gauche :
« Petits enfants, c'est la dernière heure, et comme vous avez
appris qu'un antéchrist vient, il y a maintenant plusieurs antéchrists : par là nous connaissons que c'est la dernière heure. »
Celui-ci était signé 1, Jean, 2 : 18.

Strafa avait été loin dans la fascination pour le diabolique. Se
croyait-il lui-même cet antéchrist à venir ?

Passé la déception de ne pouvoir obtenir aucune réponse à ses
questions initiales, Hugo réalisait que cela en soulevait encore
plus. À commencer par l'objectif réel d'Exhell, Ludovic et Merlin. *Et si, plutôt que de le tuer, ils étaient au contraire venus pour
essayer de le ressusciter ?*

L'histoire occulte de Strafa. Le pentagramme de la station.
Même ses vitraux, tout l'associait au diable. S'ils voyaient en lui
un candidat à l'incarnation de Lucifer ?

Hugo avait eu une mère chrétienne, et s'il n'avait jamais été
habité par une quelconque foi, il se souvenait de son éducation
religieuse. Le messie noir. L'Antéchrist. Satan devait un jour
revenir sur terre, c'était écrit.

*Pour quoi au juste ? Sonner l'Apocalypse ? Pour corrompre le
monde...*

Hugo remarqua alors les deux bougies noires sur le bureau,
ainsi qu'un flacon d'encre. Et au centre, le plan de Val Quarios. L'original. Celui-là même dessiné autrefois de la main de
Strafa. Un autre pentagramme avait été ajouté en plus petit, sur
le vaisseau-mère, à l'encre rouge.

Le centre. Le vaisseau-mère, c'est le cœur du pentagramme. À
bien y regarder, le dessin rouge était en dessous. *Les caves.* Hugo
n'y était jamais allé, sauf dans le local sur le côté ouest, mais
jamais au-delà. Il se souvenait des courants d'air qui ululaient à
travers les couloirs de parpaings gris. *Qu'est-ce que tu as planqué
là-bas Strafa ?*

Dans la pénombre il tâtonna sur le bord du bureau et sentit la poignée d'un large tiroir, qu'il tira d'un coup sec. Il y avait des cartes de visite jaunies, sur un papier vergé de qualité. « L. STRAFA » était inscrit au centre, rien d'autre. Étaient-elles d'époque ou elles aussi une supercherie ? *Probablement aussi fausses que tout le reste...* En dessous, Hugo trouva des dizaines de journaux et magazines des années 70, authentiques ceux-là, sans aucun doute. De nombreux titres ou cadres de mise en page avaient été découpés et manquaient. Puis, il déplia une page de *France-Soir* sur laquelle avait été collé un article sur Strafa. Le collage était clairement un ajout superposé, une création. Hugo ne comprenait pas.

À ce moment, son pied cogna contre un petit mais très lourd vantail au bas du bureau. Il y avait un coffre inséré à la base, pour remplacer les tiroirs du bas. Et il était béant. Hugo s'accroupit pour l'inspecter. Vide. Est-ce qu'Exhell et sa bande avaient déjà ramassé leur butin ? Les idées se bousculaient sous son crâne dans une cacophonie dont il ne pouvait rien tirer. Hugo posa les mains sur le bureau et ferma les paupières.

Vaisseau-mère, cœur du pentagramme, coffre vide, les tueurs en liberté, un plan, la réunion de l'équipe... Soudain il rouvrit grand les yeux, halluciné. Max lui avait clairement expliqué que les détonateurs étaient rangés dans un coffre. *Il manquait au moins deux sacs d'explosif...* Hugo savait ce qu'ils allaient faire.

Ils vont faire sauter le vaisseau-mère. Ils ont tout mis dans les sous-sols, et ils vont profiter de la réunion pour tuer tout le monde !

Il se précipita et renversa le flacon d'encre au passage.

Il dévalait les marches quatre à quatre tandis que l'encre coulait sur le sous-main en cuir, imbibant le plan de Val Quarios. Dans l'obscurité d'un renfoncement, une silhouette sortit pour remettre le flacon debout de sa main parcheminée.

L'homme qu'Hugo avait entraperçu un jour dans l'escalier, et qu'il avait alors pris pour Strafa, passa sa langue sur ses lèvres craquelées. Il resta ainsi un moment, avant d'extraire des lunettes de soleil de sa poche. Avec l'âge, il ne supportait plus la lumière trop vive, mais il était temps pour lui de sortir au grand jour. Il avisa la dépouille de Strafa et lui dit :

– La vérité doit éclater. Nous n'avons plus le choix, mon cher ami.

70.

Trois heures.

C'était le temps qu'il restait à Hugo avant la réunion. Trois heures pour prendre une décision. *La bonne décision.* Faire annuler le rassemblement pouvait inciter la bande de JC à passer à l'acte en s'en prenant à des victimes isolées. Mais se regrouper rendrait une attaque à l'explosif terriblement efficace.

Hugo voulait repasser par la forêt pour ne pas perdre de précieuses minutes, mais cela signifiait affronter les visages dans les troncs. *Je peux faire face à ça.* C'était de vies humaines qu'il était question. *De Lily.*

Il se précipita au milieu des sapins parmi les masques terrifiés et cette fois aucun ne lui parla. Ils ne bougèrent même pas.

Hugo traversa la prairie à vive allure, épongeant la sueur sur son front. Il devait aller au sous-sol du vaisseau-mère, trouver où était l'explosif et, s'il s'en sentait capable, le récupérer. *Et me faire sauter au passage, bien sûr...*

La première chose serait d'approcher sans un bruit, au cas où JC et ses complices seraient encore sur place. Pour le reste, Hugo décréta qu'il improviserait.

Il repassa par le Vioc, afin d'éviter d'être repéré de loin, et guetta à sa sortie pour passer d'un bâtiment à l'autre sans que personne ne puisse le surprendre. Une fois dans le vaisseau-mère, il traversa le hall, ressortit par le flanc opposé et descendit les quelques marches qui conduisaient au local souterrain où était entreposé le matériel. Là, il s'empara d'une lampe torche et d'un couteau à longue lame. Puis, plutôt que de tourner à droite pour revenir sur ses pas comme il l'avait toujours fait, il pivota sur la gauche, vers le couloir gris qui s'enfonçait dans les profondeurs du vaisseau-mère. Il y était. Face aux monstres, en tout cas si proche...

Il ne voulait surtout pas s'annoncer, alors il ne toucha pas aux interrupteurs et alluma sa torche pour se guider. Il ne devait pas y avoir mille chemins possibles. *Avec Strafa, je ferais mieux de m'attendre au pire...*

Mais le couloir ne faisait que desservir une autre galerie parallèle avec, de temps à autre, une porte donnant sur une pièce vide, une réserve où s'entassaient des cartons de fournitures. Hugo ouvrait ces portes avec une infinie précaution, après y avoir collé son oreille et attendu une bonne minute pour s'assurer qu'il n'entendait personne à l'intérieur. Petit à petit, il se rapprochait du centre de l'édifice. Il le sentait. Il aurait pu filer directement au cœur de l'architecture, pressentant que c'était là que tout se jouerait, mais il préférait veiller à ce qu'il laissait derrière lui. Il y avait déjà bien assez de paramètres qu'il ne maîtrisait pas pour en plus prendre le risque de se faire encercler par surprise.

Le bourdonnement d'une machinerie résonnait contre les parpaings bruts. *La piscine. Je suis tout près.* Des tuyaux plus larges que des ballons de basket filaient au plafond en vibrant. La lampe se promenait sur les murs, le sol de ciment usé et sale, les toiles d'araignées... Un autre coude. Le ronflement s'intensifiait. Il y était presque.

Et Hugo imagina le trou d'une toile d'araignée dans lequel la bête se repliait en attendant sa proie, un puits abyssal dissimulé derrière une feuille... *derrière un angle...* deux de ses longues pattes dépassant à peine pour trahir sa présence, à l'affût d'un insecte... *de moi...*, prête à jaillir dans l'anonymat d'une forêt... *de ce sous-sol...*

Hugo posa une main sur la paroi froide. Le système de la piscine devait être de l'autre côté.

Et une énorme créature arachnéenne se déplace en même temps que moi, elle me respire, nous ne sommes séparés que par l'épaisseur de ces briques creuses, elle attend dans le noir, elle sait que je viens et me suit, silencieuse et affamée...

Il pouvait presque l'entendre chuchoter de sa voix sifflante et mouillée... Hugo secoua la tête.

– Pas maintenant, s'ordonna-t-il. Pas maintenant !

Le couloir se poursuivait en T. Hugo leva son faisceau de lumière sur la droite : dix mètres, une porte latérale, et un autre angle. *Non, je repars sous le hall par là.* Alors il pivota à gauche, son cône blanc l'accompagna et... Quelque chose passa à toute vitesse au fond de la perspective, quelque chose de gros, de mou et chitineux, avec des poils et des appendices... *Non ! Arrête avec ça bon sang !* Il cligna des paupières plusieurs fois. Il n'y avait rien.

Le bourdonnement de la mécanique provenait de cet endroit. Ce n'étaient pas seulement des pompes et des filtres qui drainaient des hectolitres d'eau, mais également le ronflement plus grave des chaudières. Hugo s'arma de courage et il prit cette direction en se répétant qu'il n'y avait rien, aucun monstre, aucune...

Te... manger !

... araignée. Rien.

Sauf peut-être une meute de tueurs aux idéaux satanistes.

À choisir, il ne savait pas ce qu'il préférait affronter.

Il parvint à deux portes qui se faisaient face. L'une conduisait sous la piscine, il en était certain, l'autre... *Au milieu du vaisseau-mère. Au cœur du pentagramme.* Il écouta longuement mais ne perçut que le bouillonnement des brûleurs de gaz. Hugo coupa sa lampe. Les ténèbres se jetèrent sur lui et il attendit, fébrile. Aucune *chose* ne se précipitait.

Il mit sa main sur la poignée, l'abaissa aussi doucement que possible... La lueur d'un feu timide et bleuté se dévoila de l'autre côté. Hugo entra. Il respirait difficilement avec le stress. Son cœur battait à ses oreilles.

Une immense chaudière ronde ronronnait dans une salle qui faisait au moins dix mètres de diamètre. La trappe de contrôle des brûleurs ouverte révélait les rangées de flammes en action. Elles diffusaient une timide nitescence sur le sol, mais c'était assez pour qu'Hugo remarque le pentagramme tracé sur le ciment. Le même que celui que dessinait la station entière. Tourné vers le sud. L'étoile de Satan.

C'était leur antre. *La tanière du monstre.* D'ici que partirait bientôt la mort. La brûlure des enfers.

Il n'y avait que lui, se rassura Hugo en rallumant sa lampe. Un coffre attira son attention. Craignant un piège, il l'ouvrit du bout du pied, très lentement. Dedans se trouvaient des chaînes reliées entre elles par des bracelets de cuir, et deux couteaux effilés.

Hugo braqua alors sa lampe vers le pentagramme et il trouva ce qu'il avait entraperçu un instant plus tôt : des boucles d'acier scellées dans le sol. Tout le nécessaire pour entraver leur victime et la...

Jina ! S'il devait y avoir une sorte de rituel avant l'explosion, Jina serait leur détonateur spirituel.

Je dois trouver les explosifs. Il entreprit de tout fouiller avec minutie, chaque recoin, manqua se brûler les mains sur des canalisations ardentes, et après dix minutes conclut qu'il n'y avait rien. Il s'était trompé.

Non, c'est obligé, c'est d'ici que ça va partir. Ils ne sont pas encore venus, c'est tout. Le pentagramme sur le sol le prouvait...

Hugo vérifia sa montre. Il lui restait deux heures. Deux heures pour trouver Jina. Et élaborer un stratagème. Elle ne devait pas être bien loin, songea-t-il. Ils n'allaient pas prendre le risque de traverser la station avec une fille kidnappée sur le dos, en plein jour.

Oui, elle est forcément ici, en bas, dans une des salles.

Hugo n'avait plus de temps à perdre. Il n'en pouvait plus, il avait besoin de quitter l'antre des tueurs. *La tanière du monstre...*

Il se retourna et elle était là ! Juste là ! Face à lui, sa gueule abominable et gigantesque à moins de vingt centimètres ! Ses yeux sans vie, nombreux, à le fixer. Et ses énormes chélicères se soulevèrent d'un coup, dans un filament de bave.

Une araignée plus monumentale encore que la chaudière dans laquelle Hugo voulut se précipiter pour lui échapper. Il jaillit en arrière, sa lampe lui glissa des mains, et il courut droit devant, jusqu'à ce que son front heurte de plein fouet une conduite et qu'il tombe à la renverse.

Sa tête cogna le sol. Sa lampe roula sous ses yeux embués par le choc. Et dans le faisceau en mouvement, il vit des pattes immondes se rapprocher de lui.

Puis il perdit connaissance.

71.

La morsure sur sa joue le réveilla.
Le venin lui avait endolori tout le côté gauche. Hugo eut du mal à ouvrir les yeux. Il voyait flou. Ses tempes pulsaient. Le goût de son propre sang coagulé dans sa bouche lui donna un haut-le-cœur. Il revenait à lui, lentement. Il pouvait bouger, aucune toile gluante pour l'emprisonner.

Sa lampe diffusait une lumière rasante à un mètre devant, soulignant les lignes sombres du pentagramme. La chaudière émit un clic et libéra son flux de gaz. Les fines flammes bleues des brûleurs éclatèrent et se transformèrent en torchères d'un jaune infernal. Cela réveilla encore un peu plus Hugo.

Il se souvenait. Le monstre, la terreur, la fuite et… plus rien. Ce n'était pas une morsure mais juste le froid du ciment sur sa joue et d'être resté trop longtemps ainsi qui l'avait engourdi. Chaque seconde qui passait lui permettait de reprendre un peu plus ses esprits. Et de constater, dépité, qu'il avait imaginé la créature. *C'était tellement vrai…* Les reflets luminescents de la chaudière sur sa gueule, ça, il n'avait pas pu l'inventer. L'odeur de vieille cave et de putréfaction que sa gueule avait exhalée, ça non plus ce n'était pas une création. Sauf que les araignées géantes n'existaient pas. Ni ici ni nulle part. Il se l'était déjà dit et répété.

– Je serais mort si c'était vrai.

Bouffé de l'intérieur, liquéfié, aspiré par la gorge, jusqu'à ce que ma peau se froisse et se replie comme une baudruche dégonflée. Alors comment se l'expliquait-il ? Intoxication au monoxyde ? C'était ça le plan ? Empoisonner tout le bâtiment ? *Non, je serais déjà mort là aussi.*

Hugo étira sa mâchoire douloureuse, puis moulina l'épaule sur laquelle il était tombé. Il n'avait rien de cassé, juste des ecchymoses et la langue écorchée.

Jina ! Il devait la retrouver de toute urgence, avant les autres.

Avant la réunion.

Hugo regarda sa montre et l'oxygène lui manqua. Il était 19 h 10. *Trop tard.* Ils étaient déjà tous rassemblés au-dessus.

Il était resté inconscient pendant beaucoup trop longtemps. Il peina à se relever, puis à se pencher pour ramasser sa lampe. Ses options s'étaient envolées. Il devait monter. Empêcher le carnage, il était le seul à savoir.

D'un coup de lampe rapide, il vérifia qu'il n'y avait pas des paquets d'explosif qui étaient apparus entre-temps, mais ça n'avait pas de sens, s'ils étaient descendus pendant qu'il était évanoui, ils ne l'auraient pas laissé là sans au moins le ligoter ou l'enfermer dans une autre cave. À cette pensée, Hugo se précipita sur la porte en s'attendant à ce qu'elle soit verrouillée, mais il n'en était rien.

Il remonta les couloirs, sous le bruissement des machineries de la piscine, et lorsqu'il trouva un escalier pour déboucher au rez-de-chaussée, prendre la lumière de la fin de journée en plein visage, il se sentit plus vivant que jamais. La vision d'une araignée lui parut stupide. Un cauchemar tout au plus.

Le véritable cauchemar se trouvait à l'étage, dans l'aquarium... Il grimpa à toute vitesse et quand il entra dans la vaste salle tout le monde était présent, assis, à l'exception de DePrigent qui se tenait face à l'assemblée, debout, les mains jointes devant son estomac. Il s'apprêtait à parler. *Il ne l'a pas encore fait. Ils se sont rassemblés et...*

— Ah ! Voici notre retardataire, s'exclama DePrigent. Viens, Hugo, nous n'attendions plus que toi.

Non, il ne faut rien dire. Pas maintenant, pas tant que je ne sais pas exactement ce qui va se passer.

Exhell était vautré sur une méridienne, un peu à l'écart. Ludovic assis sur le bord d'un canapé, tête baissée, traits masqués par ses cheveux. Merlin, non loin, lui le fixait, mâchouillant un bâton de réglisse. *Il manque JC.* Il le repéra assis près de la cheminée allumée, comme toujours. Lui aussi faisait face au groupe.

Non, il s'est mis là pour être dans le dos de DePrigent. Pour intervenir lorsqu'ils le décideront.

Hugo avait l'esprit confus. Il ne savait pas comment faire pour enrayer ce qui allait suivre. Il marchait vers eux et observait. Lily était au centre. Il avait terriblement envie de la prendre dans ses bras, de sentir sa chaleur, sa vie contre lui, et il la vit se pousser pour lui laisser une place.

Non, trop loin de l'action. Il décida de s'asseoir sur le côté du demi-cercle formé par l'équipe. Près du directeur, et Lily se renfrogna, ne comprenant pas ce rejet soudain.

Hugo surprit le regard d'Exhell qui avait glissé sur lui. Un regard froid. *Il sait.* Avait-il compris qu'Hugo s'était emparé de son ordinateur ? Un programme mal refermé ? Par quoi devait-il commencer ? Empêcher DePrigent d'évoquer les tueurs ?

Strafa. Leur dire qu'il est mort. Que tout est falsifié. Sa présence, ses affiches, ses livres, ses journaux... Tout était faux. Tout.

Les pupilles d'Hugo se relevèrent en direction d'Exhell. *Les articles...* Hugo se rendit compte que tout le monde le scrutait. Tous. Sans exception. *Les articles dans l'ordinateur d'Exhell...* Hugo revit la page de *France-Soir* avec l'article sur Strafa rajouté. Une page truquée... Si on la scannait, alors une fois intégrée sur un site Internet, il était impossible de déceler qu'il s'agissait d'un faux. La page de *France-Soir* pouvait berner n'importe qui.

Exhell a tous les articles en documents Word parce qu'il les a écrits ! Tous les sites que j'ai consultés... bidon. Une invention. Des pages et des pages Internet créées juste pour donner corps à la légende Lucien Strafa. Mais c'est une invention ! Comme tous les objets, ses livres, ses affiches, rien n'est d'époque.

Lucien Strafa. Le nom tournait dans son esprit. Les lettres se mélangeaient... *Lucien Strafa...*

Hugo ferma les paupières et sa main accueillit son front. Le monde basculait de nouveau. Val Quarios se retournait. Cité d'ombres. De mensonges. DePrigent changea de ton, plus doux. *Plus cynique.*

– Je crois qu'Hugo est parmi nous, mes amis, dit-il.

Une autre voix tonna depuis l'entrée de l'aquarium et Hugo n'eut pas besoin de relever la tête pour la reconnaître. Il s'agissait de l'homme qu'il avait entraperçu dans l'escalier du manoir, celui-là même qui se faisait passer pour Strafa.

– Un bon tour de magie ne saurait être sans une révélation finale à la hauteur, n'est-ce pas ? déclara-t-il.

72.

Hugo rouvrit les yeux.
– Lucien Strafa n'a jamais existé, dit-il d'une voix blanche. Ce n'était qu'une illusion.
– Bravo, fit l'homme près de l'entrée. En moins de deux mois, tu as percé à jour notre petit jeu.

Hugo avait besoin de mettre des mots sur ce qui s'assemblait sous son crâne, alors il déroula :

– Je n'avais jamais entendu parler de Strafa avant de venir parce qu'il n'a jamais été. Il faut entendre son nom, ici, pour aller sur Internet... Tous ces sites... sont faux.

Il pivota vers Exhell.

– C'est toi...

– Oh, fit le grand informaticien, moi et mon prédécesseur qui avait bien bossé, je dois l'admettre...

Exhell désigna DePrigent, Adèle et l'homme près de l'entrée :

– Les textes, ce sont eux, moi j'ai juste continué à enrichir les sites qui avaient été fabriqués par le premier informaticien de la station. J'ai alimenté des pages Wikipédia en me servant pour sources de tous ces sites et de ces archives qu'on a créés au fil des années. Un sacré taf, c'est vrai, mais avec du temps et de l'ingéniosité, il n'est pas très difficile d'inventer un homme et son histoire, dans le monde virtuel.

Il dégoulinait de fierté.

– Les affiches, les objets de magie, les livres, tout est faux, constata Hugo à voix haute.

– Digne des meilleurs accessoiristes de cinéma, confirma l'homme dont il ignorait le nom. Uniquement conçu pour donner de l'épaisseur au mensonge.

Tout était juste là, devant son nez, depuis le début. Du pentagramme caché dans le plan de la station au nom même, fantasque, du prétendu magicien. Une anagramme.

Les lettres ne s'entremêlaient plus.

Lucien Strafa.

Lucifer Satan.

– Pourquoi ? demanda Hugo bien plus bas qu'il ne l'aurait voulu.

L'homme à l'entrée se rapprocha.

– Hugo, fit DePrigent, je te présente Roland Dewitter. Notre doyen, notre ombre, et celui qui tire les ficelles au-dessus de la scène.

Le vieil homme avait retiré ses lunettes de soleil, la lumière du jour déclinant n'était plus insupportable pour lui. Il toisait Hugo de ses iris bleus sans vie, sans émotion. Grand et maigre, il ressemblait déjà presque à un cadavre. Mais Hugo le reconnut. Il l'avait déjà vu sur des photos de Strafa, plus jeune, derrière lui. Celui qui se faisait passer pour son imprésario.

– Le concept même d'un tour de magie, expliqua Dewitter de sa voix de corbeau, c'est d'attirer l'attention du spectateur là où on le veut, pour qu'il ne regarde pas ailleurs.

DePrigent enchaîna :

– En te focalisant sur Strafa, dit-il en agitant la main droite qu'il levait devant lui, tu ne t'intéressais pas au reste. À nous.

Il montra sa main gauche qu'il passa dans son dos.

– Mais…

Son regard chercha celui de Lily. Elle était juste en face. Visage fermé encadré par sa chevelure indomptable. *Non, pas elle, elle découvre tout ça, comme moi…* Dewitter précisa :

— Normalement, ça fonctionne plutôt bien. Les saisonniers ne posent pas autant de questions que toi. Ils font leur boulot, s'ils se mettent à trop fouiner, on sort la carte Strafa qui les occupe pendant leur séjour, et ils gardent leurs distances.

Hugo était effaré. Sa bouche s'ouvrait de plus en plus.

— Qui est le cadavre là-haut, dans le bureau ? demanda-t-il.

— Le fondateur de notre communauté, répondit Dewitter. Éole de Treille. En 1978, avec sa fortune personnelle, il a acheté cet endroit pour bâtir Val Quarios. Le pentagramme de Lucifer dans l'architecture, c'est à sa malice que nous le devons. Il était notre guide. Notre inspiration. C'est lui qui a eu l'idée de créer Lucien Strafa pour détourner l'attention lorsque ce serait nécessaire. Et c'est tout naturellement lui qui endossa ce rôle. Au début Strafa n'était qu'un prestidigitateur qui avait fait fortune à l'étranger puis fondé la station pour prendre sa retraite, rien de plus, et ça passait. Nous avons fait évoluer sa légende avec le temps. Éole de Treille veillait au grain. Certains d'entre nous étaient présents à ses côtés.

Adèle, Simone, DePrigent et le vieux Max sourirent.

— Et à sa mort, confia Dewitter, j'ai pris sa place.

— Votre communauté... répéta Hugo en avisant chacun d'eux.

Lily lui rendait son regard, elle le *transperçait* même. Il n'arrivait pas à le croire, envie de vomir.

— Alors, bafouilla-t-il, Exhell, Ludovic, Merlin, Armand... tous. Aucun de vous n'est arrivé récemment, n'est-ce pas ? Vous êtes ici depuis longtemps.

Exhell acquiesça.

— Je suis le dernier arrivé. Il y a trois ans. Ma « prédécessrice » n'avait finalement pas réussi à s'intégrer, il a fallu la remplacer, pour mon plus grand bonheur...

Il avait dit cela avec une cruauté froide qui sous-entendait bien plus. Hugo enfouissait une main dans ses cheveux à mesure qu'il appréhendait l'ampleur de la manipulation. Il se raidit.

— Lily ? Toi aussi ? Depuis... depuis combien de temps ?

Elle plissa les lèvres. Il y avait de la gêne chez elle, le voir dans cet état ne la laissait pas totalement indifférente, et l'espace d'un bref instant, Hugo s'y raccrocha avec autant d'espoir que de candeur.

– Je suis née ici, Hugo. Je suis sortie bourlinguer, mais j'y suis vite revenue.

Elle désigna DePrigent et Adèle :

– Tu as raison, dit-elle, tu n'es pas un bon physionomiste, même si je t'accorde qu'il faut chercher pour détecter nos ressemblances.

– Tes... parents ?

JC était le fils du chauffeur de taxi et de Simone, Ludovic celui de Merlin, et désormais il y avait Lily... *Des familles*.

– Vous êtes... une secte.

Dewitter dévoila ses petites dents jaunes.

– Donne-nous le nom que tu voudras. Tu n'as pas connu cette époque où nous nous sommes créés, une époque de croyances, d'expérimentations et d'émancipations, alors je n'attends pas de toi que tu nous comprennes, mais sache que c'était une période incroyable. Les jeunes se dressaient face à l'autorité, à l'arbitraire. Le cadre imposé volait en éclats. Tout devenait possible. Nous rêvions. Nous faisions tous les essais de drogues, d'amour, de spiritualité et d'idéaux, enfin affranchis.

Ses prunelles fatiguées brillaient à nouveau à l'évocation de ces souvenirs. Il semblait intarissable :

– À la fin des années 70, l'État se faisait plus dur, après dix ans de « débauche » comme ils disaient, la nation reprenait la main, avec sa morale, son puritanisme. Mais nous, nous avions touché du doigt ce qu'était la véritable liberté. Totale. Absolue. Sans les barrières de cette société de manipulations, de mensonges dictés par les puissants, pour nous asservir. Alors nous sommes venus nous réfugier ici pour pouvoir vivre pleinement la promesse de ces années-là.

DePrigent prit le relais :

– Hugo, crois-tu vraiment que l'homme soit fait pour vivre dans ce moule qu'on nous impose ? Sa pensée rendue étriquée par des doctrines élaborées dans le but de nous assujettir, de nous formater, alors que chaque individu est si unique, si différent ?

Hugo était un lapin dans les phares, il encaissait, déconnecté de ses émotions, pris par le besoin de comprendre ce qui lui arrivait, il érigeait inconsciemment un barrage entre ce qu'il ressentait et ce qu'il vivait. Il demanda :

– Quel rapport avec le pentagramme, avec Satan ?

DePrigent eut un rictus plein d'indulgence.

– Lucifer est l'ange déchu. Celui qui a refusé d'obéir aveuglément, Hugo. Et qui a été chassé pour sa différence. Il est le contre-pouvoir, la rébellion à l'autorité asservissante et aveugle, il prône l'homme libre, assumé dans son individualité, et si Dieu nous soumet cruellement à une tentation qu'*il* a créée, avec le sadisme que ça implique, Lucifer lui nous enjoint d'y céder, parce que c'est naturel. Dieu nous veut souffrants, hésitants, soumis à un monde qu'il a façonné à son image, l'épée du Jugement dernier en permanence en suspens au-dessus de chacun de nos actes, même de nos pensées ! Le diable nous rassure et nous dit que nous n'avons aucune raison d'obéir à des commandements iniques et asservissants. Que lui prendra notre défense au moment voulu.

DePrigent, emballé par son discours, haussait le ton :

– As-tu oublié que Lucifer était un ange à l'origine ? Dieu a rejeté son enfant Lucifer parce que celui-ci contestait sa vision, il a chassé l'homme du paradis parce qu'une femme avait osé goûter au fruit de la connaissance que Dieu lui-même avait posé juste là, sous leur regard, n'est-ce pas la preuve de son autoritarisme insupportable ? De son sadisme ? Dieu veut que l'homme soit son jouet, sans aucune indépendance. Le Diable te dit que si tu as été créé ainsi, c'est pour jouir de tes possibilités, t'épanouir, grandir, connaître... Dieu, c'est la société ! Le Diable, c'est ici, nous !

Il avait presque crié sur les derniers mots. Adèle ajouta, douce mais catégorique :

– L'enfer, c'est une vision déformée que les instances religieuses ont cherché à tout prix à nous faire prendre pour une éternelle souffrance, alors que c'est le royaume des êtres insoumis et libres.

Simone, habituellement si réservée et éteinte, s'alluma au souvenir de son mentor :

– De Treille nous a ouvert les yeux à l'époque, il a été notre messie, et si vivre sans se réfréner, sans se renier, en refusant la foi et les lois honteuses qui sont imposées dans ce qu'ils appellent « civilisation » fait de nous des antichrists, alors béni soit notre Seigneur, le véritable, je suis une antichrist, enfant de la dernière heure ! Puisse la fin des temps n'être que celle du temps de Dieu, et ouvrir sur le nôtre.

Les voix provenaient de partout en même temps, étourdissant Hugo. La moustache de Max se souleva quand il dit :

– Luxure, avarice, gourmandise, orgueil... tout le panel de ce que nous sommes fondamentalement nous est interdit si on écoute l'Église. Alors que c'est l'essence même de ce qui constitue notre humanité ! Notre différence avec les animaux là-dehors. Faudrait-il nous renier ? Nous museler... jusqu'à n'être quoi ? Plus qu'un collectif sans âme, sans émotions, sans désirs, sans excès, sans pulsions, sans plaisirs... Ce que les gouvernements, les religieux, bref, ce que la société veut c'est nous aseptiser progressivement, nous transformer en machines. Pour que nous produisions, que nous consommions, que nous obéissions, sans poser de problèmes.

Hugo secouait la tête.

– Ce sont des limites, dit-il, ébahi, pour nous permettre de vivre en collectivité, pour empêcher... les viols, les meurtres !

Tous le regardaient comme s'il était d'une naïveté confondante. Dewitter déclara :

– Crois-tu que nous nous entretuions ? Non. Il y a certes eu, en quarante années, quelques anicroches, des lâchetés qu'il a fallu parfois discipliner et, en de rares occasions, des têtes à trancher pour garder notre cohésion, mais n'est-ce pas normal en définitive ? Si... humain.

Exhell gloussa. DePrigent se pencha vers Hugo :

– Qu'est donc l'ultime acte de liberté d'après toi ? La preuve définitive de ton refus d'obéissance...

Son sourire se fit encore plus large, carnassier.

– Prendre une autre vie, Hugo ! aboya-t-il. Tuer ton prochain ! Le sacrifice de ta prétendue bonne morale sur l'autel de l'accomplissement personnel ! Ouvre les yeux !

Lily se leva pour se rapprocher.

– Combien de millions de morts à cause de la supposée volonté de Dieu ? demanda-t-elle. Combien de millions de morts parce qu'un homme, un seul, décrète qu'il veut envahir son voisin ? Combien de millions de morts parce que les gens se soumettent à l'autorité d'un petit nombre ? Parce qu'ils le suivent aveuglément ? Parce qu'ils sont *faibles* ? Qu'est-ce qu'une vie à côté de ça ?

Elle posa un genou devant lui pour être à sa hauteur et lui prit la main avant de poursuivre :

– Tu peux choisir d'être du côté de la masse, un mouton qui se laisse docilement conduire à l'abattoir, à bouffer leur merde, à écouter leurs discours tous plus faux les uns que les autres, à crever à petit feu sans rien vivre de total, de puissant. Ou bien tu peux embrasser la foi en une différence qui compte. Exprimer ce qu'il y a de plus tabou en toi, aller au bout de tes émotions. De tes sens. Et te transfigurer. Savoir qui tu es pleinement, au fond. Tout au fond. Vivre. Réellement. Et nous serons là pour t'accompagner.

Lily lui avait fait l'amour avec passion. Elle l'avait sondé avec ses questions sur lui, ce qu'il était, elle avait posé la graine en lui, pour la faire germer...

– Faire allégeance à Satan, dit-il du bout des lèvres avec un sourire désabusé.

Hugo sentait l'émotion qui s'accumulait derrière le barrage de protection qu'il s'était monté en urgence pour supporter la situation, elle clapotait au sommet, près de déborder. Lily précisa, mielleuse :

– Nous le préférons sous son autre nom, Lucifer. Tu sais ce qu'il signifie ? Il vient du latin *lux*, la lumière, et *ferre*, porter. Lucifer, le porteur de lumière. Ce n'est pas nous qui l'inventons, ce sont les racines mêmes de son nom, celui qui lui a été donné à l'origine. Car il en a toujours été ainsi de lui, ce sont l'histoire, les religieux et les dirigeants qui ont cherché à l'associer au pire, à la déviance. Alors même qu'il suffit d'écouter le sens de son nom pour distinguer la vérité. Lucifer, celui qui irradie, qui éclaire, en somme. Mais c'est symbolique, Hugo, tu n'es pas obligé de croire en lui, seulement de te soumettre à ses rites, car par eux tu entreras dans notre famille, par ses rites tu t'affranchiras de tes chaînes, tu deviendras vrai.

Hugo releva les yeux vers Lily.

– Tu me proposes de vous rejoindre ?

– Je te propose de devenir vrai. Un homme qui exprime tout son potentiel de vie.

Elle fit apparaître une pomme dans sa main, d'un rouge éclatant, et la lui tendit.

73.

Les flammes de la cheminée, dans le dos d'Hugo, se réfléchissaient sur la peau lustrée de la pomme.
— Pour commencer, tu n'as qu'à croquer, le tenta Lily. C'est le premier pas.

Une vague submergea le sommet du barrage interne que s'était construit Hugo et d'un geste il frappa la pomme qui roula sur la moquette.

— Tout ce qu'on a vécu toi et moi, c'était faux..., s'emporta-t-il.

Lily reprit sa main pour la serrer plus fort encore et vint coller son visage devant le sien :

— Non, Hugo. Nous nous sommes trouvés. Tu es un candidat parfait. Tu n'as aucune attache, tu es intelligent, tu *ressens* combien ce monde-là, à l'extérieur, est corrompu, c'est lui qui est faux, pas nous ! Toi et moi, ici, nous pouvons tant accomplir !

— Toi et moi..., répéta Hugo, désespéré.

Lily insista :

— Je suis née ici, et je suis allée me confronter au monde, là-dehors, je l'ai vu, injuste et destructeur. Une pyramide de mensonges, de tentations pour soumettre, forcer à travailler, à obéir, à se conformer. Des villes entières de fourmis aveuglées qui renient leurs désirs réels au nom d'un idéal et d'un modèle fallacieux qu'on leur rabâche. Ici tu pourrais être toi, penser comme tu le veux, assouvir tes désirs quels qu'ils soient, sans être jugé, tu seras élevé spirituellement par nos enseignements, sans malhonnêteté intellectuelle...

DePrigent compléta :

– Tu pourras t'adonner à ce que ceux de l'extérieur appellent des vices, et nous t'accompagnerons, car ils sont naturels, un chemin vers la grandeur, vers le développement d'un homme meilleur, supérieur !

Lily reprit le discours. Ils ne lui laissaient pas une seconde de répit avec leur matraquage :

– Les enfants reçoivent une éducation vraie, comme moi, comme JC, comme Ludovic... pour nous pousser à un épanouissement intégral, en adéquation avec nos désirs profonds, quels qu'ils soient. Il n'y a pas d'interdits, aucun, rien que des expériences pour s'élever.

– Vous manipulez les gens, murmura Hugo.

– C'est pour notre survie, et parce que dominer ces ignorants est une forme de pouvoir jouissif, tu n'imagines pas.

Hugo aperçut Exhell du coin de l'œil.

– Vous violez...

– Et si c'est un besoin pour toi ? répliqua DePrigent. Si tu le peux, sans aucune conséquence, si tu sens que cela va te permettre de mieux te connaître, d'accéder à des pans nouveaux de ton développement, pourquoi t'en priver ? Ces filles sont du bétail ! Et même ces hommes, si c'est ce que tu veux, des enfants ou des animaux, peu importe, seul compte ton désir, pour faciliter ton éclosion.

Hugo n'en revenait pas, il était anéanti par l'incrédulité, et le barrage en lui émettait des craquements sinistres depuis ses fondations. Dewitter reprit la parole :

– Ici tu seras absolument toi-même et poussé vers l'émancipation totale. Qu'elle passe par la violence, la drogue, le refus du système extérieur, de ses lois, ses obligations, sa morale, ses politiques et ses discours puritains, nous serons avec toi pour t'accompagner, sans mensonge. Une fois dans notre communauté, il n'y a plus que la vérité. Tu seras l'égal de chacun. Et nous te protégerons comme nous nous protégeons tous.

La tempête grondait sur les flots en amont du barrage.

– Alice ? Elle a servi à vos... rites, c'est ça ?

Lily pencha la tête. Et répondit plus fort, pour se faire entendre de l'assemblée, avec du reproche dans le ton :

– Alice, ça n'était pas prévu, c'est notre cher *Ludovic* qui n'a pas su se tenir, fit-elle, la mâchoire serrée de colère. Vois-tu, Hugo, pour que notre secret perdure, nous sommes obligés de nous imposer tout de même quelques limites, c'est le prix de notre survie. Mais Ludovic, lui, ne respecte rien sinon ses pulsions.

L'intéressé, abrité derrière l'écran de ses cheveux trop longs, n'avait toujours pas relevé le menton, comme si sa présence ici lui échappait, que tout ça n'avait aucun intérêt. Il daigna cependant lâcher :

– Tout l'hiver je l'ai reluquée. Tout l'hiver...

Exhell gloussa à nouveau :

– Et t'as craqué le dernier jour, ducon !

– Et Jina ? demanda Hugo. C'est toi, Exhell, pas vrai ? C'est toi qui l'as tuée !

Exhell le crucifia d'un regard dur :

– Tout de suite, les grands mots... J'ai, disons, bien *profité* de son joli corps. J'ai exprimé mes pulsions vraies. Et tu n'imagines pas ce que c'est. Les lois, le diktat des mœurs et toutes ces conneries n'existent que pour protéger les faibles, alors que nous ne sommes que pulsions. S'y adonner, c'est embrasser son humanité, c'est la voie vers le nirvana, mon pote !

Les flots de l'émotion cognaient au sommet du barrage, et déjà des filets d'eau coulaient, envahissaient les joues d'Hugo. Lily le prit dans ses mains pour le ramener à elle :

– Oublie la culpabilité, dit-elle, c'est une notion archaïque pour faire obéir. Alice et Jina n'ont aucune importance. Elles n'étaient que des moutons, elles ont seulement rencontré leur destinée plus tôt que prévu.

– La coupure du téléphone et la route bouchée à coups d'explosif, c'était vous.

– La situation dégénérait, nous devions jouer la montre, que toi et Jina n'alliez pas faire n'importe quoi. Nous avons mis un brouilleur de téléphone à la Tour. Nous ne pouvions prendre aucun risque.

Hugo n'y voyait presque plus rien à cause des larmes.

– Il n'y a jamais eu de camion de livraison prévu aujourd'hui, pas vrai ?

Lily confirma d'un hochement coupable.

– Je suis désolée. Nous n'avions pas le choix...

– Tu... tu me disais d'appeler les flics, se souvint Hugo sur le point de se disloquer.

Lily fit une moue contrariée.

– Je devais prêcher le faux pour connaître tes intentions. Te contrôler. Je ne t'aurais pas laissé faire. Je ne le pouvais pas. Et je devais donner le change, ne pas éveiller ta suspicion. Parfois, j'ai dû gagner du temps, pour prévenir la communauté de tes plans, c'est vrai, j'ai même préféré prendre les devants une fois ou deux, comme lorsque j'ai évoqué les disparus de Val Quarios, je me doutais que tu finirais par le découvrir, il fallait te fournir certains éléments en amont pour nourrir notre relation, t'accompagner pour que la situation ne nous échappe pas. Mais ça n'était pas contre toi, il me fallait juste maintenir une forme d'équilibre et de précautions. Tu comprends ?

Le barrage se fissurait de partout, une eau noire commençait à gicler. De la bile – ou de la boue, Hugo ne savait plus – remontait dans son œsophage, face à l'ampleur de la trahison de Lily.

– Tu m'as manipulé ! Tu t'es servie de ce que je ressentais...

Bouillonnante, Lily persista :

– Non, j'étais vraie avec toi ! Je devais seulement m'assurer que tu n'allais pas tout compromettre. Tu étais intenable, depuis le premier jour, tu n'as pas arrêté de poser des questions, de vouloir tout savoir, sans qu'aucune de nos techniques fonctionne pour te calmer, mais j'étais sincère dans ce que j'éprouve pour toi.

– Dès le début je t'ai crue... Tu m'as fait croire que tu t'angoissais pour Alice... Des mensonges. Partout.

– J'étais véritablement inquiète pour Alice ! Je craignais que...

Lily adressa un rapide coup d'œil glacial à Ludovic.

– Je te jure que j'ai été vraie avec toi, insista-t-elle à l'intention d'Hugo, aussi souvent que possible, et je pourrai l'être pleinement, comme aucune femme ne l'a jamais été pour toi, si tu me fais confiance.

– Une illusion, murmura Hugo pour lui-même.

– Non, Hugo, la véritable illusion, c'est celle de la société d'où tu viens ! Eux sont aveuglés, emprisonnés dans leur carcan d'interdits toujours plus nombreux. Je te propose justement l'illumination. Te débarrasser de cette illusion de liberté, de vie, de responsabilités. Tous des pantins.

Le barrage explosa. Une mer d'émotions qu'Hugo ne pouvait plus retenir se déversa en arrachant tout sur son passage. Il repoussa Lily violemment, et se leva pour faire jaillir de l'intérieur de sa veste ce qui ressemblait à une matraque blanche. Un boudin d'explosif qu'il avait subtilisé la nuit où il était allé remettre le pull d'Alice dans le local. Il ne le quittait plus depuis. C'était son assurance en cas d'attaque mais il n'avait jamais envisagé de devoir s'en servir de cette manière. De l'autre main il se pencha pour tirer sur la poignée de la vitre de la cheminée, qu'il ouvrit.

Personne n'avait eu le temps de réagir.

– Tu n'as pas de détonateur, fit JC non loin. Je les ai récupérés ce matin dans le coffre, au cas où...

Hugo les guettait tous d'un œil frénétique, il prenait garde à ce que personne n'approche.

– Je n'en ai pas besoin. Si vous bougez je le jette dans le feu et nous partirons tous rejoindre votre cher Lucifer.

Il se doutait qu'il faudrait au moins cinq à dix secondes le temps que l'explosif réagisse au feu dans sa membrane protectrice, mais il était prêt à se battre pour les gagner. Il n'était plus lui-même, plus en état de réfléchir, de penser à sa propre survie.

Une nouvelle silhouette avait fait son apparition sur la mezzanine. Le chauffeur de taxi. *Il était planqué là pour m'intercepter si je tentais de fuir, le salaud !*

Toute la grande famille réunie. Ils avaient tout prévu. Sauf sa paranoïa extrême.

Lily rampait en arrière pour s'écarter. Comment avait-elle pu lui faire ça ? Il avait cru à chaque geste, chaque mot, chaque caresse... Le raz-de-marée emportait tout en lui.

DePrigent semblait lui, au contraire, s'amuser de la situation.

– Tâche de ne pas trop en vouloir à Lily, dit-il, après tout, elle n'a fait que ce qu'elle pensait être bien. Pour tous. Sais-tu comment on appelle le complice du magicien lorsqu'il effectue un tour ? Un baron. Le baron, c'est cette personne assise à côté de toi, dans la salle, qui te paraît aussi étonnée que tu l'es, qui semble être prise au hasard par le magicien, et qui doit avoir la réaction nécessaire à la production du tour. Lily n'était que le baron du tour que nous t'avons tous réalisé.

Hugo enfonça sa main vers la chaleur régulière de la cheminée qu'il avait ouverte, sans perdre de vue l'assemblée.

– Vous allez tous reculer, ordonna-t-il.

Mais DePrigent, sans se démonter, fit un pas vers lui :

– Réalises-tu l'incroyable tour de magie auquel tu viens d'assister ?

– Reculez, j'ai dit !

– Lorsque tu tournes la tête dans le théâtre pour constater que tu n'étais entouré que de barons ! Que tu as admiré le tour de magie le plus exclusif au monde ! Tu étais en réalité le seul et unique spectateur de toute la salle.

DePrigent était presque à son niveau et Hugo ouvrit les doigts pour ne plus tenir le boudin d'explosif qu'entre son pouce et son index.

– Je vais le lâcher, prévint-il.

DePrigent souriait à pleines dents.

– Je pense que tu en es capable. Mais tu n'as pas retenu la leçon, mon garçon. Tout, ici, n'est qu'illusion.

Un fourmillement remontait le long de l'échine d'Hugo. Une peur glacée à mesure que le doute s'insinuait. DePrigent désigna la cheminée :

– Ne t'es-tu jamais demandé pourquoi il y avait toujours un feu dans l'âtre ? Ne l'as-tu jamais inspecté de près ?

L'assemblée entière se mit à sourire. Hugo sentait la chaleur continue et régulière sur sa main. Alors il tourna la tête en comprenant. Un radiateur pulsait l'air chaud au-dessus d'une seconde vitre qui diffusait l'image en relief d'un feu avec un réalisme confondant. Il fallait s'accroupir devant pour que soit révélé l'effet d'optique. Des haut-parleurs servaient au crépitement monotone.

– C'est une télé en 3D, Hugo, fit DePrigent en riant, une illusion basique. Mais, je le crains, fatale.

À ces mots, JC fondit sur le jeune homme. Puis tous les autres se précipitèrent sur lui à leur tour et ils le frappèrent et l'étouffèrent jusqu'à ce que les flammes soient la dernière chose qu'il puisse voir.

Des flammes qui dansaient et brillaient comme la promesse d'un monde meilleur.

74.

La bouche de l'enfer brûlait d'un bleu magnifique. Elle cliquetait et s'embrasait par intermittence, une onde de chaleur venant caresser la peau d'Hugo en même temps qu'un parfum soufré de gaz inondait ses narines.

C'est ce qui le réveilla. Face à la chaudière dans le sous-sol du vaisseau-mère. Il se tenait allongé au centre du pentagramme. Ses membres pris dans des bracelets de cuir épais reliés à des chaînes, elles-mêmes passées dans les crochets scellés au ciment, ne lui laissant que peu de marge de mouvement.

Une masse couverte d'un drap partageait le pentagramme avec lui, et treize silhouettes vêtues de toges noires formaient un cercle tout autour.

Il y avait des bougies d'ébène allumées un peu partout. D'une même voix, tous les membres du cercle récitèrent leur prière : « Gloire à toi Lucifer, porteur de lumière, nous te chérissons pour ta protection, et ton illumination. Nous sommes tes enfants, tes antéchrists, et ensemble, nous blasphémons pour nous affranchir des barrières terrestres. »

Hugo avait la respiration sifflante, mal aux côtes et à la gorge. Il essaya de se redresser et la douleur fut plus intense encore.

Une présence surgit à ses côtés pour l'aider. Il émanait d'elle un parfum citronné qui souleva son âme pendant une seconde à peine, avant que son cœur ne se délabre. *Lily.* Ou devait-il désormais l'appeler Lilith ? La femme qui ne s'était pas soumise. *Lilith, la fille de Satan.*

Tout était si évident à présent. Il aurait pu tout comprendre s'il avait été attentif. Mais il était trop tard...

Lily le fit s'asseoir, puis le mit sur ses genoux.

– Tu peux encore réussir l'épreuve, lui murmura-t-elle à l'oreille.

En face, JC tira d'un coup sec sur le drap pour révéler le corps de Jina, nue, roulée en boule aux pieds d'Hugo. Lorsqu'il perçut sa poitrine se soulever et qu'il comprit qu'elle était vivante, Hugo eut un bref sursaut d'espoir. Il n'était plus seul. Il avait anticipé le pire pour elle. Puis il vit les marques sur ses bras, ses cuisses. *Ses seins.* Des lacérations rouges, profondes. Quels sévices abjects lui avaient-ils infligés ?

Avant qu'Hugo n'ait pu réaliser ce qui se passait, Lily lui avait mis un long couteau entre les mains et reculait pour ne plus être à sa portée. Les lueurs de bougies qui émanaient du sol soulignaient encore plus la maigreur de Dewitter et les os de son visage squelettique. Il examinait Hugo de ses yeux fiévreux.

– Adonne-toi à tes passions, à tes pulsions les plus folles, ordonna-t-il, révèle-toi à toi-même et par ce sacrifice entre dans notre cercle.

Jina reprenait lentement ses esprits, elle aussi entravée. Dès qu'elle les vit, elle hurla de terreur, et tira sur ses chaînes à s'en faire saigner les poignets.

– Prends-la, Hugo ! s'écria Dewitter. Bois son sang, mange son âme, et elle t'appartiendra pour toujours, elle sera en toi et tu seras l'un des nôtres !

Sidéré, Hugo observa la lame tranchante qu'il tenait devant lui. Jina se mit à prier pour sa vie.

– Hugo ! Non ! Je t'en supplie ! Oh mon Dieu... Non !

Dans sa gorge retentissait un cri dément, désespéré, et Hugo doutait que Jina puisse s'en remettre un jour, quand bien même elle survivrait à cette cave. Et il doutait pour lui aussi. Au-delà de ses blessures, groggy par la situation, il était également étrangement déconnecté d'une partie de lui. Comme s'il... *planait*. Les mots de Lily se détachèrent de la litanie :

— Commets ce péché, Hugo, et par là, rejoins-nous. La plupart d'entre nous ne sont pas des tueurs. Tu n'auras pas à recommencer si tu ne le veux pas. Mais tu dois prouver ton appartenance, tu dois déchirer le voile de la morale. Ce sang à ta merci, c'est ton lien avec l'autre monde. Tu dois le rompre, tu dois le répandre.

Hugo n'était pas loin de perdre conscience ou sa raison, il ne savait plus. Une ombre massive et furtive passa dans le fond de la pièce. Et lui seul l'avait aperçue. Une ombre avec des pattes immenses. *Elle va les dévorer. Tous, un par un, pour rassasier sa faim monstrueuse...*

— Hugo, accomplis le péché ultime, l'incita Dewitter, transcende ta condition d'homme modelé, prends cette liberté ultime !

Jina hurlait de plus belle, les jambes repliées contre elle, verrouillées par ses bras du mieux que ses chaînes le lui permettaient, un masque misérable de larmes et de morve couvrait son visage.

— Aidez-moi ! vociférait-elle. Je vous en conjure ! AIDEZ-MOI !

— Hugo ! Brise tes chaînes morales et tu briseras celles-ci !

Le cercle récita son incantation : « Gloire à toi Lucifer, porteur de lumière... » Jina secouait la tête comme une folle. Les flammes de la chaudière ronflèrent en jaillissant, teintant la lame devant Hugo de reflets hypnotiques. Et dans cette lame, il vit à nouveau la grosse forme de chitine filer sur ses huit pattes à l'insu des adeptes.

« Gloire à toi Lucifer, porteur de lumière... »

— Je t'en supplie, Hugo...

Jina avait des filaments baveux plein la bouche.

— Fais-le ! tonna une voix qu'il ne reconnut que trop bien.

Lily l'avait amené là. En lui ouvrant son corps et son cœur, elle l'avait incité à la vigilance, à l'action, pour leur sécurité, parce qu'il tenait à elle. *Non, c'est ma faute. C'est moi, et moi seulement. Je suis venu à Val Quarios pour moi, et j'ai toujours été fidèle à ce que je suis, pour me retrouver.* Et c'était ce qui l'avait entraîné ici, condamné au meurtre, à une vie de fanatique, s'il voulait que la sienne se poursuive. Il connaissait l'enjeu, il n'était pas dupe.

Il s'était perdu une première fois, et il avait fallu une rupture brutale pour qu'il comprenne, qu'il ait une seconde chance. En quelques semaines ici, face à son vrai lui, il s'était retrouvé. Il avait repris confiance, et plaisir.

« Gloire à toi Lucifer, porteur de lumière… »

Jina tomba à genoux devant lui dans le cliquetis des entraves, elle pleurait en l'implorant. Hugo était fier de ce qu'il était. Et ce qu'il était ne pouvait accomplir ce qu'ils exigeaient de lui.

Il avait retrouvé son âme. Eux n'en avaient plus. Ils y avaient renoncé. Ainsi qu'à tout ce qui faisait d'eux des êtres humains parmi d'autres. Une société.

L'araignée avait disparu. La bête en lui n'était pas ou n'était plus.

Alors il lâcha la lame, qui tinta sur le sol comme une sentence de mort.

Paulo attrapa le couteau et le rendit à Lily qui secouait la tête. Son expression changea, de l'incitation, de l'espoir, elle se referma en une froide évidence. Une déception amère.

Jina sanglotait en enfonçant ses ongles dans le ciment, résignée. Elle avait compris.

Exhell le premier fondit sur elle, et planta un objet dans son épaule, puis dans son bras, avec un acharnement bestial où transpiraient une frustration et une haine ancienne. Ludovic et Merlin suivirent, s'abattant sur leur proie avec des grimaces de démons.

Puis Hugo sentit qu'on le tirait de tous côtés, qu'on le frappait, que des pointes déchiraient sa peau, pénétraient sa chair, le transformaient peu à peu en une fontaine de sang chaud dans laquelle ils s'inondaient avec délectation.

Lily apparut au-dessus de lui. Elle le fixait, le couteau en main. Lorsqu'elle fourragea dans son ventre avec son arme, Hugo fut terrassé par la douleur. Il eut un flash. Celui de tous ces gens qui hurlaient pour toujours gravés dans les troncs sous le manoir d'un homme qui n'avait jamais existé. Quelle était la part du cauchemar ? De la réalité ? Lily enfonça sa figure en lui et Hugo hurla. Quand elle se redressa, elle arborait une parure sanglante qui révélait son véritable visage. Lilith, princesse des Enfers.

– Tu seras avec moi, dit-elle.

À la place de Lily, Hugo crut qu'une autre tête plus grosse, noire et horrible était apparue, mais avant même qu'il ne puisse en discerner les contours elle avait disparu. Et Lily continuait :

– Tu seras avec moi, aussi longtemps que je vivrai.

Le sang d'Hugo coulait sur son menton. Elle avait le regard halluciné, portée par une extase primitive. À nouveau ses traits se brouillèrent un court instant.

– Ton cœur et ton âme, ajouta Lily.

Elle se pencha jusqu'à ce que ses lèvres effleurent celles d'Hugo. Son propre sang lui goutta dans la bouche.

– Je vais...

À la place de Lily, Hugo vit alors la gueule hideuse de l'araignée géante qui l'avait traqué depuis tout ce temps. Elle lui parla d'une voix étrangement douce, une voix qu'il avait aimée :

– ... te manger.

Et les ténèbres l'avalèrent.

75.

Les branches des sapins et des mélèzes se soulevaient à la cadence d'un organisme qui respire. Un pouls alangui.

Les prairies autour de la station tanguaient paresseusement dans la brise. La nature tout entière se taisait, écoutait. Le chant des talismans dans les hauteurs, qui descendait du plateau. Le murmure des os.

Ludovic venait de suspendre sa nouvelle guirlande, ornée en son centre d'un beau crâne de choucas. Celui-là, il avait eu du mal à l'attraper, il l'avait attendu, il l'avait *mérité*, songeait-il. Un peu comme Alice. Cette garce qu'il avait piégée la veille de son départ. Lily lui en avait voulu. Elle l'aimait bien cette Alice. Au-delà de ça, Lily n'aimait pas ne pas savoir, être tenue à l'écart, et l'impulsion de Ludovic l'avait froissée. Heureusement, les autres l'avaient couvert ensuite, vis-à-vis d'elle qui avait fini par s'en remettre, et surtout pour éviter qu'Hugo ne découvre tout. Ce fouineur. Pour rien au monde Ludovic n'aurait renoncé à Alice. Même si sa disparition avait semé la zizanie et avait lancé Hugo sur les rails de la vérité, Ludovic s'en fichait. Pendant sept mois, il avait résisté à son besoin de la posséder. De la détruire. Sept longs mois de frustration.

L'odeur de cette forêt où il venait se perdre depuis son plus jeune âge l'avait toujours fasciné. Parfums des aiguilles, de la mousse et de la terre. Sa mère lui avait appris à fabriquer les talismans. C'était son idée. Pour se protéger du regard des anges, « ces traîtres », elle disait. Les anges étaient comme tous les gens de l'extérieur, des pions dociles et délateurs. Au service d'un système asservissant ou de Dieu, c'était la même chose. À six ans déjà, Ludovic fabriquait sa première tresse mortuaire. C'était avant qu'il ne voie son père tuer sa mère à coups de barre à mine. Avant qu'elle commence à remettre en question leur présence ici, dans la communauté, et qu'elle menace de quitter Merlin. Ludovic pensait qu'elle l'avait mérité, même si les images le hantaient encore. Ils étaient heureux avant. Sa mère avait tout fichu en l'air avec ses doutes. Il la détestait pour ça. Comme il détestait toutes les femmes depuis. N'était-ce pas à cause d'une femme que l'humanité avait été chassée du paradis ?

L'odeur de la sapinière n'était plus la même désormais. Sa terre gorgée par les fluides corrompus. À cause de sa mère, il avait lui aussi perdu son paradis. Obligé de le salir. Ludovic écrasa une larme au coin de son œil – il ne savait pas pourquoi elle était là. Il ne devait plus traîner, il devait repasser prendre ses outils pour sculpter le bois et rejoindre son père pour l'aider. Il y avait du travail.

Armand s'affairait dans ce qui avait été la chambre d'Hugo. Il démontait la dalle du faux plafond pour reprendre l'enceinte qu'ils avaient dissimulée dans la bouche d'aération. Elle était reliée à un petit système qui pouvait diffuser des fichiers audio à distance. C'était une idée de Dewitter. Lancer des messages pendant le sommeil d'Hugo pour le conditionner, susciter des cauchemars lorsqu'ils voulaient le fatiguer, l'épuiser moralement afin d'avoir une meilleure emprise sur lui. C'était un test, inspiré de méthodes d'hypnose, et il n'avait pas été probant mais méritait d'autres expériences, plus tard. Un perfectionnement de la technique. Au final, ils ne savaient pas bien quelle influence réelle cela avait eu sur le garçon. Armand se demandait même si ça n'était pas à cause de ce truc qu'Hugo avait été un tel emmerdeur. Presque deux mois à fourrer son nez partout, à questionner, à espionner… C'était rare, heureusement, un emmerdeur pareil. Celui-là, ils ne l'avaient pas bien sélectionné. Pas assez docile. Quoique ça aurait justement pu être un avantage, s'il les avait rejoints.

Non loin, au sous-sol de la cage d'ascenseur du bâtiment C, Paulo récupérait lui les enceintes et le lecteur MP3 qui avaient servi aux murmures. Des chuchotements de femme, ou des râles enregistrés. Encore une idée de Dewitter pour fendiller les fortes têtes comme Hugo. Lui faire croire qu'il entendait des voix. L'abîmer. Le perturber. Jusqu'à ouvrir des failles mentales, jouer avec la lisière du morcèlement, les prémices de la folie, le rendre plus souple, plus perméable aux ordres, casser les résistances pour mieux contrôler l'individu. Hugo avait été différent. Du genre à s'élever dans l'adversité. À se révéler. Au point de passer de la catégorie victime potentielle à candidat plausible. D'ici un an, avant l'été suivant, tout serait à nouveau installé, au cas où, mais en attendant, il n'était pas très prudent de laisser traîner ce genre de matériel. Des gendarmes pouvaient débarquer, s'intéresser aux disparitions. Ça ne serait pas la première fois, ni la dernière, mais l'endroit était réputé pour attirer les gens fragiles, comme certaines falaises de Normandie séduisaient les candidats au suicide. Ensuite, Paulo appellerait Armand pour qu'il défasse le boîtier électronique qu'il avait rajouté, celui qui permettait de mettre automatiquement l'ascenseur en panne lorsqu'on l'utilisait, ce qu'Hugo n'avait pas manqué de faire, un jour de flemme. Tous les moyens étaient bons pour briser psychologiquement les récalcitrants, pour les attendrir jusqu'à en faire ce qu'ils voulaient. Ça n'avait pas été d'une efficacité redoutable, mais avait contribué à l'ébrécher. Plus pratique pour étudier son caractère. L'analyser. Définir quoi en faire.

Dans la cuisine commune, JC passait de l'eau de Javel dans le placard qu'utilisait Hugo pour stocker sa nourriture. Il ne faudrait pas qu'on y retrouve de microscopiques fragments de LSD, cette puissante drogue hallucinogène que l'équipe se relayait pour venir injecter dans ses aliments. Ce n'était pas très prudent de la part d'Hugo, que de laisser une large partie de ses provisions ici, aussi accessibles. Mais aurait-il pu se douter de quelque chose ? Le LSD lui avait été administré progressivement, et par périodes, juste ce qu'il fallait pour le rendre de meilleure composition, qu'il soit un peu plus détaché de ses émotions lorsque ça les arrangeait, même si à l'usage la drogue avait pu lui causer quelques « visions » plus que troublantes. Des « délires », avait-il dû se dire. Des hallucinations aussi réalistes que si elles étaient vraies, lorsque la dose était trop forte.

C'était DePrigent l'adepte des drogues, il en connaissait un rayon pour en avoir beaucoup consommé dans sa jeunesse, avant que de Treille ne le sauve, lui ouvre la voie d'une utilisation plus maligne. DePrigent était convaincu que le LSD assouplissait le caractère, abaissait la vigilance. Hugo avait eu une sacrée tolérance à cette saloperie, réalisa JC, et il avait parfois fallu forcer sur la quantité pour qu'il se calme. Quel gâchis...

Allongé sur un canapé de la cantine, Exhell terminait de vérifier son historique. Il avait parfaitement tout nettoyé. Aucune « empreinte digitale de mon passage », comme ça l'amusait de dire. Plus rien sur le forum où il avait fait connaissance avec Hugo à l'époque, lorsque le jeune homme lui confiait son mal-être, et qu'Exhell avait fini par l'orienter vers leur petite annonce. Rien sur toutes les recherches, nombreuses, qu'il avait effectuées sur le Net à propos d'Hugo, pour vérifier quel genre d'homme il était. Un gars solitaire, sans amis véritables, sans famille proche, qui trimballait son désespoir dans le virtuel comme si cela avait pu le rendre moins consistant. Un candidat idéal pour eux, ou une proie parfaite, c'était selon.

Pour Jina, c'était déjà fait. Paix à son âme... et à son putain de corps qu'il avait tant aimé désirer. La posséder, en comparaison, avait été décevant. C'était souvent ainsi. La jouissance la plus forte, estimait Exhell, était celle que l'on fantasmait, pas celle de la concrétisation. C'était pour ça qu'il était plus heureux sur Internet, là où tout n'était que fantasmes et projections.

Le vieux Max était au sous-sol du vaisseau-mère. En train d'inspecter de près la nouvelle chape de ciment dans la pièce de la chaudière. Il souhaitait bon courage aux éventuels flics, aussi doués et malicieux soient-ils, pour ne serait-ce que penser à venir ici, s'ils espéraient y trouver la moindre trace de sang. Car tout était maintenant noyé dans le ciment frais. Indétectable.
Et le seul pentagramme qu'ils pouvaient encore trouver, c'était celui que formait la station, mais pour ça, encore fallait-il prendre de la hauteur, et qui, aujourd'hui, en était capable ? À une époque où les gens de l'extérieur passaient plus de temps le nez sur leurs godasses, leur télévision ou leur téléphone ?

Assise à son bureau, Adèle faisait défiler les dessins d'enfant qu'elle avait moissonnés cette saison. Assez peu finalement. Trop peu. Par lesquels commencerait-elle ? Probablement celui, très naïf, signé d'une petite Rose, représentant ses parents se tenant par la main, une petite fille au milieu. Trop de sourires. Adèle utiliserait le pendule pour commencer, pour cerner les énergies rattachées aux coups de crayon. Si le pendule en révélait assez, alors Adèle procéderait à son rituel, un soir, à la bougie. Un exercice antique, lu dans un ancien livre de De Treille, supposé permettre de *boire* l'énergie de l'enfant. Pour la fortifier. Décennie après décennie, Adèle s'était convaincue que c'était efficace, que son teint, sa forme et son acuité mentale provenaient de là. Elle se nourrissait des influx vitaux des gamins à travers leurs dessins qui servaient de vecteurs entre eux et la secrétaire. Les enfants mettaient tout ce qu'ils étaient dans leurs œuvres, candides et généreux. Une empreinte d'eux-mêmes qu'Adèle s'empressait de suçoter jusqu'à la dernière goutte… Qu'advenait-il des jeunes dessinateurs par la suite ? Adèle n'en savait rien, et s'en fichait. Elle soupçonnait que ça n'était pas totalement sans conséquence, que les gamins grandissaient ensuite avec un vide. Après tout, rien ne se créait ou ne s'éliminait véritablement du monde, n'est-ce pas ? Tout n'était que recyclage. Si elle aspirait une part d'eux, même lointaine, ils titubaient forcément de ce manque. Cela donnait-il des dépressifs ? De futurs suicidés ? Qu'est-ce que ça pouvait bien lui faire en définitive ? Adèle en avait besoin. Alors pourquoi s'en priver ? Chacun ses problèmes. Ils n'avaient qu'à ne pas être du mauvais côté. Ici c'était la terre des illuminés. De ceux qui savent. Qui peuvent. Qui prennent. Qui s'élèvent. Elle tapota fièrement la petite pile de feuilles. Il n'y en avait certes pas énormément, mais quand même assez pour tenir tout l'été.

Dans la pièce mitoyenne, DePrigent et Dewitter bavardaient. Ils préparaient la suite. L'hiver à venir. Plus de trois mois avant de voir débarquer de nouvelles têtes. Patience. Cette année, les recrues estivales n'avaient pas fait long feu. C'était dommage. C'était ainsi. Ils en avaient tout de même bien profité. De Treille aurait été fier d'eux.

Ils iront rendre hommage à sa dépouille ce soir, passer de l'onguent pour préserver son enveloppe. En souvenir de son enseignement. De la porte qu'il a ouverte dans leur esprit. Des chaînes qu'il a brisées.

Les gens sont bêtes à l'extérieur, se dit Adèle. Disciplinés par le mensonge. S'ils savaient le bonheur que c'est de vivre pleinement, d'assouvir tous ses besoins !

Éole de Treille a apporté la lumière.

Lux ferre. Lucifer.

« Gloire à toi Lucifer, porteur de lumière... »

Il est bien revenu sur terre finalement. Il a montré la voie.

DePrigent et Dewitter rient à une plaisanterie qu'Adèle n'a pas entendue. Nous sommes si heureux, pense-t-elle.

Il n'y a qu'une seule personne à Val Quarios qui pleure véritablement.

Elle s'appelle Lily. Lilith de son vrai prénom. Elle retire les gants en latex qu'elle a utilisés pour taper sur le clavier de l'ordinateur d'Hugo. Pour inventer son journal intime. Lui qui rêvait d'attaquer un nouveau roman, elle vient de faire de son existence un roman. Et sans y laisser son empreinte, ce qui, à bien y réfléchir, est ironique et cinglant.

À la lecture de ses fausses confidences, la fragilité mentale d'Hugo est évidente. Il n'était pas bien en arrivant ici, incapable de se remettre de sa rupture. L'isolement dans la montagne n'a fait qu'aggraver son état. Et puis cela a peu à peu viré à l'obsession. Sur une autre femme qui lui rappelait son ex. Jina. Des centaines de photos volées qu'Exhell a transférées de son ordinateur à celui d'Hugo peuvent en témoigner. Une obsession maladive. Le délitement est palpable jour après jour dans son journal, la syntaxe est de pire en pire, il avoue ne plus dormir. Le journal s'achève sur son besoin de « corriger » ce qui ne va pas. Il va entraîner Jina dans une longue promenade, plus haut dans la montagne, il va trouver une falaise surplombant un bois, pour « corriger ce qui ne va plus ». Jina incarnera son ex. Les femmes. Et lui la mort. Il veillera à le faire dans un coin perdu, pour qu'on ne les retrouve jamais. Si les flics veulent consulter son ordinateur, voilà ce qu'ils y liront. Ce sera crédible. Particulièrement lorsque les rares personnes qui ont connu Hugo avant son départ pour Val Quarios, à commencer par la fameuse ex en question, confirmeront qu'il allait mal. Qu'il faisait une « petite » dépression.

Lily recule dans sa chaise. Elle ne lui a pas toujours menti. Elle aurait préféré. Mais on ne peut pas en permanence contrôler ses sentiments, n'est-ce pas ? Alors elle pleure.

Les couloirs de la station sont silencieux. De ce silence total qui avait inquiété Hugo à son arrivée. La lumière du soleil y tombe de biais, à cause de son orientation plein nord. Val Quarios va demeurer calme jusqu'à l'automne. Ils se débrouilleront sans nouveaux renforts extérieurs cette année. Tant pis. Hugo et Jina ne peuvent être remplacés si vite, ce serait imprudent. Par la faute d'Hugo, tout a été trop vite cette fois. En octobre, les saisonniers afflueront, avant les touristes.

Une petite station familiale qui ne veut pas grandir. Surtout pas. Ne pas attirer trop d'attention. Elle subvient à ses besoins ainsi, et le flux est suffisant pour qu'on puisse se permettre d'y perdre une ou deux personnes de temps en temps. C'est bien assez comme ça. Une ou deux personnes pour contribuer à l'élévation de la communauté. À ses rites qui raffermissent le lien.

Au prochain printemps, il faudra ressusciter la légende de Lucien Strafa, pour le cas où les nouveaux employés se montreraient trop curieux. Attirer leur attention sur la main droite. Qu'ils ne regardent pas ce que fait la gauche pendant ce temps. Cette main gauche qui observe. Qui utilise cette *main-d'œuvre* nécessaire. Qui analyse. Jusqu'à savoir qui elle va recruter et qui elle va sacrifier. Et bien entendu, la très large majorité n'entre pas dans la première catégorie. Hélas. Car un peu de sang neuf fait toujours du bien. Une communauté ne peut survivre que si elle assure son avenir, sa reproduction. Et c'est si rare, de nos jours, de trouver un esprit progressiste et ouvert. Le monde se sclérose mentalement, il se replie sur lui-même, sur de vieilles convictions morales, sur son nationalisme, son intégrisme spirituel, son individualisme... Mais à Val Quarios, on s'en moque. Cela fera plus de bétail pour alimenter leurs besoins. Le bétail c'est vital. Même les enfants le savent : il faut bien manger pour devenir fort. Intelligent. Meilleur.

Pour l'heure, les branches des sapins et des mélèzes se soulèvent à la cadence d'un organisme qui respire. Un pouls alangui. À moins que ce ne soient les soupirs de la honte. Car juste en dessous, il y a tous ces visages impassibles, figés dans les troncs.

Non loin de celui d'Alice, Jina a fait son apparition. Et plus haut, Hugo. Son regard est presque vrai. Un peu de sève coule sous l'ourlet de sa paupière végétale, comme une larme. Derrière, Merlin n'a pas encore terminé.

Bientôt Hugo hurlera pour l'éternité.

Épilogue

Tout le monde n'a pas la chance de pouvoir repartir de zéro. C'est ce que Marie se dit en déposant sur la tablette devant son siège le roman qu'elle n'arrive pas à lire.

La plupart des gens sont malheureux, ou en tout cas pas pleinement épanouis dans leur vie. Leur couple est tiède, il est « pratique ». Ou bien c'est leur job qui les use, aspirant progressivement leur énergie, autant que leurs rêves d'adolescents. Mais combien osent ou peuvent tout plaquer pour tenter de recommencer ? Passé la trentaine, chaque choix devient soit un clou de plus pour refermer son propre cercueil, soit une marche nouvelle pour s'élever. Le problème, c'est qu'il faut du courage pour se rendre compte qu'on fait les mauvais choix. Encore plus pour renoncer à ce qu'on a déjà construit.

Marie, elle, n'est pas passée loin de l'autoroute pour la routine, celle qui fait qu'on ne réalise même plus la nature de chacun de ses choix. Et puis, heureusement, un beau matin, sa boîte a déposé le bilan. Comme elle n'avait pas le malheur d'avoir un mec – ou une nana d'ailleurs, elle n'avait jamais totalement renoncé à cette orientation-là –, l'autoroute s'était rapidement transformée en petite départementale truffée de nids-de-poule. Et Marie avait constaté, avec effroi, qu'elle était parsemée de clous. Du modèle large et long. De quoi crever à tout moment.

La magie des réseaux sociaux, des rencontres qu'on y fait, et elle rendait son meublé de location pour grimper à bord de ce train pour nulle part. Avec tout un été de possibles devant elle. Des espoirs.

Lorsque le train s'arrêta en gare de Montdauphin-Guillestre dans un crissement de freins interminable – on dirait un avertissement, plaisanta-t-elle –, la première chose qu'elle remarqua fut la petite gare aux volets vert pâle dans ce décor de montagnes vertigineuses.

Puis elle vit l'homme qui l'attendait sur le quai. Il est charmant, se dit-elle. Un sourire sûr. Autant que son regard est pénétrant. Il lui tendit la main.

– Bienvenue à Val-Quarios. Je m'appelle JC.

Des espoirs, se répéta Marie. Des espoirs…

L'illusion

Remerciements

À ma famille, en premier lieu ma femme, première lectrice, aux remarques si justes. Ami(e)s lectrices, lecteurs, si ce livre est un peu meilleur, c'est à elle que vous le devez. Ma femme que je remercie de mon cœur et de mon âme (dans ce roman ça n'est pas anecdotique !), qui fait également tourner le monde pendant que je vais me perdre là-haut dans ma montagne. Je l'aime aussi pour ça. Mais pas seulement. Elle *me* rend meilleur.

Mes enfants qui, plus grands, se souviendront que leur papa était tout le temps là à la maison, pendant leur enfance, mais que sa tête, elle, était parfois sur une autre planète, surtout lorsqu'il passait autant de temps enfermé dans son bureau. J'espère que ce livre vous rendra fiers, et donnera du sens à mes absences. J'avais besoin de le sortir de moi. Merci de m'avoir accompagné pour me faciliter la tâche.

Merci à toute l'équipe de mon éditeur Albin Michel. Dans un périple comme celui-ci, les erreurs peuvent s'accumuler « à la vitesse des emmerdes », et ce sont eux qui m'aident à les traquer, à les corriger, avec, en première ligne, Caroline, que je remercie pour son soutien indéfectible. Même lorsque je lui raconte, pendant un déjeuner en septembre, le nouveau roman sur lequel je me lance, et que le livre que je lui rends en juin n'a plus rien à voir ! Merci de me soutenir dans ma création, mes besoins d'auteur.

Merci à Richard, mon guide, attentionné et toujours de si bon conseil.

Et enfin merci à toutes les équipes qui fabriquent mes romans, qui leur donnent corps, et permettent de faire le lien entre vous, lecteurs, et moi. Sans eux, il n'y aurait que des mots dans un coin de mon bureau.

Ah, une dernière chose, vous l'aurez compris, si vous tombez un jour sur un dessin d'enfant abandonné ou oublié, ne le laissez pas traîner, on ne sait jamais dans quelles mains il pourrait finir...

Cela n'a rien à voir avec cette histoire, quoique... Mais si vous avez un peu de temps, c'est important, allez regarder ce que l'Unicef fait pour les enfants du monde, ils sont notre essence : www.unicef.fr.
Je les soutiens.

Venez me raconter ce que vous avez pensé de cette lecture, sur Twitter : @ChattamMaxime ou sur mon compte Facebook : Maxime Chattam Officiel.

À bientôt.

Maxime Chattam,
Edgecombe, été 2020

DU MÊME AUTEUR

Aux Éditions Albin Michel

Le cycle de l'homme :
LES ARCANES DU CHAOS
PRÉDATEURS
LA THÉORIE GAÏA

Autre-Monde :
T. 1 L'ALLIANCE DES TROIS
T. 2 MALRONCE
T. 3 LE CŒUR DE LA TERRE
T. 4 ENTROPIA
T. 5 OZ
T. 6 NEVERLAND
T. 7 GENÈSE

Le diptyque du temps :
T. 1 LÉVIATEMPS
T. 2 LE REQUIEM DES ABYSSES

LA PROMESSE DES TÉNÈBRES
LA CONJURATION PRIMITIVE
LA PATIENCE DU DIABLE
QUE TA VOLONTÉ SOIT FAITE
LE COMA DES MORTELS
L'APPEL DU NÉANT
LE SIGNAL
UN(e) SECTE

Chez d'autres éditeurs

La trilogie du Mal :
L'ÂME DU MAL, Michel Lafon
IN TENEBRIS, Michel Lafon
MALÉFICES, Michel Lafon

LE CINQUIÈME RÈGNE, Pocket
LE SANG DU TEMPS, Michel Lafon

Composition : Nord Compo
Impression en octobre 2020
Éditions Albin Michel
22, rue Huyghens, 75014 Paris
www.albin.michel.fr
ISBN : 978-2-226-31950-0
N° d'édition : 21930/01
Dépôt légal : novembre 2020
Imprimé au Canada chez Marquis imprimeur inc.